Hubert Horstmann

Die Stimme der Unendlichkeit

SF UTOPIA

Hubert Horstmann

Die Stimme der Unendlichkeit

Zukunftsroman

Verlag Das Neue Berlin

Tolu

1

»... haben wir die vorgeschriebenen Raumkoordinaten erreicht. Abstand vom Objekt null Komma zwei Parsec, Geschwindigkeit konstant. An Bord alles wohl.«

Aufatmend lehnte sich Helo Ryk in den Sessel zurück. Der ausführliche Bericht an den Inneren Kreis – die vereinigten Erde-, Mars- und Venusstaaten – hatte ihn ermüdet. Ein paar Minuten lag er mit geschlossenen Augen und dachte an gar nichts, fühlte nur, wie sich sein Körper langsam und wohlig entspannte.

Aber mit der Wärme, die nun von den Füßen her in ihm emporstieg, kam eine bleierne Schwere. Schon wieder schlafen? Helo sprang auf, lief mit großen Schritten durch das braun getäfelte Arbeitszimmer. Er hatte doch gerade erst achtundvierzig Stunden in künstlicher Ruhe gelegen. War er – krank?

Unsinn! Er würde jetzt Berichte und Tonbänder zusammenpacken und in die Steuerzentrale gehen. Die Raumsonde mußte gestartet werden.

Es gab eine Menge Arbeit, und er war nicht müde, sondern ausgeruht und frisch.

Aber je länger er sich suggerierte, hellwach zu sein, um so mehr kehrte die Erregung zurück. Seine Hände zitterten, der Puls jagte. Sechs Jahre lang führte er nun das Sternenschiff durch den Raum. Erde, Venus und Mars, Saturn und Pluto lagen weit zurück, die Sonne war längst ein winziger Kristall auf samtschwarzem Grund. In wenigen Monaten würde das Expeditionsziel, das Dreifachgestirn des Alpha Centauri, erreicht sein. Sollte er jetzt aufgeben? Sollte er den anderen erklären: »Ich bin erschöpft, ich kann mich nicht mehr konzentrieren«?

Was ging nur in ihm vor? Manchmal zog es ihn unwiderstehlich zu den Steuerpulten. Irgend etwas in ihm rebellierte gegen die genau vorgeschriebene Fluggeschwindigkeit, gegen den genau vorgeschriebenen Kurs. Ein Kommando, ein Hebeldruck – und die »Tolu« würde vorwärts stürmen, der blauen Wega entgegen oder dem strahlenden Sirius. Doch seit sechs Jahren verlief jede Stunde nach einem genau festgelegten Plan. Und das ewige Einerlei ermüdete.

Aber er durfte nicht ermüden. War er nicht Kommodore? War er nicht verantwortlich für den sicheren Flug, für das Leben der anderen elf Besatzungsmitglieder? Er mußte sich zusammennehmen.

Vor einem Medikamentenschränkchen blieb Helo stehen. Dort, hinter der Tür aus Mattglas, lagen Tabletten, eine harmlose Droge. Man durfte sie nehmen, ohne erst Holm Ferguson, den Arzt, gefragt zu haben. Sie regte nicht mehr an als ein Glas grüner Tee und half über augenblickliche Mißstimmungen hinweg. Helo zögerte, kehrte um. Harmlos oder nicht, diese Droge bedeutete ein Zugeständnis an die eigene Schwäche.

Er setzte sich, überflog noch einmal den Bericht an den Inneren Kreis, zwang sich zur Konzentration. Vergebliche Mühe. Das waren ja alles Fakten, die er schon auswendig kannte: Tabellenwerte, Angaben über die Flugbahn, Tagebuchnotizen.

Helo unterzeichnete den Bericht, rollte die hauchdünnen Bogen zusammen und schob sie in eine schmale Metallröhre. Dann verließ er den Raum, um in die Steuerzentrale zu gehen.

Die Zentrale war leer, nur Pawel Fock, der Mathematiker, saß am Rechentisch des großen Elektronenhirns. Als Helo neben ihn trat, sah er auf, lächelte.

»Gut geschlafen, Kommodore?«

Helo nickte. »Ist die Sonde fertig?«

»Die Sonde schon. Aber . . . Pearson wollte Sie sprechen, Kommodore, ich glaube, er bittet um Aufschub.«

Helo hob verwundert die Schultern. »Der Termin war

doch festgelegt. Alles, was die Erde erfahren muß, steht in den Tabellen oder ist auf Tonbänder fixiert.«

»Nicht alles, behauptet Pearson.«

»Ich werde mit ihm sprechen.« Helo wandte sich ab. Warum nur wollte Pearson Startaufschub?

2

Ben Pearson nahm eine Sonderstellung ein. Er konnte seine Forschungsarbeit erst in Angriff nehmen, wenn das Expeditionsziel, das Dreifachgestirn Alpha Centauri, in geringem Abstand umflogen wurde oder wenn sich die Möglichkeit einer Landung ergab. Inzwischen beschäftigte er sich mit speziellen, auch auf der Erde und den Nachbarplaneten noch ungelösten wissenschaftlichen Problemen. Er hatte sich die Aufgabe gestellt, Impfstoffe gegen D 32 zu finden, einen Krankheitserreger, der unter den Kolonisten der Venus wütete. Pearson war ins biologische Labor gegangen. Er rieb sich die schmerzenden Augen. Das Licht der Neonröhren spiegelte sich in den Gläsern und Kolben, in den zahllosen Reagenzien, tanzte auf der Zentrifuge, wurde von den Linsen der Mikroskope eingefangen, gebündelt und zurückgeworfen: auf Pipetten und Schälchen, Kühlschlangen und Heizdrähte.

Auch draußen im All war nicht Nacht. Auf den Filtern der Bullaugen leuchteten winzige, tiefgrüne Scheiben – Fixsterne; Helios, die heimatliche Sonne, war unter ihnen.

Die Sonne – Pearson kannte ihre verschiedenen Gesichter. Immer auf der Suche nach schwierigen Aufgaben, hatte er im Polarkreis und in den Tropen gelebt, im Himalaja und auf interplanetaren Stationen. Und jedesmal war sie ihm anders erschienen: blutrot, scharf abgegrenzt gegen den stahlblauen Himmel, über der Marsstadt Meroe, als riesiger, weißglänzender, flimmernder Ball über den Venussümpfen. Nur – damals hatte er wenig Zeit gehabt, das Farbenspiel der großen Himmelsleuchte zu beobachten.

Als eines Tages unter den Kolonisten der Venus eine Epidemie ausgebrochen war, hatten ihn Tag um Tag, Woche um Woche Streifzüge in die heißen Sümpfe, die Brutherde des Erregers, geführt, und er mußte schließlich einen Tadel des KONVENTS, des höchsten wissenschaftlichen Gremiums der vereinigten Planeten, über sich ergehen lassen, weil er bis in die Seuchenzentren vorgedrungen war.

»In den Sümpfen, die D zweiunddreißig hervorbringen, liegt auch ein Schutzstoff gegen den Erreger«, hatte er dem KONVENT geantwortet. »Es kann sich um irgendeine Substanz in den Ästen der aufgedunsenen Schachtelhalme, aber auch um eine besondere Verbindung im Blut der höheren Lebewesen handeln. Erlauben Sie mir weiterzuforschen!«

Aber alles Suchen war vergeblich gewesen. Die Seuchenherde waren isoliert, riesige Moorlandschaften trockengelegt, Kanäle bis in die entlegensten Winkel vorgetrieben worden. Doch einen Impfstoff gegen die Mikrobe D 32 hatte niemand entdeckt. War sie immun gegen alle chemischen Verbindungen?

Pearson beugte sich noch einmal über das Mikroskop. Da lagen sie vor ihm: Gebilde aus Protoplasma, zart und durchsichtig, als ob sie die Morgendämmerung des Planeten Venus hervorgebracht hätte – nun unfähig zur Teilung. Es gab keinen Zweifel, D 32 war besiegt!

Er blätterte in den Aufzeichnungen des Labortagebuches, verfolgte in Gedanken die Versuchsreihen, die er seit dem Start der »Tolu« durchgeführt hatte. Sein Ausgangspunkt waren die letzten Ergebnisse einer Spezialistengruppe von der Erde gewesen. Zwei Jahre lang hatte er sich vergeblich bemüht, dann einen anderen Weg eingeschlagen. Vielleicht waren sie im Inneren Kreis längst zu demselben Ergebnis gekommen. Das zentrale Mikrobeninstitut auf Hawaii verfügte über modernste Ausrüstungen und Hunderte begabter Spezialisten. Aber vielleicht hatten sie sich weiter um eine direkte Vernichtung des Erregers bemüht, anstatt den indirekten Weg zu gehen: Verhinderung der Zellteilung.

Pearson trank eine Büchse Kondensmilch, löschte das grelle Neonlicht und schaltete ein Tonbandgerät ein. Er sprach langsam und diktierte die wichtigsten Formeln doppelt.

»... Meine Laborversuche sind damit abgeschlossen. Ich wünsche Ihnen Erfolg bei der Anwendung des Impfstoffes«, sagte er zum Schluß. Er schaltete das Gerät aus, nahm das Band ab und legte es in eine Kassette. Er lächelte. Das Ergebnis sechsjähriger harter Arbeit in einem daumengroßen Metallgehäuse!

Auf dem Weg in die Steuerzentrale traf Pearson mit Helo Ryk zusammen. Sie verständigten sich mit kurzen Worten.

Helo atmete auf, als er vernahm, daß die Sonde nun doch planmäßig starten könne. Er sah auf seine Uhr. Planmäßig, das hieß in knapp drei Stunden. »Bringen Sie das Tonband in die Schleusenhalle«, bat er den Biologen, »ich wecke gleich die Besatzung.«

Es war gut, das Expeditionsprogramm genau zu befolgen. Man durfte keine Abweichungen zulassen. Geschah das auch nur ein einziges Mal, dann würde die Verlockung nach einem zweiten und dritten Verstoß unerträglich wachsen, würde sich ein Ventil suchen. Und das Ventil konnte ein Befehl an den Steuerautomaten sein, den Kurs zu ändern und hinauszujagen in den unendlichen Sternenraum, aus dem es kein Zurück gab. Helo fröstelte bei diesem Gedanken.

Am biologischen Labor vorbei gelangte er in den Club, in dem die Kosmonauten gewöhnlich einen Teil ihrer Freizeit verbrachten. Aus dem samtenen Dunkel leuchteten ihm von einer ovalen Tafel rote und grüne magische Augen entgegen. Jedem Besatzungsmitglied war ein solches Auge zugeordnet, und an der Farbe konnte man erkennen, ob der Betreffende im Dienst war, Freizeit hatte oder schlief. Seit drei Wochen lagen der Astronom Hirano, der Physiker Sven Roger und der Geologe Foster in künstlicher Ruhe; seit wenigen Tagen erst der Mechaniker Norris, der Arzt Holm Ferguson, der Kybernetiker Jan Mayen und Sadko, der Funker.

Als Helo die Tasten mit den Namen der Gefährten berührte, schalteten sich in deren Schlafkabinen Weckautomaten ein, die den Dauerschlaf mit Hilfe anschwellender akustischer Reize in einen Dämmerzustand überführten, dem das unmittelbare Erwachen folgt. Immerhin benötigte dieser Vorgang eine ganze Stunde. Der Organismus mußte sich den neuen Verhältnisse allmählich anpassen. Schon geringe Überschreitungen des errechneten Maximums an Reizeinwirkung konnte die sensorischen Nervenfelder des Erwachenden erheblich stören.

Vom Club aus kletterte Kommodore Ryk hinab in die Schleusenhalle, um den Mechanikern Nyland und Venturelli letzte Anweisungen für den Start der Sonde zu geben.

Die Raumsonde lag bereits in einem Transportaufzug, der sie in wenigen Minuten auf das Oberdeck der »Tolu« bringen konnte, wo sich die Abschußrampe befand. Helo nickte zufrieden. Es war alles vorbereitet.

Als er in die Zentrale zurückkehrte, fand er Pawel Fock, Pearson und die Mechaniker in ein Gespräch vertieft, und er hörte den Biologen sagen: »Alles habe ich darangesetzt, meine Aufzeichnungen bis zum vorgesehenen Termin abzuschließen, und nun reden Sie doch von Aufschub, Pawel?«

»Eine Verzögerung von Tagen, um Monate einzusparen«, erklärte der Mathematiker.

Helo blieb unwillkürlich stehen. Immer noch Aufschub?

»Sie wissen doch selbst am besten, daß Ihr Impfstoff Menschenleben retten kann«, fuhr Pawel Fock fort. »Er muß so schnell wie möglich in den Inneren Kreis . . . Nun ist unsere Raumsonde als Einstufenrakete gebaut. Kurz nach dem Start erreicht sie ihre höchste Geschwindigkeit, fliegt dann antriebslos weiter und wird in gut sechs Jahren am Ziel sein. Wir könnten diese Zeitspanne verkürzen, indem wir einen zweiten Treibsatz einbauen, der unterwegs gezündet wird.«

Pearson rieb sich die Hände. »Warum sagen Sie das nicht gleich? Also fangen wir doch an!«

»So einfach ist das eben nicht«, meldete sich jetzt Venturelli. »Wir haben nur noch zwei Sonden an Bord, und die zweite darf – laut Programm – erst gestartet werden, wenn wir das System der Centauren erreicht haben. Pawel hat sich unklar ausgedrückt. Wir müßten die beiden Sonden koppeln, das heißt das Programm abändern.«

Helo glaubte seinen Ohren nicht trauen zu können. Er trat hinter der Säule, die ihn verdeckt hatte, hervor. »Das kommt natürlich gar nicht in Frage«, sagte er und bemühte sich, ruhig zu erscheinen. »Das Programm . . .«

». . . sollte nicht als starres Schema aufgefaßt werden«, fiel ihm der Mechaniker unbekümmert ins Wort.

Auch Nyland drängte: »Der Impfstoff kann Menschenleben retten.«

»Auf jeden Fall muß Venturellis Vorschlag gründlich diskutiert werden«, sagte Pawel Fock.

»Das ist doch Zeitverschwendung!« Helo wandte sich brüsk ab, besann sich aber. »Berufen wir also eine Bordversammlung ein!«

3

Ben Pearson saß neben Pawel Fock, Venturelli und Nyland im Club und wartete auf die Gefährten. Er war ein wenig aufgeregt. Wenn die Besatzung Venturellis Vorschlag genehmigte, konnte der Impfstoff einige Monate früher angewendet werden. Der KONVENT würde sofort alle notwendigen Maßnahmen in die Wege leiten und die großen Laboratorien auf Hawaii mit der Herstellung der chemischen Verbindung beauftragen. Nicht nur die an D 32 Erkrankten, sondern alle Venussiedler mußten geimpft werden. Wenn es die Besatzung genehmigte . . .

Pearson zuckte plötzlich zusammen. War es denn überhaupt möglich, die Raumsonde . . .

»Die Sonde wird doch von interplanetaren Kursmaschinen abgefangen, bevor sich die Anziehung der äußeren Planeten störend auf die Flugbahn auswirkt«, wandte er sich hastig an Pawel Fock. »Werden die Maschinen an Ort und Stelle sein, wenn die Sonde früher als geplant eintrifft?«

»Auf jeden Fall. Sie strahlt Signale aus, die Erde, Mars und Venus, außerdem die interplanetaren Stationen Sol eins bis dreizehn empfangen werden. Und selbst wenn die Abfangmaschinen nicht rechtzeitig zur Stelle sind, brauchen wir nichts zu befürchten. Spezielle Korrekturraketen lenken die Sonde in eine elliptische Bahn um die Sonne. Sie kann dann jederzeit mühelos geborgen werden.«

Pearson warf einen verstohlenen Blick auf Venturelli und lehnte sich zurück. Vor dem jungen Chefmechaniker gab er Wissenslücken nicht gerne zu. Er hatte ihn als Sechzehnjährigen in den Venussümpfen kennengelernt und fühlte sich noch jetzt als väterlicher Freund und Ratgeber. Aber er mußte auf der Hut sein, denn Venturelli nahm jede Gelegenheit wahr, den Spieß umzudrehen und zu beweisen, daß er, der Biologe, im kosmischen Raum unerfahren sei und eine »väterliche Aufsicht« durch ihn, den Jüngeren, brauche.

Aber Venturelli schien den kurzen Wortwechsel mit Pawel Fock gar nicht bemerkt zu haben. Er zeichnete irgendwelche Figuren auf ein Blatt Papier und kritzelte Zahlenkolonnen auf ein anderes.

Als erster der Gefährten, die von Helo Ryk geweckt worden waren, betrat der Arzt Holm Ferguson den Club. Er gab Pearson bewegt die Hand. »Ich hätte es nicht für möglich gehalten, daß Sie so schnell zum Ziel kommen, Ben. Vor einigen Tagen sagten Sie mir noch, daß wenig Aussicht bestehe, die Versuche mit D zweiunddreißig bis zum Start der Sonde abzuschließen . . .« Und mit einem strengen Unterton in der Stimme: »Wahrscheinlich haben Sie wieder pausenlos gearbeitet, die Ruhezeiten nicht eingehalten. Ich werde Sie nachher gründlich untersuchen, und spätestens morgen beginnen Sie eine längere Schlafkur.«

Pearson lachte. »Was halten Sie von Wechselbädern? Bringen Sie lieber unseren jungen Chefmechaniker ins Bett.«

In kurzen Abständen trafen nun die übrigen Besatzungsmitglieder ein. Zuletzt kam Helo Ryk.

»Ich bitte Sie, über folgendes Problem zu beraten«, sagte er ohne Einleitung und schilderte die Situation, die sich nach Pearsons Entdeckung ergeben hatte. »Pawel Fock und Venturelli schlagen vor, die beiden Sonden zu koppeln. Ich möchte zunächst meine Bedenken vorbringen.

Programmgemäß haben wir die Sonden Nummer eins bis zehn gestartet. Sie werden den Inneren Kreis über den Verlauf der Expedition und über die bisher gewonnenen Erkenntnisse unterrichten. Mit Nummer elf ist die ganze Serie abgeschlossen. Nummer zwölf bildet insofern eine Ausnahme, als sie weniger über den Flug der ›Tolu‹ als vielmehr erste Einzelheiten über die Sternengruppe Alpha Centauri, unser Forschungsobjekt, mitteilen soll, also das, was den Inneren Kreis eigentlich interessiert.

Vielleicht darf ich den Sachverhalt etwas überspitzt so formulieren: Angenommen, wir haben – nachdem Sonde Nummer zwölf planmäßig gestartet ist – eine Havarie, kehren nicht mehr zurück, so bleiben dem Inneren Kreis unsere Informationen über die Sternengruppe, so hatte die Expedition doch einen gewissen Erfolg. Aber sie war umsonst, vergebliche Mühe, wenn wir weder die Sonde planmäßig starten noch selbst zurückkehren.«

»Richtig, sehr richtig!« stimmte Hirano, der Astronom, lebhaft zu. »Das Dreifachgestirn Alpha Centauri muß erforscht werden. Die Menschheit erwartet neue astronomische und astrophysikalische Erkenntnisse von uns. Es geht um einen ge-sell-schaftlichen Auftrag! Wir sollten ihn erfüllen und alles beiseite lassen, was uns davon abhält!«

»Nein, so darf es eben nicht sein!« Pawel Fock sprang auf. »Unsere Expedition darf nicht als Selbstzweck betrachtet werden. Unsere Forschungsergebnisse werden die Wissenschaft bereichern, aber jetzt, in diesem Augenblick, haben wir die Möglichkeit – und ich meine die Pflicht! –, uns unmittelbar nützlich zu machen, den Venussiedlern zu helfen.«

Hirano gab sich nicht geschlagen. »Scharen von Wissenschaftlern, das Mikrobeninstitut auf Hawaii und die Zweigstellen auf der Venus waren damit beschäftigt, ein Serum gegen D zweiunddreißig zu entwickeln. Liegt nicht die Vermutung nahe, daß man dort längst zu den gleichen Ergebnissen gekommen ist wie Kollege Pearson?«

»Jeder von uns hofft, daß es so ist, aber wir haben keine Gewißheit. Und wenn ich mir vorstelle, daß Pearsons Impfstoff auch nur ein Menschenleben rettet, dann betrachte ich unsere Expedition – im Gegensatz zu Ihnen, Helo – schon jetzt nicht mehr als vergeblichen Aufwand, auch wenn wir Alpha Centauri nicht erreichen sollten, sondern aus irgendeinem Grunde umkehren müßten.«

Pearson verfolgte die Diskussion mit Unbehagen. Irgendwie fühlte er sich schuldig. Er hätte schneller arbeiten, den Impfstoff einige Monate früher, bis zum Start der zehnten Sonde herstellen müssen. Andererseits konnte er Hirano nicht begreifen. Menschenleben standen auf dem Spiel. Mußten in einem solchen Falle Informationen über Schwerefelder und Strahlungsverhältnisse, Trabanten und die Struktur der Materie des Alpha Centauri nicht zurückstehen?

Wie würden sich die Gefährten entscheiden? Kommodore Ryk schien von Pawel Focks Worten beeindruckt. Holm Ferguson – er sprach gerade – unterstützte Pawel ohne Vorbehalt. Auch Nyland, Norris, Foster und Jan Mayen nickten zustimmend. Aber Venturelli schien völlig abwesend. Er hatte doch vorgeschlagen, die Sonden zu koppeln. Warum äußerte er sich nicht? Er zeichnete und kritzelte Zahlen, als ginge ihn die ganze Angelegenheit nichts an.

Dieses seltsame Verhalten verwirrte Pearson. Er versuchte herauszufinden, was der Chefmechaniker da kritzelte, und achtete kaum noch auf die Diskussion. Aber Venturelli verdeckte die Blätter mit seinen Händen und lächelte nichtssagend.

»Kommen wir also zu technischen Einzelheiten!« Sven Rogers tiefe Stimme unterbrach Pearsons Grübelei. Technische Einzelheiten? Er sah überrascht auf. Der Atomphysiker stand vor einer Tafel und entwarf mit wenigen Kreidestrichen einen schematischen Querschnitt der Raumsonde. Die Gefährten hatten Notizbücher aufgeschlagen.

»Es erscheint mir unvorteilhaft und beinahe leichtsinnig, den zweiten Treibsatz später zu zünden«, erklärte Sven Roger. »Erfahrungsgemäß weichen die Sonden von der vorgeschriebenen Bahn ab, wenn sie unseren Leitstrahl verlassen, das heißt nach einem bis anderthalb Lichtjahren. Der Fehler ist allerdings so geringfügig, daß sie immer noch in den Anziehungsbereich der Sonne und der großen Planeten Saturn und Jupiter gelangen.

Diesmal aber liegen die Verhältnisse anders. Wird der zweite Treibsatz gezündet, nachdem die Sonde schon abgewichen ist, so vergrößert sich der Fehler um ein mehrfaches, der neue Schub wirkt nicht längs der gewünschten Geraden, sondern auf einer unerwünschten Flugbahn . . .

Wir müssen den zweiten Treibsatz also zünden, solange wir die Sonde noch mittels Leitstrahl lenken können. Am besten wäre natürlich, wir zündeten ihn zusammen mit dem ersten. So erreichten wir eine sehr hohe Anfangsgeschwindigkeit. Aber dabei tritt wieder eine andere Frage auf . . .«

»Nämlich die, ob unsere Startrampe solchen Anforderungen gewachsen ist!« rief Hirano. »Und gerade das möchte ich bezweifeln. Aber noch mehr: Wird die ›Tolu‹ nicht zu Schaden kommen? Gut, gut, das Oberdeck ist als Startbahn konstruiert, besonders gehärtet, isoliert und so weiter. Aber ein doppelter Treibsatz verlangt doppelt hohe Sicherungsmaßnahmen. Denken Sie an die Strahlung, den Feuerschweif, die Verbrennungsgase . . .«

»Sie dürfen sich beruhigen, es wird nichts geschehen.« Venturelli lächelte spöttisch. Er erhob sich von seinem Platz, ein paar Blätter in der Hand, und lief mit langen Schritten durch den Club. »Andere Leute können nämlich auch denken!« sagte er bissig, als er an Hirano vorbeikam.

Venturelli fuhr mit einem Schwamm über die Tafel, löschte Sven Rogers Sondenquerschnitt aus und deutete mit wenigen Strichen die Schleusenhalle an und ein Gebilde, das wie eine ausgestreckte Hand aussah und durch die äußeren Schotten weit in den freien Raum hinausragte.

»Ich habe folgenden Plan: Wir verlegen die Startrampe

vom Oberdeck auf die Endpunkte eines Trägers, so daß sie, sagen wir, achtzig bis hundert Meter vom Schiffskörper entfernt ist. Wir nehmen das künstliche Gravitationsfeld weg und transportieren die Sonde auf die Rampe. Aus hundert Meter Entfernung dürfte jeder Raketenstart, auch mit einem drei- und vierfachen Treibsatz, gefahrlos für die ›Tolu‹ sein, denn dazwischen liegt leerer, materiefreier Raum, der weder Temperaturen noch irgendwelche Druckwellen leitet . . . Zufrieden, Hirano?«

4

»Bitte Uhrenvergleich!« In den Bordlautsprechern ertönte Kommodore Ryks Stimme. »Es ist jetzt sechs Uhr zwei Minuten. Norris, Nyland und Venturelli, Sie gehen zu Pearson in die Schleusenhalle, alle anderen nehmen ihre Plätze ein. Sechs Uhr vierzig Minuten nimmt Hirano das Schwerefeld weg . . .«

Der glänzende Raumkörper lag auf der Startrampe. Er war genau sechzig Meter lang und maß vier Meter fünfzig im Durchmesser. Das hatte Pearson zuerst festgestellt. Viel mehr konnte er auch nicht entdecken, denn die Sonde unterschied sich kaum von ihren Vorgängerinnen. Sie war eben nur um ein Drittel länger und wirkte deshalb noch graziler, zerbrechlicher. Und auf ihrem Bug leuchteten statt eines Kennzeichens zwei: AS 11/AS 12 TOLU EXPEDITION. Pearson war ein wenig enttäuscht. Er wußte selbst nicht warum, aber er hatte sich etwas Großartiges, Außergewöhnliches vorgestellt.

Nun wartete er auf die Gefährten. Über einen großen Bildschirm konnte er die Steuerzentrale beobachten. Gerade schaltete Kommodore Ryk die Deckenbeleuchtung aus. Die roten, grünen und gelben Kontrollämpchen, die magischen Augen der Rechenmaschinen und die Geräteskalen brachten ein fahles Dämmerlicht hervor. Pawel Fock und Sven Roger lehnten über einem Schaltpult, ganz im Hintergrund zeichnete sich die hagere Gestalt des Astronomen ab.

Als Venturelli, Nyland und Norris in die Schleusenhalle kamen, wurde Pearson aufgeregt. Nur noch wenige Minuten bis zum Start! War die Anlage überhaupt erprobt worden? Funktionierte sie? Nur ein winziger Konstruktionsfehler, und die Sonde würde vom Kurs abweichen oder gar auseinanderbrechen! Er war Biologe und kein Raketenspezialist, aber er wußte, daß hin und wieder Fehlstarts vorkamen.

»Ziehen Sie die Skaphander an und prüfen Sie die Sprechverbindung!« rief Helo Ryk aus der Steuerzentrale.

Pearson kroch in seinen Raumanzug und schloß den Helm. »Pearson Empfang!« meldete er.

»Venturelli Empfang.«

Die anderen meldeten sich ebenfalls.

»Befestigen Sie die Halteseile! Nyland, die Mittelschotten schließen!«

Der Mechaniker drückte auf einen Knopf. Mit leisem Surren schoben sich die durchsichtigen Mittelschotten zwischen den äußeren und den inneren Hallenraum, riegelten die Sonde und die vier Kosmonauten hermetisch vom inneren Raumschiff ab. Vakuumpumpen begannen die Luft abzusaugen.

»Pearson, sobald die Rampe ausgefahren ist, verbinden Sie die Schneidbrenner mit den Gasbehältern. Achten Sie auf die Farben, der Sauerstoff ist grün gekennzeichnet, der . . .«

»Schon gut, schon gut; ich werde wohl noch die Behälter unterscheiden können.«

»Achtung, es ist sechs Uhr fünfundzwanzig. Raumsonde klar, Nyland?«

»Klar.«

»Öffnen Sie die äußeren Schotten, Venturelli«, befahl Helo Ryk.

Pearson erlebte nicht zum ersten Male einen Sondenstart. Aber diesmal wollte er alles möglichst genau und vollständig sehen. Er schaltete einen Außenschirm ein und richtete ihn auf das Mittelschiff. Er hatte nun den Eindruck eines Beobachters, der sich im freien Raum befand. Gerade öffnete sich die mattschimmernde Haut der »Tolu«, und während die Schotten immer weiter auseinanderrückten, kam die Plattform zum Vorschein, die wie auf einer ausgestreckten Hand die von Scheinwerfern angestrahlte gleißende Sonde trug. Der schwenkbare Arm verlängerte sich zusehends und drehte dabei die Sonde, bis sie parallel zum Schiffskörper lag. Je weiter sie sich nun entfernte, um so mehr ähnelte sie einem langgestreckten, blitzenden Kristall auf samtschwarzem Hintergrund. Dieses Bild überwältigte Pearson. Er vergaß seinen Auftrag.

»Die Schneidbrenner anschließen, Ben!« mahnte Helo Ryk.

Ausgerechnet jetzt. Jeden Moment konnte die Sonde starten! Pearson wandte sich um. Wo lagen denn nun die verflixten Brenner wieder? Ach, die waren ja mit der Plattform ausgefahren worden. Nur die Gasschläuche sollte er anschließen. Hastig zog er die armdicken, dutzendfach verstärkten Kabel zu den Gasbehältern. Sauerstoff ist grün gezeichnet, erinnerte er sich. Aber welche Farbe hat doch ... Er war plötzlich wie vor den Kopf geschlagen. Eine ganze Batterie gleich aussehender Behälter stand vor ihm. Und er hatte die Kennfarbe vergessen!

»Fünfzehn – vierzehn«, zählte Kommodore Ryk.

Noch vierzehn Sekunden bis zum Start!

»Dreizehn – zwölf –.«

Kurz entschlossen öffnete Pearson den Deckel des nächsten Behälters. Aber er hatte Pech – destilliertes Wasser. Auch im zweiten und dritten: Wasser.

»Neun – acht –.«

Da, das war der richtige Behälter: rote Stahlflasche. Her mit dem Kabel! Ein paar Gewindedrehungen ... Fertig! Als Helo Ryk die dritte Sekunde ansagte, stand Pearson wieder vor dem Bildschirm.

Die Öffnung in der Haut der »Tolu« hatte sich bis auf einen schmalen Spalt geschlossen.

»Achtung, ich nehme das Schwerefeld weg!« Hiranos Stimme.

»Sechs Uhr einundvierzig ... Start!«

Eine grelle Stichflamme schoß aus dem Heck der Sonde, wuchs, blähte sich auf. Noch lag die Sonde ruhig. Jetzt erhob sie sich ein wenig, schwebte über der Plattform – und stürzte mit ungeheurer Geschwindigkeit in den Raum hinaus. Wenige Sekunden später war sie nur noch ein winziges, flakkerndes Pünktchen, das immer mehr zusammenschrumpfte.

Vorbei.

Pearson schwitzte am ganzen Körper. Hatte ihn jemand bei den Behältern beobachtet? Anscheinend nicht. Aber Venturelli sah ihn so merkwürdig an. »Los, vorwärts, gehen wir schweißen«, sagte Pearson forsch, um dem Chefmechaniker zuvorzukommen.

»Sachte, sachte, Ben. Erst müssen ja wohl die Schotten geöffnet werden. Und dann gehen wir schnei-den, nicht schwei-ßen.«

Als sich die Luke öffnete, schritten sie zu viert in den freien Raum hinaus, nur durch die magnetischen Sohlen der Skaphander mit dem Steg verbunden. Die Startrampe war völlig zerstört worden. Armdicke Metallträger ragten als zerschmolzene und wieder erstarrte, unförmige Gebilde aus einem Wust von zerfetzten Kabeln und geknickten halbzölligen Platten. Scharfkantige Schlackenstücke mußten aus dem Weg geräumt werden.

Nach knapp achtzig Schritten beugte sich Venturelli, der an der Spitze gegangen war, zur Seite, öffnete eine in den Träger eingelassene Klappe, zog die Schneidbrenner heraus und verteilte sie. Den letzten gab er Pearson. »Bin mächtig gespannt, wo Sie die Kabel angeschlossen haben.«

»Ich wünschte, aus Ihrem Brenner käme Nitroglyzerin«, zischte Pearson. »Müssen Sie immer tratschen wie ein altes Weib?«

»Aber Ben, was ist nur mit Ihnen los?« Der Mechaniker lächelte. »Reichen Sie mir doch mal Ihre Hand!«

Pearson, der nichts Arges vermutete, streckte den rechten Arm aus, und ehe er sich dessen versah, hatte ihn der Mechaniker gepackt. Der Biologe stand nun frei im Raum, unter sich die bodenlose Tiefe.

»Wenn ich Sie jetzt loslasse, landen Sie in zehntausend Jahren vielleicht im Indischen Ozean!« rief Venturelli.

Aber Pearson hatte sich bereits gefangen. »Lassen Sie gefälligst den Unsinn, Sie Kind«, brummte er, wütend über seine eigene Unsicherheit.

Nachdem sie die sperrigen Teile abgetrennt und auf die Rampe gelegt hatten, begaben sich die vier Kosmonauten auf den Rückweg zur Schleusenhalle. Pearson hatte die Schotten fast erreicht, als er mehrere kopfgroße Gegenstände vor sich auftauchen sah. »Meteoriten!« konnte er gerade noch rufen, dann verspürte er einen harten Schlag und wurde seitlich über den Steg geschleudert. Er hatte das Gefühl, unendlich lange zu fallen. Dann verlor er die Besinnung.

Er wußte nicht, wie lange dieser Zustand gedauert hatte, als er mit einem dumpfen Druck in der Schläfengegend erwachte. Etwas Feuchtwarmes tropfte von seiner Stirn. Er wollte es wegwischen, konnte aber die Arme nicht bewegen. Erst als er ein schnarrendes Geräusch dicht an seinen Ohren vernahm, wurde ihm klar, daß er Kopfhörer trug und in einem Skaphander steckte. Da fiel ihm der Sturz ein. Jemand rief seinen Namen. Er öffnete die Augen und sah schräg über sich den matt schimmernden Leib der »Tolu«.

»Ben, wo sind Sie? Hören Sie mich?« schnarrte es in den Kopfhörern. Er erkannte Venturellis besorgte Stimme.

»Hallo, Ben, wo sind Sie? Melden Sie sich doch!«

»Schreien Sie nicht so, ich bin nicht taub«, knurrte Pearson ärgerlich. Ausgerechnet Venturelli. Der würde ihn nachher schön aufziehen. »Ich hänge direkt unter Ihnen, wenn Sie gestatten.«

»Unter mir?« fragte der Chefmechaniker hörbar erleichtert. »Wir dachten schon, es sei Ihnen etwas zugestoßen.«

»Zum Teufel, ein Meteorit hat mich erschlagen. Vielleicht haben Sie nun endlich die Güte und fangen mich wieder ein.«

»Nicht nötig, Ben. Sie sind ja angeseilt. Haben Sie einen Augenblick Geduld. Hirano schaltet eben das Schwerefeld wieder ein.«

Als Pearson kurze Zeit später in der Schleusenhalle stand, starrte er verwundert um sich. Eissplitter unterschiedlicher Größe waren über den ganzen Boden verstreut.

»Ihre Meteoriten, Ben«, erklärte Nyland. »Ich frage mich bloß, woher sie kommen.«

In Pearson dämmerte eine Ahnung. »Ich könnte mich ohrfeigen«, gab er kleinlaut zu. »Vorhin, als ich die Kabel anschließen wollte, habe ich nicht gleich den richtigen Behälter gefunden. Im ersten, zweiten und dritten war destilliertes Wasser. In der Eile habe ich sie wohl nicht wieder verschlossen.«

»Als Hirano das Schwerefeld wegnahm, machte sich das Zeug selbständig, gefror aber gleich. Einige von diesen Splittern sind gegen die Wände geprallt und von da hübsch durch die Luke nach draußen gewandert«, folgerte Venturelli. »Was Ihnen da an den Kopf geflogen ist, Ben, war ein solider Eisbrocken. Stellen Sie sich vor, er hätte Ihren Skaphander durchschlagen, dann wären Sie jetzt eine gefrorene Mumie!«

Stimmen aus dem All

I

Unschlüssig ging Helo Ryk in seinem Zimmer auf und ab. Bald würden die Centauren erreicht sein, dann mußte eine Parabel geflogen, das Raumschiff beschleunigt werden. Bis dahin sollte er schlafen.

Schlafen?

Er war nicht müde.

Er nahm ein Buch aus dem Regal, blätterte, überflog Formeln, Skalen, Skizzen, legte es wieder zurück, nahm wahllos ein zweites – ›Poetische Betrachtungen über den Raum‹ – von einem unbekannten Dichter der alten Zeit. Helo lächelte.

Er schlug die erste Seit auf.

»Allgegenwärtige Unendlichkeit: Am fernen Horizont, wo sich zerrissene Gebirge aufbäumen, ist sie ebenso unerreichbar wie auf dem Grund der Lotosblume vor dir ... Denn was siehst du? Einen feingeschwungenen Kelch, dessen Weiß morgen im Sumpf faulen wird. Vergänglich ... Und über dir? Stahlblauer Himmel, eintönig in seiner Wiederkehr. Grenzen ... Aber es gibt ein Tor in die Unendlichkeit. Du kennst es!«

Helo hatte plötzlich das Verlangen, die Sterne zu sehen. Er nahm die Lichtfilter von den Bullaugen und setzte sich in einen Sessel. Dünne Kristallfäden drangen in das Arbeitszimmer, zeichneten weiße Kringel auf Fußboden und Regale.

Er sah sich auf dem Raumflughafen in Rhodesien. Die hell angestrahlten Betonbahnen verloren sich nach Osten hin in den Schatten der Tropennacht. Draußen ragte der Dschungel. Das Institut, das Rechenzentrum und die Parkanlagen mit ihren Sprungfontänen und hellen Marmorstatuen waren wie von einem matten Glanz überzogen.

Nacht – Tor in die Unendlichkeit. Sie schlägt Brücken zu

den entferntesten Welteninseln, vorbei am engen Kreis der Planeten. Sirius, der weiße Doppelstern, alles überragende klassische Schönheit . . .

Mit acht Jahren kannte Helo Ryk alle Legenden, in denen menschliche Phantasie ihr Netz um die Sterne knüpfte. Aber erst später, als er mit Tabellenbüchern, astronomischen Einheiten und dem Teleskop umzugehen wußte, fühlte er jene beunruhigende Sehnsucht, die ihn immer wieder an das Okular trieb. Zuerst hatte ihn die blaue Wega in ihren Bann gezogen, dann das Kreuz des Südens.

Als junger Pilot zwischen Erde und Venus glaubte Helo, die letzte Sprosse des Glücks erreicht zu haben. Doch er fühlte sich bald eingeengt, begrenzt durch die genau festgelegten Flugrouten. Wenn er hinter dem Schaltpult seiner Kursmaschine saß, die fast selbständig ihr Ziel anflog, spürte er Kräfte in sich brachliegen, die nach Betätigung drängten. Dazu kamen die vorgeschriebenen Ruhezeiten von mehreren Tagen zwischen jedem Einsatz. Hatte er so lange studiert, um ins Sanatorium zu gehen?

Und von Woche zu Woche wurde der Wunsch stärker, eine Arbeit zu finden, die ihn ganz ausfüllen könnte. Er bewarb sich um eine Stellung als Mechaniker in den äquatorialen Sümpfen der Venus, aber da drängten sich Hunderte andere, junge Menschen wie er selbst, die darauf brannten, mit der nackten Natur zu ringen.

Gab es keinen Platz für ihn?

Er stellte sich diese Frage oft; und einmal, es war in einem Sanatorium am Mittelmeer, stellte er sie einem Urlaubsgefährten, einem bekannten Biologen. Er hatte schon seit Tagen beobachtet, daß sich der Biologe – statt zu baden und zu promenieren, wie es die Vorschriften verlangten – mit Büchern, die er unter dem Jackett versteckte, in eine abgelegene Fischerhütte stahl.

»Ich beneide Sie, Kollege Pearson«, hatte er ihn angesprochen. »Ihr Beruf muß sehr interessant sein, da Sie selbst im Sanatorium arbeiten. Ich . . .«

Der Biologe fuhr erschrocken zusammen.

»Machen Sie nicht solchen Lärm! Wer sind Sie, was wollen Sie?«

Helo erklärte es ihm.

»Reden Sie doch nicht dauernd von Arbeit, Sie machen ja die Pflegerinnen aufmerksam«, sagte Pearson. »Kommen Sie, wir gehen ein Stückchen hinunter zum Strand, wo uns niemand hört.«

Er sei auf Anweisung des KONVENTS hier, weil er es sich nicht angewöhnen könne, die – seines Erachtens – völlig überflüssigen Erholungstage einzuhalten, hatte er dann erklärt. Ein gewisser Holm Ferguson, Mitglied der Welthygienekommission, habe ihn in den Venussümpfen aufgesucht und herausgefunden, daß er seit Monaten pausenlos arbeite. Der Arzt habe ihm schließlich einen Zwangsurlaub am Mittelmeer aufgebrummt, viel Gymnastik, ausgedehnte Spaziergänge und Bäder empfohlen. Er denke aber gar nicht daran, seine Zeit mit Atemübungen und Bocksprüngen zu vergeuden, solange er das Geheimnis um die Mikrobe D 32 nicht gelüftet habe.

Ob er ihm nicht eine Stelle als Mechaniker in den Venussümpfen verschaffen könne, fragte Helo.

»Als Mechaniker?« Pearson blieb verwundert stehen. »Ich denke, Sie sind Pilot? Besuchen Sie die Raumflugakademie, studieren Sie Mathematik, Kybernetik, Astrophysik . . . Bald werden wir Flugtechniker brauchen, die etwas mehr können als nur eine Kursmaschine steuern. Der KONVENT plant große Projekte. Möchten Sie die Centauren besuchen oder den Sirius? Sie haben doch alle Chancen, junger Mann . . . Eine Mechanikerstelle? Langeweile? Nanu . . .«

Helo hatte selbst schon daran gedacht, die Raumflugakademie zu besuchen, aber der Gedanke war ihm vermessen erschienen. Nur die besten und erfahrensten Piloten wurden dort aufgenommen.

»Komplexe? Kein Selbstvertrauen? Nun werden Sie mir aber unsympathisch! Machen Sie doch wenigstens einen Versuch!«

Einige Monate später war Helo Zögling der Akademie,

und in wenigen Jahren erklomm er Stufe um Stufe bis zum Kommodore.

Da schienen sich neue Tore zu öffnen, die Unendlichkeit lag vor ihm, und eine Stimme lockte aus den Tiefen des Kosmos. Er hörte sie, wie sie alle Piloten vernahmen, in der ewigen Nacht zwischen Start und Landung, wenn das blaue Licht der Wega erstrahlte oder der Silberschein des Andromedanebels in unerreichbare Fernen wies. Schon mancher von ihnen war diesem Wahn erlegen, jagte seine Kursmaschine an dem vorbestimmten Ziel, der Venus oder dem Mars, vorbei und mußte von den Überwachungsstationen durch Leitstrahl eingefangen werden. Raumkrankheit nannten die Ärzte dieses seltsame Phänomen, gegen das noch kein Medikament erfunden war.

Helo stand auf und schob die Lichtfilter über die Bullaugen. Er würde diesem Wahn nicht zum Opfer fallen. Stimmen aus dem Kosmos? Unsinn, Einbildung!

Man mußte es halten wie Ben Pearson und die anderen. Man mußte beharrlich seine Aufgaben erfüllen und durfte sich nicht ablenken lassen. Für ihn durfte es nur das Programm geben, und laut Programm hatte er jetzt zu schlafen.

Helo stellte die ›Poetischen Betrachtungen über den Raum‹ nicht in das Regal zurück. Er schob das Buch unter einen Stapel alter Manuskriptblätter. Er wollte es nicht mehr anrühren. Er zog sich aus und schaltete den mechanischen Hypnotiseur ein. Aber bevor er einschlief, stiegen Erinnerungen an sternklare Nächte aus seinem Unterbewußtsein, Kristallfäden tanzten vor seinen Augen, und es schien ihm, als wisperte draußen vor den Bullaugen eine zarte Stimme.

Er hörte sie noch im Traum.

2

»Achtung, Zentrale . . . Helo Ryk, Zentrale . . .«

Aufdringliche Laute quälten den Erwachenden, hämmerten in seinem Gehirn.

»Zentrale . . . Helo Ryk, Helo Ryk . . .«

Er versuchte, sie abzuwehren, kroch unter die Schlafdecke, preßte die Hände auf die Ohren. Umsonst.

»Achtung, Zentrale ruft Helo Ryk. Kommodore, nehmen Sie Verbindung auf!« Das war Venturellis Stimme! Immer noch schlaftrunken, sprang Helo aus dem Bett. Verbindung aufnehmen? Wieso?

Er tastete nach dem Schalter. Auf der milchigen Scheibe erschien die Zentrale mit dem Steuerautomaten. Der Chefmechaniker saß im Hintergrund und sprach mit Sadko, dem Funker.

»Was gibt's, Venturelli?«

»Ah, Sie sind aufgewacht, Kommodore. Einen Moment bitte.« Venturelli nahm einige Papiere und trat vor den Aufnahmespiegel, so daß er Helo voll ins Gesicht blicken konnte. »Wir empfangen seit einigen Tagen unbekannte Radiowellen aus der Gruppe Alpha Centauri. Die Intensität wird bei konstantem Anwachsen um null Uhr fünfzehn die siebente Größenklasse erreichen ... Da Ihre Ruhezeit von drei Wochen sowieso abgelaufen ist, wollte ich Sie gleich informieren.«

»Danke, ich komme.«

Helo nahm schnell noch ein Bad, um die letzten Folgen des Dauerschlafs zu überwinden. Das Wasser, mit prickelndem Sauerstoff angereichert und durch eine mechanische Anlage in vibrierende Bewegung versetzt, lockerte seine Muskeln und brachte das Blut in Wallung.

Radiowellen aus der Centauren-Gruppe? Das war nichts Besonderes. Alle möglichen Sterne und Spiralnebel senden Wellen verschiedenster Länge aus. Aber der Mechaniker hatte von unbekannten Wellen hoher Intensität gesprochen. Sie erreichten in wenigen Stunden die siebente Größenklasse?

Das bedeutete, sie waren ganz plötzlich entstanden, sonst hätte man sie schon vor Wochen und Monaten empfangen müssen.

Ein phantastischer Gedanke stieg in ihm auf. Jenes Wispern und Rufen, das er im Schlaf gehört hatte ... Die geheimnisvolle Stimme aus dem All ... Helo zog sich an und begab sich in die Zentrale. Er bemühte sich, ruhig zu erscheinen. Sollten die Gefährten erkennen, daß er in Phantasien schwelgte?

Aber er spürte, daß in Venturelli etwas Ähnliches vorging. Er bat Sadko um einen kurzen, sachlichen Bericht. Der Funker nannte Fakten, erklärte Einzelheiten. »Als ich die Wellen erstmalig feststellte, gehörten sie noch der fünften Größenklasse an, jetzt haben sie fast die siebente erreicht. Ich frage mich nur, aus welchem Grunde ich früher nichts bemerkt habe.«

»Vielleicht ein Defekt am Empfänger?«

»Wir haben alles überprüft, die Anlage arbeitet einwandfrei.«

»Hm, sonderbar.«

»Es wird sich um Signale handeln, um Funkzeichen!« rief Venturelli ungeduldig.

Helo zwang sich zu einem überlegenen Lächeln. »Wie kommen Sie darauf?«

»Es gibt keine andere Erklärung. Der Sender arbeitet nicht kontinuierlich, sondern periodisch. Die letzte Periode begann vor acht Tagen. Und er bewegt sich mit großer Geschwindigkeit auf uns zu, deshalb das rasche Anwachsen der Intensität.«

»Lassen sich die Koordinaten Ihres Senders bereits feststellen?«

»Mit einem relativ hohen Unsicherheitsfaktor«, antwortete Sadko. »Das Dreifachgestirn Alpha Centauri liegt noch dicht beisammen, die ersten Berechnungen ergaben nur, daß die Sendequelle südöstlich Proxima existiert.«

»Es geht nicht um irgendwelche, sondern um rhythmisch modulierte Radiowellen«, sagte Venturelli mit Nachdruck. »Ich schlage deshalb vor, wir setzen alle geeigneten Automaten für die Entschlüsselung ein.«

»Nun gut, ich bin einverstanden.« Helo nickte. Stand das große Ereignis bevor, von dem er immer geträumt hatte? Welcher Art war es? Näherte sich etwa ein Raumschiff?

Wenn ja, wo kam es her? Vom Sirius, von der blauen Wega? Wie sahen die Wesen aus, die es steuerten?

Helo setzte sich an einen Rechentisch, um die Arbeit des Steuerautomaten zu kontrollieren, entdeckte, daß Pawel Fock diese Aufgabe schon erledigt hatte, war froh darüber. Er nahm eine andere Arbeit in Angriff, brach sie ab. Er konnte sich nicht konzentrieren. Die Ungewißheit lastete auf ihm. Er erhob sich und verließ die Zentrale, kletterte über eine Wendeltreppe in das Bordobservatorium.

Hirano saß vor dem großen Teleskop.

»Sie beobachten die Centauren?«

Der Astronom nickte, schwieg.

»Was halten Sie von den Radiowellen?« fragte Helo ohne Umschweife.

Hirano beugte sich über das Okular. »Ich hoffe, daß sich die Besatzung keinen Illusionen hingibt.«

Helo runzelte die Brauen. »Wie meinen Sie das?«

»Laut Programm haben wir das Dreifachgestirn zu umfliegen. Auch ein Planet darf uns nicht davon abhalten . . .«

»Moment! Illusionen, Programm, Planet? Lassen Sie doch mal das Okular in Ruhe und drücken Sie sich bitte etwas deutlicher aus!« rief Helo unbeherrscht.

Der Astronom schwieg lange. Dann sagte er: »Ich halte es für möglich, daß die Radiowellen von einem Trabanten des Proxima ausgehen. Und warum? Weil wir sie ganz plötzlich und mit hoher Intensität empfangen haben. Die Sendequelle war bisher durch Proxima verdeckt und ist nun südöstlich aufgetaucht, kommt auf uns zu. Ein Planet, der auf seiner elliptischen Bahn um den Zentralkörper das Perihel gerade durchlaufen hat und nun dem Aphel zustrebt, verhält sich ebenso.«

»In der Tat, es könnte sich um einen Planeten handeln«, sagte Helo nachdenklich. »Und was hat das mit unserem Programm zu tun?«

Hirano lächelte spöttisch. »Ich habe den Eindruck, einige Besatzungsmitglieder möchten nun das Programm abändern und den Planeten anfliegen. Venturelli zum Beispiel . . .

Aber das kommt gar nicht in Frage. Der Auftrag des KONVENTS lautet: Umkreisung der Gruppe Alpha Centauri. Erst wenn alle Beobachtungen abgeschlossen und alle Probleme gelöst sind, dürfen wir an eine Landung denken.«

»Natürlich, Sie haben ja recht. Aber Sie sprachen von ›einigen‹ Besatzungsmitgliedern. Wer ist denn außer Venturelli der Meinung, daß wir den Planeten – wenn es einen solchen gibt – anfliegen sollten?«

Der Astronom zögerte. »Ich glaube – Pawel Fock«, sagte er gedehnt.

Helo rief die Steuerzentrale und teilte Sadko mit, daß er nach den Hecktriebwerken sehen wolle. Dort wurden unter Pawel Focks Leitung neue Brennkammerwände eingesetzt. Dann begab er sich auf das Oberdeck und legte einen Skaphander an. Nachdem er die Sicherungsleine eingeklinkt und den selbsttätigen Temperaturregler eingeschaltet hatte, öffnete er eine Luke und trat in den freien Raum hinaus.

Sekundenlang war er geblendet. Scheinwerfer hatten die matt schimmernde Außenhaut der »Tolu« in eine gleißende Fläche verwandelt.

Helo stellte sich mit gegrätschten Beinen auf die Luke, sprang ein wenig in die Höhe und schoß eine Salve aus der Rückstoßpistole ab. Auf einen Beobachter hätten die Folgen dieses Experiments einen grandiosen Eindruck gemacht. Helo glitt, wie von einer unsichtbaren Hand getragen, über die spiegelglatte Fläche, ohne sie jedoch zu berühren. Nach etwa hundert Metern feuerte er eine Bremssalve in die entgegengesetzte Richtung und kam kurz vor dem Heck zum Stehen.

Die zweite Schicht arbeitete an den mächtigen Austrittsdüsen der Triebwerke. Helo schaltete den Sprechfunk ein und bat Pawel Fock zu sich. Eine silbrige Gestalt löste sich vom Rand der mittleren Düse, blieb einige Minuten unsichtbar und saß plötzlich als klobiges Ungeheuer neben Helo.

»Ich begrüße Sie unter den Lebenden, Kommodore«, schnarrte es und wackelte mit dem Kopf. »Drei Wochen haben Sie im Dauerschlaf gelegen, wenn ich mich recht erinnere?«

»Ich wollte mich nach dem Stand der Arbeiten erkundigen«, erklärte Helo etwas unsicher. »Wie lange haben Sie noch zu tun?«

»Wir verschweißen gerade die letzte Wand. Aber« – Pawel Fock blickte Helo forschend ins Gesicht – »ich nehme an, Sie sind aus einem anderen Grund gekommen.«

»Der Sendequelle wegen. Hirano tippt auf einen Planeten. Seine Ansicht leuchtet mir ein. Aber . . . das Programm abändern, Pawel?«

Der Mathematiker schien nicht zu verstehen. »Was meinen Sie mit ›abändern‹?«

Kommodore Ryk berichtete nun von Hiranos Befürchtungen. Pawel Fock lachte auf. »Der Astronom ist mißtrauisch geworden. Weil wir die Sonde ›unprogrammäßig‹ gestartet haben, glaubt er, wir könnten eines Tages das ganze Programm über den Haufen werfen. Er arbeitet doch seit Jahren an einer interessanten und originellen Theorie über die Entstehung von Doppelsternen. Mit Hilfe dieser Theorie will er auch die Entstehung des Dreifachgestirns Alpha Centauri erklären, braucht aber noch eine Menge Fakten, um Endgültiges sagen zu können. Und er kann sie nur erhalten, wenn wir das System umkreisen . . . Verstehen Sie jetzt, warum er so ängstlich ist? Und was mich betrifft«, fuhr der Mathematiker schmunzelnd fort, »ich habe nie daran gedacht, das Programm aufzugeben. Im Gegenteil. Aber Venturelli sieht schon einen Planeten mit phantastischen, hochkultivierten Bewohnern vor sich. Ich sagte zu ihm: ›Warum sollen wir mühselige Forschungen treiben? Landen wir doch einfach auf dem Trabanten, und holen wir uns Auskunft bei Ihren Wesen . . .‹ Ich glaube nun fast, Hirano hat diesen Scherz für bare Münze genommen.«

3

Seit geraumer Zeit wehrte sich der Steuerautomat gegen ein Gravitationsfeld, das vom System der Centauren ausging und immer größere Bahnabweichungen hervorrief. Der Automat überprüfte die gespeicherten Tabellenwerte, setzte Korrekturraketen ein und brachte die »Tolu« auf den alten Kurs. Umsonst. Nun begann er zu beschleunigen.

Die Expeditionsleitung verfolgte den ungleichen Kampf mit größter Aufmerksamkeit. Laut Programm war Proxima Centauri, die naheste Sonne des Dreigestirns, in relativ geringem Abstand zu tangieren. Aber im Raum südöstlich gab es eine Sendequelle. Man mußte mit der Existenz von Materie, vielleicht von Planeten rechnen, und mit der augenblicklichen Geschwindigkeit in ein unbekanntes Materiefeld zu rasen konnte Selbstmord bedeuten.

Helo Ryks Unrast steigerte sich in diesen Tagen. Die Intensität der Radiowellen nahm zu, aber es gab noch keinen Beweis dafür, daß es sich um Funkzeichen handeln könne. Die einzelnen Impulse glichen einander wie ein Ei dem anderen, und auch die Pausen zwischen ihnen waren stets von der gleichen Länge. Von der ersten Stunde des Empfangs an bis jetzt war immer nur das eintönige Pit ... Pit ... Pit ... zu hören gewesen. Selbst mit der größten Phantasie konnte man diesen Geräuschen keine semantische Bedeutung ablauschen. Es schien also, als müsse die Hoffnung auf einen »richtigen« Sender begraben werden. Es gab keine intelligenten Wesen, keinen bewohnten Planeten, kein Raumschiff. Das große Ereignis, von dem Helo geträumt hatte, fand nicht statt.

Helo Ryk bat die Gefährten in die Zentrale. »Die nächsten Wochen verlangen eine Entscheidung. Ich möchte, daß Sie darüber nachdenken, wie wir uns dann verhalten«, erklärte er. »Das Gravitationsfeld der Centauren beeinflußt unseren Kurs. Entweder wir geben ihm nach und lassen uns vorsichtig anziehen. So hätten wir die Möglichkeit, den Sender aus der Nähe zu beobachten. Oder wir entfliehen dem Schwerefeld, indem wir beschleunigen. Um eine Kollision mit der Materie, die wahrscheinlich im Raum südöstlich existiert, zu vermeiden, müßten wir dann Proxima in einem größeren Abstand, als ursprünglich vorgesehen, tangieren . . .«

Hirano meldete sich zu Wort, bevor Helo zu Ende gesprochen hatte. Seine Stirnadern schwollen an. »Sie sehen eine Alternative, wo es gar keine gibt, Kollege Ryk. Anziehen lassen? Den Sender aus der Nähe beobachten? Ich protestiere ganz energisch! Der KONVENT hat ein Flugprogramm vorgeschrieben, und Sie haben es zu befolgen, Kommodore!«

»Ich weigere mich doch gar nicht. Ich habe nur festgestellt . . .«

». . . daß es zwei Möglichkeiten gibt und daß Ihre Variante nicht unbedingt die bessere sein muß, Hirano!« rief der Chefmechaniker.

»Ja, wenn es nach Ihnen ginge, machten wir Jagd auf Fabelwesen, statt unsere wissenschaftlichen Aufgaben zu erledigen.« Hirano lachte spöttisch.

»Aber wir wollen doch sachlich bleiben!« mahnte Pawel Fock. »Weder Sie, Hirano, noch Sie, Venturelli, haben absolut recht. Unsere ›Tolu‹, der erste Flugkörper, der das Sonnensystem verlassen hat, ist mit unerhörtem Aufwand gebaut worden und muß mit dem größten Nutzeffekt eingesetzt werden. Das heißt, wir haben das Programm mit allen Kräften zu erfüllen. Aber das Programm darf auch nicht als starres Schema angesehen werden. Sollten wir – gestatten Sie mir bitte eine kleine Phantasterei, Hirano – intelligente Wesen entdecken, dann werden wir das Programm variieren und landen, denn ich verspreche mir einen größeren Nutzeffekt von einem Informationsaustausch mit solchen Wesen als von der Umkreisung der Sternengruppe. Nun, weder unsere Radiowellen noch irgendein anderer Umstand deuten auf einen bewohnten Planeten hin. Andererseits interessiert natürlich die Frage nach der Beschaffenheit der Sendequelle . . .

Ich möchte deshalb einen Vorschlag machen. Gehen wir

dem eigentümlichen Pit . . . Pit . . . Pit . . . noch einige Wochen nach. Entscheiden wir dann, ob wir abbremsen und das zu erwartende Materiefeld vorsichtig passieren oder beschleunigen und Proxima in größerem Abstand umfliegen!«

4

Noch einmal lagen die Kosmonauten in tiefer künstlicher Ruhe. Abbremsen oder Beschleunigen, beides würde erhöhte physische und geistige Anforderungen an die gesamte Besatzung stellen. Dann war es gut, ausgeruht zu sein. Nur der Steuerautomat konnte seinen Dienst mit nie erlahmender Präzision und Konzentration versehen.

Venturelli stand vor den magischen Augen des Elektronenhirns, prüfte Tabellenwerte, notierte Koordinaten. Routinearbeit. Hatte der Automat je einen Fehler begangen?

Er legte Bleistift und Papier beiseite und kletterte in die Führungskanzel. Sein Blick streifte über die grünlich phosphoreszierenden Gravitationskegel, tastete über Skalen und nickelglänzende Armaturen. Seitlich im Hintergrund tanzten winzige Lichtflecke in regelmäßigem Auf und Ab über eine Mattglasscheibe. Sie registrierten die Herzschläge der schlafenden Gefährten. Es waren elf. In etwa zwei Stunden würde ein Lichtimpuls verlöschen. Dann würde Pawel Fock in die Zentrale kommen. Er war Wachhabender wie Venturelli.

Der Chefmechaniker schaltete die schwache Deckenbeleuchtung aus. Als er die Lichtfilter von den Bullaugen nahm, drang das Sternenlicht in die Führungskanzel.

Da, schräg vor ihm, lagen die Centauren. Am nächsten Proxima, ihr Licht war orangefarben.

Venturelli lehnte sich zurück und schloß die Augen. Er sah, was die Gefährten nicht sehen konnten. Weil sie keine Phantasie hatten. Er lächelte. Nur Phantasie?

Hirano würde selbst an einem bewohnten Planeten vorbeifliegen. Für ihn gab es nur kosmologische Probleme. Das war nicht immer so gewesen. Früher hatte Hirano vielseitige Neigungen gehabt. Das wußte Venturelli von der gemeinsamen Arbeit in Rhodesien. Wenn der Astronom aus dem Observatorium gekommen war, hatte er sich über Neuerungen und Fortschritte der Regeltechnik informiert, Geschichte und Literatur studiert und an mathematischen Olympiaden teilgenommen. Seit dem Start der »Tolu«, ganz allmählich, aber von Jahr zu Jahr fortschreitend, hatte sich sein Interessengebiet eingeengt.

Für diesen Prozeß, dem übrigens auch andere Besatzungsmitglieder verfallen waren, wenn auch nicht so offensichtlich, gab es eine ganz natürliche Erklärung: Es fehlte der Einfluß der Gesellschaft. Es fehlten Presse, Funk, Fernsehen, Tagesereignisse, Schicksale, Begegnungen – der Kontakt mit anderen Menschen.

Zwölf Wissenschaftler an Bord. Gewiß, sie waren ein Kollektiv, eine Besatzung, und jede Spezialaufgabe war ein Teil des gemeinsamen Programms. Aber konnte diese Tatsache die gegenläufige Tendenz, die weitgehende Beschränkung der Interessen auf die Spezialgebiete, aufheben? Offensichtlich nur ungenügend.

Auch das würde eine wichtige Erfahrung der ersten menschlichen Expedition in den Kosmos sein.

Und es gab noch einen anderen, schwerwiegenden Sachverhalt. Zwölf Wissenschaftler, das waren zwölf Menschen mit persönlichen Eigenarten, Gewohnheiten, Anschauungen. Nun, auf der Erde lebten einige Milliarden Menschen. Während sich aber in der großen Gemeinschaft Gewohnheiten abschliffen, Temperamente ausglichen, Eigenarten ergänzten, schien es, als wirke dieser ausgleichende Prozeß an Bord der »Tolu« nicht. Die Kosmonauten wußten es und hatten oft darüber gesprochen. Aber war es nicht so, daß sie nach und nach blind gegenüber den kleinen Schwächen und Eigenarten wurden? Es gab eine Macht der Gewohnheit.

Ähnliche Gedanken hatten Venturelli schon öfter bewegt. Jetzt, da er mit geschlossenen Augen in der Führungskanzel saß, fand er, es müsse eine Art Betriebsblindheit sein, welche die Gefährten an ihre engen Spezialgebiete fessele und sie hindere, die großartigen Bilder einer Begegnung mit intelligenten Wesen einer anderen Welt vorauszuahnen.

Er überließ sich seinen Träumen.

Beinahe mit Lichtgeschwindigkeit raste er dem unbekannten Planeten entgegen. Schwerkraft? Magnetfelder? Was interessierten ihn physikalische Probleme, wenn dort unten Wesen aus Fleisch und Blut riefen! Schon waren Kontinente zu sehen und Meere, Wälder, wundersame Städte. Die »Tolu« setzte zur Landung an. Unten jubelte eine vieltausendköpfige Menge. Aber – das waren ja gar keine Menschen, sondern Heuschrecken! Nein, doch Menschen: silberne Zwerge mit drei Augen und langen Fühlern. Oder trugen sie Antennen auf den metallisch schimmernden Köpfen?

Nun kletterten die Kosmonauten aus dem Raumschiff, und Pawel Fock schickte sich an, eine Begrüßungsrede zu halten. Warum zögerte er nur?

»Reden Sie, Venturelli, ich bringe vor Aufregung keinen Satz heraus!«

»Ja, unser Chefmechaniker soll reden!« drängten Ben Pearson und Kommodore Ryk. Und er, Venturelli, sprach. Er überbrachte die Grüße der Menschen aus dem Inneren Kreis, und die silbernen Zwerge jubelten.

Venturelli schluckte. Das Bild war zerronnen.

Unter ihm leuchten grüne Gravitationskegel, und im Hintergrund der Steuerzentrale tanzten winzige Lichtpunkte über eine Mattglasscheibe. Bald würde Pawel Fock in der Zentrale sein. In sechs Wochen war eine wichtige Entscheidung fällig. Und wenn die Radiowellen ausblieben? Hirano würde triumphieren, und die »Tolu« würde auf vorgeschriebener Bahn um die Centauren kreisen.

Venturelli grübelte.

Er mußte dem Beschluß der Expeditionsleitung zuvorkommen. Wenn er doch die Existenz eines Planeten südöstlich Proxima nachweisen könnte, bevor die Besatzung erwachte!

Aber es gab ja eine Möglichkeit! Der Bildechoskop, an

dem er zusammen mit dem Funker arbeitete, war fertig – auf dem Papier. Man müßte ... Er verwarf diesen Gedanken sofort. Er nahm ihn wieder auf, als er neben den Empfängern stand, die immer das gleiche unsinnige Pit ... Pit ... Pit ... registrierten.

Man müßte ...

»Etwas Neues?« Pawel Fock war eingetreten.

Venturelli schüttelte den Kopf und gab die letzten Raumkoordinaten an. Ob er mit dem Mathematiker sprechen sollte? Lieber nicht. Der würde erst die Zustimmung der Gefährten einholen wollen. Wer weiß, was dann an Einwänden zusammengetragen würde!

Ich muß es allein tun, ich werde sie aus ihrer betriebsblinden, phantasielosen Befangenheit reißen, dachte Venturelli.

»Legen Sie sich ein bißchen aufs Ohr«, sagte Pawel Fock freundlich.

»Ich gehe in die Bibliothek.«

Der Mathematiker nickte. Venturelli war erst heute morgen aus einem vierundzwanzigstündigen Schlaf erwacht. Begreiflich, daß er sich nicht abgespannt fühlte.

Venturelli ging an der Bibliothek vorbei und schloß sich im technischen Labor ein. Er nahm die Unterlagen des Bildechoskop-Projektes aus einem Wandschrank und breitete sie aus, sann über die Möglichkeit der praktischen Umsetzung nach. Sechs, nein fünf Wochen hatte er Zeit. Fünf Wochen? Wenn er sowenig wie möglich schlief, mußte diese Frist genügen.

Er malte sich aus, was geschehen könne, wenn er den Echoskop in Betrieb nähme: Die Apparatur sendet Wellen in den Bereich südöstlich Proxima. Der Planet, den es dort zweifellos gab, würde sie reflektieren. Sie würden zurückkommen, gebündelt und verarbeitet werden, auf einen Schirm treffen und ein Abbild des Planeten zeichnen, zuerst in Umrissen, dann schärfer; Kontinente und Meere würden hervortreten, vegetationsreiche Gebiete und Wüsten, Kanäle, ein Straßennetz.

Venturellis Gedanken flogen um so schneller, je mehr er

Einzelheiten erwog, technische Daten prüfte, erweiterte und abgrenzte.

Die praktische Umsetzung des Projekts war eigentlich für den Rückflug vorgesehen. Aber nun gab es einen Grund, den Plan sofort zu verwirklichen. Er mußte den Beweis für die Existenz eines bewohnten Planeten liefern – und die »Tolu« würde landen.

Venturelli begann sofort. Er hatte alle Vorschläge und technischen Skizzen gesammelt, die auf der Erde zu diesem Projekt vorhanden gewesen waren. Unzählige Stunden hatten er und der Funker nach dem Start der »Tolu« darauf verwendet, zu entwickeln, zu entwerfen, alte Wege neu zu durchdenken und neue Wege zu suchen. So war nach und nach eine technische Anlage auf dem Papier entstanden.

Er arbeitete mit Feuereifer. Wie gut, daß Pawel Fock kaum nach Ablösung verlangte. Hin und wieder übernahm er, Venturelli, eine Wache, dann konnte er den Rechenautomaten für seine Zwecke einspannen. Er schlief ein paar Stunden und schloß sich wieder im Labor ein. Er gab vor, in künstlicher Ruhe zu liegen, aber jenes Lichtpünktchen, das in der Rubrik »Chefmechaniker Venturelli« über die Mattglasscheibe tanzte, kam von einem Bildmagnettongerät.

Wochen vergingen. Es war ein Kampf um Tage und Stunden.

5

Am sechsunddreißigsten Tag fuhr Venturelli einen E-Wagen in das technische Labor und bockte die klobige, ungeschlachte Apparatur auf. Er war todmüde, aber er nahm ein nervenaufputschendes Medikament, ging in die Steuerzentrale und sagte: »Es wird Zeit, Sie müssen schlafen, Pawel.«

Pawel Fock fühlte sich nicht abgespannt. »Ich könnte Ihnen noch ein bißchen Gesellschaft leisten.«

»Das wäre unnötig. Die Frist ist bald abgelaufen. In wenigen Tagen wird Kommodore Ryk beschleunigen oder abbremsen, dann werden Sie in der Zentrale gebraucht. Legen Sie sich lieber hin.«

Als der Mathematiker gegangen war, brachte Venturelli den Bildechoskop in einen Aufzug. Plötzlich kamen ihm Bedenken. Wollte er das Raumschiff verlassen, um Außenarbeiten durchzuführen, mußte er die Expeditionsleitung oder wenigstens einen Wachhabenden benachrichtigen. Das verlangten die Sicherheitsvorschriften.

Wenn ihm nun etwas zustieße?

Ach, Unsinn!

Um allen Eventualitäten vorzubeugen, lief er in die Zentrale und verstärkte das künstliche Gravitationsfeld. Selbst wenn er nun auf der spiegelglatten Haut der »Tolu« ausrutschen sollte, würde ihm nichts geschehen. Die Schwerkraft würde ihn festhalten.

Die Montage des Bildechoskops nahm zwölf Stunden in Anspruch. Venturelli verband die Apparatur mit den Energietöpfen im Mittelschiff und koppelte die Empfangseinrichtung mit dem großen Bildschirm in der Steuerzentrale. Die genaue Einstellung des Senders auf den Raum südöstlich Proxima übernahm ein Automat.

War alles Notwendige getan? Ja. Ein Hebeldruck, aufleuchtende Skalen, ein rasches Wechselspiel magischer Augen – und der Echoskop spie Wellenbündel aus, die mit rasender Geschwindigkeit in den Raum hinausschnellten.

Venturelli verspürte weder Freude noch Genugtuung. Er war entkräftet, überreizt; Lichter tanzten vor seinen Augen. Drogen und schlaflose Nächte, übergangener Hunger und aufgepeitschte Nerven verlangten ihren Tribut. Er hatte das Gefühl, sich erbrechen zu müssen, aber eine bleierne Müdigkeit zwang ihn in den nächsten Sessel.

Er wußte nicht, wie lange er gelegen hatte, als er mit heftigen Kopfschmerzen erwachte. Er aß, trank heißen Tee, kontrollierte die Geräte und kroch fröstelnd in die Führungskanzel.

Er versuchte zu schlafen, aber es wurde nicht mehr als ein unruhiges Dösen.

Venturelli sprang auf. Im Halbschlaf war ihm, als habe jemand gerufen. Da, ein anschwellender Akkord ... Ein Notsignal vom Echoskop her! Er rannte in das technische Labor, stieß einen Fluch aus. Die Energiezufuhr war unterbrochen.

Er setzte alle verfügbaren Außenschirme ein. Zentimeter um Zentimeter tastete er die armdicken, von der Schleusenhalle zum Bildechoskop verlaufenden Kabel ab. Ein paar Schritte unterhalb der klobigen Apparatur fand er den Defekt. Die Isolation war beschädigt. Funken sprühten zwischen dem Kabel und der Außenwand der »Tolu«.

Er verstärkte das Gravitationsfeld und kroch in einen Skaphander. Der Aufzug brachte ihn auf das Oberdeck. Er spürte sofort, daß er zuviel Schwerkraft eingeschaltet hatte. Nur mühsam, mit zusammengebissenen Zähnen, konnte er die Beine anheben; die eisernen Schuhe des Skaphanders sogen sich immer wieder an der »Tolu« fest. Als er das Kabel endlich erreicht hatte, hockte er sich in die Kniebeuge. Wieder überfiel ihn ein starker Brechreiz, aber er achtete nicht darauf. Es gelang ihm, den Defekt zu beheben.

Als er sich aufrichten wollte, konnte er sich nicht mehr umdrehen. Seine Knochen und Muskeln schienen sich plötzlich in Gallert zu verwandeln, nur der Metallanzug stützte sie noch.

Der nächste Schwächeanfall nahm Venturelli das Bewußtsein. Aufgerichtet, schlafend, nur durch die Sohlen des Skaphanders an die »Tolu« gefesselt, stand der Chefmechaniker im eisigen, leeren Raum.

6

Als sich Pawel Fock von Venturelli verabschiedet hatte, war er mit der Absicht gegangen, die nächsten vierundzwanzig Stunden zu verschlafen. Der Chefmechaniker hatte ja recht, in wenigen Tagen würde Kommodore Ryk beschleunigen oder abbremsen, und er, Pawel Fock, konnte jetzt nichts Besseres tun, als Kräfte zu sammeln.

Hm, beschleunigen oder abbremsen? Die Würfel waren ja längst gefallen, die Radiowellen hatten sich nicht verändert, und das nichtssagende Pit ... Pit ... Pit ... war kein Grund, das Expeditionsprogramm zu variieren.

Eigentlich schade. Immerhin handelte es sich um einen unbekannten physikalischen Prozeß, und es wäre interessant, die Sendequelle aus der Nähe zu beobachten ... Vielleicht auf dem Rückflug, nach der Umkreisung der Centauren!

Pawel Fock öffnete die Tür seines Arbeitszimmers, trat ein und blieb unschlüssig stehen. Schlafen? Er war gar nicht müde ... Na ja, es mußte eben sein. Er klappte das Wandbett herunter und zog sich langsam aus.

Ein unbekannter physikalischer Prozeß? Im Grunde ist das eine Phrase. Wir vermuten doch alle dasselbe, aber wir sprechen es nicht aus. Warum eigentlich nicht?

Schon vor einigen Wochen hatte Pawel sich diese Frage gestellt, und je näher der Tag kam, an dem die Besatzung geweckt werden und über den weiteren Flugverlauf entscheiden sollte, um so öfter wiederholte er sie. Bewohnter Planet oder physikalischer Prozeß: die Chancen standen eins zu eins, aber er selbst und die Gefährten – Venturelli ausgenommen – verhielten sich so, als sei die erste Möglichkeit absurd, keiner ernsthaften Überlegung wert. Warum nur?

Ob es daran liegt, daß wir die Konsequenzen fürchten? Wenn es südöstlich Proxima intelligente Wesen gäbe, dann müßten wir Kontakt aufnehmen und landen. Bisher haben wir nur das Programm gesehen, waren über Monate und Jahre hinweg eigenen Entschlüssen enthoben. Sind wir nun der Gewohnheit verhaftet, blind, weil wir gar nicht sehen wollen?

Pawel Fock wanderte nachdenklich auf und ab. Er würde mit Holm Ferguson sprechen. Der Arzt hatte bisher geschwiegen, vielleicht nahm er die Schwächen seiner Gefährten gar nicht mehr wahr, er hatte ja keine Vergleichsmöglichkeiten ...

Oder war es besser, ohne Umschweife eine Bordversammlung anzusetzen und die ganze Problematik auf den Tisch zu packen?

Als sich Pawel Fock endlich auf seinem Bett ausstreckte, schien es ihm plötzlich, als habe er Blei in den Adern; ein dumpfer Druck lag auf ihm, und er bekam Kopfschmerzen. Aber das waren doch Begleiterscheinungen einer erhöhten Schwerkraft ...? Unsinn! Jetzt fehlte bloß noch, daß er in die Zentrale lief und nachsah, ob der Chefmechaniker mit dem Gravitationsfeld spielte. Er zog ärgerlich die Decke über die Ohren. Seine Nerven waren anscheinend auch nicht mehr die besten.

Er schlief unruhig, träumte, er habe dem Steuerautomaten falsche Kursbefehle gegeben und Hirano drohe mit einer Beschwerde an den KONVENT. Er versuchte, sich zu rechtfertigen, brachte aber nur ein unsinniges Pit ... Pit ... Pit ... über die Lippen.

Pawel Fock erwachte und war ohne jegliches Zeitgefühl. Wie lange hatte er geschlafen, ein paar Stunden oder einen ganzen Tag? Er fühlte sich wie zerschlagen, hatte bleischwere Glieder, Ohrensausen und eine heiße, trockene Mundhöhle. Was war eigentlich los mit ihm? War er etwa krank? Am besten, er nahm jetzt ein Bad und vertraute sich dem mechanischen Hypnotiseur an. Aber vorher mußte er etwas trinken. Vielleicht hatte Venturelli Tee aufgebrüht?

»Ich hoffe, Sie können mir einen Grog anbieten«, sagte er, als er in die Zentrale kam, erhielt aber keine Antwort.

»He, Wachhabender!«

Es blieb totenstill.

»Venturelli! Sind Sie ...?«

Pawel Fock schrak plötzlich zusammen. Die Gravitationskegel auf dem schmalen Gesims an der Stirnwand der Zentrale phosphoreszierten dunkelgrün. Der Chefmechaniker mußte das Schwerefeld verstärkt haben. Also doch!

Pawel Fock kletterte in die Führungskanzel und beugte sich über das Katastrophenmikrophon. »Wachhabender Venturelli, bitte in die Steuerzentrale! Geben Sie Empfangsbestätigung und kommen Sie sofort! Venturelli ... Venturelli ...!«

Die Lautsprecher in sämtlichen Räumen der »Tolu« waren mit dem Katastrophenmikrophon verbunden. Der Chefmechaniker mußte ihn hören. Aber Venturelli antwortete ihm nicht.

Pawel Fock zwang sich, ruhig nachzudenken. Hatte Venturelli etwa die Vorschriften übertreten und das Raumschiff verlassen? Aber warum sollte er? – Immerhin, das war eine Möglichkeit! Man mußte jedenfalls nachsehen.

Pawel Fock richtete den großen Außenschirm zuerst auf die Schotten in der Schleusenhalle – und stutzte. Er hatte ein armdickes Kabel entdeckt. Hastig verfolgte er es Meter um Meter. Als eine klobige Apparatur in den Blickwinkel der Kamera rückte, sprang er auf. Was war dem Mechaniker nur eingefallen? Vernachlässigte seinen Dienst, um mit irgendwelchen Geräten zu experimentieren! Da war er ja selbst! Breitbeinig, ein wenig zur Seite geneigt, stand er auf dem Oberdeck, unbeweglich, wie in tiefes Nachdenken versunken.

»Venturelli!«

Der Chefmechaniker rührte sich nicht.

»Venturelli!«

Keine Antwort. Eine jähe Angst flammte in Pawel Fock auf. Da war doch etwas geschehen? Wie lange mochte sich der Mechaniker bereits im freien Raum aufhalten? Waren die Sauerstoffpatronen etwa schon verbraucht?

»Venturelli!«

Keine Antwort. Zweifellos ein Unfall! Pawel Fock zögerte. Er mußte den Mechaniker holen, aber durfte er selbst die Zentrale verlassen, ohne die Gefährten benachrichtigt zu haben? In frühestens einer Stunde würden sie erwachen. Dann konnte es zu spät sein.

Hastig setzte er die Weckautomaten in Betrieb und schaltete die Bordsirene ein, warf ein paar Zeilen auf ein Blatt Papier und legte es für jeden sichtbar auf den Steuerautomaten.

Sollte er nun die Schwerkraft vermindern? Sie war zu

hoch, er würde nur mit Mühe vorankommen, vielleicht mußte er den Chefmechaniker tragen. Aber Venturelli war nicht angeseilt, er konnte sich bewegen und abrutschen oder ins Schweben kommen – und die Bergung würde sich verzögern.

Pawel Fock entschied sich, das Gravitationsfeld nicht zu verändern. Er kletterte auf das Oberdeck, kroch in einen Skaphander, prüfte die Sauerstoffpatronen und klinkte die Sicherungsleine ein. Dann trat er in den Raum hinaus. Er kam nur langsam vorwärts, knapp hundert Meter entfernt stand der Mechaniker; und er benötigte fast zehn Minuten, bis er ihn erreicht hatte. Er leuchtete ihn an, erschrak. Venturellis Gesicht war fahl und eingefallen, seine Augen waren geschlossen, und auf seiner Stirn perlten dicke Schweißtropfen.

Er versuchte, ihn zu tragen, mußte ihn aber nach wenigen Schritten wieder absetzen. Unmöglich! Das Gravitationsfeld war viel zu stark, bürdete ihm Zentnerlasten auf. Was nun?

Pawel Fock klinkte die Sicherungsleine von seinem Skaphander und schlang sie um Venturellis Brust, stapfte, so schnell er konnte, zurück bis an die Luke, kletterte in die Zentrale und drosselte die Schwerkraft auf ein Minimum. Wenig später hatte er den Chefmechaniker, der jetzt federleicht war, in das Schiffsinnere gezogen.

Die Gläserne Stadt

I

Zwei Stunden lang saßen die Kosmonauten schon vor dem großen Aufnahmeschirm in der Steuerzentrale und warteten. Wie würde das Experiment des Chefmechanikers ausgehen? Zuweilen erschienen auf dem Schirm ein paar tanzende Flecke, so groß wie Kirschen, Reflektionsfelder kleiner Meteoriten.

Venturelli lag im medizinischen Labor. Er befand sich in einer tiefen Krisis. Konnte er sich, wenn er erwachte, wieder bewegen, oder würde er gelähmt bleiben, so wie ihn Pawel Fock vom Oberdeck der »Tolu« geholt hatte? Auch diese Frage war völlig ungewiß.

Also warten.

Warten, warten! Wie lange denn noch?

Zäh tropften die Minuten, und jede von ihnen konnte eine Entscheidung bringen.

»Da!«

Zehn Augenpaare starrten gebannt auf den ovalen Schirm. Es flackerte und flimmerte auf der Mattglasscheibe. Die bereitgestellten Kameras schalteten sich automatisch ein, ihr monotones Schnurren war in diesen Augenblicken das einzige wahrnehmbare Geräusch.

Die ersten Bilder: Nebel, Wolken –

die Umrisse eines zerklüfteten Gebirges,

Abhänge,

Geröll,

Wasser –.

Und wieder Nebel.

Aus.

Zehn Augenpaare starrten. Kam noch mehr? Aber wozu auch? Schon das wenige war überwältigend genug. Das Antlitz eines Planeten, für Sekunden aus den Tiefen des Kosmos aufgetaucht ...

Die Spannung löste sich.

»Gebirge und Wasser.«

»Wie auf der Erde!«

»Was sagen Sie nun, Hirano? Hat Venturelli nicht recht gehabt? Wir werden landen!« Triumph war in Pearsons Stimme. Der Astronom antwortete mit einem dünnen Lächeln.

Kommodore Ryk hob plötzlich beschwörend die Hände. »Da!«

Von neuem lief ein Flimmern über den Schirm. Eine graue, formlose Masse kam heran, quoll auf, glättete sich, sank zurück, kam wieder näher: eine Ebene. In ihrem Zentrum lagen, um ein Viereck angeordnet, warzenförmige Buckel und Erhebungen, regelmäßige Linien. Und dann, als die Ebene noch mehr aufquoll und das Mattglasoval zu sprengen drohte, rückten Quader und Halbkugeln in den Vordergrund, zu Schnüren aneinandergereiht oder terrassenförmig aufeinandergetürmt – ein Werk vernunftbegabter Wesen?

Aus. Der Schirm erlosch endgültig.

Helo Ryk verbrachte die nächsten Stunden in einem traumhaften Zustand. Mechanisch ging er auf und ab – zwanzig Schritte bis zum Steuerautomaten, eine Wendung, zwanzig Schritte zurück –, während die Gefährten heftig diskutierten.

Natürlich, Venturelli hatte Vorschriften übertreten, die Disziplin verletzt, als Wachhabender seinen Posten verlassen, hatte sich Hals über Kopf in ein Abenteuer gestürzt. Aber wog der Erfolg nicht alle Vergehen auf? Ihm, nur ihm war die großartige Entdeckung zu verdanken, er hatte das Antlitz eines fernen Planeten heraufbeschworen, hatte die seltsamen Bauten intelligenter Wesen sichtbar gemacht. Ihn jetzt verurteilen?

Pawel Fock beendete eben eine längere Erklärung. »Ich meine also, daß wir alle verantwortlich sind, Hirano. Sie ebenso wie ich und die übrige Besatzung ...«

»Das gebe ich zu«, sagte der Astronom.

»Und was halten Sie davon, Kommodore?«

Helo blickte den Mathematiker verständnislos an, zuckte die Schultern. Wovon war doch die Rede gewesen?

»Was ist denn los mit Ihnen? Sie rennen auf und ab und schweigen. Sind Sie etwa grundsätzlich anderer Meinung als wir?«

»Wir sollten Venturelli nicht zu hart beurteilen . . .«

»Eben.« Pawel Fock nickte eifrig. »Er hat es vorgezogen, das Experiment im Alleingang auszuführen, hat sich nicht an uns gewandt, hatte kein Vertrauen. Und wahrlich mit Recht.«

Helo wußte nicht, wie Pawel Fock und die Gefährten zu dieser Auffassung gekommen waren, aber das interessierte ihn auch nicht. Die Hände auf dem Rücken verschränkt, setzte er seine Wanderung fort: zwanzig Schritte bis zum Steuerautomaten und zurück. In Gedanken eilte er dem Raumschiff voraus. Und während sich die Gefährten noch mit banalen Problemen herumschlugen, betrat er eine lange erträumte, phantastische Welt.

Die Entfernung zwischen der »Tolu« und jenem Unbekannten schmolz schnell zusammen. Jetzt konnte der Massensucher eingesetzt werden. Er fand zwei Reflektionsfelder. Das größere stammte von Proxima Centauri, das andere zweifellos von einem Planeten. Er näherte sich auf einer elliptischen Bahn, mußte aber bald das Aphel erreicht haben. Das eintönige Pit . . . Pit . . . Pit . . . schwoll von Tag zu Tag an – und veränderte sich auch dann nicht, als Sadko Funkzeichen auf allen Frequenzen gegen den Unbekannten schickte. Keine Antwort. Der Planet schwieg.

Die nächste Flugetappe mußte sorgfältig vorbereitet werden. Helo übergab dem Steuerautomaten letzte Kursbefehle. Pawel Fock und Sven Roger überwachten die Arbeit der Bremsdüsen. Hirano war nur noch im Observatorium anzutreffen. Er beobachtete die Centauren unablässig, hielt Ausschau nach weiteren Trabanten – bisher ohne Erfolg. Nyland, Norris und Jan Mayen sahen die Skaphander und Helikopter, die Landeraketen und Raupenfahrzeuge nach. Nur Holm Ferguson und Ben Pearson blieben von alldem unberührt. Sie widmeten sich dem jungen Chefmechaniker. Und Venturelli genas allmählich.

2

Einem riesigen Hai gleich, schob sich der metallisch glänzende Raumkoloß in die obersten Schichten der Atmosphäre. Die Triebwerke donnerten, hin und wieder spien sie lange Flammengarben aus, die einen unregelmäßigen, im Kern weißblauen Schweif bildeten. Der Himmel nahm eine eigentümliche violette Färbung an. Am südlichen Horizont flimmerte die orangerote Scheibe der Proxima Centauri. Weit unten lagen die ersten milchigen Wolkenschleier. Mochten sie das Antlitz des Planeten verhüllen, gänzlich verbergen konnten sie es nicht: Radarwellen zeichneten Gebirgszüge und Niederungen, Ebenen und ausgedehnte Wasserflächen auf den großen Universalschirm in der Steuerzentrale.

Während die Gefährten erste Untersuchungen der Atmosphäre, der Magnetfelder und Strahlungsverhältnisse vornahmen, beobachtete Helo den Höhenmesser. Allmählich ging er auf fünfundzwanzig-, zwanzig- und fünfzehntausend Meter, schaltete die Bugbremsdüsen ab und richtete die »Tolu« in die Horizontale. Draußen im Raum war es stets auf überhohe Geschwindigkeiten angekommen, jetzt kam es auf niedere Geschwindigkeiten und eine gute Manövrierfähigkeit an. Das Antriebssystem mußte auf konventionellen Treibstoff umgestellt werden.

Dem eintönigen Pit ... Pit ... Pit ... folgend, zog die »Tolu« Stunde um Stunde nach Norden. Gegen Mittag näherte sie sich dem Pol, aber Wolkenschleier verhüllten die Sicht auch noch bei zehn- und achttausend Meter Höhe. Da die Radarwellen keinerlei Bodenerhebungen registrierten, beschloß Helo, noch tiefer zu gehen. Vor den Bullaugen wallte lockerer, schmutziggrauer Nebel.

Die Gefährten, Venturelli wieder unter ihnen, hatten sich in der Steuerzentrale versammelt; sie beobachteten gespannt die Außenschirme. Ab und zu schien es, als huschten unten Schneefelder vorbei.

»Der Planet empfängt uns mit Rätseln«, sagte Jan Mayen. »Die Funksignale kommen direkt aus dem Eis.«

»Vielleicht wohnen hier Eskimos. Ihre Vorfahren, Jan, haben sich immerhin auf dem siebzigsten Breitengrad ganz wohl gefühlt.«

»Kann mir nicht denken, daß unser Sender in einer Filzjurte steht, Pearson.«

»Eins zu null für Sie«, gab der Biologe zu.

Endlich, bei zweitausend Metern, zerriß die Nebeldecke. Es wurde mit einem Schlag hell. Die Kosmonauten stürzten zu den Bullaugen. Unten breitete sich eine endlose, glitzernde Schneewüste aus, ab und zu von graublauen, flächigen Erhebungen unterbrochen. Das waren zweifellos Gletscher. Sie sahen aus wie die Bauchschuppen eines riesigen Fisches: fast rund, an den südlichen Ausläufern etwas zugespitzt. Nirgends eine Spalte, eine Senke oder gar offenes Wasser. Keine Spur von Gestein. Nach dem Horizont zu verlor sich die trostlose Wüste in schmutzigem Grau, berührte irgendwo weit draußen den Himmel.

Helo drückte das Raumschiff allmählich bis auf achthundert Meter.

Die Außenschirme holten die Schnee- und Eismassen greifbar nahe heran. Deutlich waren kleinere Wellen und Erhebungen zu erkennen.

»Ob das richtiger Schnee ist oder irgend so ein Kohlensäuregemisch?«

»Haben Sie nicht Lust, eine Probe heraufzuholen, Venturelli?«

»Wenn Sie erlauben, Kommodore? Die kleinen Sonden sind startklar.«

Helo nickte. »Wir fliegen heute sowieso nicht weiter. Proxima wird bald untergehen. Ich bringe die ›Tolu‹ jetzt in den Schwebezustand.«

Die Sonnenscheibe hatte den südwestlichen Horizont fast erreicht. Ab und zu durchbrach sie die Nebelschleier, dann schienen die Gletscher in rotes Licht getaucht. An den Nordhängen begann es zu dunkeln.

Die Mechaniker öffneten das Schleusentor, und Venturelli setzte sich an die Fernsteuerung. Ein kurzer, gedrungener Behälter löste sich von der »Tolu« und fiel in die Tiefe. Schon war er nur noch als winziger Punkt zu sehen, leuchtete plötzlich auf, vergrößerte sich und blieb in der Luft hängen. Der Fallschirm hatte sich geöffnet. Der Wind trieb ihn unter dem Schiff hinweg. Langsam näherte er sich dem Boden. Jetzt mußte er aufgeschlagen sein.

Der Behälter löste sich vom Schirm. Venturelli wartete einige Augenblicke und zündete dann durch Funk die Treibladung, richtete die Miniaturrakete auf Leitstrahl. Sie kam zurück wie ein folgsamer Hund. Nyland und Norris konnten sie in der Schleusenhalle bergen.

Nyland kam mit einem durchsichtigen Gefäß in die Zentrale. »Schnee. Vielleicht enthält er irgendwelche Lebenskeime . . . Wollen Sie das Zeug nicht untersuchen, Ben?«

Aber die Analyse fiel negativ aus.

Es dunkelte schnell. Das Thermometer ging zurück. Die Bullaugen vereisten. Gegen Abend begann es aus südlicher Richtung zu wehen. Eiskörner trommelten gegen die Metallhaut des Raumschiffes. Der Wind surrte in den Antennen und warf sich auf die flächigen Hohlspiegel der Triebwerke.

»Das klingt alles so neu und ungewohnt, daß man erschrecken könnte.« Pawel Fock lächelte. »Hören Sie nur, wie es wütet.«

Die Kosmonauten tranken Tee. Vielleicht war es für lange Zeit das letzte Mal, daß sie so zusammensitzen konnten. Morgen würden sie die Sendequelle aufsuchen, dann den Pol überqueren und nach Süden fliegen. Irgendwo in Äquatornähe mußte es wärmere Gebiete geben, Pflanzen, Tiere und eine Siedlung – aus Quadern und Halbkugeln. Oder war sie etwa Überrest einer vergangenen Kultur?

Vielleicht war alles höhere Leben durch eine gewaltige

Eiszeit vernichtet worden? Die Kosmonauten tauschten Vermutungen aus, konstruierten Hypothesen, verwarfen. Nur Helo Ryk beteiligte sich nicht – blaß und mit geschlossenen Augen lehnte er in seinem Sessel. Er habe ein wenig Kopfschmerzen, sei müde, antwortete er auf Holm Fergusons besorgte Frage und zog sich in sein Arbeitszimmer zurück.

3

Der Morgen brachte eine Überraschung. Noch war die Sonne nicht aufgegangen, als Jan Mayen die Kameraden weckte. Er stand an einem der Bullaugen und deutete auf den Horizont. »Kommen Sie, schnell, sehen Sie nur!«

Pearson stand zuerst neben ihm. »Nyland, bringen Sie eine Kamera mit!«

Draußen bot sich ein seltsames Schauspiel. Der Himmel hatte sich aufgeklärt und strahlte in mattem Lachsrot, das im Süden dunkler wurde und dem Widerschein eines ungeheuren Brandes glich. Von dort, wo später Proxima auftauchen mußte, zogen sich breite Flammenstreifen bis zum Zenit und – schwächer werdend – gegen den nördlichen Horizont. Über dem Pol lösten sie sich in mattem Silberglanz auf. Bald leuchteten auch die Schneefelder blaßrosa, und die Gletscher strahlten wie geschliffene Rubine.

Als die Bordsirene zum Wecken rief, waren die Kosmonauten längst auf ihren Plätzen. Langsam setzte sich das Raumschiff in Bewegung. Nach einstündigem Flug türmten sich unten zerklüftete Eisgebirge – die Randschollen eines massiven Hochplateaus, wie sich bald herausstellte. Es wurde nur zögernd Tag. In den Gletscherspalten und Senken hockten immer noch schwarze Schatten.

Etwas später meldete sich Hirano aus dem Observatorium. »Kommodore, wir nähern uns einem Objekt, das weit über seine Umgebung hinausragt. Sie werden es bald mit bloßem Auge erkennen. Im Fernrohr erscheint es als Pyramide oder Kegel.«

»Halten wir genau darauf zu?«

Der Astronom gab ein paar Koordinaten an, und Helo änderte den Kurs gerüngfügig ab, schaltete die automatische Steuerung ein. Als er sich zu den anderen an die Bullaugen lehnte, tauchte das »Objekt« gerade am Horizont auf, wurde schnell größer. Aber es schien nur ein hoher Eisberg ohne besondere Merkmale zu sein. Er funkelte und strahlte wie ein riesiger Kristall.

»Auf der Spitze steht ein Pfahl!« rief Venturelli ungeduldig.

»Der eingerammte Nordpol«, bemerkte Pearson trocken.

»Oder eine Fata Morgana?«

Es war keine Sinnestäuschung. Der abgestumpfte, mindestens hundert Meter hohe Kegel entpuppte sich als Eiskrater. Die glattgeschliffenen Innenwände mündeten in eine ebene Sohle. Im Zentrum der Kratersohle ruhte der »Pfahl«, eine Metallkonstruktion. In seiner Nähe wölbten sich acht gewaltige gläserne Halbkugeln.

»Unser Sender.«

»Sieht aber ziemlich verlassen aus.«

»Landen wir, Kommodore?« wollte Pearson wissen.

»Mitten im Eis?« Helo verneinte unwillig.

»Wozu haben wir dann Kurs auf den Sender genommen?«

»Jedenfalls nicht, um im Schnee herumzutrampeln.« Helo wandte sich schroff ab, fügte aber, als er Holm Fergusons fragendem Blick begegnete, hinzu: »Vielleicht kehren wir später zurück, wollen uns zunächst nach etwas Besserem umsehen.«

Lautlos wie ein Schatten glitt die »Tolu« über die ausgedehnte Sohle und erreichte wenig später den hinteren Kraterrand. Dann breiteten sich wieder eintönige, trostlose Schneefelder aus.

Südkurs. Stunde um Stunde. Gegen Mittag begann sich das Bild zu wandeln. Die weißen Flächen lagen nicht mehr geschlossen beieinander, ab und zu kam tiefbrauner Frostboden zum Vorschein, manchmal mit einem Anflug von moosartigem Pflanzenwuchs. Der Planet lebte also!

Pearson bat, noch tiefer zu gehen. Da sie voraussichtlich

bis in die Äquatorgegend vordringen würden, mußte sich ein interessanter Schnitt durch die verschiedenen Klima- und Vegetationszonen ergeben.

Helo lehnte mit der Begründung ab, es sei wichtiger, vor Einbruch der Nacht einen Landeplatz zu finden. »Einen Festpunkt«, berichtigte er sich mit einer fahrigen Handbewegung. »Die ›Tolu‹ bleibt natürlich oben, wie Ihnen bekannt sein dürfte.«

Pearson tauschte einen Blick mit dem Arzt. Was war nur in den Kommodore gefahren? Er schien total überreizt; auch äußerlich machte er einen abgespannten Eindruck. Aber was tun? Sechs, beinahe sieben Jahre lang hatte er das Raumschiff tadellos geführt. Er konnte mit Recht stolz sein. Sollten sie ihn jetzt, während der letzten Flugstunden, kritisieren oder gar ablösen lassen? »Zumindest psychologisch gesehen, wäre das ein großer Fehler«, flüsterte Holm Ferguson. »Sobald wir am Ziel sind, werde ich ihn untersuchen. Er muß ausspannen.« Vorsichtshalber verständigten sie Pawel Fock und Sven Roger. Pawel Fock versprach, in Helos Nähe zu bleiben und jeden seiner Handgriffe zu beobachten. Er und Sven Roger waren als Kopiloten ausgebildet; wenn etwas geschehen sollte, konnten sie einspringen.

Tundra. Spärliches Krummholz, Dornengestrüpp, Flechten. Riesige Findlinge, kreisrunde Seen. Die »Tolu« folgte einem Flußlauf. Er war von Osten herangekommen. Seine schmutziggrauen Fluten führten Eis.

Am Horizont tauchte eine Bergkette auf. Helo beschleunigte. Das Raumschiff gewann an Höhe, wurde von weißen, brodelnden Wolkenfetzen zugedeckt. Und wieder mußten Radarwellen die Sinnesorgane der Kosmonauten ersetzen. Sie registrierten einen Gebirgszug nach dem anderen, dazwischen Schluchten, Felslabyrinthe, ein Hochplateau, witterten jedes gefährliche Hindernis und teilten es dem Steuerautomaten mit, der in Bruchteilen von Sekunden die nötige Bahnabweichung berechnete. Blindflug über knapp zweihundert Kilometer. Dann war das gewaltige Massiv überquert.

Der Planet zeigte ein zweites Gesicht. Es war freundlicher und heller als der Norden. Sanft geschwungene Hügelketten wurden sichtbar, erinnerten an erstarrte Meereswellen. In den Tälern gedieh üppiges Buschwerk. Der Himmel war tiefblau und bildete einen merkwürdigen Kontrast zu den orangefarbenen Wäldern, die den einen und anderen Hügel als lustige Kappen bedeckten.

Später, Helo hatte die Fluggeschwindigkeit auf ein Minimum reduziert, entdeckte Pearson eine Herde weidender Tiere. Sie ähnelten Kühen, hatten aber ein zottiges, bis auf den Boden reichendes Fell und lange Schlappohren. Der Sichtschirm zeigte Augen, die beinahe hinter dicken Hautfalten verschwanden.

Hirano meldete sich aus dem Observatorium und bat um eine Kursänderung. »Ich glaube, dort rechts liegen Gebäude.«

Die »Tolu« schwenkte in die angegebene Richtung. Nach einigen Kilometern tauchten große, rechteckige Blöcke auf. Sie umgaben einen halbkreisförmigen Platz. Eine Siedlung? Aber die Blöcke waren zerfallen, mußten schon lange unbewohnt sein. Gras und Strauchwerk wucherte auf den flachen Dächern, verbogene Metallträger ragten aus den dunklen Fensteröffnungen. Auch der Platz war verwüstet: von breiten Rissen zerfurcht, löcherig, rauchgeschwärzt, mit Schlackenstücken übersät. Was war hier geschehen?

»Vielleicht ein Beben.« Pawel Fock deutete auf einige Steinsäulen am Rande der Siedlung. Sie waren umgekippt, zerbrochen, durcheinandergewürfelt; wie von einer Riesenfaust über die Ebene verstreut.

»Sieht aber mehr nach mutwilliger Zerstörung aus.«

»Urteilen Sie doch nicht gleich mit den Augen unserer Vorfahren. Dieser Planet heißt nicht Erde.«

Sollten sie die Gebäude untersuchen? Vielleicht ergaben sich irgendwelche Hinweise auf die ehemaligen Bewohner. Aber das würde Zeit in Anspruch nehmen. Sie entschieden sich weiterzufliegen.

Das Land wurde flacher, das Vegetationsbild reichhaltiger:

blattlose, kakteenartige Gewächse vereinigten sich zu geschlossenen Hainen, purpurrote Gräser bedeckten die ausgedehnten Niederungen, sperriges Strauchwerk schob sich gegen offene Sandfelder vor. Am Himmel schwammen rosige Wölkchen. Das Thermometer kletterte auf zehn Grad über Null.

Holm Ferguson forderte die Gefährten auf, in den Club zu gehen. »Sie haben seit dem frühen Morgen nichts gegessen, und Venturelli war so freundlich, ein komplettes Gericht zu kochen . . . Also bitte!«

Ben Pearson aß hastig, blickte mehr auf den Sichtschirm als auf seinen Teller, erhob sich nach wenigen Minuten und wollte an seinen Beobachtungsplatz zurückkehren.

»Ben!« Der Mathematiker schüttelte den Kopf. »Ihre Gräser und Blattpflanzen laufen Ihnen doch nicht weg!«

Pearson lächelte verlegen. »Wieso Blattpflanzen? Ich möchte endlich einen ausgewachsenen Proximanen sehen!«

»Einen was?«

Aber Pearson war schon zur Tür hinaus.

»Ich glaube, er meint die Bewohner des Planeten«, sagte der Chefmechaniker und stimmte in das Gelächter der anderen ein.

Doch Pearson stand plötzlich wieder auf der Türschwelle. »Ein Luftschiff!«

Es näherte sich von Südwesten. Der gelbe, matt glänzende Leib hatte die Form einer flachen Wanne, war an Heck und Bug zusammengedrückt und mit stromlinienförmigen, gläsernen Aufbauten versehen. Das Luftschiff kam in weitem Bogen heran, schnell, lautlos, gespenstisch, aber verschwindend klein gegenüber dem mächtigen Raumkoloß. Es tauchte in seinen Schatten, stieg höher und lag schließlich neben der Steuerzentrale. Es hatte weder Bullaugen noch irgendwelche Fenster. Sein Rumpf war ebenmäßig, wie aus einem Guß. Auf dem Heck leuchteten weiße, seltsam verschlungene Zeichen.

Pearson musterte die gläsernen Aufbauten mit einem Fernrohr. Doch sie waren milchig getrübt und gestatteten keinen Blick in das Innere. Zehn, fünfzehn Minuten lang wich der Flugapparat nicht von der Seite des Raumschiffs.

Pearson wurde ungeduldig. »Ist es hier etwa Sitte, die Gäste anzustarren und selbst unter der Tarnkappe zu bleiben?«

»Nehmen Sie das Fernrohr lieber weg«, riet Venturelli. »Man wird denken, Sie wollen schießen.«

»Versuchen wir es doch mit dem Sprechfunk!«

»Und welchen Text in welcher Sprache schlagen Sie vor?«

»Ist doch gleichgültig. Vielleicht melden sich die Proximanen, wenn sie unseren Anruf hören. Los, Sadko, geben Sie ein paar Worte durch, fragen Sie meinetwegen nach den Wetteraussichten für die nächsten zwei Jahre.«

Doch es war bereits zu spät. Das Luftschiff sackte plötzlich ein paar Meter nach unten und raste, wie von einer mächtigen Sehne geschnellt, hinab in die Ebene. Doch sie spie es wieder aus – eine goldene Nadel, die wenig später am südwestlichen Horizont verschwand.

Mit donnernden Motoren, den Bug sanft abwärts gerichtet, folgte die »Tolu«.

4

Endlich, schon warfen die Bäume und Sträucher lange Schatten, waren die ersten Anzeichen einer Besiedlung zu erkennen: Feldkulturen und Bewässerungskanäle. Von Süden kam eine Fahrbahn heran, schlängelte sich – ein endloser Wurm – durch Wiesen und Haine, erklomm eine sanfte Bodenwelle und fiel zu den Ufern eines Sees hinab. Der See dehnte sich ohne sichtbare Begrenzung nach Westen. In einiger Entfernung lagen Dunstschleier auf den Wassern. Proxima war eben verschwunden, und die Nacht kündigte sich an, als am jenseitigen Ufer blitzende Glasflächen auftauchten – die Vorboten einer großen Siedlung? Helo drosselte die Fluggeschwindigkeit. Die Motoren verstummten.

Eine Stadt! Halbkugeln aufeinandergetürmt und zu Schnüren aneinandergereiht, Quader, symmetrisch um einen großen, freien Platz angeordnet. Schon einmal hatten die Kosmonauten diese phantastische Anlage gesehen, für Sekunden nur, aber aus der gleichen Perspektive: einige Wochen vorher, auf dem Bildschirm in der Steuerzentrale.

Halbkugeln und Quader, Platz und Straßen schienen aus demselben Material bestehen: einer milchig getrübten Glasmasse. Hängegärten und Blumenrabatten lockerten das architektonische Gesamtbild auf. An der Ostseite des Platzes erhob sich eine große weiße Halbkugel; davor, von Springfontänen umgeben, ein quadratisches Podest. Aber kein Lebewesen weit und breit. Die zahlreichen Promenaden, Alleen und Gärten waren wie leergefegt.

Vorsichtig, Meter um Meter, senkte sich das Raumschiff auf die gläserne Stadt hinab. Es durfte ihr nicht zu nahe kommen, es würde die Gebäude und Gärten in ein Flammenmeer verwandeln.

Helo arbeitete angestrengt und konzentriert, schaltete immer neue Bremsdüsen ein; bei tausendfünfhundert Meter Höhe brachte er die »Tolu« in den Schwebezustand. Noch einmal glitten seine Hände über die Knöpfe und Schalthebel des Befehlspultes, ruhten einen Moment auf der Hauptsicherung des Steuerautomaten und erschlafften.

»Am Ziel, Helo.« Pawel Fock lächelte aufmunternd. »Sie haben das erste Kapitel der extraplanetaren Kosmonautik zu Ende geschrieben. Sie . . .«

»Später, Pawel, später. Ich möchte erst mal verschnaufen. Lassen Sie mir bitte ein paar Minuten Zeit.«

Am Ziel?

Die Gefährten waren in den Club gegangen. Helo saß vor dem Steuerautomaten, grübelte. Von unbekannten Welten hatte er geträumt, von unfaßbaren Ereignissen, umwälzenden Erkenntnissen. Und nun? Es war ja alles wie sonst!

Schon damals, als das Antlitz des Planeten zum ersten Male aufgetaucht war, hatte er gespürt, daß seine Hoffnungen Illusionen, jene Stimmen, die er gehört, Phantome gewesen waren, daß alles alltäglich sein würde nach der Landung. Er würde ein paar gläserne Halbkugeln und Quader zu sehen bekommen und bestenfalls ein paar menschenunähnliche, aber denkende, essende, trinkende, zeugende biologische Wesen. Hatte er danach gesucht?

Wo war das Überwältigende, Unfaßbare, Endlose? Hier nicht! Hier gab es Pflanzen, Berge, Seen, Straßen, Gärten, Wohngebäude – wie im Inneren Kreis. Und er war nicht geschaffen, um in bekannte und immer wieder in bekannte Gesichter zu sehen.

Helo raffte sich auf. Es war dunkel geworden. Er schaltete endlich einen Außenschirm ein. Eine graue neblige Masse, die Stadt lag zu seinen Füßen. Sie langweilte ihn schon jetzt.

5

Die Gefährten warteten im Club. Pawel Fock, Sven Roger und Holm Ferguson, in deren Händen die nächste Etappe der Expedition lag, hatten an der Stirnseite der großen Speisetafel Platz genommen, Jan Mayen und Foster lehnten an einem geöffneten Bullauge, Pearson spielte Schach gegen Venturelli.

Helo setzte sich, wollte unbefangen erscheinen. Aber eine unangenehme Schwäche befiel ihn. Er senkte den Kopf und starrte auf die geschnitzten Schachfiguren. Wie aus nebelhafter Ferne hörte er die gedämpfte Stimme Hiranos. Irgendwo tickte eine Uhr.

Es war alles alltäglich. Eine fremde Welt? Inwiefern nur fremd? Er hatte Bäume gesehen, die keine Schatten warfen. Nun gut. Er war über Gletscher geflogen – auch hier würde das Wasser bei null Grad gefrieren. Auch hier waren die Gebirge aus Stein, und wenn Proxima unterging, würde eine lange Nacht folgen, dann ein Tag und wieder eine Nacht. Sieben Jahre Kampf gegen Raum und Zeit – für nichts!

In diesem Moment stiegen Erinnerungen an einsam verbrachte Nächte unter dem südlichen Himmel Rhodesiens in ihm auf, und er glaubte das Licht all der Sterne zu sehen, die er je geschaut hatte. Spitzen Eisnadeln gleich bohrte es sich in sein Gehirn, und irgendwo weit draußen lockte und wisperte die blaue Wega . . .

»Die Dame ist futsch«, triumphierte Venturelli, und Pearson gab zu, daß er ein ausgemachter Trottel sei.

»Fangen wir an.« Pawel Fock bat Foster und Jan Mayen, ebenfalls Platz zu nehmen. »Wir haben das Programm variiert und einen Planeten angeflogen. Mit Hilfe seiner – zweifellos intelligenten, hochkultivierten – Bewohner hoffen wir, verschiedene Spezialprobleme des Programms schneller und besser zu lösen, als es uns während einer Umkreisung des Centauren-Systems möglich gewesen wäre. Außerdem sind wir natürlich interessiert, den Boden für dauerhafte und fruchtbare Beziehungen zwischen dem Inneren Kreis und diesem Planeten vorzubereiten. Von uns hängt es ab, wie spätere Expeditionen hier aufgenommen werden.

Ich möchte aber betonen, daß die ›Tolu‹ voll einsatzfähig und – falls es zu irgendwelchen Zwischenfällen kommt – jederzeit startklar ist.

Die Analysen haben eine überaus günstige Zusammensetzung der Luft ergeben, schädliche Bakterien oder Krankheitserreger wurden bisher nicht festgestellt. Trotzdem sind Sie verpflichtet, die Desinfektionsmaßnahmen, die Holm Ferguson anschließend bekanntgeben wird, streng zu beachten.

Jeder von Ihnen bleibt in Sprechverbindung mit der Zentrale und trägt stets einen Teilchenwerfer bei sich. Die erste Landegruppe verläßt das Raumschiff morgen früh.«

Holm Ferguson erläuterte Fragen der Hygiene und der Nahrungsaufnahme. Dann wandte er sich an Helo Ryk.

»Mir persönlich, aber auch Pearson und Pawel Fock ist aufgefallen, daß Sie sich irgendwie verändert haben, Kommodore. Ich sage irgendwie, da ich mir noch nicht im klaren bin, was Ihnen eigentlich fehlt. Während der letzten Routineuntersuchung waren Sie – wenigstens physisch – völlig gesund: Rezeptoren, Reaktionsfähigkeit, Nervendiagramme, Organe und so weiter – alles in Ordnung. Wenn ich Sie trotzdem anspreche, so eigentlich mehr, um zu erfahren, ob Sie sich bewußt oder unbewußt mit irgendwelchen Gemütsbewegungen herumschlagen.«

»Gemütsbewegungen?« Helo lachte rauh auf. »Ich bin doch nicht sentimental, Doktor ... Haben Sie mir etwas vorzuwerfen?«

»Natürlich nicht, Helo«, antwortete Pawel Fock an Fergusons Stelle. »Aber selbst mir ist aufgefallen, daß Sie jetzt oft nervös sind, fahrig, dann aber wieder versonnen, nachdenklich – und immer ernst.«

Helo schwieg, senkte den Kopf. »Vielleicht war die Belastung ein bißchen zu einseitig. Tabellen, Steuerautomat, Koordinaten, Tabellen ... Eine Veränderung wird mir ebenso guttun wie Ihnen, Pawel, oder Venturelli oder Jan Mayen ...«

Pawel Fock wechselte einen Blick mit Holm Ferguson. »Wenn Sie damit einverstanden sind, teile ich Sie gleich der ersten Landegruppe zu. Oder möchten Sie zunächst ein paar Tage schlafen?«

Helo verneinte unwillig. »Könnten Sie schlafen, wenn ein fremder Planet zu Ihren Füßen liegt?«

Wenig später lehnten die Kosmonauten an den geöffneten Bullaugen. Die Außenbezirke der Stadt, nur schemenhaft zu erkennen, lagen in tiefer, nächtlicher Ruhe. Aber im Zentrum, auf den Straßen und Alleen, wimmelte es von roten, flackernden Lichtpunkten, die sich in Doppelreihen auf den Platz zu bewegten.

Die Ostseite mit dem Podest, den Sprungfontänen und der großen Halbkugel war schwach erhellt. Dort drängten die Lichtpunkte zusammen. In kurzer Zeit hatten sie das riesige Viereck überschwemmt. Gongschläge rollten über den Platz, ein dumpfer, getragener Gesang brandete auf.

»Die Proximanen grüßen uns«, flüsterte Venturelli.

»In der Nacht und mit Klageliedern?«

»Wozu haben wir eigentlich Scheinwerfer?« fragte Pearson. »Klick – und dort unten ist es taghell.«

»Das wäre unvernünftig. Wir kommen als Gäste und nicht als Eindringlinge.«

»Gehen wir schlafen«, sagte Pawel Fock.

Die Proximanen

1

Proxima schickte ihre ersten Strahlen über den Horizont, als der Mechaniker Nyland die äußeren Schotten öffnete und die Startpiste ausfuhr.

»Hallo – wir haben ja einen Mond!« rief er verwundert und deutete mit dem ausgestreckten Arm gegen den Himmel. Ungläubig kamen die Gefährten an die Schleuse. Der Planet hatte einen Satelliten? Das wäre schon früher aufgefallen. Und doch, neben einer Federwolke, nicht weit von der blutrot aufgehenden Sonne, leuchtete die blauweiße Scheibe eines ungewöhnlich großen Sterns. Aber das war kein Mond, dazu war er viel zu hell. Im Verein mit den ersten Strahlen der Proxima brachte er wohl das eigenartige Zwielicht hervor, das die Nacht verkürzte und den Himmel so fahl erscheinen ließ.

»Der zweite aus der Centauren-Gruppe«, sagte Hirano, »auch eine Sonne.«

»Ob sie den ganzen Tag über zu sehen ist?«

»Kaum. Sie wird bald verblassen.«

»Trotzdem ein phantastischer Gedanke. Alpha Centauri ist ein Dreifachstern. Stellen Sie sich vor: drei Sonnen am Himmel, und jede leuchtet in einer anderen Farbe.«

»Ein Motiv für Maler. Uns käme das weniger gelegen.«

»Warum?«

»Ihre Rechnung geht nicht auf. Die Sonnen bilden die Punkte A, B und C eines Dreiecks. Wir würden bestenfalls zwei zugleich bewundern können, die dritte beleuchtete derweilen unsere Antipoden.«

»Hm, das heißt, es wäre dann immer hell?«

»Im günstigsten Falle würde die Nacht zur fahlen Dämmerung, und wir könnten unser Observatorium versiegeln.«

»Schlimme Zeiten für Sterndeuter.« Pearson lachte. »Um so besser käme die Biologie voran.«

Inzwischen war es völlig Tag geworden. Vom See her lokkerte sich die Nebeldecke auf und trieb in milchigen Schwaden über das Stadtzentrum. Kam ein Windstoß, wurden sie auseinandergefegt, und der Platz, die Straßen und Gebäude lagen taunaß in der Sonne. Vergebens hielten die Kosmonauten nach einem Lebewesen Ausschau. Sie warteten eine Stunde, kein »Proximane« zeigte sich.

»Also machen wir den Anfang«, sagte Professor Roger.

Brummend lösten sich die Helikopter von der Startfläche. Zum ersten Male nach fast siebenjähriger Ruhe wirbelten die Luftschrauben, dröhnten die Motoren dieser wendigen, hochbeinigen Metallspinnen, im Kosmos nutzloses Spielzeug, hier aber unentbehrliche Helfer. In weitem Bogen entfernten sie sich von der »Tolu«, kreisten in enger werdenden Spiralen über dem Platz, um dann lotrecht hinabzusinken. Wenig später setzten sie ihre dürren Beine auf das geheimnisvolle Land.

Der Platz war mit großen, quadratischen Platten belegt, die, schachbrettartig aneinandergefügt, in matten Perlmuttfarben schimmerten. Trotz der gewaltigen Ausdehnung wirkte er nicht ermüdend. Im Gegenteil, die Ostseite mit den Springfontänen und der weißen Halbkugel gab ihm einen Hauch der Erwartung.

Sven Roger rief die Zentrale und bat, die umliegenden Straßen und Gebäude genau zu beobachten.

»Jan Mayen und Nyland, Sie bleiben bei den Helikoptern. Was auch immer geschieht, rühren Sie sich nicht von der Stelle!«

Vorsichtig, nach allen Seiten Ausschau haltend, setzte sich die Gruppe in Bewegung. Es war totenstill. Am wolkenlosen Himmel brannte die rote Sonnenscheibe. Noch reichten ihre Strahlen nicht aus, die Luft zu erwärmen, und die Gebäude am Rande des Platzes warfen lange Schatten.

Pearson, der neben Helo Ryk ging, schlug fröstelnd den Kragen seiner Jacke hoch und steckte die Hände in die Hosentaschen. Hin und wieder blieb er stehen, um zu lauschen. »Merken Sie eigentlich nichts?« fragte er Helo Ryk.

»Die Proximanen haben sich verkrochen.«

»Und sonst ist alles richtig?«

»Was soll denn falsch sein?«

»Keiner merkt es.« Der Biologe lächelte. »Und Sie hören auch nichts?«

»Keinen Laut.«

»Auch nicht die Wasserfontänen?«

»Tatsächlich«, sagte der Kommodore verblüfft, »die Wasserfontänen müßten zu hören sein.«

»Ich wette, sie sind aus Glas.«

Sie hatten den Platz fast überquert, als ein dumpfer Gongschlag ertönte. In demselben Augenblick schnarrte der Sprechfunk: »Achtung, an der weißen Halbkugel bewegt sich etwas!«

Plötzlich, als hätte sie der Boden ausgespien, wimmelte die Ostseite des Platzes von uniformierten menschenähnlichen Wesen. Helle Kommandorufe durchschnitten die Luft. Auf der Straße, die zum See hinabführte, näherte sich ein wannenförmiges, geschlossenes Fahrzeug. Es hielt neben dem Podest. Zwei schmächtige, kahlköpfige Männer entstiegen ihm. Es mußten hohe Würdenträger sein, denn als sie, mit seltsam schlenkerndem Gang, mehrere Stufen zugleich nehmend, auf der Plattform erschienen, wurde es augenblicklich ruhig.

»Sao kto Chochitl!« Eine herrische Geste unterstrich diesen Ruf. Die »Proximanen« formierten sich zu geschlossenen Abteilungen.

»Sao tel aunu!«

»Sieht ja mächtig kriegerisch aus.« Pearson runzelte die Brauen.

Von neuem ertönte der Gong. Am Ende des Laufstegs, der die Plattform mit der weißen Halbkugel verband, erschienen Männer in schwarzen, lose fallenden Mänteln. Würdevoll kamen sie näher.

»Der Tanz beginnt«, murmelte Pearson. »Sven, vergessen Sie nicht, um ein Mittagessen zu bitten. Ich bin hungrig.«

»Halten Sie doch den Mund!« zischte Holm Ferguson.

Die anatomische Eigenart der Proximanen wurde jetzt deutlich sichtbar. Diese Wesen hatten sehr lange Arme und dünne, beim Gehen vor und zurück wiegende Oberkörper. Sie waren kahlköpfig, es schien, als folgten die gewellten Schädeldecken den Windungen der Hirne. Am auffälligsten aber waren die überlangen Hälse und die kleinen Köpfe. Sie gaben den Wesen ein vogelhaftes Aussehen.

Bis auf wenige Schritte waren sie herangekommen. Einer von ihnen, sein ziegelrotes Gesicht war über und über mit Runzeln bedeckt, löste sich von der Gruppe und verneigte sich mit verschränkten Armen. Der Gong verstummte.

»Tel chochera tao Chochitl«, sagte der Greis.

»Wir grüßen die Bewohner der Gläsernen Stadt«, antwortete Sven Roger etwas unsicher. Der Alte nickte. Er deutete auf den Horizont, die Ebene, den See und formte mit beiden Händen eine Kugel: »Rho.« Er schlug sich auf die Brust, wies auf seine Begleiter und die Kosmonauten: »Chochitl.«

»Chochitl«, wiederholte Sven Roger zum Zeichen, daß er verstanden habe. »Chochitl.«

Der Alte nickte erfreut. Nun kamen auch die anderen näher. Sven Roger wandte sich an die Gefährten: »Dieser Planet heißt Rho, und wir sind Chochitl . . .«

»Haben schon verstanden«, sagte Ben Pearson ungeduldig.

»Feer-schtant-heen«, versuchte ein junger Proximane mühsam nachzuahmen, worauf seine Begleiter in ein schallendes Gelächter ausbrachen. Mit einer Handbewegung brachte sie der Alte zum Schweigen. »Lo cuca tel ainu jarabe.« Er hob die Augen zu dem glänzenden Leib des Raumschiffes. »Cuca tel jarabe?«

»Tolu«, erklärte Helo Ryk.

»Too-lu!« flüsterten die Proximanen.

Ben Pearson konnte nicht mehr länger an sich halten.

»Fragen Sie den Greis, warum hier alles so militärisch aussieht, Sven. Uniformierte, Uniformierte ... Sicher sind sie auch bewaffnet. Vielleicht sollten wir die Teilchenwerfer in die Hände nehmen ...« Pearson zog ein schwarzes Futteral aus der Rocktasche und öffnete es.

»Reden Sie keinen Unsinn, Ben!«

Gespannt hatten die Proximanen den kurzen Wortwechsel verfolgt. Ihre ziegelroten Gesichter glühten. Der Alte nickte gleichmütig. Seine schwarzen Augen ruhten auf Kommodore Ryk. Dann reckte er selbstsicher den langen Hals, machte eine einladende Handbewegung und sagte: »Kuala uru maos, kuala uru, Chochitl.«

2

Pearson hatte gut beobachtet, die Springfontänen waren aus Glas. Auch die Gefährten bemerkten es, als sie nun, voran Sven Roger und der Alte, auf das Podest zuschritten.

Kunstvoll nachgeahmte Wassersäulen ragten zu beiden Seiten der Freitreppe in den Himmel, an den oberen Enden geschweift, Millionen Tropfen aufgetürmt, als hätte sie ein plötzlicher Frost erstarren lassen. Und doch schien es, als lebten sie, würden emporgerissen, zerstäubten, sänken auf das marmorne Bassin herab – ein trügerisches Spiel der Sonne. Aber es fügte sich gut in das architektonische Gesamtbild, verstärkte die Dynamik des Platzes und leitete sie über Treppe, Plattform und Laufsteg auf die weiße Halbkugel, die wie ein Magnet die Blicke auf sich zog.

Sadko rief: »Achtung, Landegruppe!«

Die Proximanen waren nicht überrascht, als die schwarze Dose in der Hand des »Anführers« der fremden Chochitln zu sprechen begann. Also mußten sie das Prinzip der drahtlosen Nachrichtenübermittlung kennen.

»Wir hören.« Sven Roger wandte sich um, so daß sein Gesicht auf dem Bildschirm in der Steuerzentrale erscheinen konnte.

»Wie fühlen Sie sich?«

»Ausgezeichnet. Die Proximanen haben uns freundlich empfangen, wie Sie ja selbst sehen.«

»Sehen schon, aber nicht hören.« Der Funker lachte. »Kommen Sie heute zurück?«

»Wenn es sich irgendwie einrichten läßt, bleiben wir natürlich.«

»Und die Helikopter?«

»Bitten Sie Jan Mayen und Hirano, vorläufig noch zu warten.«

Damit war das Gespräch beendet. Der Alte war schon vorausgegangen. Oben, auf der Plattform, sprach er mit den beiden schmächtigen Würdenträgern. Oder waren das die Befehlshaber der militärischen Abteilungen, eine Art Offiziere? Sie trugen schwarze, eng anliegende Uniformen mit Silberlitzen und silbernen Kragenspiegeln. Die Mannschaften dagegen waren heller gekleidet, ihre ziegelroten Gesichter lugten unter weißen Helmen hervor. Sie standen immer noch, die Hälse gereckt, auf dem Vorplatz.

Der Laufsteg endete am Portal der weißen Halbkugel. Stumm ging der Alte voran, und die Kosmonauten gelangten über eine flache, perlmuttglänzende Schwelle in das Innere des mächtigen Rundbaus. Angenehm gedämpftes Licht empfing sie. Sie betraten eine geräumige, kuppelförmige Halle aus Milchglas. Über eine zweite Schwelle gelangten sie in den nächsten Raum. Er war kleiner, aber interessanter gestaltet. Die kuppelförmige Decke ruhte auf reichverzierten Säulen. Die Kapitelle waren bemalt. Der Alte deutete auf einen Fries mit geometrischen Figuren. Ein Kreis war mit roten Schriftzeichen ausgefüllt. Darüber lagerte ein langhaariges Tier.

»Burusch«, erklärte der Alte.

Er öffnete eine Tür und verschwand im Halbdunkel eines engen Stollens. Zögernd folgten die Kosmonauten. Sie kamen in ein Kellergewölbe, atmeten trockene, modrige Luft.

Helo Ryk hatte den Stollen als letzter betreten. Die Erklärungen des Alten interessierten ihn nicht. Gläserne Halbkugeln, Perlmuttschwellen, ein Tier mit dem Namen ›Burusch‹ . . . Nun gut, aber was war das schon? Erst als er im Halbdunkel die Darstellung eines Raumschiffes zu erkennen glaubte, blieb er stehen, beugte sich vor, prüfte näher. Ein plumper Flugapparat mit Propellerantrieb – nichts Überwältigendes!

Fast wäre Helo über den Biologen gestolpert, der unmittelbar vor ihm ging. »Ich fertige mir eine Skizze an«, raunte Pearson. »Wissen Sie, wo wir jetzt sind? Unter dem Perlmuttplatz. Wir bewegen uns nach Süden.«

Hohe, tönerne Gefäße, Skulpturen, Fresken, in Stein gehauene Episoden aus dem Leben der Proximanen: Bauern, die Früchte zusammentrugen, Hirten, Buruschs, spielende Kinder. Technische oder wissenschaftliche Geräte: Retorten, Kugeln, Hebel, Gestänge. Und alles verstaubt.

Es wurde heller. Ein Wald von Obelisken erschien; rechts im Hintergrund gähnte plötzlich die Öffnung eines Tunnels. Sie war vergittert. Armdicke Metallstangen versperrten den Weg in die rotschimmernde Tiefe.

Über eine enge Wendeltreppe gelangten die Kosmonauten schließlich in einen gläsernen Korridor. Es wurde hell und luftig, von außen drang Tageslicht herein, und Helo erkannte die Umrisse von Straßen und Gebäuden. Teilnahmslos folgte er dem Biologen und wartete geduldig, wenn Pearson stehenblieb, um seine Skizze zu vervollständigen.

Der Korridor teilte sich in mehrere Arme, die sternenförmig auseinanderliefen. In einen solchen Nebenarm schwenkte der Alte ein. Wenige Augenblicke später sagte er: »Ham tao tel ego gogochitl«, deutete auf eine Treppe und verbeugte sich wiederum mit verschränkten Armen. Dann schlenkerte er, ohne ein weiteres Wort zu verlieren und sich nochmals umzusehen, durch den gläsernen Korridor zurück.

»Anscheinend sollen wir dort oben wohnen.« Sven Roger kletterte die paar Stufen aufwärts, öffnete eine Tür. »Kommen Sie!«

3

Sie betraten ein helles, geräumiges Zimmer, und nachdem sie sich auch flüchtig in den anschließenden Räumen umgesehen hatten, riefen sie zunächst die Steuerzentrale. »Wir halten uns jetzt westlich des Platzes in einem flachen Gebäude auf«, erklärte Sven Roger. »Pearson hat eine Skizze angelegt, danach müßten die Helikopter ungefähr dreihundert Meter von uns entfernt stehen. Sagen Sie Jan Mayen und Hirano . . .« Ein Knacken in der Sprechdose unterbrach die Verbindung.

Sven Roger sah überrascht auf. »Keine Sendeenergie mehr?«

»Die Batterien waren doch frisch geladen.«

»Hallo, Zentrale . . .«

In das erwartungsvolle Schweigen hinein blubberten und jaulten seltsame Töne.

»Hallo, Zentrale . . .« Ganz in der Ferne glaubte Sven Roger Pawel Focks Stimme zu hören. Dazwischen wisperte und gurgelte es ununterbrochen. »Verstärken!«

Nyland zog hastig einen silbergrauen Block aus der Tasche und verband ihn durch doppelte Schnüre mit der Sprechdose. Nun prasselte Stimmengewirr aus dem Miniaturempfänger. »Das sind Proximanen!«

»Ausgerechnet auf unserer Welle?«

»Hoffentlich ist das nicht beabsichtigt.«

»Ein Störmanöver?«

»Moment, Moment, nur keine voreiligen Schlußfolgerungen«, wehrte Sven Roger ab. »Unsere Gastgeber waren bisher freundlich und zuvorkommend. Warum sollten sie nun die Verbindung zum Raumschiff stören?«

»Gewiß, das kann ein Zufall sein.«

»Natürlich. In den Augen der Proximanen sind wir sowieso die Überlegenen. Die werden sich hüten, uns mit solch primitiven Mätzchen herauszufordern . . .« Nyland lächelte, erntete aber sofort Protest.

»Überlegen? Herausfordern?« Holm Ferguson schüttelte

den Kopf. »Vokabeln aus der Mottenkiste, Nyland. Wir sollten uns überlegen fühlen?«

»Schon gut, war ja nicht so gemeint.«

Sven Roger ging nachdenklich auf und ab. »Wenn ich es mir recht überlege, so haben unsere Gastgeber doch ein ziemlich zwiespältiges Gesicht. Als wir durch die Gewölbe schritten, sah ich einen Fries mit der Darstellung von Luftschiffen und Retorten. Die Wände und Säulen waren mit Motiven aus dem Leben der Proximanen geschmückt: Ich sah Bauern, Hirten, Jäger, Wissenschaftler bei der Arbeit, spielende Kinder – aber nirgends eine kriegerische Szene. Andererseits frage ich: Wozu eine solche Menge Uniformierter? Werden die Bewohner der Gläsernen Stadt bedroht?«

»Solange diese Frage nicht geklärt ist, müssen wir vorsichtig sein«, fuhr Pearson ungeduldig fort. »Ich habe da ein wirkungsvolles Rezept: Legen Sie niemals die Teilchenwerfer aus den Händen! – Ja, ja, schon gut«, setzte er schnell hinzu, als Sven Roger und Holm Ferguson unwillig auffuhren, »nur im äußersten Notfall anzuwenden.«

Wenig später war die Sprechverbindung wiederhergestellt, und Sven Roger konnte den Bericht an die Zentrale fortsetzen.

Die Gefährten sahen sich inzwischen gründlicher um. Ein ganzer Wohnquader stand zur Verfügung. Alle Räume waren, wie sich bald herausstellte, mit speziellen Klimaanlagen versehen. Blattpflanzen von rötlicher und gelber Färbung wucherten in kleinen Tonkübeln und verbreiteten einen angenehmen Duft, Schlinggewächse streckten ihre behaarten Ranken aus, und zwischen dunkelgrünen, fast schwarzen Wedeln leuchteten violette, birnenförmige Früchte.

Sven Roger hatte eben das Gespräch mit Pawel Fock beendet, als er hinter sich ein schnarrendes Räuspern vernahm. Zwei Proximanen in schneeweißen Mänteln waren unbemerkt aus dem gläsernen Korridor heraufgekommen. Sie brachten Körbe und mehrere dickbauchige Flaschen. »Ham tel Goro na Schischal na Burusch.«

Sven Roger lächelte und deutete auf einen Tisch, rief die Gefährten.

Sie betrachteten die fremdartigen Speisen, die bunten Blattgemüse und Pasten, Salate, Klöße und einen sagoähnlichen Brei. Eine Schale mit gebratenen Fleischstücken weckte ihre besondere Aufmerksamkeit. »Burusch?« fragte Ben Pearson, und die Proximanen nickten.

»Wie lange haben wir eigentlich kein frisches Fleisch gegessen?« Nyland beugte sich über die Schale, sog den Duft ein. »Los, fangen wir an!«

»Moment, so geht das nicht!« Holm Ferguson schob die Körbe und Flaschen energisch zurück. »Das muß zuerst alles untersucht werden. Wir wissen doch gar nicht, ob wir die Nahrung der Proximanen vertragen.«

»Hm.« Nyland nickte enttäuscht. »Sie haben recht ... Bringen wir die Speisen also schnell in das biochemische Labor, vor allem das Fleisch.«

4

Pausenlos surrten die Helikopter über den perlmuttglänzenden Platz, schaukelten dicht an den Kuppeln der gläsernen Gebäude vorbei und landeten auf dem Dach des Wohnquaders, den Pearson kurzerhand die »Pension« getauft hatte. Rechenmaschinen, Übersetzungsautomaten, Funkstationen, Nahrungsmittel, Bücher und andere notwendige Gegenstände wurden in die geräumigen Zimmer der »Pension« gebracht. Hier sollte die Expeditionszentrale entstehen. Auch Venturelli kam ab und zu von Bord herüber. Ungeduldig wartete er auf die Stunde seiner völligen Genesung.

Die Gläserne Stadt war leer und verlassen wie am Tage der Landung. Selten zeigte sich ein Proximane. Zwar brachten die weißgekleideten Boten Lebensmittel und Getränke im Überfluß, aber wenn der Abend herabsank, verschwanden auch sie in den unterirdischen Gewölben. Nur der Alte, er nannte sich Askul, kam regelmäßig. Zuerst hatten die Kosmonauten angenommen, er sei der Herrscher der Gläsernen

Stadt, aber allmählich wurde klar, daß er so etwas wie ein Verbindungsmann sein sollte, vielleicht auch nur ein Horcher. Seine schwarzen Augen huschten hierhin und dorthin und verharrten manchmal nachdenklich auf Kommodore Ryk. Er prägte sich die Namen der verschiedenen Apparaturen ein und durchstöberte mit schlecht verhohlener Neugier das Inventar der »Pension«.

Dann gab er Sprachunterricht. Er deutete auf Kleidungsstücke und Dinge des täglichen Bedarfs, ließ Metalle, Steine, Pflanzen, Früchte und allerlei Geräte herbeischaffen, sprach ihre Namen aus und schrieb sie in großen, geometrischen Zeichen auf schmale, pergamentartige Folien. Als ihn Pawel Fock um mehr Schriftmaterial bat, brachte er ganze Folienbündel mit. Mit Hilfe dieses Materials, das von speziellen Automaten analysiert wurde, und im täglichen Umgang mit Askul drangen die Kosmonauten allmählich in das Wesen der Proximanensprache ein. Diese Sprache zu beherrschen war die erste und wichtigste Aufgabe. Denn nach wie vor galt der Grundsatz – Hirano wiederholte ihn bei jeder Gelegenheit –: »Wir sind nicht gelandet, um das Expeditionsprogramm zu vernachlässigen, sondern um es mit Hilfe der Proximanen so schnell wie möglich zu erfüllen.«

Sie drängten deshalb auf eine Zusammenkunft mit jenem Unbekannten, den Askul manchmal »Chtol« nannte und der, noch unsichtbar, der eigentliche Gastgeber, aber auch der Beherrscher der Gläsernen Stadt und der unterirdischen Gewölbe zu sein schien.

Taiwepl

1

Im Morgengrauen des neunzehnten Tages nach der Landung erwachten die Kosmonauten von den dumpfen Schlägen eines Gongs, die vom Goar Potl, dem »Großen Platz«, herüberdröhnten und sich mit den Klängen einer seltsamen Musik vermischten. Erst war es wie Donnergrollen; die dünnen Fensterscheiben vibrierten, und hundertfach warf die Stadt das Echo zurück. Dann setzten Klagelaute ein, Grabgesang, Posaunen, metallene Becken, Hörner. Und wieder der Gong.

Notdürftig angekleidet eilten die Kosmonauten auf das Dach der »Pension«. Die Stadt bot einen ungewohnten Anblick. Straßen und Häuser waren mit schwarzen Tüchern geschmückt. Dunkelrote und gelbe Kugeln schwebten über den Dächern. Unübersehbare Proximanenscharen quollen aus den Avenuen und strömten dem Zentrum zu. Der Platz war von Uniformierten abgesperrt, sie bildeten Doppelreihen, ihre weißen Helme leuchteten wie die Perlen einer riesigen Halskette. Zu beiden Seiten der Freitreppe, die im Glanz golddurchwirkter Teppiche schimmerte, erhoben sich überdimensionale schwarze Kegel mit weißen, verschlungenen Buchstaben.

Ein Fahrzeug tauchte am Fuß der gläsernen Halbkugel auf, überquerte den Goar Potl, durchbrach die Kette der Uniformierten und nahm Kurs auf die »Pension«.

»Gehen wir hinunter«, sagte Sven Roger. »Vielleicht gilt das ganze Aufgebot uns.« Er setzte sich schnell mit Pawel Fock und Sadko an Bord der »Tolu« in Verbindung.

»Wenn etwas Unvorhergesehenes eintreten sollte, wählen Sie die XQ-Welle. Und legen Sie nie die Teilchenwerfer aus der Hand«, mahnte Pawel Fock.

Zwei Minuten später stoppte das wannenförmige Fahrzeug vor der »Pension«. Askul stieg aus. Er war in Begleitung der beiden schmächtigen Offiziere.

Feierlich verneigte sich der Alte. »Rho zoras tel ainu Chochitl, ham na soazr goar Chtol. – Der große, heilige Chtol, Herrscher über Rho, wünscht die Erdenmenschen zu sehen.«

»Heilig?« Pearson verzog das Gesicht.

»Wir kommen«, sagte Sven Roger einfach.

Wenig später nahm sie das geräumige Fahrzeug auf und brachte sie in gemächlicher Fahrt zum Goar Potl. Die Proximanen jubelten und verneigten sich. Sie sahen einander täuschend ähnlich, ihre ziegelroten Gesichter leuchteten unter flachen, weißen Käppchen wie überreife Mandarinen. Pearson zog grüßend einen alten Schlapphut, ein Stück, das er zum letzten Male in den Venussümpfen getragen hatte. Diese Geste schien Askul zu irritieren. Der Alte runzelte hochmütig die Brauen. Pearson bemerkte es und grüßte um so herzlicher.

Posaunen und metallene Becken ertönten, das Geschrei der vieltausendköpfigen Menge schwoll an zum Orkan, dumpf hämmerten die Schläge des Gongs, der – eine riesige goldene Scheibe – im Glanz der aufgehenden Sonne erstrahlte.

Das Fahrzeug kroch über den Platz und hielt an der Freitreppe. Mit einem Schlag verebbte der Lärm. Kommandorufe. Offiziere rissen die Wagentüren auf und erstarrten. Würdevoll setzte Askul den Fuß auf die Perlmuttfläche. Und wieder der Gong. Nun stiegen die Kosmonauten aus, folgten dem Alten.

Vor dem Portal der gläsernen Halbkugel, von Würdenträgern flankiert, ruhte ein schmächtiger Greis auf einer brokatbezogenen Sänfte. Er war in einen schwarzen, faltenreichen Mantel gehüllt. Seine Rechte umspannte einen kurzen gläsernen Stab. Als sich die Kosmonauten bis auf wenige Schritte genähert hatten, trat Askul vor, berührte mit der Stirn den Laufsteg und nahm zu Füßen des Greises Platz.

Der Alte bewegte die Lippen. Er sprach leise, kaum hörbar. Askul wiederholte jedes Wort laut zuerst in der Proximanensprache und versuchte dann zu übersetzen. Das Ganze wurde nicht mehr als eine formale Begrüßung. Chtol hieß die Erdenmenschen willkommen, erkundigte sich aber weder nach ihrem Heimatplaneten noch nach ihren Zielen und Wünschen.

Dann entstand eine Pause. Sven Roger glaubte, er müsse nun antworten, trat ebenfalls einen Schritt vor und verbeugte sich. Aber Chtol nickte ihm nur freundlich zu, gab den Würdenträgern einen Wink – und plötzlich brandete wieder der Lärm des Gongs und der Menge über den Platz. Stämmige Offiziere schulterten die Sänfte und trugen sie über die Perlmuttschwelle zurück in das Innere der Halbkugel. Askul gab den Kosmonauten ein Zeichen, sich anzuschließen. »Nach Taiwepl!« verkündete er pathetisch.

2

Es war ein riesiger, röhrenförmiger Tunnel, der hinter dem Obeliskenwald sanft abwärts in den Felsen hineinführte. Die glattpolierten Wände phosphoreszierten dunkelrot. Nach etwa zwanzig Minuten Wegstrecke traten sie zurück und verblaßten. Es wurde taghell. Der Stollen mündete in eine unterirdische Stadt!

»Taiwepl!« sagte Askul stolz.

Die Kosmonauten sahen sich verblüfft um. Hier wohnten die Proximanen? Warum hatten sie sich in den Schoß des Planeten verkrochen? Vor welcher Gefahr waren sie geflohen? Und dieses monumentale Gewölbe, dessen Wände am Horizont in eine dichtbesiedelte Ebene übergingen, war es künstlich angelegt worden?

Vom Tunnelausgang führte eine breite Rollbahn in die Stadt hinein. Aber die Sänftenträger schritten auf einen schmalen Steg zu, der etwas erhöht lag, und setzten den Herrscher ab. Die Würdenträger folgten schweigend. Askul bat die Kosmonauten in die Mitte der teppichbelegten Erhöhung. Plötzlich lief ein Zittern durch den Steg, er setzte sich in Bewegung wie ein Fließband. Der Tunnel blieb zurück, die ersten Häuser kamen näher: flache, einstöckige Bauten aus Stein und gebrannten Kacheln. Zum ersten Male waren auch Frauen zu sehen. Doch das Band jagte vorbei. Als sich die Fahrt Minuten später verlangsamte, behinderten Sträucher und stachlige Hecken den Blick. Vor einem Palast kam das seltsame Fahrzeug zum Stehen.

Taiwepl unterschied sich grundlegend von der Gläsernen Stadt. An Stelle der Halbkugeln und schlichten, aber gefälligen Quader herrschten hier prunkhafte Gebäude vor. Der Palast versank förmlich unter tempelartigen Aufbauten und Verzierungen. Auf schwarzbraunem Mauergrund prangten schneeweiße Inschriften und Symbole. Nichts mehr von der klaren Linienführung. Statt Glas gebrannte Kacheln, Edelmetalle, Ornamente.

Chtol zog sich zurück, nachdem er verkündet hatte, daß der Palast zur Verfügung stehe. Askul führte nun die Kosmonauten weiter. Aber als ob er zeigen wolle, daß man sich nun in einem Heiligtum befinde, sprach er gepreßt, flüsterte nur noch. Durch ein Labyrinth von Gängen schritten sie immer tiefer in den Palast hinein. Schlanke Offiziere in schwarzen Uniformen standen unbeweglich vor Treppenaufgängen und Türen – eine Leibgarde? Elektrische Beleuchtung schien es hier nicht zu geben, überall brannten nur flache Öllämpchen. Die Schatten der Männer huschten über Steinwände, krochen einen schmalen Fries entlang, verschwanden in einer Nische und tauchten Sekunden später von neuem auf.

An der Schwelle eines großen, helleren Saales blieb der Alte stehen. »Euch zu Ehren, Erdenmenschen, gibt der Herrscher ein Kechufest«, sagte er dumpf. »Der Kechu wird das Rätsel lösen, das bis heute über Taiwepl und Rho gelegen hat.«

»Pearson, was ist Kechu?« flüsterte Venturelli, der aus dem Gemisch von Proximanen- und menschlicher Sprache nicht recht klug wurde.

»Keine Ahnung. Denke aber an eine Art fahrenden Sänger mit Laute.«

Sie betraten den Saal. Hufeisenförmig zusammengestellte Tische aus schwerem Holz und bequeme Fellsessel füllten einen Teil des Gewölbes aus. Die Wände und Säulen waren mit dunkelroten und orangefarbenen Teppichen verhängt, sie strahlten einen Hauch von Wärme aus und dämpften den Schein der zahllosen Öllampen. Im Hintergrund leuchtete ein grüner Kegelstumpf. Dort war eine Wandvertiefung, es mochte eine Bühne sein.

Der Alte bat die Kosmonauten, Platz zu nehmen. Offiziere und Würdenträger kamen. Sie hüllten sich in ihre schwarzen Mäntel und schwiegen. Nur einer von ihnen, silberbetreßt wie ein Feldherr, betrachtete die Erdenmenschen ungeniert. Sein Blick war offen, seine lebhaften Augen wanderten von einem zum anderen und hefteten sich lange auf Kommodore Ryk. Helo, der sich beobachtet fühlte, begegnete seinem Blick. Der Proximane lächelte.

Verhaltene Musik klang auf. Das Fest begann.

Pearson hatte sich so gesetzt, daß er das ganze Gewölbe überschauen konnte. Er war ein wenig mißtrauisch. Warum hatte sich Chtol zurückgezogen? Gab einen Empfang und verschwand, schickte ein paar Dutzend Uniformierte, die einen nicht ansehen mochten. Und die Würdenträger erst! Hockten teilnahmslos auf ihren Sesseln, schliefen wohl mit offenen Augen! Aber wer wußte, was sie unter den schwarzen Umhängen verbargen? Sie waren ihm alle unsympathisch. Nur der Silberbetreßte nicht.

Pearson beobachtete den Offizier, sah, daß sich dessen Gesicht plötzlich verdüsterte und – wie angeekelt – verzog, als eine Schar gelbbehoster Proximanen mit Schüsseln und Platten, Körben und dickbauchigen Flaschen in das Gewölbe geschlenkert kam. Seltsame Gestalten! Im Gegensatz zu den feingliedrigen Offizieren waren sie plump und grobknochig. Ihre Bewegungen waren täppisch-unbeholfen, die Gesichter roh. Halb kindlich, halb blöde schauten sie drein. Sie verbeugten sich tief vor Askul, und der Alte dirigierte sie in strengem, aber väterlichem Tonfall zu den Tischen der Kosmonauten und Würdenträger.

Man aß. Es waren bekannte Speisen. Es gab eine Verabredung zwischen Holm Ferguson und dem Alten, daß neue, unbekannte Gerichte und Getränke erst in den Labors der Zentrale analysiert werden mußten, bevor sie den Erdenmenschen gereicht werden durften.

Man trank Goro. Dieser eigentümlich gewürzte, den Gaumen kitzelnde Saft duftete nach Blumen und erfrischte wie grüner Tee. Um so erstaunlicher war, daß er unter den Proximanen eine ganz andere Wirkung hervorrief. Im Verlaufe des einstündigen, hin und wieder von Verständigungsversuchen unterbrochenen Essens machten sich bei verschiedenen Würdenträgern Anzeichen einer echten Trunkenheit bemerkbar.

Der Goro enthält einen Stoff, gegen den wir gefeit sind, dachte Pearson belustigt. Aber auch Askul schien das zu bemerken. Er runzelte die Brauen und befahl, das Getränk von den Tischen zu nehmen.

Nun erklang die Musik in stärkeren Akkorden. Sie mußte aus irgendwelchen versteckten Lautsprechern kommen. Es war eine eintönige Melodie, bald wie Grillenzirpen, bald wie das Rauschen eines Flusses. Nun sekundenlang Stille, ganz in der Ferne begann ein Klagechor.

»Kechu ger ainu Chochitl taan!« rief der Alte. Die Gelbbehosten brachten kleine blaue Vasen und Saugröhrchen.

»Der heilige Kechu wird die Tragödie Rho offenbaren!«

Pearson wandte sich an Holm Ferguson. »Kechu, ist das nicht das Zeug, das Sie gestern untersucht haben?«

»Ja. Es entpuppte sich als – allerdings schwaches – Rauschgift.«

»Mit schädlichen Folgen?«

»In größeren Mengen sicher. Wir sollten uns zurückhalten.«

»Der heilige Kechu offenbart uns die Tragödie Rho«, wiederholte Askul suggestiv. Die Öllämpchen erloschen plötzlich. Es wurde dunkel und totenstill. Pearson hörte ein leises

Knacken neben sich. Venturelli mußte den Teilchenwerfer entsichert haben. »Keine Dummheiten!« flüsterte Pearson.

»Der Kechu berauscht. Jedenfalls dürfen wir nicht alle zusammen trinken«, warnte Holm Ferguson.

Im Hintergrund des Saalgewölbes flammte plötzlich eine Kugel auf. Sie begann sich langsam um ihre Nordsüdachse zu drehen.

»Rho«, sagte Askul feierlich.

Die Kugel kam näher. Rechts und links erschienen geometrische Symbole.

»Nur wenn wir Kechu trinken, verstehen wir die Tragödie Rho«, mahnte der Alte.

»Trinken wir, aber mit Maßen!« sagte Holm Ferguson laut und flüsterte Pearson zu: »Sie überhaupt nicht, Ben. Sven Roger, Hirano und ich bleiben ebenfalls abstinent.«

Die Kugel wuchs und wuchs. Die Konturen einer phantastischen Landschaft zeichneten sich ab: eine weite Ebene vor bizarren Felsengebirgen. Am Himmel brannte eine blutrote, unwirklich große Sonne.

Ein Film ohne Leinwand. Oder war das gar kein Film? Visionen, die im Raum standen, Ausgeburten der Phantasie?

Fruchtschwere Erntefelder unter violettem Himmel. Blumenbekränzte Frauen sammelten Früchte, schütteten sie in Körbe, türmten sie zu leuchtenden Pyramiden. Im Hintergrund weideten fette Buruschs. Ein Hirte sang. Von den Bergen herab tönte der Gong.

»Das Goldene Zeitalter«, erklärte Askul. »Neid und Mißgunst waren unbekannt. Auf den Feldern arbeiteten zufriedene Bjaule. Sie ernteten und brachten ein Drittel den Tau, den weisen Landverwaltern, ein Drittel aber brachten sie den Behütern der wahren Lehre, den Priestern des Araam.

Die Tau errichteten Speicher und legten Kanäle an, die Priester schmückten die Araam-Tempel, schufen wunderbare Statuen und segneten das Land . . .«

Das Bild wechselte. In einer schmucklosen, grauen, von mächtigem Getöse erfüllten Halle brüteten scharlachrot gekleidete Männer über riesigen Pergamentfolien, andere mischten Pulver und Flüssigkeiten, wieder andere setzten mächtige Räder und Hebel in Bewegung.

»Tausend Jahre lang währte das Goldene Zeitalter. Doch nun gab es einige, die sich von den heiligen Dogmen abwandten und mehr sein wollten als gläubige Diener des Araam. Sie riefen nach Kühle – wenn die Sonne brannte. Sie schrien nach Wärme – wenn sich die Nacht über die Ebenen senkte. Den Vögeln in der Luft sahen sie nach und fragten: ›Warum sind uns keine Flügel gewachsen?‹ Und sie sahen dem Wassergetier nach und riefen: ›Warum ist es uns nicht vergönnt, wie jene auf den Grund der Meere zu tauchen?‹ Und sie drohten dem Araam und sagten: ›Unvollkommen sind wir geschaffen – hilflos wie schmutzige Würmer liegen wir im Staub, das Feuer verbrennt uns, und das Eis macht, daß wir erstarren. Auf, laßt uns vollkommen werden!‹ Und sie nannten sich Kondo-wamak, das bedeutet: die mit der Schöpfung Unzufriedenen. – So begann die Tragödie Rho.«

Pearson unterdrückte eine spöttische Bemerkung. Da pries Askul nun eine alte Feudalordnung und kommentierte einen plastischen Film, den ganz bestimmt nicht seine »zufriedenen Bjaule« hergestellt hatten. War Taiwepl von Feldarbeitern entworfen worden oder von Architekten und anderen hochqualifizierten Spezialisten? Hatten jene oder diese den raffinierten Laufsteg konstruiert und die Gläserne Stadt gebaut? Was wollte der Alte eigentlich?

»Die Kondo-wamak errichteten gläserne Hallen, füllten sie mit seltsamen Hebeln, Rädern und Gestängen, und jene, die ihnen gefolgt waren, arbeiteten für sie, und ihr Lohn bestand in dünnen, beschriebenen Metallfolien. Die Kondowamak gründeten Städte, legten Amphitheater an, gaben sich sündigen Begierden hin. Tauschmärkte schossen aus dem Boden wie der giftige Quitostrauch nach einem warmen Regen. ›Tauscht Metallfolien gegen Goro und prächtige Gewänder! Kommt in unsere Amphitheater, seht die geschmeidigen Mädchen, die besten Tänzer, lauscht den schönsten Stimmen!‹

Die Verlockungen der Kondo-wamak waren groß. Viele, die ehemals gesät und geerntet hatten und zufrieden waren unter der väterlichen Obhut der Priester und Tau, wanderten in die Städte. Die großen Landgüter verfielen, die göttlichen Statuen stürzten ein, und die Opfertische in den Araam-Tempeln blieben leer.«

Ein neues Bild. Auf einem großen, von gläsernen Quadern gerahmten Platz drängte sich eine unübersehbare Menge elend gekleideter Männer und Frauen. Ein stämmiger Proximane, eine qualmende Fackel in der Rechten, mit der Linken wild gestikulierend, schrie unverständliche Wortfetzen über den Platz, und die Menge antwortete mit dumpfem Geheul. Irgendwo flammten Blitze auf, ein gläserner Quader sank in sich zusammen.

»Früher lebten die Bjaule glücklich und zufrieden. In den Städten jedoch hatten sie nichts als wertlose Metallfolien, und die Kondo-wamak gaben immer weniger dafür. Die Bjaule mußten nun für schlechten Goro und wenig Fleisch Erz schürfen, Kanäle graben und Paläste errichten, in denen sich die Kondo-wamak vergnügten.

Eines Tages tauchten Bjaule auf, die nannten sich Yoma, das bedeutet: die Natürlichen. Sie riefen: ›Es soll weder Tau und Araam-Priester noch Kondo-wamak geben. Man muß die Städte vernichten und die Tempel zermalmen. Man muß die großen Güter abbrennen und alles töten, was nicht Bjaule ist. Dann aber soll jeder ein Stück Land nehmen und leben ohne Araam und ohne tosende Maschinen!‹ Und sie nannten diesen Wahn ›Naturlehre‹. Die Yoma fanden viele Anhänger. Bald lieferten sie den Kondo-wamak blutige Kämpfe.

Aber die Priester und Tau, die zurückgezogen auf den Landgütern gelebt hatten, riefen das Araam an, und es erhörte sie, und sie prophezeiten: ›Rho wird untergehen. Das Ende der sichtbaren Welt ist nahe!‹

Und siehe, ein großer Sturm erhob sich viele Wochen lang. Es regnete. Einige Städte, die in den Niederungen lagen, verschwanden im Wasser. Das Westmeer trat über seine

Ufer und zerschmetterte die Häfen der Kondo-wamak. Als die Nebel fielen, als nach der langen Nacht wieder ein Tag anbrach, war die Sonnenscheibe voller Geschwüre, und es wurde sehr kalt. Vom Norden und tief aus dem Süden kam Eis.

Aber die Kondo-wamak verstanden dieses Zeichen nicht. Sie riefen den Bjaule zu: ›Laßt uns Frieden schließen. Laßt uns gemeinsam eine künstliche Sonne bauen, damit wir Rho retten.‹ Und sie handelten gegen den Willen des Araam und bereiteten etwa Frevlerisches vor. Acht Jahre lang bauten sie an einer Apparatur, die von Gruben und Maschinenhallen, Getöse und Gestank umgeben war. Acht Jahre lang hockte der Wahnsinn in den großen Städten.

Und es kam, was die Priester und Tau längst wußten: Der Himmel färbte sich blutrot, eine gewaltige Rauchsäule quoll auf und türmte sich gegen den Himmel, die gläsernen Städte wurden zu Asche, und von Hunderttausenden Kondo-wamak und Bjaule blieb nichts als Schatten.

Das war die Rache des Araam . . .«

Askul, vom Sprechen erschöpft, sog gierig Kechu aus einer blauen Vase und lehnte sich mit geschlossenen Augen in den Fellsessel.

Pearson nutzte die Pause, um die Spulen des Magnettongerätes in seiner Rocktasche auszuwechseln und einen neuen Film in die Mikrokamera zu legen. Es war gut, jedes Wort des Alten und jedes Bild festzuhalten. Man mußte dieses Material später gründlich analysieren. Hatte es eine atomare Katastrophe gegeben? Wie war es dazu gekommen? Wo lebten die Kondo-wamak heute? Sie schienen hervorragende Wissenschaftler und Techniker zu sein, sicherlich konnten sie einige der im Expeditionsprogramm enthaltenen Fragen beantworten.

In wessen Namen sprach Askul überhaupt? Im Namen der Araam-Priester? Sein Kommentar war offensichtlich tendenziös verzerrt.

Neue Bilder: Bleiche, ausgemergelte und in Lumpen gehüllte Proximanen hasteten über ein endloses Aschefeld.

Eine Frau mit schlaffen, schwärigen Brüsten stillte einen mißgebildeten, glotzäugigen Säugling. Der Himmel regnete Blut ... »Nichts blieb von den gläsernen Städten, und die Bjaule zogen hinaus und lagerten sich vor den Gütern und aßen den Sand, den sie so lange nicht bebaut hatten, und riefen das Araam an. Die Tau aber öffneten die Speicher und verteilten Fleisch und Goro ...

Schwer hatte sich Rho gegen Araam versündigt. Wie sollte es nun weitergehen? Die weisesten Priester zogen sich in unterirdische Gewölbe zurück oder gingen in die Berge, um über das Schicksal des Planeten nachzudenken. Ein junger Asket aber fuhr über den Aja-See, und er kam auf die Insel Hetl Ra und fand einen Baum, wie er nie zuvor gesehen ward, und er sagte: ›Von seinem Laub will ich mich nähren, unter seinem Blätterdach will ich wohnen, bis ich sehend werde.‹

Und als er vom Laub des Baumes gegessen hatte, fiel er in einen tiefen Schlaf und hörte die Stimme des Araam, und Araam befahl: ›Schare jene um dich, die nach mir rufen, und führe sie, daß sie sich läutern. Nicht den vergänglichen Dingen sollen sie nachjagen, sondern mir dienen. Und wenn sie also tun, wird ein neues Goldenes Zeitalter anbrechen, leidenschaftslos, aber voller Glückseligkeit, das währt bis in die vierte Generation. Dann wird sich die sichtbare Welt auflösen, und Rho wird eins sein mit mir.‹

Als nun der junge Asket erwachte, nahm er den Samen des heiligen Baumes, brachte ihn den Priestern und sagte, was er gehört hatte. Sie aber riefen: ›Du sollst unser oberster Priester sein!‹ Und sie scharten sich um ihn und gründeten das Reich der Gläubigen.«

3

Ebenso unvermittelt, wie sie erloschen waren, flammten die Öllämpchen wieder auf. Pearson starrte Askul verwundert an. War das alles? Um sich zu vergewissern, fragte er: »Der Kechu, den wir trinken, ist der Saft des heiligen Wunderbaumes?«

»Ham. Er hat seine Wunderkraft bis auf den heutigen Tag bewahrt«, bestätigte der Alte.

»Und jener Asket war Chtol?«

Askul bejahte.

»Wir sind in einem Priesterstaat gelandet, Holm«, flüsterte Pearson enttäuscht.

Der Arzt nickte. »Achten Sie jetzt lieber auf die Gefährten, Ben. Das Rauschgift wirkt . . .«

Pearson sah sich um. Kommodore Ryk, der Geologe und die anderen lagen mit seltsam schwärmerischem Gesichtsausdruck in ihren Sesseln. Venturelli zupfte an seinen Bartstoppeln, Jan Mayen zerstückelte ein Blatt Papier in winzige Fetzen.

»Wir müssen etwas unternehmen!« Holm Ferguson stand auf, um die Trinkvasen einzusammeln. Askul bemerkte es, rief die Gelbbehosten.

»Keinen Kechu mehr«, sagte der Arzt.

Der Alte lächelte. »Im Kechu liegt die Wahrheit.«

Aus dem Hintergrund des Gewölbes näherten sich zwei Proximanen mit Vasen und Saugröhrchen. Doch als sie an dem silberbetreßten Offizier vorbeikamen, stolperte der eine und riß den anderen mit. Die Vasen zerschellten, der Saft des Wunderbaumes lief über den gekachelten Fußboden.

Weder Askul noch einer der Würdenträger hatten gesehen, warum sie gestolpert waren. Aber Pearson wußte es. Es war Absicht, dachte er. Der Offizier hat es mit Absicht getan. Aber warum?

Der Alte befahl, neuen Kechu zu bringen. Dann rief er ein paar unverständliche Worte. Irgendwo wurde eine Tür geöffnet. Die Öllämpchen flackerten. Die bühnenartige Vertiefung auf der anderen Seite des Gewölbes füllte sich mit gedämpftem rotem Licht. Eine Gruppe junger Frauen erschien. Sie waren in weite Gewänder gehüllt und trugen Zweige des heiligen Baumes. Sie eröffneten einen tänzerischen Reigen.

»Die Anbetung des Kechu«, erklärte Askul.

Pearson hatte das Gefühl, der Alte versuche, weiteren Fragen aus dem Wege zu gehen. Und die Würdenträger schienen froh, daß nun andere, sinnlichere Dinge auf der Tagesordnung standen. Die meisten waren offensichtlich berauscht; mit trunkenen Blicken verfolgten sie die geschmeidigen Bewegungen der Frauen.

Pearson dachte nicht daran, aufzugeben. »Wenn ich recht verstehe«, sagte er herausfordernd, »kühlte sich der Planet sprunghaft ab, und die Kondo-wamak versuchten, diesen Prozeß mit Hilfe einer ›künstlichen Sonne‹ aufzuhalten. Doch es gab eine atomare Katastrophe. Unternahmen sie später einen zweiten Versuch?«

»Später gab es keine Kondo-wamak mehr.« Der Silberbetreßte sah Pearson an, als wolle er ihn zu weiteren Fragen ermutigen.

»Was heißt das, es gab keine Kondo-wamak mehr?«

»Die Bjaule hielten Gericht über die Versucher des Araam!« rief Askul von der anderen Seite der Tafel.

Hirano kam Pearson zu Hilfe.

»Aber die Tau und die Priester, was unternahmen sie gegen das Eis?«

»Das Goldene Zeitalter ist nahe. Sollten wir gegen den Willen des Araam handeln?« Mit einer Gebärde des Unwillens wandte sich Askul ab.

»Es gibt keine Mittel, das Eis aufzuhalten«, sagte der Offizier.

»Aber die Kondo-wamak . . .«

»Das Wissen der Kondo-wamak wurde ausgelöscht.«

Pearson schüttelte den Kopf. »Es ist doch unmöglich, daß intelligente Wesen freiwillig zugrunde gehen.«

»Kein Sturm wird je die Höhlenstadt erreichen!« rief Askul pathetisch.

»Was für ein Widersinn!« Sven Roger, der bisher nachdenklich geschwiegen hatte, fragte jetzt gereizt: »Eure Priester prophezeien gleichzeitig den Kältetod und ein Goldenes Zeitalter?«

»Araam schenkte uns das warme Taiwepl.«

»Und was wird aus jenen, die sich nicht in den Schoß des Planeten verkriechen können?«

Askul lächelte überlegen. »Die vierte Generation, die letzte, bevor Rho in das Araam eingeht, wird gering an Zahl sein.«

»Wieso das?«

»Der Staat regelt die Geburten«, sagte der Silberbetreßte.

»Im Namen aller gläubigen Bjaule«, fügte Askul schnell hinzu.

Pearson sah überrascht auf und richtete, als der Alte mürrisch auswich, seinen Blick fest auf den Offizier. »Alle, Bjaule und Tau, die Hüter der Tempel und die Bewohner der Provinzen, alle sehnen sich nach dem Einssein mit Araam?«

»Alle Gläubigen«, sagte der Silberbetreßte zweideutig.

Hirano schien es überhört zu haben. »Intelligente Wesen, die sich in Pessimismus und Weltschmerz gefallen!« Er hatte Mühe, seine Empörung zu verbergen. »Und von denen erhofften wir Unterstützung für unser Programm! Wir sollten die Konsequenzen ziehen und abfliegen«, raunte er.

»Nur nicht so voreilig, ich bin noch nicht am Ende.« Pearson wandte sich wieder an den Alten. »Wird uns Chtol unterstützen, wenn wir in die Provinzen gehen, in die Ebenen und Gebirge, wenn wir dem Lauf des Flusses folgen und Eisfelder überqueren – um Wissen zu sammeln?«

»Mühsam ist es, da und dort nach Wissen zu suchen«, sagte der Alte bedächtig. »Der Herrscher hat befohlen, die Archive zu öffnen. In den Palastkellern werden die Erdenmenschen finden, was viele Generationen angehäuft haben: Kenntnisse über Rho, über Pflanzen und Tiere, Bjaule und Tau . . .«

»Chtol bittet, Taiwepl und die Gläserne Stadt nur in besonderen Fällen zu verlassen«, warf der Silberbetreßte ein.

»Und warum?«

»Wie – einst – die – weisesten – Priester – und – der – junge – Asket – in – die – Einsamkeit – gegangen – sind, um – mit – Araam – zu – sprechen, so sehnen sich die Bjaule nach Ruhe in den Provinzen. Kristallklar – wie – der – Aja-See – und – leidenschaftslos – wie – die eisbedeckten – Gipfel – des – nördlichen – Gebirges – muß das Herz der Gläubigen sein, die den rechten Weg suchen.« Der Offizier hatte diese Erklärung so mechanisch und unbeteiligt ausgesprochen, als wolle er einen Automaten imitieren.

Pearson lächelte. Und als Hirano wütend auffuhr, er denke ja gar nicht daran, sich unter Quarantäne stellen zu lassen, drückte er ihn sacht auf den Sessel zurück. »Ich glaube, Sie verstehen heute überhaupt nichts, Kollege!«

Nach einer kurzen Pause kamen die Proximaninnen in engen, weißen, bis an die Füße reichenden Gewändern zurück, von den trunkenen Würdenträgern mit heiseren Schreien empfangen. Venturelli vergaß seine Bartstoppeln, und Jan Mayen rieb sich die Augen, als erwache er aus einem dumpfen Schlaf.

Auch Pearson konnte einen Ausruf des Erstaunens nicht unterdrücken. In der Tat, die Frauen boten einen merkwürdigen Anblick: ziegelrote Arme und Schultern, ein langer, sehr schlanker Hals, ein völlig haarloser, aber edel geformter kleiner Kopf, schräge, schwarze Augen. Das waren keine Straußenvögel wie die plump verhüllten Würdenträger, sondern grazile Flamingos!

Wild und hemmungslos wurde der Tanz: ein Zusammenballen und Wogen, ein Auseinanderstieben und Gleiten, Erstarren und Schmelzen. Die dünnen Oberkörper schienen von keiner Wirbelsäule gehalten, lagen auf den purpurroten Tanzteppichen, während sich die langen Hälse und Gliedmaßen ineinander verschlangen, umwanden, hin und her züngelten wie die Fangarme einer schönen, aber gefährlichen Meduse. Ein berauschendes Fluidum ging von den schimmernden Leibern aus, der Tanz wurde zur Rahmenhandlung, im Mittelpunkt standen plötzlich das Spiel der jungen Arme und Schultern, die Bewegungen der Hüften unter den hautengen Gewändern.

Pearson warf einen Blick auf Askul und glaubte in den greisenhaften Zügen ein anzügliches Lächeln zu erkennen. Jetzt mußte man achtgeben, die Gefährten befanden sich im Kechutaumel. Wie würden sie reagieren?

Jäh brach die Musik ab, dann setzte sie von neuem ein,

aber leiser und monoton. Das Bühnenlicht verblaßte. Im Hintergrund phosphoreszierte plötzlich ein »Wunderbaum«. Ein Mädchen kam aus dem Dunkel der Kulissen, trat in den Halbkreis der Tänzerinnen, die, in ihren Bewegungen erstarrt, bizarre Schatten warfen, und begann den Bal Tetl, wie Askul verkündete, den »Tanz der Kechuliebe«.

Sie gab sich der Musik, nahm die Klänge der hölzernen Trommel auf, lebte in ihnen und verschmolz mit den dumpfen Schlägen eines Gongs. Doch sie stellte sich zur Schau. Ihre Bewegungen flossen harmonisch ineinander über – und waren berechnet. Sie versank in ein stummes Gebet – und forderte die Blicke der Erdenmenschen und Würdenträger.

Pearson beobachtete aufmerksam. Aber nicht nur das Mädchen. Er hörte das schwere Atmen des jungen Chefmechanikers und sah in das gerötete Gesicht Jan Mayens. Eben wollte er sich wieder an Holm Ferguson wenden, als die Tänzerin eine Spange von ihrem Gewand löste. Sie stand direkt vor dem phosphoreszierenden Baum. Zentimeter um Zentimeter gab der knisternde Stoff nach.

Als das Mädchen in das Dunkel der Kulissen zurückwich, hatte es den Weg geebnet für ein Spiel, das nun erst beginnen sollte. Die Proximanen schienen es zu kennen. Begierde lag auf den schweißfeuchten Gesichtern.

Askul lächelte.

Pearson fragte leise: »Wie weit ist es bis zur Bühne?«

»Ungefähr fünfzehn Schritt.« Holm Ferguson war unruhig. »Aber die Flamingos werden nicht auf der Bühne bleiben.«

»Und wie weit ist der Kechubaum entfernt?«

Hirano blickte durch den Meßsucher seiner Mikrokamera. »Knapp fünfzehn Meter.«

»Sehr schön. Ferguson, stehen Sie doch einmal auf und bitten Sie den Alten um neue Trinkvasen.«

In diesem Augenblick schleppten Gelbbehoste ein weiteres Dutzend bequemer Fellsessel in das Gewölbe und schoben sie in Reichweite der Kosmonauten.

»Was wollen Sie mit neuen Trinkvasen?« fragte Holm Ferguson.

»Schon gut, ich wollte nur Unruhe stiften. Oder, bitten Sie ihn trotzdem.«

Askul gab Fergusons Wunsch sofort an einen Gelbbehosten weiter. Bisher hatte er gezögert; jetzt rief er den Tänzerinnen einen Befehl zu. Doch bevor sie in den Fellsesseln Platz nehmen konnten, gellten spitze Schreie auf.

Entsetzt starrten die Würdenträger auf die Bühne. Dort brannte der heilige, allmächtige Wunderbaum. Dunkelrote Flammen fraßen seine Blätter und Zweigspitzen, züngelten von Ast zu Ast, und als ein glühendes Rindenstück herabfiel, fanden sie neue Nahrung an jenem schillernden Gewand, das die Tänzerin zurückgelassen hatte.

Eine Panik brach aus, die Askuls Berechnung über den Haufen warf und dem Kechufest ein jähes Ende setzte.

Unbeobachtet schob Pearson den Teilchenwerfer in das schwarze Futteral zurück.

Fragen und Entdeckungen

1

Es regnete. Graue Nebelfetzen kamen über den Aja-See, trieben durch die Alleen und ballten sich auf dem Goar Potl. Die Gläserne Stadt, einst Metropole der Kondo-wamak, duckte sich unter dem kalten Nordost. Glich sie nicht einem Friedhof?

Hirano lachte rauh auf. »Intelligente, vernunftbegabte Wesen, die das Talent besitzen, eine Höhlenstadt wie Taiwepl anzulegen, die in Palästen wohnen und den Luftraum beherrschen – falten die Hände und bereiten sich auf den ›friedlichen Untergang‹ vor. Es ist unglaublich, geradezu hirnverbrannt!« Der Astronom ging mit großen Schritten auf und ab, schlug sich an die Stirn. »Zeichen des Araam, Orakel der Priester, die Wahrheit liegt im Kechu – sie sind ja übergeschnappt.«

Die Kosmonauten schwiegen, tranken Tee. Regen trommelte gegen die Fensterscheiben der »Pension«.

Pawel Fock sagte kopfschüttelnd: »Ich kann es mir einfach nicht vorstellen.«

»Aber Sie haben doch den Alten gehört – vom Tonband wenigstens.«

»Ich meine etwas anderes. Ich kann mir nicht vorstellen, daß alle Proximanen so denken. Askul? Na gut. Die Würdenträger – auch einverstanden. Aber das sind wenige. Vertreten sie wirklich die Meinung der großen Masse?«

»Jedenfalls führen sie die Masse!« rief der Astronom.

»In Taiwepl. Aber Taiwepl ist nicht der ganze Planet.«

»Zugegeben. Es kann natürlich sein, daß hier und dort ein Bauer lebt, dem ein fetter Burusch im Stall mehr bedeutet als das göttliche Araam im Jenseits. Aber darauf kommt es uns nicht an. Wir müssen unser Programm erfüllen und hoffen auf Unterstützung durch die Proximanen. Wir brauchten Scharen von Wissenschaftlern, und gerade sie dürften in einem Staat, der seine Erkenntnisse im Kechurausch sammelt, längst vor Gram gestorben sein. Schlußfolgerung für uns – wir kehren diesem verteufelten Planeten schleunigst den Rücken!«

»Ist jemand der gleichen Meinung?« fragte Pawel Fock.

»Ja, ich.« Helo Ryk nestelte an seiner Jacke, betrachtete seine Fingerspitzen. »Wir sollten unsere Zeit nicht verbummeln. Spätere Raumexpeditionen werden sich eingehender mit den Proximanen beschäftigen. Das fällt nicht in unseren Aufgabenbereich.«

»Laßt euch doch nicht ins Bockshorn jagen!« Ben Pearson stand auf und verdunkelte die großen Glasfenster. »Gleich heute morgen hat Venturelli einen der Mikrofilme entwikkelt.« Er schob den Film in einen Projektor. Auf der Leinwand erschien der Saal, gleichzeitig ertönte die matte Stimme Askuls.

»Erinnern Sie sich an jenen hohen, schweigsamen Offizier, der im Hintergrund des Gewölbes saß? Im Gegensatz zu den Würdenträgern hat er keinen Kechu angerührt. Ich habe mich inzwischen nach seinem Namen erkundigt, er heißt Pylon«, erklärte Pearson. »Beachten Sie jetzt bitte, welche Reaktionen das Geschwätz des Alten auf Pylons Gesicht hervorruft.« Das Ergebnis war bemerkenswert. Die Kamera hatte jede Einzelheit festgehalten: zuerst Aufmerksamkeit und stummes Nachdenken, dann, als Askul über die Folgen der atomaren Katastrophe sprach, einen Hauch von Schwermut, und Skepsis, als von der Erleuchtung des jungen Asketen Chtol die Rede war.

Was mochte im Kopf des Offiziers vorgegangen sein? Seine Stirnadern schwollen an, als jenes Wort fiel: »Die vierte Generation wird gering an Zahl sein.«

»Diese Aufnahmen«, sagte Pearson, »waren beabsichtigt. Die folgenden aber gelangen rein zufällig.«

Im Hintergrund des Gewölbes erschienen die beiden Diener mit Kechuvasen und Saugröhrchen. Pylon wandte sich nach ihnen um, überflog mit raschem Blick die Würdenträger, den Alten. Das geschah in Sekunden. Inzwischen waren die beiden Diener herangekommen. Blitzschnell stieß Pylon zu, sein Fuß erreichte den Knöchel des Dieners, schob sich ein paar Zentimeter weiter nach oben. Der Diener verlor das Gleichgewicht, prallte gegen den anderen. Die Vasen rutschten von den Tabletts, zerbrachen auf den Kacheln. Der Offizier saß aufrecht, seine Miene drückte Gleichgültigkeit aus, seine Füße ruhten unter dem Fellsessel.

»Er wollte nicht, daß wir uns berauschen«, sagte Pearson. »Sollten wir etwas erkennen, was uns sonst entgangen wäre?«

Die Kosmonauten dachten nach. »Nehmen wir an, Pylon ist ein Gegner des Herrschers«, sagte Hirano. »Das geht zwar nicht aus den Bildern hervor, aber nehmen wir es an. Gehen wir noch weiter und behaupten, er vertritt die Meinung einer bestimmten Gruppe, die gegen Askuls Untergangspolitik protestiert. Aber selbst wenn es so wäre, könnte uns das nützen? Wir sind nicht hier, um gesellschaftliche Analysen vorzunehmen.«

»Es gibt noch einen anderen Gesichtspunkt«, schaltete sich Pawel Fock ein. »Wie Sie mir sagten, hat Chtol uns gebeten, Taiwepl und die Gläserne Stadt nur in dringenden Fällen zu verlassen. Könnte das nicht . . .«

»Und die Uniformierten!« rief Venturelli. »Wozu braucht man im Goldenen Zeitalter eine Armee? Sie ist da, um anzugreifen oder zu verteidigen. Ich wette, Askul will uns betrügen. Wahrscheinlich gibt es neben dem Staat der Tau noch einen anderen. Und wir sollen Taiwepl nicht verlassen, damit wir ihn nicht entdecken!«

»Ganz so einfach wird es nicht sein.« Pawel Fock lächelte. »Man kann einen Stamm, der irgendwo in den Bergen oder in den Wäldern lebt, verheimlichen, aber nicht einen ganzen Staat. Diese Absicht wäre zu naiv.«

Fragen über Fragen türmten sich auf. Sollte man sie untersuchen oder abfliegen?

»Jedenfalls dürfen wir uns nicht verzetteln«, sagte Sven Roger. »Ich schlage vor, wir untersuchen einige wichtige Probleme: Ursachen und Intensität der Vereisung, Strahlungsverhältnisse und Magnetfelder, die Proximanen als biologische Wesen. Wir werfen einen Blick in die Archive des Palastkellers und – versuchen Verbindung mit Pylon aufzunehmen. Beschränken wir unseren Aufenthalt schon jetzt auf zwanzig bis fünfundzwanzig Tage!«

In den Abendstunden brachten Würdenträger eine Botschaft des Herrschers. Hirano verzog das Gesicht. »Ich glaube, dieser Asket hält uns tatsächlich für dumme Jungen. Er erlaubt großzügig, daß wir uns in Taiwepl und der Gläsernen Stadt frei bewegen; Expeditionen aber dürfen nur in Begleitung von Tau-Offizieren unternommen werden. Die Gebiete jenseits einer Vierhundertkilometerzone – Chtol hat sich sogar die Mühe gemacht, in unserem Maßsystem zu rechnen – sind tabu. Das heißt, wir dürfen nicht mal zu den Polkappen vorstoßen, um das Problem der Vereisung unter die Lupe zu nehmen. Ist ja lächerlich . . .«

»Und die Begründung?«

»Die inbrünstig betenden Bjaule. Nichts darf sie von der Aussöhnung mit dem Araam ablenken . . . Nun brenne ich selbst darauf, zu erfahren, was sich hinter diesem Unsinn verbirgt.«

»Nehmen wir die Helikopter, und sehen wir uns gründlich um!« rief Venturelli ungeduldig.

Pawel Fock schüttelte den Kopf. »Das halte ich für unklug. Wenden wir Gewalt an, so erschweren wir späteren Expeditionen von der Erde die Kontaktaufnahme.«

»Was schlagen Sie also vor?«

»Gibt es eine Möglichkeit, Ihren Bildechoskop einzusetzen? Wir montieren ihn auf eine lenkbare Rakete und tasten Rho aus großer Höhe ab.«

»Natürlich!« Venturelli geriet in Eifer. »Ich werde mich sofort an die Arbeit machen.«

»Inzwischen schöpfen wir andere Möglichkeiten aus, sehen uns die Archive an, Taiwepl und die nähere Umgebung der Gläsernen Stadt.«

2

Über Nacht klärte sich der Himmel auf. Aber das Thermometer fiel. Gegen Morgen hatte es fast den Gefrierpunkt erreicht.

Als Helo Ryk, Jan Mayen und Nyland auf die breite Allee hinaustraten, wehte ihnen ein kalter Wind entgegen. Sie schlugen die Kragen ihrer Pilotenjacken hoch und sahen sich unschlüssig um. Sie hatten den Auftrag, sich mit der Stadt vertraut zu machen.

Es war außerdem wichtig zu wissen, ob sie beobachtet wurden oder sich völlig frei bewegen konnten. Ein Meer von Halbkugeln und Quadern, Terrassen und Gärten lag vor ihnen. Wo sollten sie beginnen?

»Bei den Blumen«, schlug Nyland mit einem verlegenen Lächeln vor und wies auf die leuchtende Rabatte jenseits der Fahrbahn. »Der erste Blütenduft nach knapp sieben Jahren Kosmos . . .«

Sie beachteten den schmalen Steg nicht, der die Fahrbahn in zwei gleiche Hälften teilte und ein paar Zentimeter höher lag. Nyland erreichte ihn mit einem langen Schritt.

»Ha-halt!« konnte er noch erschrocken ausrufen, da verlor er schon das Gleichgewicht und landete in den Armen des Kybernetikers, der geistesgegenwärtig zugepackt hatte.

Von der »Pension« tönte schallendes Gelächter herüber. Pearson hatte den Vorfall beobachtet.

»Immer noch im Kechurausch?« rief er.

»Mein rechter Fuß wollte sich selbständig machen. Der Weg läuft!«

Jetzt betrat Helo das schmale Band. Nichts geschah. Doch als Nyland erneut seinen Fuß auf den Rand setzte, verlor auch der Kommodore das Gleichgewicht, balancierte ein paar Sekunden und fuhr, wie von Geisterhand getragen, dem Stadtzentrum zu. Er sprang ab und kam zurück. »Fließband. Die gleiche Einrichtung wie in Taiwepl.«

Ein kaum wahrnehmbarer Strich in der Mitte des Stegs brachte Nyland auf die Idee, daß die Fahrtrichtung zweiseitig sein könne. Tatsächlich, das Band war geteilt. Man konnte sowohl nach dem Stadtinneren als auch hinunter zum See fahren. Eine Hälfte zog die andere mit, bewegte sich aber in die entgegengesetzte Richtung, wenn ein zweiter Kontakt ausgelöst wurde. Präzisionsarbeit! Die Fuge zwischen den beiden Bändern hätte keine Messerspitze aufgenommen.

Während sie noch darüber nachdachten, ob der Fußgängerverkehr in der ganzen Stadt so geregelt sei, war im Osten Proxima Centauri aufgegangen. Ihre blutroten Strahlen färbten die gläsernen Quader und Halbkugeln, tasteten die nachtkühlen Fassaden ab und verwandelten unzählige Tautröpfchen in feurige Rubine.

»Gehen wir zu den Blumen«, drängte Nyland. Sie überquerten die Fahrbahn, mußten aber erst ein paar Minuten laufen, da die Rabatte überhöht und nur über eine seewärts gelegene Freitreppe zu erreichen war.

»Ich bewundere die Architektur der Proximanen«, sagte Helo Ryk. »Die Stadt scheint aus einem einzigen Block gemeißelt zu sein, der Boden liegt unter einer gläsernen Haut. Alles ist so sauber und makellos, als gäbe es keinen Wind, der Schmutzteilchen aus der Ebene hierherbringt, und keine welken Blätter.«

Sie waren inzwischen an der Freitreppe angekommen. Einen Augenblick später lag die Rabatte vor ihnen.

»Für mich ist die Stadt leer, beziehungslos, eine kalte Schönheit«, sagte Nyland. »Die Straßen sind unbelebt, kein Lärm, keine spielenden Kinder . . . Nur gut, daß es wenigstens Blumen gibt.«

Ein schmaler Sandweg führte bis auf die Höhe der »Pension«, bog dann rechtwinklig ab und mündete in ein perlmuttschimmerndes Quadrat, das von alten, knorrigen Bäumen umgeben war. An seinem jenseitigen Ende leuchtete die Rabatte. Erwartungsvoll gingen sie darauf zu.

Was für eine Pracht! Rote, gelbe, blaue und weiße Kelche, fast zu schwer auf den zierlichen Stengeln ruhend, entfalteten sich in der Morgensonne. Tau perlte auf den gezackten, hauchdünnen Blättern, unzählige Knospen versprachen eine dauerhafte Blüte.

Ein paar Meter entfernt stand eine Sitzbank aus geädertem Marmor. Sie setzten sich.

»Hier spürt man das Leben«, sagte Nyland begeistert. »Es atmet und wächst, wird geboren und vergeht. Es ist das gleiche Leben wie draußen am See, oben in der nördlichen Tundra oder viereinhalb Lichtjahre entfernt auf dem Planeten Erde.«

Helo beobachtete die benachbarten Halbkugeln und Quader. Verbargen sich irgendwo Tau-Spione? Er wünschte fast, es wäre so. Je mehr Schwierigkeiten der Herrscher machen würde, um so früher würde sich die Expeditionsleitung entschließen, den Planeten zu verlassen.

»Gehen wir«, drängte Jan Mayen. Ihm lag daran, die Umgebung des Sees kennenzulernen. Er, an der Küste von Grönland geboren, hatte immer in der Nähe großer Wasserflächen gelebt.

»Ich nehme mir eine Blume mit«, sagte Nyland. Als er sich hinabbeugte, um einen Kelch abzubrechen, berührte er Metall. Blumen? Das waren doch ... »Die sind ja künstlich!«

Die Gefährten eilten zu ihm. Sie waren verblüfft und enttäuscht. Unzählige Knospen, Kelche in leuchtenden Farben, hauchdünn die geschwungenen Blütenblätter, taubenetzt, Meisterwerke der Natur – erstarrt, tot: aus Metallfolie.

Eine Stadt aus Glas, Perlmutt und Marmor. Mit breiten Straßen und hellen Plätzen. Aber ohne Gefühl, ärmer als eine tausendjährige Ruine, kälter als die nördliche Tundra. Auf dem Goar Potl gab es Springfontänen ohne Wasser. In den Gärten, Alleen und Parks wuchs kaltes Metall.

Helo berührte den fetten, kurzgeschnittenen Rasen. Das Gras knirschte wie blanker, gewaschener Kies. Es war nicht mehr nötig, auch noch die Bäume zu untersuchen. Sie gingen zum See hinunter.

»Wozu das alles?« fragte Nyland. »Ich glaubte, nichts wird ohne Grund getan. Selbst der Irrtum verrät das Bemühen. Aber hier?«

»Hier auch.« Jan Mayen war nachdenklich geworden.

»Vielleicht gerade hier! Vielleicht ist es so, daß ... Warten Sie bitte einen Moment!« rief er plötzlich und rannte zurück.

»Was ist denn los?« fragte Nyland.

Helo zuckte gleichgültig mit den Schultern, lehnte sich an einen Obelisken und blinzelte in die Sonne.

Vom Dach der »Pension« startete ein Helikopter mit der zweiten Forschungsgruppe. Askul selbst hatte einen Ausflug in das südliche Zentrum der Agrikultur vorgeschlagen.

Jan Mayen ließ auf sich warten. Als er endlich kam, hatte er die Ärmel hochgekrempelt, seine Arme waren lehmbeschmiert. Er brachte eine Handvoll schwärzlichen Humusboden. »Ich habe es mir gedacht«, sagte er triumphierend. »Humus unter der Blumenrabatte. Wissen Sie, was das bedeutet? Als die Kondo-wamak diese Stadt gründeten, legten sie auch richtige Rabatten an, säten Rasen und pflanzten Bäume. Die Tau erst haben Kies auf den Humus geschüttet, eine dicke Schicht, damit kein Samenkorn Nahrung, kein Keimling Licht und Luft finde. Sie gruben die Bäume aus und zerstörten den Rasen und ersetzten das alles durch kunstvolle, aber tote Nachbildungen. Und warum? Erinnern Sie sich bitte an den plastischen Film, an Askuls Kommentar: Die Beschäftigung mit den geheimen Naturkräften hat die Irrlehren der Kondo-wamak hervorgebracht. Auch die Yoma beriefen sich auf die Natur ... Darum verbannen die Tau alles, was an die Natur erinnert. Sie mögen die Natur nicht, sie hassen sie ...«

»Und verkriechen sich in den warmen Schoß des Planeten, statt etwas gegen den drohenden Kältetod zu tun«, fügte Helo Ryk lebhaft hinzu. »Wir aber« – er runzelte die Brauen – »erhofften uns Unterstützung für unser Programm – und hoffen offensichtlich immer noch, sonst wären wir längst abgeflogen.«

»Wir bleiben etwa drei Wochen. Das ist ein Beschluß, dem Sie selbst zugestimmt haben, Kommodore!«

»Ja, ja, schon gut.«

Die Fahrbahn führte in sanftem Bogen bis dicht an den

See, schwenkte ab, verlor sich hinter einem Gebäudekomplex und tauchte weiter oben als hellgraues Band von neuem auf – vielleicht ein Ring, der sich auf dem Goar Potl schloß.

»Benutzen wir das ›Fließband‹ und fahren wir in einen anderen Stadtteil«, schlug Nyland vor.

»Aber nicht, bevor wir am See waren!« Jan Mayen steuerte energisch auf das Ufer zu. »Kommen Sie, es sind doch kaum zweihundert Schritt.«

Die gläsernen Quader waren hier niedriger. Sie bildeten Terrassen und standen weniger dicht beisammen.

Ein schlanker, nadelförmig aufragender Turm zog Helos Aufmerksamkeit auf sich. Wenn es überhaupt heimliche Beobachter gab, dann sicher hinter den Mattglasscheiben in der Turmspitze. Von dort oben konnten sie die »Pension« überwachen, den Goar Potl und die wichtigsten Straßen. Helo war nun beinahe überzeugt, daß sich Tau-Spione in der Turmspitze versteckt hatten. Sollte man nicht nachsehen?

»Gehen Sie schon immer voraus und warten Sie am See auf mich!« rief er Nyland und Jan Mayen zu.

Als sie hinter den nächsten Gebäuden verschwunden waren, besann er sich nicht lange. Er kletterte über die Mauer, die den Turm und eine ovale, parkähnliche Anlage umgab. Parkähnlich? Helo blickte sich erstaunt um. Einen seltsamen Geschmack mußten die Kondo-wamak gehabt haben. Oder war dieser Garten aus glitzerndem Kies und mannshohen, schwarzen Basaltsteinen auch erst von den Tau entworfen worden? Aber was interessierte ihn das überhaupt? Den Turm wollte er besichtigen.

Während er auf das nadelförmige Gebäude zulief, beobachtete er die Mattglasfenster in den oberen Stockwerken, konnte aber nichts Verdächtiges entdecken. Er fand eine Tür. Sie war verschlossen. Verschlossen? Verriegelt – und zwar von innen! Helo zögerte. Mit dem Teilchenwerfer hätte er den Riegel mühelos sprengen können. Aber Gewalt anwenden? Das lohnte wohl nicht. Besser wäre, die Spione zu überlisten . . . Er würde jetzt hinunter zum See gehen und so tun, als kümmere er sich nicht mehr um den Turm, würde aber die Mikrokamera auf die oberen Stockwerke richten. Nyland und Jan Mayen hatten ebenfalls Kameras bei sich. Man brauchte die winzigen Geräte nur auf eine Sanddüne zu stellen, vielleicht eine halbe Stunde lang. Sie würden jede noch so unauffällige Bewegung hinter den Fensterscheiben registrieren.

Helo warf noch einen Blick auf den seltsamen Steingarten und kletterte über die Mauer zurück.

Es war jetzt beinahe windstill und ziemlich heiß. Die Luft flimmerte über den Sanddünen. Von einer nahen Felsklippe klang das monotone Schnalzen träger Wellen herauf. Aus zarten Dunstschleiern am Horizont lugten verschlafene Inseln.

Unten auf dem See, vielleicht fünfhundert Meter entfernt und über das ganze Ufer verteilt, schaukelten kleine, flache Boote. Es schien, als bewachten sie den Strand und die Ausläufer der Gläsernen Stadt.

Helo fand Nyland und den Kybernetiker in einer ockergelben Sandmulde. Als er näher kam, gestikulierten sie mit den Händen.

»Was ist denn los?«

»Wir bekommen Besuch«, flüsterte Nyland.

»Von einem, der es vorzieht, kein Aufsehen zu erregen!« Jan Mayen deutete auf ein Labyrinth von Felsklippen. »Dort verbirgt sich ein Amphibienwagen. Er ist, als Sie sich von uns trennten, aus der Ringstraße gekommen, in weitem Bogen, jede Welle und jede Düne ausnutzend, zum See gefahren und hat sich im Schutze jener Büsche dort bis an die Klippen vorgepirscht. Offenbar ist dem Fahrer daran gelegen, nicht von den Booten bemerkt zu werden. Ich nehme an, er wird bald . . .«

»Ist schon da«, flüsterte Nyland. »Links, hinter der äußersten Klippe.«

Helo zog sein Fernglas heraus. Kam hier der erwartete Spion?

Zunächst sah er nur weiße Schaumkämme, Steinblöcke und bizarre Schatten. Dann nahm er eine Bewegung wahr.

Tatsächlich, ein Amphibienfahrzeug! Wie ein überdimensionaler Wasserkäfer pendelte es um Felsnasen und Säulen, verschwand in einer Rinne, tauchte wieder auf. Jetzt mußte es festen Untergrund gefunden haben, schob sich auf das sandige Ufer, verharrte. Der Bug öffnete sich. Wenig später entstieg ihm ein schwarzgekleideter, silberbetreßter Proximane. Helo erkannte ihn sofort. Es war Pylon!

Der Offizier warf einen Blick auf den See und musterte anschließend die Dünen. Den Turm beachtete er nicht. Offenbar drohte von da keine Gefahr.

»Er sucht uns!«

Nyland richtete sich auf, versuchte, sich bemerkbar zu machen. Pylon lächelte und hob, wahrscheinlich zum Zeichen, daß er verstanden habe, einen Arm. Dann verschwand er in einem Hohlweg.

»Gehen wir ihm entgegen?«

»Wir könnten ihn verraten. Er findet uns schon.«

Sie warteten. Helo beobachtete den See. Die Wachboote lagen immer noch unbeweglich, ihre Insassen – Uniformierte mit Helmen auf den Köpfen – dösten in der Sonne. Doch plötzlich, er wollte sich gerade abwenden, kamen sie in Bewegung. Sie duckten sich, klammerten sich an die Ruderbänke und starrten zu den Inseln hinüber. Von dort, der See mußte sie ausgespien haben, raste ein halbes Dutzend goldgelber, raketenartiger Schiffe heran, die spiegelglatte Wasserfläche aufwühlend und grelle Pfiffe ausstoßend.

Luftschiffe! Tausend . . ., sechshundert . . ., nur noch zweihundert Meter von den Booten entfernt. Jetzt richteten sie sich auf und jagten, Myriaden von glitzernden Wassertropfen nach sich ziehend, über die Wachboote hinweg, schwenkten kurz vor dem Ufer ab, flogen eine Schleife – und entfernten sich.

Am Ausgang des Hohlwegs tauchte Pylon auf. Er hastete zurück, kletterte in den Amphibienwagen und verschwand zwischen den Klippen.

Wenig später waren die Luftschiffe wieder da, bedeutend höher diesmal. Als warteten sie auf einen Befehl, standen sie minutenlang unbeweglich im Zenit – goldgelbe, energiestrotzende Pfeile. Wie von einer Sehne geschnellt, stürzten sie plötzlich nach Süden. Schon waren sie nur noch als winzige Punkte zu erkennen. Der Horizont verschluckte sie – genau dort, wo eine Stunde vorher der Helikopter mit Pearson, Venturelli und den anderen untergetaucht war.

Ein Zufall?

»Wir müssen die ›Pension‹ benachrichtigen.« Helo Ryk erhob sich, schüttelte den Sand von der Pilotenjacke. »Los, gehen wir!«

»Und Pylon?« Jan Mayen zögerte. »Vielleicht kommt er zurück?«

»Die Sicherheit des Helikopters geht vor.«

3

Ben Pearson war in bester Stimmung. Seit dem frühen Morgen saß er neben Venturelli in der Pilotenkanzel und hantierte mit Tele- und Weitwinkelobjektiven, filmte Herden und Feldkulturen, Bewässerungsanlagen und Siedlungen. Sie flogen über eine fruchtbare Ebene. Höchstens ein Drittel des tiefbraunen, fetten Bodens war intensiv genutzt, zwei Drittel lagen brach und würden Hunderttausenden von Proximanen Nahrung liefern können. Wenn Askul also behauptete, die Existenz der Bjaule und der Tau sei gefährdet, dann durfte er sich nicht auf eine drohende Hungersnot berufen. Selbst wenn weite Landstriche vereisten, hier in der Äquatorgegend gab es Fleisch und Feldfrüchte genug. Man mußte eben mehr anbauen und die Herden verdoppeln. Er würde dem Alten schon vorrechnen, welche Reserven hier ungenutzt schlummerten!

Aber ging es Askul überhaupt um Nahrung und Wärme für die »Gläubigen«? Warum versuchte er die Expedition mit aller Gewalt vom unvermeidlichen Untergang der Proximanen zu überzeugen? Wahrscheinlich handelte es sich um eine Art Staatsdoktrin, dazu bestimmt, die »Gläubigen« in Angst und Schrecken zu halten. Und warum das?

Pearson beugte sich zu Venturelli hinüber. »Wir haben den Auftrag, nach dem Kondo-wamak und den Yoma zu forschen. Wann wollen wir landen?«

Der Chefmechaniker zuckte mit den Schultern. »Ist mir gleich. Am besten in der Nähe einer größeren Siedlung.«

»Wir sind jetzt dreihundertundfünfzig Kilometer von Taiwepl entfernt!« rief Foster, der Pearsons Frage gehört hatte, aus dem Transportraum des Helikopters. »Ich möchte Sie daran erinnern, daß wir nach weiteren fünfzig Kilometern jene Grenze erreichen, die – laut Anweisung des Herrschers – nicht überschritten werden darf.«

»Na und? Meinen Sie, wir lassen uns gängeln?«

»Ich meine, daß wir die Wünsche der Expeditionsleitung respektieren«, antwortete der Geologe trocken. »Pawel Fock hat uns ausdrücklich gewarnt . . .«

Da schnarrte der Sprechfunk. Die Zentrale rief.

»Ob wir verfolgt werden?« Der Biologe schüttelte verwundert den Kopf. »Luftschiffe der Proximanen? Nein, keine Spur. Wir fliegen unbehindert nach Süden. Ja, ja, geben schon acht – und haben ja schließlich Teilchenwerfer bei uns.« Pearson schaltete seinen Empfänger schnell aus, da er wußte, daß ihm der Nachsatz einen Tadel oder zumindest eine Ermahnung einbringen würde. Er hatte nicht die Absicht, den Werfer jemals auf ein lebendes Wesen zu richten. Aber es schien ihm erforderlich, die Gefährten ab und zu daran zu erinnern, daß sie es nicht nötig hatten, die Befehle der Tau auszuführen. Natürlich mußte man versuchen, freundschaftlich mit Taiwepl zu verkehren. Aber wenn Askul das ganze Gebiet jenseits einer Zone von vierhundert Kilometern im Radius für tabu erklärte, so war das eine Anmaßung. Was hatte er denn zu verbergen? Pearson war fest entschlossen, die »Grenze« so bald wie möglich zu überschreiten. Nicht heute, und morgen, aber vielleicht schon übermorgen. Und er würde sich nicht aufhalten lassen, auch nicht durch irgendwelche . . .

»Luftschiffe in Sicht!« rief Foster in diesem Moment aus dem Transportraum.

»Also doch! Teilchenwerfer entsichern!« befahl Pearson hastig. »Wenden Sie, Venturelli!«

Sechs goldschimmernde Pfeile näherten sich von Norden, kamen, dicht beieinanderliegend, auf den Hubschrauber zu.

Ein Angriff?

»Ruhig bleiben!« Venturelli lächelte. »Mit dieser Geschwindigkeit können sie nicht manövrieren. Wenn sie uns rammen wollen, lass' ich den Helikopter ein paar Dutzend Meter nach unten sacken . . .«

»Sie schwärmen auseinander!«

Es hatte tatsächlich den Anschein, als wollten die Luftschiffe angreifen. Sie verringerten ihre Geschwindigkeit, die beiden äußeren stießen vor. Versuchten sie, den Helikopter in die Zange zu nehmen? Schon lagen sie auf gleicher Höhe mit ihm.

Jetzt zogen sie vorbei. Sekunden später rasten die anderen vier über den Hubschrauber hinweg, schlank und in der Sonne blitzend wie Fischleiber.

»Sie nehmen keine Notiz von uns.« Pearson wurde mißtrauisch. Hatte Askul die Luftschiffe ausgeschickt, um die »Grenze« im Süden sichern zu lassen? »Muß ja mächtig interessant sein dort unten. Los, fliegen wir hinterher!«

Nur noch als goldgelbe Tupfen zu erkennen, berührten die Luftschiffe eben den Horizont. Aber plötzlich schwenkten die beiden äußeren nach Osten und Westen ab, und es schien, als setzten die anderen zur Landung an. Sie verloren an Höhe, überquerten einen ausgedehnten Wald, verschwanden schließlich.

Pearson nickte dem Chefmechaniker aufmunternd zu. »Volle Kraft!«

Nach wenigen Kilometern tauchte eine breite Fahrbahn auf, ein Betonband, das sich, von Süden kommend, durch schmale Flußtäler, Kakteenhecken und Sandfelder nach Nordwesten schlängelte. Den Wald durchlief es schnurgerade und fiel, als er zu Ende war, in eine ockergelbe Niederung hinab.

Von weitem bemerkten die Kosmonauten einen Fahrzeugkonvoi. Offensichtlich war er nach Nordwesten unterwegs gewesen. Aber eines der Luftschiffe war auf der Fahrbahn gelandet und versperrte ihm die Durchfahrt. Schon kehrten die vordersten Wagen – flache, tiefliegende, wannenförmige Transporter – um. Das schien nicht ganz reibungslos abzugehen. Sie waren ziemlich lang gebaut, drei- und vierachsig, und mußten das Betonband, um wenden zu können, verlassen. Einer von ihnen saß fest, wirbelte Sandwolken auf und kam doch nicht von der Stelle. Plötzlich neigte er sich zur Seite, und die Ladung – gelbe, dickbauchige Flaschenfrüchte – kam ins Rutschen.

»Möchte wissen, ob wir das ganze Durcheinander provoziert haben«, brummte Pearson.

Venturelli schüttelte den Kopf. »Was geht uns ein Nahrungsmitteltransport an?«

»Weiß ich selbst noch nicht. Tiefer bitte!«

Als der Helikopter mit surrenden Luftschrauben dicht über dem Konvoi verharrte, sahen die Kosmonauten in erschrockene, ratlose Gesichter. Ein Offizier in schwarzer, eng anliegender Uniform grüßte verlegen, offenbar wußte er nicht, wie er sich verhalten sollte. Ein scharfer Kommandoruf von der Besatzung des goldgelben Luftschiffes her brachte ihn noch mehr in Verwirrung. Er duckte sich zusammen. Auch seine Begleiter, die behelmten Uniformierten, senkten die Köpfe.

»Landen wir nun?« wollte Venturelli wissen.

»Fliegen Sie erst mal die ganze Kolonne ab.« Pearson erhob sich und kroch in den Transportraum. Foster und Hirano, das vierte Expeditionsmitglied, lagen ausgestreckt auf dem Boden. Um besser beobachten zu können, hatten sie eine Absprungluke geöffnet. Hirano fotografierte.

»Schnell, beeilen Sie sich!« rief Foster, als er den Biologen bemerkte. Pearson legte sich ebenfalls flach auf den Bauch. »Was gibt's denn?«

Eben glitt ein Wagen heran, der eine außergewöhnliche Fracht geladen hatte: in schmutzige Fetzen gehüllte, blutverschmierte, gefesselte Proximanen. Sie hockten Rücken an

Rücken aneinander; eine Doppelreihe Uniformierter bewachte sie.

»Gefangene.«

»Landen, Venturelli!« Also deshalb hatte der Konvoi umkehren sollen? Zu spät, zu spät, wir haben euch erwischt, dachte Pearson grimmig. Und nun werden wir euch mal kräftig auf den Zahn fühlen, verehrte Herren Tau.

Das war allerdings leichter gedacht als getan. Der Helikopter hatte noch gar nicht richtig aufgesetzt, als sich ein paar Transporter in die Nähe des Gefangenenwagens schoben. Sie nahmen ihn in die Mitte, umzingelten ihn, er verschwand hinter Bergen aus gelben, violetten und roten Flaschenfrüchten.

Pearson und Foster suchten vergeblich nach einem Durchschlupf. Kaum hatten sie eine Lücke entdeckt, war sie auch schon verschlossen.

Pearson wurde wütend. Er kletterte kurzerhand auf das nächste Fahrzeug und setzte sich neben den steuernden Offizier. »Vielleicht hast du die Güte und erzählst mir, warum jene Leute dort gefesselt sind«, sagte er auf proximanisch. Das ziegelrote Gesicht des Tau blieb unbeweglich.

»Warum habt ihr sie geschlagen, wohin bringt ihr sie?« Keine Antwort. »Wir sind Gäste des Herrschers von Taiwepl. Wir werden uns beschweren!« sagte Pearson drohend. Umsonst. »Gut, dann werde ich sie selbst fragen.«

Vorsichtig, den entsicherten Teilchenwerfer in der Hand, zwängte sich Pearson hinter dem Rücken des Offiziers auf die andere Seite der Führungskanzel und sprang ab. Er befand sich nun innerhalb der Umzingelung, hatte den Gefangenenwagen unmittelbar vor sich. Aber nun setzte sich die ganze Kolonne in Bewegung, und er mußte Schritt halten und laufen und darauf achten, daß er nicht eingequetscht wurde. Nach einigen Dutzend Metern gab er auf. Es war zu gefährlich. Die schweren Transporter rückten immer näher, stießen und pufften ihn, er brauchte nur zu stolpern, und sie würden ihn zu Brei walzen. Er wollte nicht das Opfer eines »Verkehrsunfalles« sein. Er wandte sich um. Bereitwillig rückten die Fahrzeuge auseinander. Wenig später war er wieder frei.

»Es ist zwecklos, die Kerle haben sich gegen uns verschworen«, antwortete er auf Fosters Frage. »Los, fotografieren wir die Gefangenen wenigstens! Mal sehen, was Askul sagt, wenn wir ihm die Bilder unter die Nase halten. Und dann suchen wir schleunigst ein Bauerndorf auf.«

Kurze Zeit, nachdem sie die Wagenkolonne verlassen hatten, kam eine größere Siedlung in Sicht. Venturelli landete neben einem flachen Steingebäude.

Sie blickten sich um. Weit und breit war kein Proximane zu sehen, aber es roch nach Herdfeuer, und irgendwo brüllten Buruschs. Hirano klopfte an die Tür des Wohnhauses. Sie war verschlossen. Auf der ausgetretenen Schwelle lag eine blaue Tuchkappe.

Foster und Pearson gingen um das Gebäude herum. Sie kamen auf einen schmutzigen Hof. Eine verfallene Lehmmauer umgab ihn nach zwei Seiten, an der dritten lagen Stallungen und ein bienenkorbähnlicher Speicher.

In den Ställen standen zottige Buruschs. Sie blinzelten die Menschen an und zupften frisches Gras aus einer Raufe. Pearson wollte gerade umkehren, als er ein Rascheln vernahm. Er stieß den Geologen an. Das Geräusch wiederholte sich. Es kam aus einer mit Strohballen verdeckten Erde. Sie gingen darauf zu, konnten aber nichts erkennen. Pearson zog eine Stablampe aus der Rocktasche. Der grelle Lichtkegel traf das Gesicht eines Bauern, der geblendet und furchtsam tiefer in das Stroh kroch.

»Komm heraus!« sagte Pearson.

Der Bjaule rührte sich nicht.

»Warum versteckst du dich? Wir wollten nur dein Gehöft sehen, ein wenig plaudern.«

Ein tiefer Seufzer war die Antwort.

»Lassen wir ihm Zeit«, flüsterte der Geologe.

Sie gingen auf den Hof und setzten sich auf einen Steinquader. »Jemand da?« wollte Hirano wissen.

Pearson nickte und legte den Finger auf den Mund. Sie mußten sich gedulden. Irgendwo außerhalb der Siedlung brüllte ein Burusch. Die Stalltiere antworteten. Dann fiel ein Strohballen um, der dumpfe Aufschlag war nicht zu überhören.

»Kehren wir ihm den Rücken zu. Soll er sich erst an unseren Anblick gewöhnen.«

»Tel chochera tao, Chochitl«, sagte eine schüchterne Stimme.

»Chochera tao«, antwortete Pearson gemächlich. Der Bjaule stand in der Türöffnung. Er hatte eine blaue Tuchkappe auf dem Kopf und steckte in weiten, zerschlissenen Hosen. Sein Oberkörper war nackt.

»Wir kommen aus Taiwepl, sind Gäste des Herrschers. Wir wollten uns ein Bauerngehöft ansehen, Bjaule sprechen, verstehst du?«

Der Proximane verneigte sich. Er mußte schon ziemlich alt sein, zahlreiche Fältchen bedeckten seine eingefallenen Wangen. Er hatte muskulöse Arme, große, plumpe Hände und einen kürzeren Hals als seine Artgenossen in der Gläsernen Stadt.

»Wo ist deine Familie? Sag ihr, daß sie nichts zu befürchten hat. Aber wenn du willst, steigen wir in unseren Flugapparat und lassen dich in Ruhe.«

Der Bjaule dachte einige Minuten nach, scharrte verlegen mit den Füßen. Dann stieß er einen schrillen, langgezogenen Pfiff aus und schlenkerte mit gesenktem Kopf an den Kosmonauten vorbei zum Eingang des flachen Wohngebäudes. Foster und Pearson folgten ihm, Hirano ging den Chefmechaniker benachrichtigen. »Er soll den Helikopter nicht verlassen«, sagte Pearson.

Ein großer, halbdunkler, aber warmer Raum. Ein flacher, schwerer Holztisch, Tonschalen, eine massive Truhe, auf dem Boden ausgebreitete Buruschfelle. Der Alte öffnete die Truhe. »Kamul und Ocho sind Zeichen der Gastfreundschaft«, sagte er unterwürfig. Er brachte eingedickte Milch und gelbe Fladen.

Sein Dialekt war schwer zu verstehen. Foster versuchte ihm klarzumachen, woher sie gekommen waren, erzählte von der Erde und der »Tolu«. Der Bjaule nickte und kreuzte die Arme.

»Sprechen wir von einfacheren Dingen«, flüsterte Pearson den Geologen zu. »Wir müssen erstens Auskünfte über Kondo-wamak und Yoma und zweitens über die Gefangenen einholen.«

»Aber nicht sofort und nicht so direkt.«

»Hm, das ist wahrscheinlich besser.« Pearson wandte sich wieder dem Alten zu. »Wie ich sehe, hast du ein schönes Steinhaus, Speicher und eine Menge Vieh. Du kannst eine große Familie ernähren. Was machst du mit den überflüssigen Produkten? Verkaufen? Was bekommst du dafür?«

Der Bjaule dachte angestrengt nach. Man sah, wie es hinter der ziegelroten, durchfurchten Stirn arbeitete. Die Antwort kam zögernd: »Chtol gibt uns Kamul und Ocho und ein Haus. Wir pflegen seine Felder und füttern die Buruschs.«

Pearson nickte. »Der Boden, die Feldkulturen und das Vieh gehören den Tau ... Erinnern Sie sich an Askuls Kommentar, Foster? ›Am Anfang war das Goldene Zeitalter. Auf den Feldern arbeiteten gläubige, zufriedene Bjaule. Sie ernteten und brachten ein Drittel den weisen Landverwaltern, ein Drittel aber brachten sie den Priestern des Araam.‹ Mir scheint, das neue Goldene Zeitalter läßt auch von dem letzten Drittel nicht viel übrig. Taiwepl, der ›Adel‹, die Armee – alle schlucken.«

Inzwischen war Hirano gekommen. Wenig später betrat eine hagere Frau den Raum. In ihren langen, dünnen Armen hingen zwei splitternackte Kinder. Sie krochen in die dunkelste Ecke und starrten neugierig auf die fremden »Chochitln«.

Allmählich wurde der Alte zutraulicher. Er gab bereitwillig Auskunft, solange sich Fosters Fragen um die Feldarbeit, um das Leben in der Siedlung, um Buruschs und Früchte drehten: er wurde zurückhaltend, wenn Pearson und Hirano nach den Beziehungen zu Taiwepl forschten. Und als sie wissen wollten, ob es Unzufriedene gäbe, ob hin und wieder ein Bjaule bestraft würde, schüttelte er immer nur den Kopf. Es schien fast, als sei er auf solche Fragen vorbereitet und als habe ihm jemand geboten zu schweigen.

Hirano wurde ungeduldig. Die Zeit dränge, meinte er, die ersten Vorboten der Nacht seien schon zu erkennen. Man solle lieber ein zweites Gehöft aufsuchen. Er versuchte Pearson, der den Alten inzwischen in ein Gespräch über Buruschzucht verwickelt hatte, zu unterbrechen.

»Gleich, einen Moment noch«, bat der Biologe und fuhr unbekümmert fort: »Sie gedeihen also in den Bergen ebensogut wie in der Ebene?«

»Ham«, sagte der Proximane.

»Und fressen das saftige Gras, aber auch den trockenen Strauch Kusch?«

»Ham.«

»Aus ihrem Fell bereitet ihr euer Nachtlager?«

»Ham.«

Pearson stellte immer kürzere Fragen, und der Alte überlegte kaum noch, bevor er antwortete. »Und Kamul, das ist die eingedickte Milch des Burusch?«

»Ham.«

»Alle Bjaule essen Kamul?«

»Ham.«

»Und die Tau essen Kamul?«

»Ham.«

»Und die Yoma essen Kamul?«

»Ham.«

»Hier in eurem Dorf wohnen Yoma?«

Der Alte fuhr erschrocken zusammen und verneinte heftig.

»Wo wohnen sie?«

Die Proximanin stieß einen warnenden Laut aus.

»Niemand wird erfahren, worüber wir sprechen. Sag uns, wo die Yoma wohnen!« drängte Pearson.

»Im Goar Tetzl«, seufzte der Alte und zog ein Gesicht, als habe er soeben das größte aller Geheimnisse verraten. Mehr war nicht aus ihm herauszubringen. Er stellte sich plötzlich taub, löffelte mechanisch seine eingedickte Milch und kroch, als es draußen zu dunkeln begann, auf sein Fellager. Das war ein unmißverständliches Zeichen.

»Gehen wir!« Pearson gab den Gefährten einen Wink.

»Goar Tetzl?« fragte Hirano, als sie wieder auf dem Hof standen. »Was bedeutet das?«

»Nichts anderes als ›Großes Gebirge‹. Vielleicht ist jenes gewaltige Massiv gemeint, das wir am Tage unserer Landung auf dem Planeten überquert haben. Erinnern Sie sich nicht? Blindflug über zweihundert Kilometer ...«

4

Spät in der Nacht kam die Hubschrauberbesatzung in der »Pension« an. Pearson erstattete sofort Bericht. »Gleich morgen früh müssen wir eine Expedition nach Norden schicken, Pawel.«

»Nein, das geht nicht, weil ...«

»... das Goar Tetzl außerhalb der freigegebenen Zone liegt!« rief der Biologe ungeduldig. »Immer wieder dasselbe. Ach, ich sollte ...«

»... erst mal in Ruhe zuhören«, sagte Pawel Fock trocken. »Holm Ferguson hat, mit Chtols Erlaubnis natürlich, im medizinischen Labor eine Gruppe von Proximanen untersucht. Dabei ist er auf zwei Uniformierte gestoßen, die, wie er behauptet, mit radioaktiven Substanzen in Berührung gekommen sein müssen!«

Pearson sprang auf. »Das ist die Rettung für den Planeten! Mit Hilfe der Kernenergie könnte man das Eis besiegen ... Weiß Askul schon davon?«

»Er war gegen Mittag hier. Auf meine Frage, ob es denn wirklich kein Mittel gäbe, das Eis und den Kältetod aufzuhalten, antwortete er, es sei gar nicht daran zu denken, schon deshalb nicht, weil der radioaktive Rohstoff, die notwendige Grundlage für den Bau einer ›künstlichen Sonne‹, von den Kondo-wamak verbraucht worden wäre.«

»Schon wieder eine Lüge!« Pearson warf einen Bleistift, den er in der Hand hatte, auf den Tisch. »Die Tau halten uns zum Narren, Pawel. Wie lange wollen wir noch ruhig zusehen? Ich werde sofort ...«

»... ins Bett gehen und ausschlafen.« Der Mathematiker lächelte. »Wir brauchen morgen einen klaren Kopf. Chtol hat uns zu einem Gespräch eingeladen.«

Die beiden Proximanen hockten ängstlich in einer Ecke des medizinischen Labors. Die glänzenden Apparaturen, die phosphoreszierenden Skalen, die Rechenmaschine – von alldem nahmen sie keine Notiz. Ihre Augen ruhten starr auf dem Arzt.

»Ihr müßt euch irren«, sagte Holm Ferguson. »Es ist unmöglich, daß ihr Taiwepl nicht verlassen habt. Aber gut, fangen wir von vorne an.«

Das gleiche Spiel. Verfängliche und harmlose, abwegige Fragen, nur scheinbar in regellosem Durcheinander. Holm Ferguson wollte erfahren, wo sich die beiden in den letzten Wochen aufgehalten hatten. Aber es schien, als versagte seine Kunst an der stupiden Ruhe der Uniformierten.

Seine Fragen prallten wirkungslos ab.

Zuerst hatte er geglaubt, es liege nur daran, daß sie nicht antworten wollten. Bis er allmählich spürte, daß er von falschen Voraussetzungen ausgegangen war. Er hatte sie für normal entwickelte, intelligente Wesen gehalten, er hatte sie auf eine Stufe mit Askul und Chtol und den Würdenträgern gestellt. Nun sah er plötzlich den Unterschied. Es gab keinen Zweifel: diese beiden männlichen Individuen, obwohl körperlich voll ausgebildet, befanden sich auf der geistigen Ebene von sechs- bis achtjährigen Kindern.

Er veränderte seine Methode.

Er sprach langsam, wiederholte, vermied jedes abstrakte Wort, malte aus. Diese Umstellung war nicht einfach. Er sah, wie es hinter den ziegelroten Gesichtern arbeitete, wie sich mühsam Gedanken formten. Seine Sprache wurde blumig, bilderreich. Trotzdem – er kam nicht voran. Die nächste Erkenntnis war: Sie dürfen nicht antworten. Jemand hat ihnen verboten zu sprechen. Sie denken wie Kinder, aber sie verstehen es meisterhaft, selbst diese Gedanken zu verbergen.

Welches Mittel gab es, die steinernen Mienen aufzulokkern? Es ging darum, zu erfahren, wo es die radioaktive Substanz gab. Es ging darum, zu beweisen, daß Askul log. Immerhin stand die Zukunft des Planeten auf dem Spiel. Das rechtfertigte in gewissem Sinne »gewaltsame Eingriffe«, und Holm Ferguson hätte nicht gezögert, die beiden Uniformierten auch gegen ihren Willen, im hypnotischen Schlaf, auszufragen. Aber da er nicht wußte, ob diese Methode gleich beim ersten Versuch ein brauchbares Ereignis liefern würde, und da er die Proximanen nicht tagelang festhalten konnte, grübelte er nach neuen Wegen.

Er brach die Befragung wieder ab, setzte sich über Sprechfunk mit Pawel Fock in Verbindung und verlangte Kechu. »Er ist das letzte, und ich hoffe, ein sicheres Mittel. Sind sie einverstanden, daß ich es anwende?«

Der Mathematiker zögerte. »Es wäre natürlich gut, wenn wir dem Herrscher morgen sagen könnten: ›Wir wissen, daß es radioaktive Substanzen gibt. Da und dort liegen sie.‹ So hätten wir eine sichere Diskussionsgrundlage und brauchten uns nicht auf Ausflüchte einzulassen . . . Versuchen Sie Ihr Glück, Ferguson. Venturelli wird den Kechu an Bord bringen.«

Die Augen der Uniformierten leuchteten auf, als der Chefmechaniker eine Batterie blauer Trinkvasen in das Labor brachte. Gierig sogen sie die berauschende Flüssigkeit ein. Wenig später registrierten Magnettongeräte die kindliche Beschreibung einer sonderbaren Landschaft. Wo gab es diesen roten Sand und die schwarzen Felsen, wo lag jene Ebene, in der keine Herden weideten und kein Bjaule Gorofrüchte erntete? Warum lebten Uniformierte in einer Wüste ohne Wasser, warum lagerten sie vor einem toten Berg?

Holm Ferguson konzentrierte seine Fragen auf Entfernungen, Tagesmärsche, Richtungsangaben. Eine Rechenmaschine verarbeitete, verglich, deckte Widersprüche auf und forderte neue Anhaltspunkte. In der zweiten Morgenstunde war der geheimnisvolle Ort in groben Zügen aufgespürt.

Es wurde auch Zeit. Pawel Fock rief. Die Proximanen mußten nach Taiwepl zurückgebracht werden. Helo Ryk habe erfahren, daß sie einem Trupp angehörten, der erst am Vortag in der Höhlenstadt eingetroffen sei und sich mit Kechu, Goro und irgendwelchen Spielen von Strapazen erhole. »Vielleicht ist ihre Abwesenheit gar nicht bemerkt worden. Wenn sie im Rausch gesprochen haben, können sie nicht wissen, was geschehen ist. Es wäre gut, ein paar Trümpfe in der Hand zu haben, von denen Chtol nichts ahnt«, sagte Pawel Fock.

Holm Ferguson flog die Uniformierten in die Gläserne Stadt und brachte sie unauffällig nach Taiwepl.

Venturelli blieb an Bord, grübelte. Jener unbekannte Ort lag außerhalb der freigegebenen Zone. Man mußte ihn aufsuchen, etwas von der Substanz beschaffen, bevor die Unterredung mit Chtol zustande kam. Dann hätte man einen endgültigen Beweis in der Hand und konnte sagen: »Warum lügst du, Herrscher von Taiwepl?«

Noch unschlüssig, was er eigentlich tun sollte, ging Venturelli in die Schleusenhalle, prüfte eine der überschnellen Kleinraketen, bugsierte sie auf das Oberdeck. Bis zum Morgengrauen waren es noch ein paar Stunden. Das genügte. Kurz entschlossen kroch Venturelli in die Rakete, schnallte sich fest, nahm die Sauerstoffmaske. Seine Hände berührten Knöpfe, Hebel – und erstarrten, bevor sie den entscheidenden Griff taten. Nein! Schon einmal hatte er eigenmächtig gehandelt – nicht umsonst, denn es gab einen Bildechoskop und die Landung auf Rho –, aber leichtfertig, dumm, wie ein Abenteurer. Keine spontanen Aktionen!

Er kletterte wieder auf das Oberdeck, stieg in die Schleusenhalle, nahm einen Helikopter und landete auf dem Dach der »Pension«. Er meldete sich bei Pawel Fock. »Ich habe einen Vorschlag.«

Sie rasten durch die Nacht. Sie waren senkrecht gestartet und bewegten sich jetzt in dreißigtausend Meter Höhe. Das Geräusch der Triebwerke war auf dem Boden nicht mehr zu vernehmen.

Helo Ryk saß am Steuer. Er nahm das leise Beben des Flugkörpers in sich auf, es war in seinem Blut und in jeder Zelle seines Körpers. Es drängte ihn vorwärts. Er lehnte sich lächelnd zurück, beschleunigte. Er fühlte sich frei und ungebunden und energiegeladen wie schon seit langem nicht mehr. Doch kurze Zeit später mußte er schon abbremsen. »Noch hundertundzwanzig Kilometer«, hatte Venturelli gerufen.

»Einhundert ... siebzig ...«

Es war nicht ratsam, bis an den errechneten Punkt zu fliegen. Helo drückte die Rakete allmählich tiefer. Bei zweitausend Meter Höhe wurde sie von kaltem, grauem Nebel umfangen. Als sie ihn durchbrochen hatte, registrierte die Radaranlage einen Höhenzug. Seine nähere Umgebung war flach. Später wurde sie sichtbar – ein samt-schwarzer Teppich.

Helo landete. Die Nebelfelder waren zurückgeblieben. Die Nacht war kalt und klar. Blasses Sternenlicht versilberte sanftgeschwungene Dünenkämme, in den Tälern lagen geheimnisvolle Schatten. Im Osten drohte die Silhouette eines zerklüfteten Bergrückens. Wie weit mochte er entfernt sein?

»Sechs bis acht Kilometer«, vermutete Foster. »Eine gute Stunde werden wir schon brauchen.«

»Wir bleiben in Funkverbindung. Wenn etwas geschehen sollte, wählen wir die XQ-Welle. Ich komme dann mit der Rakete zu Hilfe.«

Venturelli lächelte und tippte an seinen Teilchenwerfer. Zusammen mit dem Geologen stapfte er los.

Sandfelder lagen vor ihnen, am Horizont wölbte sich der Bergrücken. Vorausgesetzt, daß sie sich in der richtigen Gegend befanden, konnten sie jeden Moment auf eine Abteilung der Tau-Armee stoßen. Vielleicht waren sie längst entdeckt worden und liefen in einen Hinterhalt. In regelmäßigen Abständen gab Venturelli Positionsmeldungen an Helo Ryk durch.

Sie waren kaum anderthalb Stunden gelaufen, als Foster stehenblieb und auf eine Gruppe kegelförmiger Gebilde deutete, die in einiger Entfernung aus dem Untergrund wuchsen. Fahles Sternenlicht lag auf den Spitzen und Kanten. »Die schwarzen Felsen!«

Es waren nur die Ausläufer. Wie von einer Riesenfaust dahingestreut, lagen sie auf den Sandfeldern, nach Osten zu in immer größeren Mengen, bis sie eine monumentale Geröllhalde bildeten, einen steinernen Ring rund um die Silhouette des schwarzen Berges. Wenn es hier überhaupt Proximanen gab, dann . . .

»Uniformierte!« Venturelli, auf einen mannshohen Felsblock geklettert, beobachtete das Gelände durch ein Nachtglas. Zwei zu zwei, in unförmige Mäntel gehüllt, hockten sie auf den Felsen – eine Kolonie schwarzer Raben.

»Kommen wir durch?«

»Ich glaube nicht.«

Sie wandten sich nach Norden: das gleiche Bild. Im Süden gab es nur vereinzelte Felsen, aber die Proximanen hatten sich auf Sandwellen postiert.

»Zurück?«

»Wir *müssen* durchkommen. Vielleicht schlafen sie.«

Als sich Foster und Venturelli nahe genug herangepirscht hatten, hörten sie Stimmen. Dann sahen sie den Widerschein eines kleinen Feuers.

»Hier geht es auch nicht.« Der Geologe zögerte. »Vielleicht sollten wir . . . He, machen Sie keinen Unsinn, weg mit dem Teilchenwerfer!« setzte er schnell hinzu, als Venturelli ein schwarzes Futteral aus der Hosentasche zog.

»Aber das ist der einzige Ausweg.« Venturelli erklärte seinen Plan.

»Gut, versuchen wir es.« Auch Foster entsicherte einen Werfer. Sie legten sich flach in den Sand und zielten.

Minuten später flog ein tonnenschwerer Felsen auseinander. Dumpf rollte das Echo der Explosion durch die Nacht. Ein paar kurze, schnelle Schläge folgten.

Ein einfacher physikalischer Vorgang. Aber er genügte. Schreckensrufe, Stimmengewirr. Hin und her eilende Schatten.

Foster und Venturelli nutzten die Überraschung der Proximanen aus. Unbemerkt kamen sie durch die Absperrung.

Chtol

I

»Solange wir nicht fahren und fliegen können, wohin wir wollen, kommen wir nicht weiter. Wir hatten uns zum Beispiel vorgenommen . . .«

Pawel Fock nannte eine Reihe astronomischer, physikalischer, geologischer, biologischer und gesellschaftlicher Probleme, die untersucht werden sollten.

»Sollte Chtol nicht auf unsere Anliegen eingehen und uns – wie Askul – mit Schauermärchen vom unabwendbaren Ende der Proximanen, von den inbrünstig betenden Bjaule und so weiter abzulenken versuchen, servieren wir ihm einige Fakten: die Aufnahmen von den gefesselten und geschundenen Bauern, Pearsons Überschlagsrechnung von ungenutzten Reserven in der südlichen Ebene und schließlich jenen radioaktiven Erzbrocken, den Foster und Venturelli heute nacht geholt haben. Außerdem müssen wir an passender Stelle nach den Kondo-wamak und den Yoma, zumindest aber nach dem ›Goar Tetzl‹ fragen . . .«

»Warum halten wir uns nicht an Pylon?« rief Ben Pearson. Er versprach sich nichts davon, wenn sie versuchten, Chtol oder Askul mit Argumenten zum Nachgeben zu bewegen. Die Tau waren verschlagen genug, sie würden stets eine Ausrede zur Hand haben. »Pylons Verhalten läßt vermuten, daß er gegen Askul, vielleicht auch gegen Chtol selbst opponiert. Es ist ihm noch nicht gelungen, mit uns Kontakt aufzunehmen. Treffen wir ihn heute nicht in Taiwepl oder im Palast, müssen *wir* die Initiative . . .«

Ein Klingelzeichen unterbrach ihn. Sprechfunk, ein Ruf von Bord der »Tolu« an die »Pension«. Der Mathematiker schaltete einen Empfänger ein. Venturelli meldete sich: »Ein Amphibienwagen auf der Ringstraße, Pawel. Ich glaube . . ., ja, er hält eben an der ›Pension‹, wird Sie abholen wollen. Viel Erfolg bei den Verhandlungen! Und vergessen Sie nicht, nach dem Polarsender zu fragen.«

Der Wagen hielt vor der »Pension«. Ein silberbetreßter Offizier stieg aus, verbeugte sich mit verschränkten Armen.

»Pylon«, sagte Helo Ryk erstaunt.

»Chtol bittet die Erdenmenschen nach Taiwepl!« rief der Offizier und verbeugte sich abermals.

»Pylon?« Pawel Fock hatte es plötzlich eilig. »Los, gehen wir.«

Wenig später, sie rollten gemächlich auf den Aja-See zu, fragte er ohne Umschweife: »Ist es Zufall, daß gerade du uns nach Taiwepl führst, Pylon?«

Der Offizier lächelte. »Warum sollte ich mich darum bemüht haben?«

»Du wolltest uns sprechen . . . gestern, am Seeufer.«

»Ich hatte dort zu tun, und zufällig kam ich in eure Nähe.«

»Aber einen Tag vorher, im Palast, wolltest du nicht, daß wir uns berauschen . . .«

»Ihr irrt abermals, Erdenmenschen.«

Pawel Fock wechselte einen verstohlenen Blick mit den Gefährten. Sollten sie sich getäuscht haben?

Pearson schüttelte energisch den Kopf. »Unmöglich.« Er blickte Pylon aufmerksam an. »Diese Frage kannst du mir sicher beantworten: Welchen Zweck erfüllt der Polarsender? Und wer hat ihn gebaut?«

Der Offizier lehnte sich zurück, das Lächeln auf seinem Gesicht verschwand. »Die Kondo-wamak. Eines Tages wollten sie Rho verlassen, wie ihr die Erde verlassen habt, um den Raum zwischen den Sternen zu durchforschen.«

»Und warum haben sie es bis heute nicht getan?«

»Es gibt keine Kondo-wamak mehr.«

»Eine dumme Frage«, gab Pawel Fock zu. »Aber warum führt ihr, die Tau, diese großartigen Pläne nicht weiter?«

»Mit den Kondo-wamak ist das Wissen untergegangen.«

In diesem Moment erreichte der Wagen das Seeufer. Er

fuhr in die Wellen hinein und tauchte unter. Pylon schaltete einen Bugscheinwerfer ein und konzentrierte sich auf die Steuerung. Der grelle Lichtkegel tastete in das Dunkel und beleuchtete eine geheimnisvolle Welt. Neben und vor ihnen ragten eigentümlich geformte Säulen und Ständer auf. Zwanzig bis dreißig Meter hoch, schlank, erinnerten sie an Telegraphenmasten, aber ihre Oberfläche war bucklig, schraubenförmig gedreht und glänzte metallisch. Die Überreste einer technischen Anlage? War der Seegrund früher trocken gewesen?

»Das sind Schischal-Kolonien«, erklärte Pylon.

»Pflanzen?«

»Winzige Tiere. Sie lagern sich übereinander, wachsen. Wir schneiden das obere Stück ab – eine Delikatesse.« Der Offizier schien froh zu sein, einen anderen Gesprächsstoff gefunden zu haben.

Wendig, flink wie ein Teichkäfer, huschte der Amphibienwagen durch den Säulenwald. Der Scheinwerfer richtete sich auf eine Gasse. »Die Rollbahn für unsere Luftschiffe. Mit den Wagen kommen wir überall durch. Aber die Luftschiffe sind zu breit und zu lang. Sie würden sich beschädigen.«

»Phantastisch: Jagd durch drei Elemente. Aus der Höhlenstadt durch das Wasser in den Himmel. Ihr habt gute Konstrukteure – um so mehr wundert es mich, daß ihr die Hände in den Schoß legt und feierlich zugrunde gehen wollt.«

Pylon griff nach ein paar Hebeln. Der Wagen hielt, der Scheinwerfer erlosch. »Nicht alle Tau wünschen den Kältetod. Aber in Taiwepl herrschen Chtol, Araam-Diener – und der Kechu!«

»Und was wünschst du?« fragte Pawel Fock ruhig.

»Einen Ausweg . . ., aber die Kondo-wamak sind untergegangen . . ., und Chtol ist der Herrscher.«

Pawel Fock schüttelte unwillkürlich den Kopf. »Ein paar Tau oder Kondo-wamak können das Eis nicht aufhalten. Eure Tragödie ist, daß die Bjaule in Unwissenheit leben.

Riesige schöpferische Fähigkeiten sind nötig, um eine künstliche Sonne zu bauen. Was nützen da ein paar Spezialisten?«

Pylon gab keine Antwort. Das Licht flammte auf, der Wagen setzte sich wieder in Bewegung.

»Sprechen wir einmal in Ruhe darüber, komm an Bord der ›Tolu‹«, sagte Ben Pearson.

»Tao en . . . der Dienst läßt es nicht zu.« Aber es lag nicht viel Abwehr in Pylons Stimme.

»Chtol wird es nicht erfahren«, raunte Pearson.

Der Wagen näherte sich einem verschwommenen Lichtpunkt, der allmählich größer wurde und die Form einer quadratischen Scheibe annahm. Dahinter türmten sich schwarze Felsen, Steilwände, fünfzig oder sechzig Meter hoch. Ein breiter Schlund nahm das winzige Gefährt auf, sog es in sich hinein, Meter um Meter, als wollte er es verdauen.

2

Die Felswände öffneten sich, der Wagen tauchte auf, befand sich jetzt in einem elliptischen Bassin in der Höhlenstadt, kroch über eine kleine Anhöhe und fuhr wenig später an den ersten Häusern vorbei. Die engen Straßen waren belebt und unübersichtlich.

Vor der Palasttreppe bremste Pylon ab und öffnete die Heckluke. »Weiter kann ich euch nicht bringen, Erdenmenschen, ich muß zurück.«

»Du wirst uns also besuchen?«

Der Offizier machte eine unbestimmte Geste. »Sobald ich einmal kann.«

»Er ist äußerst vorsichtig«, sagte Ben Pearson, als der Wagen gewendet hatte und in die Stadt zurückgefahren war. »Wahrscheinlich traut er uns noch nicht ganz. Er weiß ja nicht, ob wir uns vielleicht doch mit dem Herrscher einigen. Aber er hat etwas auf dem Herzen, ich möchte wetten, er war gestern nicht zufällig am See . . . Was meinen Sie, Kommodore?«

Helo zuckte mit den Schultern. Er hatte keine Meinung und wollte auch gar keine haben. Pylon, Chtol und Taiwepl – der ganze Planet interessierte ihn nicht. Er wartete auf den Tag des Abflugs. Endlich wieder hinter dem Steuerautomaten sitzen, in Tabellenbüchern blättern und Geschwindigkeitsmesser ablesen... Aber er durfte diesen Gedanken nicht aussprechen. Er mußte sich zusammennehmen.

Unter dem großen Portal stand Askul, tief in einen schwarzen Mantel gehüllt, dürr, mit vorgestrecktem Vogelkopf und stechenden Augen.

»Chochera tao«, grüßte Pawel Fock.

Der Alte runzelte die Brauen. »›Chochera tao‹ ist der Gruß der unwissenden Bjaule. Wir sagen ›Goar Chtol auri‹ – Chtol ist die Wahrheit.«

In den engen Steinkorridoren und Kammern des weitläufigen Palastes blakten Öllampen. Die Luft war stickig. Es roch nach Moder und Staub.

Der Alte schlenkerte voran, kletterte über Kanzeln und eine Galerie, stieg wieder abwärts, führte die Kosmonauten immer tiefer in ein Labyrinth von Schächten, Stollen und Gewölben hinein, an stummen, schwarzgekleideten Wächtern und in Nischen hockenden, leise murmelnden Araam-Priestern vorbei. Plötzlich standen sie in einem matt erleuchteten, beinahe gotisch anmutenden Saalgewölbe. Seine Wände waren mit flauschigen Teppichen behängt, auf einem von ihnen prangten – schneeweiß eingewebt – ein See, eine Insel und ein Kechubaum.

»Willkommen in Taiwepl«, sagte eine zittrige, aber klare Stimme im Hintergrund. Askul zog sich zurück.

Von massigen Säulen umgeben, unter einem Baldachin aus geschnitzten Hölzern und Goldbrokat, ruhte Chtol auf einer Sänfte. Hinter ihm, unbeweglich, wie aus Stein gehauen, hatten sich gelbbehoste Proximanen versammelt. Sie mußten der gleichen Kategorie angehören wie die Diener auf dem Kechufest, jedenfalls hatten sie die gleichen Gesichter: grob, stumpf, mit einem Ausdruck von Schwachsinn. Chtols Antlitz dagegen, obschon von Runzeln durchzogen und jetzt beinahe fahl, schien gleichermaßen ätherisch, durch und durch vergeistigt und abgeklärt. Es strahlte Klugheit und Sanftmut aus. Seine Lippen bewegten sich kaum, als er den Gruß wiederholte: »Willkommen in Taiwepl, Erdenmenschen.«

»Wir danken für die Einladung«, sagte Pawel Fock.

Der Herrscher deutete auf flache, bequeme Fellsessel und bat die Kosmonauten, Platz zu nehmen. Er eröffnete das Gespräch.

Es sei ihm unangenehm, daß er sich so wenig um seine Gäste kümmern könne, aber er habe viel Arbeit, sei außerdem alt und kränklich und bitte deshalb um Entschuldigung. Nachdenklich musterte er seine Gäste. Ob sich die Erdenmenschen wohl fühlten, mit allem zufrieden seien, welche Absichten und Pläne sie hätten, fragte er dann.

»Gelandet sind wir auf Rho, weil wir von dem Wissen seiner Bewohner profitieren wollten«, sagte Pawel Fock. »Uns ist an dem in Jahrhunderten aufgehäuften Erfahrungsschatz der Bjaule und der Tau gelegen.«

Der Herrscher nickte wohlwollend. »Eine edle und kluge Absicht.« In der Tat, man könne die heiligen Dogmen und Schriften, die Gebote und die Hymnen an das Araam, die, auf unzähligen Folien fixiert, in den Palastarchiven gestapelt seien, einen großen, kostbaren Schatz nennen. Und gern sei er bereit, die Archive zu öffnen.

Pawel Fock verbeugte sich und dankte. Außer an den heiligen Dogmen sei die Expedition auch an lebendigem Wissen interessiert, an solchem, das die Planeten und die Sonne umfasse, die Sterne und den Raum zwischen ihnen, die Berge und Täler, die Polkappen und die Wüsten, die Pflanzen, Tiere, Bjaule und Tau ...

»Eine Welt des Scheins und der Trugbilder«, sagte der Herrscher. In seiner Stimme lag leise Mißbilligung.

»Die Welt, in der wir leben, gegenständlich, bunt, vielfältig ...«

»... aber nichtig, dumm, verlogen.« Der Greis lächelte nachsichtig. »Auch über diese Welt werdet ihr mancherlei in den Palastarchiven finden. Die Kondo-wamak haben es aufgezeichnet, später haben sich auch einige unbelehrbare Tau damit abgegeben. Doch ob es euch etwas nützt?«

»Nicht nur uns soll es nützen, sondern auch euch. Im Kampf gegen das Eis zum Beispiel. Nichts gegen eure kostbaren Dogmen, aber den Kältetod kann man nicht einfach wegbeten!« sagte Ben Pearson unwillig.

Chtols Augen leuchteten, seine Stimme klang verklärt. »Wir bauen ein Goldenes Zeitalter – es wird ein Traum sein wie jener, von dem die uralten Legenden berichten. Ein neues Reich wird aufsteigen, ohne Sorgen, ohne Haß, ohne Leidenschaften: das Reich der gläubigen Araam-Diener für vier Generationen. Dann werden wir verlöschen, und kein Kältetod wird Macht über uns haben.«

Der Biologe lachte spöttisch auf, aber Pawel Fock sagte, um dem Gespräch eine Wendung zu geben: »Es gibt noch eine zweite Möglichkeit. Ihr könntet zuerst das Eis zurückdrängen und dann euren Traum verwirklichen, und er hätte längeren Bestand als nur vier Generationen. Dazu sind natürlich Anstrengungen nötig. Aber die Erde, die Menschheit würden euch Hilfe leisten. Schon jetzt sind wir bemüht, die Ursachen der Vereisung aufzudecken. Noch hindert uns ein Befehl daran, den ihr ausgesprochen habt, Herrscher, aber wir sind überzeugt, er beruht auf einem Mißverständnis, und ihr werdet ihn zurücknehmen.«

»Ein Befehl?« Chtol schien verwundert.

»Wir dürfen die Gebiete jenseits einer Zone von vierhundert Kilometern nicht betreten. Aber wir müssen das Eis an Ort und Stelle untersuchen: seine Stärke, seine Bewegung, seinen Zuwachs; wir müssen die Polkappen vermessen, Gletscher studieren, kurz, Material sammeln, das uns Antwort auf einige wichtige Fragen gibt«, erklärte Sven Roger.

Ein paar Minuten vergingen in völligem Schweigen. Chtol hatte sich zurückgelehnt, der Schatten des Baldachins lag auf seinem Gesicht. Nach wie vor standen die gelbbehosten Proximanen unbeweglich hinter der Sänfte.

»Das Eis zurückdrängen?« sagte Chtol endlich. »Ein

Traum, lockend, verheißungsvoll – aber ein Traum.« Er seufzte. »Das ist unmöglich, selbst wenn es die Gläubigen wollten!« Resignierend hob er die Hände. »Als die Kondo-wamak eine künstliche Sonne in Angriff nahmen, verwendeten sie einen Rohstoff, den es heute nicht mehr gibt. Mit den Kondo-wamak ist er verschwunden.«

»Irrtum!« Pawel Fock triumphierte. »Los, reden Sie«, flüsterte er Helo Ryk zu.

»Reden? Was denn?« Helo blickte verständnislos auf.

»Schlafen Sie? Ihr Abenteuer, der Erzbrocken!« zischte Ben Pearson.

»Ach so.« Helo zog einen schmalen Behälter aus der Rocktasche. »Die Mechaniker und ich, wir sind vergangene Nacht mit einer Rakete aufgestiegen, um die Strahlungsverhältnisse zu untersuchen, befanden uns lange Zeit auf knapp zwölftausend Meter Höhe. Dann geschah etwas mit der Steuerung, sie versagte. Wir wurden abgetrieben, irrten durch Nebelfelder, mußten eine Notlandung vornehmen, setzten tief im Osten in der Nähe eines Bergrückens auf. Die empfindlichen Meßgeräte registrierten plötzlich eine intensive Strahlung. Wir suchten und entdeckten« – Helo klappte den Deckel des Behälters zurück – »radioaktives Erz, Rohstoff für künstliche Sonnen.«

Auf den Gesichtszügen des Herrschers lag höchstes Erstaunen. Er beugte sich vor, starrte den Behälter und die daumengroßen Erzsplitter an. »Danach suchten Generationen vergebens. Wo . . .?«

»Ein Berg im Osten, inmitten einer Wüste aus rotem Sand und schwarzen Felsen. Ganz in der Nähe halten sich Uniformierte auf.« Pearson lächelte.

»Die Wüste Techtetl«, sagte der Alte dumpf. Ja, dort befinde sich seit vielen Jahren ein Ausbildungslager. Jeder uniformierte Bjaule müsse einmal nach Techtetl, um sich abzuhärten für den schweren Dienst in den Gruben und auf den Feldern der Provinzen, auch um Kraft zu finden und Ruhe in der Einsamkeit. Aber niemand habe ihm, Chtol, Kunde gebracht von einer radioaktiven Substanz.

»Wie gut, daß die Steuerung der Rakete versagte«, warf Ben Pearson ein.

Chtol nickte ernst, schnalzte plötzlich mit den Fingern. »Vater?« riefen die gelbbehosten Proximanen im Chor. Der Herrscher murmelte ein paar Worte in einem unverständlichen Dialekt. »Ja, Vater!« Wenig später hatten die Diener das Gewölbe verlassen. Chtol versank wieder in stummes Nachdenken. Unerträglich lange.

»Wenn ihr erlaubt«, sagte Pearson, »schicken wir eine Expedition in das Goar Tetzl, noch heute.«

Zum ersten Male verlor der Herrscher die Fassung. Er fuhr wie elektrisiert auf, seine pantoffelgeschmückten Füße ruderten in der Luft. »Ins Goar Tetzl, Erdenmenschen?« Seine Stimme klang schrill. »Was wollt ihr dort?«

»Nun, den Erzberg ausbeuten. Man muß so schnell wie möglich anfangen«, sagte der Biologe freundlich.

»Techtetl. Tech-tetl heißt die Wüste ... Goar Tetzl nennen wir einen gewaltigen Gebirgszug im Norden. Nur Eis und Schnee, Nebel und Stürme gibt es dort ...«

»Oh, dann habe ich mich versprochen. Ich meine natürlich den Berg im Osten ... Was halten Sie davon, Pawel, sollten wir eine Expedition vorbereiten?«

»Wichtiger scheint es mir, zunächst die Bjaule zu verständigen. Alle müssen wissen, daß wir jene Substanz gefunden haben. Denn alle müssen lernen, mit ihr umzugehen. Rho braucht Schulen, Wissenschaftler, Spezialisten, Laboratorien, Fabriken, Kraftwerke ...«

Ruhe und Sanftmut waren aus dem Gesicht des Herrschers verschwunden. Auf keinen Fall dürfe man die Bjaule verständigen, sagte er heftig. Zu gut sei das mißlungene Experiment der Kondo-wamak noch in Erinnerung. Es werde Unruhen geben, eine Panik. Gewiß, Rho brauche jetzt Wissenschaftler und Spezialisten. Aber doch nicht aus den Reihen der Bjaule. Das heiße – noch nicht! Zuerst müsse der Tau-Adel informiert werden; danach langsam, ohne Hast, die Masse der Gläubigen. Das werde Jahre dauern ...

Pearson hatte eine Entgegnung auf den Lippen, doch Pawel Fock gab ihm einen Wink. »Ärgern Sie den Alten nicht zu sehr, Ben, sonst wird er bockbeinig, und wir erreichen überhaupt nichts.« Laut fuhr er fort: »Eure Bedenken leuchten uns ein, Chtol, überstürzte Aktionen können nur schaden. Vielleicht ist es wirklich besser, die Bjaule allmählich an den Gedanken neuer Experimente zu gewöhnen. Aber inzwischen müßt ihr die Zeit nützen, den Ursachen der Vereisung auf den Grund gehen. Wir bieten euch unsere Hilfe an. Hebt die Gebietsbeschränkung auf, damit wir Expeditionen in die Polarwüsten schicken können!«

Der Herrscher zögerte. »Es sei!« sagte er schließlich, deutete aber mit einer unmißverständlichen Geste an, daß er das Thema zu beenden wünsche, und kam nun endlich auf den Grund seiner Einladung zu sprechen. Die Gläubigen in den Provinzen, obwohl in tiefer Beschaulichkeit lebend und kein anderes Ziel verfolgend, als die Aussöhnung mit dem Araam, hätten den Wunsch geäußert, den Führer der Erdenmenschen und des Raumschiffes zu sehen. Da er wisse, daß die Zeit der Erdenmenschen kostbar und bemessen sei, habe er versucht, dieses Ansinnen abzuschlagen, aber von Tag zu Tag mehrten sich die Stimmen. Aus den entlegensten Siedlungen und Städten riefen die Bjaule nach dem großen Chochitl He-lo . . .

»Morgen«, fuhr der Herrscher fort, »begibt sich meine Tochter Aina, Oberpriesterin des Araam, auf eine Reise durch mehrere Provinzen. Sie wird eine offene, bequeme, geschmückte Luftgondel benutzen. Wenn ich den Führer der Erdenmenschen bitten dürfte, sie zu begleiten?«

»Eine bombastische Chance!« flüsterte Pearson Helo Ryk zu und sagte laut: »Klar, unser ›Führer‹ wird mit Freuden annehmen.«

Helo nickte gleichmütig.

Damit war die Unterredung beendet.

»Wie kommen Sie dazu, mir das Wort vom Munde wegzunehmen und einfach ja zu sagen?« fuhr Helo auf, als sie den Palast verlassen hatten.

Pearson schmunzelte. »Weil Sie möglicherweise abgelehnt

hätten ... Diese kleine Bevormundung müssen Sie schon entschuldigen, Kommodore.«

»So ein Unsinn. Was soll ich in der Gesellschaft der obersten Araam-Priesterin bei den Gläubigen?«

»Ist mir ebenfalls nicht klar«, gestand Pawel Fock. »Ich glaube, Sie waren etwas voreilig, Ben. Wir hätten uns zumindest vorher beraten müssen. Was meinten Sie denn mit der bombastischen Chance?«

»Die Tatsache, daß einer von uns sorglos durch die Provinzen gondeln kann. Natürlich muß er das ältliche Fräulein so beeinflussen, daß sie jenen Kurs einschlägt, den er wünscht. Verstehen Sie nicht? Er hat die Chance, Gebiete kennenzulernen. die uns verschlossen sind!«

»Aber Chtol hat doch die Gebietsbeschränkung aufgehoben.«

»Ich glaube noch nicht daran, das ging mir zu glatt. Erst strenges Verbot und dann ganze Zusage? Irgendwo ist da ein Pferdefuß. Halten wir uns lieber an die Tatsachen und greifen wir zu, wenn sich eine Möglichkeit bietet.«

»Überhaupt ist mir nicht klar, was wir künftig unternehmen wollen«, beharrte Helo. »Den Erzberg ausbeuten? Vielleicht auch noch Schulen gründen und Atomphysik lehren! Abgemacht war, daß wir in knapp drei Wochen starten ...«

»... wenn wir bis dahin weder auf Unterstützung für unser Programm hoffen dürfen noch auf Hilfe bei der Erforschung des Planeten und seiner Bewohner«, ergänzte Pawel Fock. »Noch haben wir keinen Grund, pessimistisch zu sein. Im Gegenteil, die Gebietsbeschränkung ist – wenigstens formell – aufgehoben. Irgendwo im Goar Tetzl leben die sagenhaften Yoma. Sobald der Bildechoskop fertig ist, werden wir mehr über ihren genauen Aufenthalt erfahren und eine Expedition zu ihnen schicken. Hinzu kommt Ihre Reise durch die Provinzen und – nicht zu vergessen – Pylon.«

»Ein Blick in die Palastarchive könnte ebenfalls nicht schaden.« Pearson rieb sich die Hände. »Arbeit, Arbeit ... tut richtig wohl nach der kosmischen Bummelei.«

Vor dem rotglühenden Tunnel, der in die verstaubten Katakomben unter dem perlmuttschimmernden Platz und von da hinauf ans Tageslicht führte, trafen sie – und diesmal war es ganz bestimmt kein Zufall – den silberbetreßten Offizier. Er versuchte in ihren Gesichtern zu lesen.

»Rho wird eine künstliche Sonne haben«, sagte Pawel Fock.

»Hat Chtol das befohlen?« Pylons Miene drückte Zweifel aus.

»Wir konnten ihm beweisen, daß in der Wüste Techtetl radioaktives Erz liegt – das Ausgangsmaterial für neue atomare Experimente.«

Pylon lächelte. »Er brauchte diesen Beweis nicht. Der Herrscher und einige seiner engsten Vertrauten kennen den Berg in der Wüste Techtetl genau. Sie lassen ihn bewachen und hüten das Geheimnis selbst vor dem Tau-Adel.«

»Aber warum denn nur?«

»Chtol hat Gegner in Taiwepl. Er weiß nicht, wo sie sind, aber er ahnt sie. Er fürchtet, sie könnten das Geheimnis ausnutzen, um die Bjaule vom Dogma des Untergangs abzubringen und damit gegen ihn selbst aufzuwiegeln.«

»Und was wäre, wenn das geschähe?« fragte Ben Pearson gespannt.

Der Offizier schüttelte bestürzt den Kopf. »Das darf nicht sein.« Er sah sich mißtrauisch um, als fürchte er irgendwelche Horcher. »Ich begleite euch bis an das jenseitige Tunnelende«, sagte er nun. »Aber wir müssen leise sprechen.«

»Ich verstehe dich nicht«, sagte Ben Pearson ungeduldig, als sie ein Stück gegangen waren. »Auch du suchst einen Ausweg, willst gegen das Eis kämpfen. Aber wie denn – ohne Bjaule?«

Pylon zögerte. »Nicht das Eis ist die unmittelbare Gefahr, Erdenmenschen. Eine andere Katastrophe droht, uns zu vernichten . . . Chtol lügt, wenn er behauptet, die Bjaule sehnten sich nur nach leidenschaftsloser Ruhe, nach der Aussöhnung mit dem Araam. Nach Kechu rufen sie, nach Müßiggang und Spielen, nach dem Goldenen Zeitalter. Kechu, Kechu – das ist unsere Tragödie . . .

Nach dem Sturz der Kondo-wamak half uns der Kechu, die Bjaule zu beruhigen, denn er tötet den Geist ab und entfacht anfangs körperliche Kräfte, täuscht über Hunger hinweg und läßt die Kälte vergessen. Oh, die Bjaule arbeiteten mit Kechu. Taiwepl wurde gebaut, Kanal um Kanal gegraben, Speicher um Speicher errichtet . . . Aber der Kechu ist ein Gift. Trinke heute eine Vase – morgen willst du zwei, und übermorgen verlangst du drei. Du willst mehr und mehr, kannst nicht arbeiten ohne Kechu, und je mehr du trinkst, um so schneller zerstört er dich. Du wirst schwach, deine Kraft schwindet, und du brauchst wieder Kechu . . .

So ist es in den Provinzen: Die Bjaule weigern sich, Erz zu graben oder die Felder zu pflegen. Wir schicken Kechu und Aufseher. Das Heer der Beamten wächst. Sie geben Kechu aus, strafen, schlagen – und verzehren das, was die Bjaule ernten. Die Vorräte schmelzen dahin, die Speicher werden geöffnet, und die Bjaule sind müde, rufen nach dem Goldenen Zeitalter, nach immer mehr Kechu – das ist unsere Tragödie –. Und Chtol ist taub, hört nicht, sieht nicht, glaubt Askul und den Araam-Priestern.« Das ziegelrote Gesicht des Offiziers war eigentümlich grau geworden. Seine langen, dünnen Arme zuckten. »Kechu . . . Kechu«, murmelte er vor sich hin, und es schien beinahe, als habe er die Menschen vergessen.

Aber sie durften ihn nicht grübeln lassen. Jetzt, da er einmal sprach, war jede Sekunde und jedes Wort kostbar. »Was muß also geschehen, Pylon?«

»Wenn Rho leben soll, muß Chtol beseitigt werden – denn er ist gefährlich!« rief der Offizier, alle Vorsicht vergessend. »Ein Attentat – aber ohne Bjaule! Oh, laßt die Bjaule nicht erwachen, laßt sie nicht in Bewegung kommen . . . Sonst ist alles verloren. Sie würden die Speicher plündern und die Vorräte aufzehren, sie würden sich weigern zu arbeiten. Das Ende wäre nahe!«

»Sprich leiser«, mahnte Pawel Fock. »Gut, nehmen wir an, du hast recht, Pylon. Was geschieht, wenn Chtol und Askul ›beseitigt‹ sind?«

»Dann wird die Macht der Araam-Priester gebrochen und eine Versammlung der weisesten Tau einberufen. Wir verbieten den Kechu und gründen Tauschmärkte nach dem Vorbild der Kondo-wamak. Je besser die Bjaule für uns arbeiten, um so mehr Goro, Fleisch, Kamul, Früchte und Schischal werden sie von uns erhalten. Allmählich werden wir Kraft sammeln – und dann werden wir gegen das Eis kämpfen!«

Die Kosmonauten sahen sich an. In diesem Moment dachten sie wohl alle dasselbe. Pylon schlug da einen Weg vor, der zunächst einen großen Fortschritt bringen, andererseits das Los der Bjaule verewigen konnte. Nur, würde er, der Tau, den besseren Weg, den Weg der Erde verstehen? Man mußte es versuchen. Pawel Fock begann.

Schon nach den ersten Worten rief der Offizier: »Die Irrlehre der Yoma!«

»Wir Menschen haben diese ›Irrlehre‹ im Prinzip verwirklicht.«

Pylon lächelte ungläubig. »Auch die Yoma versuchen es – und leben wie Tiere. Nie werden sie fähig sein, eine künstliche Sonne zu bauen.«

Die Kosmonauten blieben überrascht stehen. Zum ersten Male erfuhren sie aus dem Munde eines Tau von der Existenz der Yoma.

»Wo wohnen sie überhaupt?« fragte Pearson vorsichtig.

»Im Goar Tetzl haben sie ihre letzte Zuflucht gefunden.« Pylon lachte plötzlich auf. »Chtol fürchtet und Askul haßt die Yoma, weil sie hin und wieder aus den Bergen kommen, einen Araam-Tempel zerstören, einen Kechuspeicher in Brand setzen und den Herrscher einen falschen Propheten nennen ... So sehr fürchtet Chtol die Yoma, daß er eine starke Abteilung der Armee an den westlichen Ausgang des Goar Tetzl befohlen hat. Dort liegt sie nun, trinkt Kechu, mästet sich – und bewacht die Schneewüste!« Der Offizier lachte, seine langen Gliedmaßen bebten vor Genugtuung.

»Am westlichen Ausgang des Goar Tetzl?« Pearson bohrte beharrlich weiter. »So wohnen die Yoma im westlichen Teil des Gebirgsmassivs?«

»Die ersten Siedlungen liegen zwei bis drei Tagesmärsche vom westlichen Ausgang entfernt.« Der Offizier nickte, immer noch belustigt. »Wollt ihr die Yoma etwa aufsuchen? Askul wird es nicht gestatten. Ich ...« Er sprach nicht weiter, verharrte einen Augenblick in gespannter Aufmerksamkeit, wandte sich plötzlich um und hastete grußlos davon, schlenkerte dem unteren Tunnelausgang, der Höhlenstadt zu.

Wenig später vernahmen die Kosmonauten Schritte aus der entgegengesetzten Richtung. Ein Trupp Uniformierter tauchte in den Stollen: kräftige, gut genährte, aber unbeholfen-täppische Gestalten mit den Gesichtszügen Schwachsinniger. Als der Biologe, er wußte wohl selbst nicht warum, seinen alten Schlapphut lüftete, kicherten sie in kindischer Manier und kamen aus dem Gleichschritt.

»Chtol hat eine Vorliebe für Abnormitäten: predigt den Weltuntergang, umgibt sich mit Priestern und Irren – kein Wunder, daß einigen Tau der Kragen platzt. Doch was Pylon von uns wollte, ist mir nicht klargeworden.« Pearson schüttelte den Kopf.

»Vielleicht wirbt er nur um unsere Sympathien. Am Ende soll das Attentat stattfinden, solange wir noch hier sind. Vielleicht hofft Pylon auf unsere tatkräftige oder wenigstens moralische Unterstützung«, vermutete Sven Roger.

»Das fehlte uns noch! Eine Palastrevolution? Dann fliegen wir lieber gleich ab!«

»Abfliegen, abfliegen – etwas anderes beschäftigt Sie wohl überhaupt nicht, Kommodore?« Pearson machte keinen Hehl aus seinem Unwillen. »Fliegen werden wir, jawohl, aber nicht an Bord der ›Tolu‹, sondern an Bord einer schnellen Rakete, und zwar nach Norden, ins Goar Tetzl!« Und mit einem Blick auf den Mathematiker: »Einverstanden, Pawel?«

»Chtol hat die Gebietsbeschränkung aufgehoben, morgen kann er seinen Entschluß schon wieder ändern. Ich denke auch, wir sollten die Gelegenheit nutzen.«

Das Schneeland

I

Jan Mayen, Foster und Ben Pearson standen auf einem verschneiten Hügel, eine glitzernde Ebene im Rücken und die Ausläufer des Goar Tetzl vor sich. Helo Ryk hatte sie hierhergebracht und flog nun zurück. Auch er würde morgen eine Reise antreten.

Als die Rakete hinter dem Horizont verschwunden war, brach der kleine Trupp auf. Jan Mayen übernahm die Führung, und der Geologe folgte ihm, so daß Pearson in einer ausgetretenen Spur gehen und Kräfte sparen konnte. Von Zeit zu Zeit würden sie sich ablösen.

Es war ziemlich ungewiß, wo und wann sie die geheimnisvollen Yoma finden würden. Ein paar Dutzend Kilometer südlich lag – wie Pylon vorausgesagt hatte – eine starke Abteilung der Armee mit gepanzerten Luftgondeln. Wenn diese Abteilung tatsächlich die Aufgabe hatte, die Grenze der Nordprovinzen zu schützen, wenn die Grenze dort unten verlief, dann befanden sie sich schon jetzt auf dem Territorium der Bergbewohner. Andererseits hatte Pylon behauptet, die ersten Siedlungen der Yoma seien zwei bis drei Tagesmärsche entfernt.

Stunde um Stunde stapften die Kosmonauten nach Norden. Am späten Nachmittag erreichten sie einen Wald und gönnten sich eine kurze Rast.

Noch während sie aßen, kam urplötzlich Sturm auf. Die Bäume ächzten; Zweige, Rinde und bleistiftlange Nadeln wirbelten durch die Luft. Sie sahen sich nach einem Unterschlupf um, aber als sie eine Felsspalte entdeckt hatten, legte sich der Wind, und der Himmel wurde wieder klar. Sie berieten, ob es besser sei, in der Spalte zu übernachten oder weiterzumarschieren.

»Eine Stunde noch, und es ist sowieso dunkel«, sagte Pearson. Er war todmüde.

»In einer Stunde sind wir am Fuß der Steilhänge dort drüben.« Der Geologe deutete auf ein Massiv, das den Wald ablöste. »Wir könnten morgen ohne Verzug aufsteigen.«

Pearson nickte und übernahm die Führung. So mußte er wenigstens auf den Weg achten und konnte nicht immer an Schlaf denken. Aber er strauchelte oft. Er war gerade bis zu den Hüften eingesunken, als eine braune Kugel auf ihn zurollte. Sie quakte, schnellte plötzlich hoch wie ein Gummiball, plusterte sich und fegte ihm eine Ladung Eiskörner ins Gesicht.

»Festhalten!« Doch es war schon zu spät. Die Kugel rollte davon, schnellte wieder hoch und verschwand hinter einer Wehe.

»Sie hatte sieben Beine«, behauptete Jan Mayen. Foster wollte nur sechs gesehen haben. »Das siebente war der Schwanz.« Pearson wischte sich den Schnee aus den Augen. »Schade, wir hätten das Vieh wenigstens fotografieren können.«

Endlich hatten sie die Steilwände erreicht. Sie rollten die Zeltbahnen auf, knöpften sie aneinander und verzurrten die Halteleinen.

Im Augenblick entstand ein kleines technisches Wunderwerk mit elektrischem Licht, Infrarotstrahlen und luftgepolsterten Wänden.

Mochte es stürmen!

Nach dem Abendessen berichteten sie der Zentrale. Dann tranken sie Tee, und Jan Mayen – hatte ihn die Schneelandschaft inspiriert? – erzählte von Grönland. Von Robben, Polarsperlingen und dem kybernetischen Institut auf Thule. Damals, als ihn der wissenschaftliche KONVENT nach Rhodesien berufen wollte, hatte er zuerst gezögert. Das Tropenklima, die lauen Nächte, der Urwald und die exotischen Gerüche waren ihm zuwider gewesen.

»Als ich mich entscheiden mußte, ging ich Abend für Abend auf das Packeis. Ich setzte mich an den Rand einer

Wake, rauchte und wartete auf Seehunde. Ohne Robben kannst du nicht leben, redete ich mir ein. Aber wenn sie kamen, schnurrbärtig, unbeholfen, war immer so etwas wie ein Stern in ihren samtschwarzen Augen, und ich vergaß das Packeis und dachte an die Centauren.« Jan Mayen lachte. »Robben gibt es hier nicht, aber der Schnee riecht auch nicht anders als bei uns. Ich werde noch ein paar Nasen voll einatmen, bevor ich mich schlafen lege. Kommen Sie mit?«

Pearson tippte sich an die Stirn, aber Foster nahm einen Geologenhammer und sagte: »Ich könnte mir eine Gesteinsprobe holen. Wenn Sie mich begleiten wollen?«

Zu zweit stapften sie los. Foster brach einen Zweig ab und fegte den Schnee von einer Felsnase. Das blauschwarze Mineral war so glatt, daß er den Hammer nirgends ansetzen konnte. Ein paar Meter weiter entdeckte Jan Mayen eine Spalte.

»Kommen Sie, hier wird es besser gehen!«

Foster rutschte aus, verlor den Hammer. Sie suchten, aber es war nicht mehr hell genug.

»Wir werden ihn morgen finden«, tröstete Jan Mayen. »Worüber sind Sie denn gestolpert?«

Der Geologe bückte sich und hob einen Eisklumpen auf. »Leuchten Sie doch mal!« Als die Stablampe aufblitzte, erschrak Foster. Der Eisklumpen in seiner Hand war ein Totenschädel.

Sie brachten ihn sofort ins Zelt. Unter den Infrarotlampen schmolz die Eiskruste, die ihn umgab. Es war der Schädel eines Mannes. Im Oberkiefer steckte ein Metallsplitter, das Schläfenbein wies Spuren einer schweren Verletzung auf.

»Der Mann ist erschlagen worden«, sagte Pearson. »Zeigen Sie mir, wo Sie ihn gefunden haben.«

Mit Zweigen und bloßen Händen wühlten sie im Schnee. Sie fanden Schädel und Skelette von weiteren fünf Proximanen, dazu schwarze Stoffetzen und silberne Kragenspiegel. »Tau-Offiziere!«

Pearson untersuchte die Knochen. Länger als fünf Jahre konnten sie nicht gelegen haben.

»Aber hier im Eis gibt es doch kaum eine Verwesung . . .?«
»Vielleicht aasfressende Tiere . . .«
»Wie das wohl passiert ist?« Der Geologe richtete sich auf.
»Ein Massensturz? Sehen Sie sich die Felswände an. Es geht dreißig Meter senkrecht nach oben.«
»Aber der Metallspan im Oberkiefer?«
Pearson sprach es aus: »Yoma!«

Der Wind hatte sich gelegt, der Himmel war blau, die Luft durchsichtig und kalt. Als die Sonne kam, färbten sich Hänge und Geröllhalden blaßrosa, aber die Bergspitzen leuchteten dunkelrot wie geschliffene Rubine.

Jan Mayen steckte den Kopf aus dem Zelt, blinzelte, rieb sich die Augen. Das Eis, die Gletscher und die saubere, kalte Luft – erinnerten sie nicht an Grönland? Er zog Hemd und Hose aus und warf sich nackt in den Schnee. Als er das belebende Kribbeln auf der Haut spürte, lächelte er, stand auf und rieb sich ganz mit Schnee ab.

Norden! Er schloß die Augen und glaubte das Rauschen des Meeres zu hören und den Wind von der Baffinbai. Norden! Man konnte in die Tundra gehen, wo die Luft so stark flimmerte, daß alle Gegenstände verzerrt erschienen, aufgelöst und von doppelter Größe, wo die Zieselmäuse pfiffen und das Ren weidete. Oder man besuchte eine Pelztierfarm, erfreute sich am Spiel der jungen Silberfüchse und sah den braunen, geschmeidigen Tierpflegerinnen zu, die geschäftig hin und her eilten, Futter in die Käfige brachten, die Neugeborenen registrierten, wogen und maßen . . .

Er vernahm ein Räuspern hinter sich. Der Biologe trug Schuhe und Strümpfe in der Hand und hatte die Hosenbeine hochgekrempelt. »Wundervoll!« rief er begeistert, »eine gute Abhärtung . . . Aber Sie übertreiben, Freund!« Und mit einem mißtrauischen Seitenblick: »Frieren Sie nicht?«

»Ich gehe schon, mich anziehen.«

Foster schlief noch. Jan Mayen weckte ihn und setzte Teewasser auf. »Ich muß meinen Hammer suchen«, sagte der Geologe und erhob sich.

Pearson rief. Er saß auf einem Steinblock, ein gutes Stück vom Zelt entfernt, und ruderte mit den Armen. »Kommen Sie, kommen Sie schnell! Waren Sie gestern abend an dieser Stelle?«

Jan Mayen verneinte. »Weder Foster noch ich.«

»Also sehe ich Gespenster. Oder sind das dort wirklich Fußabdrücke?« Pearson wies auf eine Spur, die von den Felsen herüberkam und sich in östlicher Richtung entfernte.

»Wir hatten Besuch, Ben«, sagte Jan Mayen verdutzt.

»Kommen Sie!«

Die Spur führte an den Felsen entlang, bis zu jener Stelle, an der die Skelette gelegen hatten. Dort, keine zwanzig Meter vom Zelt entfernt, war sie noch ganz frisch, aber dann halb zugeschneit. Nur mit Mühe war sie noch ein Stück in den Wald hinein zu verfolgen.

»Das heißt also, ein Fremder kam, als es noch schneite, hat mindestens vier Stunden bei den Skeletten gestanden und ist im Morgengrauen gegangen.«

»Eine schöne Schweinerei!« Pearson schüttelte ärgerlich den Kopf. »Wir schlafen wie die Murmeltiere, inzwischen beäugt uns so ein Waldschrat in aller Seelenruhe. Mich wundert, daß er das Zelt nicht mitgenommen hat. Kann sein, er sitzt jetzt draußen hinter eine Wehe und lacht sich ins Fäustchen . . . Muß ja ein toller Anblick für ihn gewesen sein, Jan, als Sie vorhin nackig durch den Schnee hüpften.« Dann wurde er nachdenklich. »Es gibt nur zwei Möglichkeiten: Entweder war es ein Uniformierter, womöglich ein Araam-Diener, der uns gefolgt ist, oder ein Yoma. Wir werden der Spur nachgehen!«

Eilig packten sie das Zelt ein und brachen auf. Die Spur führte ein Stück nach Norden, dann bog sie nach Osten ab, in die Berge.

»Also ein Yoma?«

Er mußte trainiert sein, seine Schritte hatten immer den gleichen Abstand, manchmal war er bis zu den Hüften eingesunken, aber nie gestrauchelt oder gefallen.

Jan Mayen, der an der Spitze ging, blieb dagegen oft stekken. Als sie über eine Geröllhalde kletterten, bückte er sich hin und wieder und schüttelte den Kopf. »Ich kann mir nicht helfen«, sagte er schließlich, »aber der Proximane muß die Schuhe gewechselt haben.« Er deutete auf die Spur. »Die Abdrücke waren doch vorhin glatt. Jetzt bohren sich von den Fersen aus zwei Haken in das Eis, und da sind ganz deutlich vier sichelförmig gekrümmte Zehen zu erkennen. Aber wo hat er die Schuhe gewechselt? Das müßte mir doch aufgefallen sein.«

Urplötzlich, ohne Vorboten, kam ein Sturm auf, noch stärker als am Vortag. Er wirbelte Pulverschnee in die Spuren, Nebelfetzen trieben über die Halde. Die roten Bergspitzen und die Gletscher im Osten verschwanden.

Sie erreichten eine Schlucht. Hier, im Schutz der überhängenden Felsen, staute sich der Nebel, so daß sie kaum drei Schritte weit sehen konnten.

Pearson fürchtete, die Spur zu verlieren, aber Jan Mayen und Foster überredeten ihn zu warten. »Es ist gefährlich«, sagte der Geologe, »wir könnten uns verirren oder abstürzen.«

Sie krochen in eine Nische und legten das Gepäck ab, tranken heißen Tee aus einer Thermosflasche, aßen und tauschten Vermutungen aus. Woher war der Proximane gekommen, und was suchte er am Rand des Goar Tetzl?

»Vielleicht hätte er uns in eine Siedlung geführt«, sagte Pearson bedauernd.

Manchmal vernahmen sie das Geräusch springender Steine, die sich vom oberen Rand der Schlucht gelöst hatten; nicht sehr weit entfernt donnerte eine Lawine zu Tal. Zwei volle Stunden wurden sie festgehalten.

Endlich konnten sie die Nische verlassen. Der Wind surrte noch im Gewirr der Felsnasen, Säulen und Tunnel, aber er hatte den Nebel hinweggefegt, und der Himmel klarte wieder auf.

Um Unfällen vorzubeugen, kamen sie überein, angeseilt zu gehen. Der Geologe übernahm die Führung. Er war jedoch kaum ein paar Schritte gelaufen, als er einen warnenden Laut ausstieß und den Teilchenwerfer aus der Gesäßtasche zog. Er warf sich hin und spähte um eine Felsnase, die den Blick auf den oberen Teil der Schlucht versperrte.

»Was ist denn los?« raunte Pearson ungeduldig.

Foster gab keine Antwort. Er stand auf, klopfte den Schnee von seiner Jacke, entsicherte den Teilchenwerfer und sagte: »Er war ganz in der Nähe.«

Pearson fluchte, als er die frischen Fußabdrücke sah. Der Yoma, oder wer es immer sein mochte, hatte sich zwei Stunden lang in Hörweite der Nische aufgehalten und konnte erst vor ein paar Minuten weggelaufen sein. Die Spur war bis zu der nächsten Biegung zu verfolgen.

Jan Mayen sagte plötzlich: »Pearson, Foster, nicht bewegen! Heben Sie nicht den Kopf! Er steht direkt über uns. Er braucht nur aufzustampfen, und eine Ladung Geröll stürzt auf uns. Bei drei rechts an die Felsen! Eins – zwei – drei!«

Im Schutze der überhängenden Wände entsicherten sie die Werfer.

»Was nun?« keuchte der Biologe.

»Wie sah er denn aus?«

»Ganz in Weiß gekleidet. Das Gesicht konnte ich nicht sehen.«

Eine Ewigkeit lang geschah überhaupt nichts.

»Ich werde mit ihm sprechen«, sagte Pearson endlich.

»Aber nur von hier aus!«

»Heda, warum kommst du nicht zu uns? Wir haben doch keine feindlichen Absichten!« rief der Biologe in der Proximanersprache.

Keine Antwort. Ein wenig Schnee fiel herab, dann vernahmen sie ein scharrendes Geräusch. Ganz langsam, Zentimeter um Zentimeter, schob sich ein weißes Gesicht über die Felskante. Sie sahen in metallisch glänzende, kalte, starre Augen.

»Warum schleichst du um unser Zelt und läufst weg, wenn wir mit dir reden wollen?« fragte Pearson.

Keine Antwort. Ebenso langsam, wie es gekommen war,

zog sich das Gesicht wieder zurück. Dann schien es den Kosmonauten, als entfernten sich Schritte.

»Los, ihm nach, immer dicht an den Felsen entlang!« flüsterte Jan Mayen.

Sie hasteten durch die Schlucht, bis sie die Biegung erreichten. Ein schmaler Grat führte steil nach oben auf den Sockel, auf dem der Weißgesichtige gelegen hatte. Er war verschwunden.

»Dort hinter der nächsten Welle muß er sein!«

Um eine zweite unangenehme Überraschung zu verhindern, trennten sie sich. Pearson folgte der Spur, während Foster nach links und Jan Mayen nach rechts abschwenkten. Vielleicht konnten sie ihn umgehen. Aber als Pearson den Hügel erreicht hatte, rief er die anderen wieder zu sich. »Es ist aussichtslos«, sagte er, »unser Freund läuft Marathon.«

Sie standen am Rand eines Plateaus. Ausgedehnte Schneeflächen reflektierten die rötlichen Sonnenstrahlen, und die Luft flimmerte. Der Weißgesichtige lief in östlicher Richtung davon. Mindestens fünfhundert Meter hatte er schon zurückgelegt. Bald würden ihn die Nebelfelder aufnehmen, die den Blick auf den Horizont versperrten.

Sie folgten ihm nun in gewöhnlichem Marschtempo und gaben sich Mutmaßungen hin.

»In den spärlichen Berichten, die wir über die Yoma erhalten haben, war keine Rede von Weißgesichtigen, und Pylon erwähnte auch nichts Derartiges. Wahrscheinlich hat sich unser Freund eine Schutzfarbe zugelegt«, sagte der Geologe.

»Hm, natürlich, ziegelrot fällt in dieser Gegend zu sehr auf. Nur . . .« Pearson zögerte.

»Was, nur?«

»Eine Tarnfarbe trägt doch, wer sich zu verbergen hat. Aber vor wem verbergen? Er konnte ja nicht wissen, daß wir kommen.«

»Vielleicht gibt es hin und wieder Einfälle der Tau-Armee. Vergessen Sie die Gerippe der Offiziere nicht.«

»Eben daran dachte ich auch«, sagte Pearson. »Vielleicht

ist das dort vorn ein Späher, der Chtols Soldaten beobachtete und nun zu seinen Gefährten rennt, um uns – eine neue Invasion – anzumelden. Das scheint mir allerdings eine umständliche Art der Nachrichtenübermittlung.«

»Er rennt ja gar nicht«, warf Jan Mayen, der bisher geschwiegen hatte, ein. »Er bleibt immer im gleichen Abstand zu uns. Und wenn wir langsamer gehen, geht er auch langsamer. Ich möchte wetten, er läuft keinen Schritt weiter, sobald wir rasten.«

»Oho, das käme auf einen Versuch an ... Setzen wir uns einen Moment, ich bin sowieso hungrig.«

Sie schnallten das Gepäck ab und kramten den Proviant aus den Taschen. Pearson beobachtete den Weißgesichtigen durch ein Prismenglas.

»Tatsächlich, er ist stehengeblieben. Warum er sich nur nicht setzt? Muß doch todmüde sein. Immerhin haben wir geschlafen, als er um unser Zelt schlich, und dann in der Nische gesessen, während er draußen im Schneesturm stand.«

»Er kommt zehn weitere Nächte ohne Schlaf aus.« Jan Mayen lächelte.

»Er steht einfach so da und friert. Zu essen hat er auch nichts«, sagte Pearson, immer noch beobachtend.

»Geben Sie ihm einen gebratenen Burusch, und er wird ihn nicht anrühren.«

»Was reden Sie da?« Auch Foster sah den Kybernetiker verständnislos an.

»Ich meine, er braucht weder Schlaf noch Essen. Sie können sich jegliches Mitleid sparen.«

»Wieso?«

»Weil er ein Automat ist und kein Lebewesen.« Jan Mayen stand auf und deutete auf die Fußspuren des Weißgesichtigen. »Der Gedanke ist mir auch erst vor ein paar Minuten gekommen. Sehen Sie, die Abdrücke haben sich schon wieder verändert. Zuerst waren sie glatt, dann, als es steil nach oben ging, sind uns die Haken an den Fersen und die sichelförmig gekrümmten Zehen aufgefallen, und jetzt, auf dem vereisten Plateau, ist die Sohle wie mit langen, spitzen

Nägeln übersät ... Der Yoma, wenn Sie ihn noch so nennen wollen, müßte also drei Paar Schuhe mit sich schleppen. Tatsächlich aber trägt er nicht das kleinste Gepäckstück. Seine Schritte haben immer genau dieselbe Länge. So kann nur ein Automat laufen. Er strauchelt nicht und fällt nicht. Wahrscheinlich liegt sein Schwerpunkt ziemlich tief. Und – als ich in seine Augen sah, schienen sie mir seltsam stumpf, metallisch und leblos.«

»Diesen Eindruck hatte ich allerdings auch«, bestätigte Foster.

»Augen hin, Augen her.« Pearson schüttelte den Kopf. »Ein Roboter, der unser Zelt beschnüffelt, unsere Nische bewacht, sich auf den Bauch legt, um uns von oben herab zu beäugen, und schließlich wegrennt?«

»Er rennt doch gar nicht. Er bewegt sich in einer Entfernung, die es ihm gestattet, uns zu beobachten. Vorhin, in der nebligen Schlucht, mußte er uns sehr nahe sein; jetzt, auf dem sonnigen Plateau, ist das nicht mehr nötig.«

»Und warum kommt er nicht zu uns?«

»Wahrscheinlich fürchten seine Herren, wir könnten ihn beschädigen. Natürlich wird er ferngesteuert.«

»Und Sie meinen, das ist technisch alles möglich?« Pearson zweifelte immer noch.

»Ganz bestimmt. Roboter dieser Art sind – technisch gesehen – nichts Besonderes.«

»Sie meinen, er wurde ausgeschickt, um uns den richtigen Weg zu zeigen? Folgen wir ihm also!«

Aina

1

Auf dem Goar Potl wartete seit dem ersten Morgengrauen die »geschmückte Luftgondel« der Araam-Priesterin. Skeptisch betrachtete Helo das seltsame Gefährt. Es bestand aus einem langgezogenen, schwarzen Rumpf, einem flachen, von Schutzgittern umrahmten Oberdeck und drei Masten mit riesigen Luftschrauben. Der »Schmuck« erschöpfte sich in einigen schwarzen Wimpeln und Bändern, für menschliche Begriffe verliehen sie der Gondel ein düsteres, beinahe gespenstisches Aussehen. Auch die großen, weißen Lettern auf dem Bug vermochten diesen Eindruck nicht abzuschwächen.

»Bleibe rein wie der Aja-See
und der Morgentau auf den Gräsern,
wie die Königin Aina«,

buchstabierte Helo. Er machte sich darauf gefaßt, die nächsten Stunden, vielleicht auch Tage, Seite an Seite mit einem alten, rechthaberischen, womöglich launischen und schwatzhaften Proximanenweib verbringen zu müssen. Alles durfte sie sein, nur nicht schwatzhaft! Er hatte sich vorgenommen, seinen Auftrag pflichtgemäß zu erledigen: sich nicht auf einen zeitraubenden Flug durch die Provinzen einzulassen, sondern ein Industriezentrum aufzusuchen, das Leben der städtischen Bevölkerung kennenzulernen und besonders auf jene Erscheinungen zu achten, von denen Pylon behauptet hatte, sie seien gefährlicher als das Eis – Kechusucht, Kräftezerfall, Arbeitsmüdigkeit und Unruhen unter den Bjaule, Gewaltmaßnahmen der Aufseher und der Beamten. O ja, er würde diesen Auftrag erfüllen, nicht weil er ihn interessierte, sondern um überhaupt etwas zu tun, um nicht die Hände in den Schoß zu legen, während sich die Gefährten mit unbegreiflichem Eifer auf die verschiedensten Probleme stürzten.

Aber ansonsten wünschte er sich Ruhe, wollte lieber hundertmal in die Zukunft eilen, in Gedanken hinter dem Steuerautomaten stehen, als ein überflüssiges Wort mit der Araam-Priesterin zu wechseln.

Ein rundlicher alter Proximane mit kleinen, gutmütigen Augen, frischen Wangen und dicken, grotesk abstehenden Ohren empfing Helo und führte ihn in eine Kabine. Er begann sofort zu schwatzen: er sei der Priester-Lehrer der Königin und begleite sie auf Schritt und Tritt. Selten genug komme sie ja aus dem Palast heraus, nur hin und wieder, wenn es gelte, einen Tempel einzuweihen, oder wenn ein heiliges Opferfest bevorstehe, fliege sie ein paar Tage zu den gläubigen Bjaule. Sie freue sich auf die Bekanntschaft mit dem großen Chochitl He-lo, ganz bestimmt werde sie ihm von den uralten Legenden, den Dogmen, Hymnen und Gebeten an das Araam erzählen.

Helo schluckte seinen Unwillen hinunter; er war nahe daran, die Luftgondel fluchtartig zu verlassen.

Mehrere Stunden danach zog die Gondel gemächlich nach Nordwesten über eine ausgedehnte Ebene, über Felder, Siedlungen und violette Haine. Die Luftschrauben summten monoton, die schwarzen Fähnchen und Bänder flatterten, und Proxima warf helle Streifen auf das Deck. Helo lehnte in einem weichen Fellsessel und fragte sich immer wieder, ob er wache oder träume. Vor ihm saß eine zarte, junge, knabenhaft schlanke Frau mit schmalem Kindergesicht, geschwungenen Brauen, beinahe unwirklich langen Wimpern übergroßen schwarzen Augen und einem rhombisch geschliffenen, taubeneigroßen Rubin auf der ziegelroten Stirn: Aina, Chtols Tochter, Königin und Oberpriesterin des Araam.

Sie sprach. Zuerst hatte sie irgendwelche Hymnen und Gebote rezitiert, nun versuchte sie, das »heilige Weltbild« der Tau zu erklären, ein Weltbild, an dessen Anfang und Ende Araam – ein wesenloses Wesen, Totalität und Nichts, Urkraft und Negation – zu stehen schien. Helo wußte das nicht so genau, er hörte gar nicht richtig zu. Die angenehm dunkle Stimme und ein bittersüßer Duft, der von Aina ausging, verwirrten ihn. Nur noch unklar erinnerte er sich daran, daß er beauftragt war, nach einem Industriezentrum zu forschen.

Plötzlich sah er, daß sich Ainas Brauen unwillig zusammenzogen. Er folgte ihrem Blick. Ein Bjaule mit blauer Tuchkappe, gebeugt unter der Last eines vollen Huckekorbes, schlenkerte, ohne sich um die Luftgondel zu kümmern, einem nahen Feldweg zu. Erst jetzt kam Helo zum Bewußtsein, daß sich die Proximanen immer zu Boden geworfen hatten, sobald das Flugboot in ihrer Nähe erschienen war. Gespannt beobachtete er die Priesterin. Ihre Lippen bewegten sich kaum. »Sao tao gogochitl nu!« rief sie in einen Schalltrichter. Als Antwort ertönte ein erstauntes »Ko haschi – Wo?« des Flugoffiziers aus dem Inneren der Gondel.

»Gogochitl tatzel pi-pa«, sagte Aina.

Ein drohender Pfiff zerriß die mittägliche Stille. Der Bjaule, vielleicht hatte er das Flugboot gar nicht bemerkt, hob den Kopf, erschrak und warf sich nun ebenfalls platt auf den Acker. Gelbe Flaschenfrüchte kullerten aus seinem Hukkekorb.

Der Vorfall ernüchterte Helo. Wie konnte die Priesterin von der Aussöhnung mit dem Araam reden und gleichzeitig darauf bestehen, daß sich die Gläubigen vor ihr in den Staub warfen? Aber als er sie wieder ansah, entschuldigte er den Zwischenfall schon. Sie hatte sich wohl nichts dabei gedacht, hielt es für eine Selbstverständlichkeit, daß die Bjaule ein Flugboot aus Taiwepl beachteten. Schließlich kam sie nur selten in die Provinzen, lebte in einem Steinsarg, der »Palast« genannt wurde, war naiv und weltfremd. Mehr noch: War sie nicht ein Opfer der Dogmen und Leitsätze des Herrschers geworden? »Bleibe rein wie der Aja-See ... und die Königin Aina«, lautete das Gebot auf dem Bug der Gondel. Eine dumpfe Ahnung stieg in Helo auf. Hatte dieses Gebot etwas mit der Geburtenbeschränkung zu tun? Mußte Aina keusch bleiben, um den Frauen und Mädchen ein Vorbild zu sein?

Aina beugte sich über das Schutzgitter, »Jene Säule dort«, sagte sie, als hinter einem schilfbewachsenen Teich die Reste eines blauen Obelisken auftauchten, »trug einst den heiligen Vogel Pi Tha. Er hatte ein Gesicht wie wir, vier Flügel und war behaart wie ein Burusch. Unsere Ahnen verehrten in ihm den Boten aus der jenseitigen Welt. Auch Herrscher und Geläuterte sterben, aber Pi Tha trägt ihre Seelen nach Osten in das Reich der kristallklaren Vernunft.«

Natürlich, sie war in einem unsinnigen Glauben befangen, sah die Wirklichkeit kaum. Mußte er, Helo, nicht versuchen, sie aus ihrem tödlichen Schlaf zu erwecken?

Aina schien seine Gedanken zu erraten. »Im Kechurausch werden die Gläubigen sehend. Trinke, und das östliche Land öffnet sich vor dir: Ewige Morgenröte liegt auf einem See, der so blau ist wie der Himmel und so klar wie die Luft. Auf diesem See schwimmen blumengeschmückte Nachen mit den Seelen der Verstorbenen. Hier ist es immer warm. Von den Ufern ertönt zarte Musik.

Auf dem gläsernen Berg Yo tha steht die Weltuhr, ein silberner Gong. Wenn er einmal geschlagen wird, sind hunderttausend Jahre vergangen. Nach dreimal hunderttausend Jahren sind die Seelen der Verstorbenen geläutert, ihre Nachen erreichen das Ostufer, und sie betreten den lichtgrünen Hain Yo Raam. Die Unwissenden legen sich in den Schatten der Bäume, atmen den Duft der bittersüßen Lutos und zerfallen nach abermals dreihunderttausend Jahren zu Staub.

Die Wissenden jedoch, Herrscher, Priester und Asketen, ziehen nach Osten in das Tal der kristallklaren Vernunft, wo sie unvergänglich sind und EINS werden mit Araam.«

Winzige Schweißperlen glänzten auf ihrer ziegelroten Stirn, ihre Augen leuchteten, sie schien in jene phantastische Welt entrückt.

Helo blickte dem blauen Obelisken nach. Lohnte es überhaupt, in der Oberpriesterin Zweifel zu erwecken? Durfte er das einzige, was sie besaß, zerstören? Nein, er würde ihren Glauben nicht antasten. Er würde jetzt, bevor sie ihn doch noch zum Widerspruch reizte, ein anderes Thema beginnen.

Aber welches? Ein paar Augenblicke lang – und sie kamen ihm wie eine Ewigkeit vor – suchte er vergebens. Dann erinnerte er sich wieder an seinen Auftrag. Wie konnte er Aina in ein Gespräch über die Flugroute verwickeln und erreichen, daß sie Befehl gab, eine Industriestadt anzusteuern?

»Jene, die sich in den Schatten der Bäume legen, den Duft der bittersüßen Lutos atmen und in einen tiefen Schlaf fallen, nennst du unwissend?« fragte er vorsichtig.

»So lehren es die Dogmen.« Der rundliche Priester war unbemerkt herbeigekommen, nickte freundlich und ließ sich in dem einzigen noch frei gebliebenen Fellsessel nieder.

»Ich aber nehme an, sie sind nicht unwissend, sondern müde«, fuhr Helo fort. »Es sind jene, die in der diesseitigen Welt vergebens nach Schlaf gesucht haben, die tagaus, tagein Erz brechen und Kanäle graben, das Land bestellen und den zottigen Burusch pflegen. Es sind jene, die von Aufsehern und Beamten geschlagen werden, wenn sie hungrig und erschöpft zu Boden sinken. Sie sind es, die sich in den Schatten der Bäume legen.«

»Es gibt weder hungernde noch müde, noch geschlagene Bjaule«, sagte Aina fest.

»Wir haben sie gesehen. Sie waren gefesselt und bluteten aus tiefen Wunden. In der südlichen Ebene waren es einige, aber in den großen Städten . . .«, Helo zögerte ein wenig, da er jetzt erfinden mußte, »in den großen Industriestädten sind es ungezählte.«

»Niemals!« Aina sprang auf. Langsam richtete sie ihren Blick auf den Priester-Lehrer. »Es heißt in den uralten Dogmen, daß kein Gläubiger Schaden zufügen soll einem anderen Gläubigen. Sag, wird dieses Gebot übertreten?«

Der Alte kroch in sich zusammen. »In Taiwepl wohl nicht, Aina. Aber wer wacht in den Provinzen über die Einhaltung der uralten Dogmen?«

»Niemand«, sagte Helo überzeugt. »Am wenigsten in den großen Industriestädten . . . Aber wenn du mir nicht glaubst . . .« Er zuckte mit den Schultern. »Die Wahrheit ist manchmal schmerzhaft . . .«

Die Oberpriesterin wandte sich ab, flüsterte, über das Schutzgitter gebeugt, unverständliche Worte. Dann schlenkerte sie mit großen Schritten über das Deck und kletterte in den Rumpf der Luftgondel. Der Priester-Lehrer folgte ihr eilig.

Wenig später vernahm Helo Ainas dunkle, erregte Stimme aus der Kabine des Flugoffiziers. Anscheinend befahl sie dem Tau, den Kurs zu ändern. Er versuchte, sie zu beschwichtigen, berief sich auf Askul. Nun mischte sich der Priester-Lehrer ein, jammernd, hilflos. Umsonst. Aina beharrte auf ihrem Willen. Das Flugboot legte sich schließlich auf die Seite und schwenkte, während die Luftschrauben aufheulten, um neunzig Grad von der ursprünglichen Richtung ab.

2

Helo war unbehaglich zumute. Nach dem Kurswechsel – und der lag nun schon ein paar Stunden zurück – war Aina nicht wieder auf das Deck gekommen. Neben ihm hockte der alte Priester-Lehrer, schien in tiefes Nachdenken versunken, antwortete auf keine Frage, blickte ihn nur hin und wieder vorwurfsvoll an. Die ersten Vorboten des heraufdämmernden Abends krochen über die Ebene. Der Schatten der Luftgondel, violette Haine und blitzende Seen, einsame Gehöfte und große Siedlungen berührend, wurde länger und länger.

»Wo fliegen wir hin?« fragte Helo. Er wußte schon selbst nicht mehr zum wievielten Male. Der Alte rührte sich nicht. Doch ein paar Minuten später sagte er unvermutet: »Nach Kzar.«

»Ist das eine Bjaulestadt?«

Der Priester nickte trübsinnig. »Die größte in den Provinzen.«

»Und das gefällt dir nicht?«

»Nur drei Dinge besitzt Aina: den Glauben an die Wahrhaftigkeit der Dogmen, den Glauben an die göttliche Ge-

rechtigkeit und den Glauben an eine reine Liebe zwischen allen Dienern des Araam.«

»Fürchtest du, in Kzar könnte sie diesen Besitz verlieren?«

Helo hatte zwar etwas Ähnliches geahnt und war vorbereitet, aber die unverhüllte Antwort des Priesters traf ihn deshalb nicht weniger schwer. Er bereute plötzlich, Aina herausgefordert zu haben. Durfte er ihre Traumwelt zerstören? Wem war damit gedient? Der Expedition? Man hätte ein ganzes Dutzend Städte ohne die Oberpriesterin aufsuchen können. Was nützten ein paar Informationen über Kechusucht und Bjauleunruhen, wenn man sie mit den Hoffnungen und Gefühlen eines unschuldigen Wesens bezahlte?

Spürte der Alte, was in ihm vorging? Einen Hoffnungsschimmer in den Augen, sagte der Priester: »Nicht sofort, sondern erst morgen früh müßten wir in Kzar landen.«

»Und was ist damit geändert?«

Als fürchte der Priester, Aina könne ihn hören, rückte er seinen Fellsessel näher an Helo heran und flüsterte, er sei schon ein paarmal in Kzar gewesen und wisse, daß der Palast des Stadtverwalters außerhalb, in einem parkähnlichen Hain liege. Dort müsse man übernachten und dem Stadtverwalter einen Wink geben, daß er ein wenig Ordnung in Kzar schaffe, bevor der Morgen anbreche.

Helo nickte. Er war einverstanden.

Sofort sprang der Priester auf, kletterte in den Rumpf der Gondel hinab, und als er zurückkam, berichtete er, glücklich lächelnd, Aina habe zugestimmt, sie wolle morgen früh im ersten Dämmerschein nach Kzar fahren.

Wenig später tauchten am Horizont die Umrisse der Stadt auf, doch das Flugboot schwenkte ab, folgte einem ausgetrockneten, von dornigem Gestrüpp umsäumten Flußbett nach Norden und landete endlich in der Nähe eines hell erleuchteten Gebäudes.

Man konnte den wuchtigen Steinbau tatsächlich einen Palast nennen. Wenn auch erheblich kleiner als der Herrscherpalast von Taiwepl, wies er doch die gleichen architektoni-

schen Eigenschaften auf, war wie jener aus schwarzbraunen Quadern errichtet, von Mauern umgeben, mit schneeweißen Ornamenten und Symbolen verziert und hatte ebensolche Erker und Türmchen. Hunderte kleiner Öllämpchen brannten in den Fensternischen und vor den Eingängen.

Vor dem Hauptportal mußte der Priester-Lehrer über einen berauschten Diener hinwegsteigen. Der Gelbbehoste wälzte sich auf den Rücken und starrte Helo Ryk mit blödem Lächeln an.

Im Empfangsraum, einer Art Diele, war kein lebendes Wesen zu sehen. Auf einem schwarzen Basaltsockel thronte die Statue einer nackten Frau ohne Gesicht: schwellende Brüste, ein breites Becken, säulenhafte Schenkel. Eine derbe Sinnlichkeit ging von diesem Leib aus. Helo warf einen verstohlenen Blick auf Aina. Stirn, Augen und Wangen der Oberpriesterin lagen im Schatten einer Kapuze, aber er bemerkte, daß sie den Kragen ihres weiten Mantels höher schob und, als friere sie, ganz in sich zusammenkroch.

Der Alte war vorausgegangen, hatte eine große Flügeltür geöffnet und ein paar Worte in den hell erleuchteten Raum geworfen. Der Lärm verstummte. Als sie ihm folgten und über die Schwelle traten, schlug ihnen eine Wolke von bittersüßem Lutos, Schweiß und Kechudunst entgegen. Unwillkürlich hielten sie den Atem an.

Würdenträger, Beamte, Offiziere, Araam-Priester und Frauen drängten sich in einem weiträumigen, prunkhaften Saalgewölbe. Offenbar feierten sie ein Fest. Die flachen, wuchtigen Tische an den Wänden waren mit leuchtenden Früchten, Fleischstücken und Schischal geradezu überladen, Speisereste und angebissene Früchte waren über den Fußboden verstreut. In der Mitte des Gewölbes, in einen schwarzen Priesterrock gehüllt, stand eine riesige Kechuvase.

Aina übersah die Lästerung. Ihr Blick ruhte auf den Frauen. Sie waren nur mit einem fast durchsichtigen Schleier bekleidet und hatten die welligen Schädel mit glänzendem Metallstaub gepudert. Eine von ihnen trug ein Stirnband wie Aina selbst.

Ein junger Tau-Offizier, anscheinend der Stadtverwalter, kam, den langen Hals bedächtig vor und zurück wiegend, auf die Oberpriesterin zu, schwankte, verbeugte sich unsicher. »Goar Chtol auri, Goar Aina auri! Welch leuchtender Tag, an dem Aina in mein bescheidenes Haus kommt!«

»Goar Chtol auri, Goar Aina auri!« dröhnte es von den Lippen seiner Gefährten durch das Gewölbe.

Aina runzelte die Brauen. »Dein Haus ist mir gleichgültig, Verwalter. Deine Stadt will ich sehen.«

Der Offizier lächelte ungläubig. »Nur schmutzige Bjaule bewohnen Kzar.«

»Schweig!« fuhr ihn der Priester-Lehrer an. »Was stehst du herum und schwatzt? Siehst du nicht, daß Aina und der große Chochitl He-lo müde sind von der langen Reise? Schaff Nachtlager und bereite erfrischende Bäder!«

Der Offizier schien nicht sonderlich beeindruckt, hatte sogar eine Entgegnung auf den Lippen, besann sich aber und schlenkerte gemächlich durch das Gewölbe, gab einem Gelbbehosten, der ihm in den Weg kam, einen Tritt und befahl ihm, die Speisereste aufzusammeln. Dann verschwand er durch einen Nebeneingang, offenbar, um die Nachtlager zu bestellen.

Auch die anderen Proximanen verloren ihre anfängliche Zurückhaltung. Bald lärmten sie wieder, tranken Kechu und forderten die Frauen auf zu tanzen. Nur die Araam-Priester hatten sich zurückgezogen.

Aina hatte sich in einem Sessel niedergelassen; der Priester-Lehrer, auf einen Schemel zu ihren Füßen, redete auf sie ein, aber es war fraglich, ob sie überhaupt zuhörte. Ihre Augen wanderten über die Fleischberge und den Schischal, der selbst in Taiwepl als eine kostbare Delikatesse angesehen wurde, hier jedoch achtlos zwischen umgeworfenen Kechuvasen und zertretenen Früchten umherlag. Lange Zeit ruhte ihr Blick auf den Frauen, die ihre unverhüllten Körper im Schatten einer reliefgeschmückten Säule nach den Klängen eines silbernen Gongs wiegten.

Helo wartete ungeduldig auf den Stadtverwalter. Würde er

dem Wunsche des Priester-Lehrers nachkommen und bis zum Morgengrauen in Kzar »Ordnung« schaffen? Helo zweifelte daran. Der Verwalter war berauscht, außerdem fehlte es ihm an Respekt. Was sollte nun werden?

Endlich kam der junge Offizier zurück. »Nachtlager und Bad sind bereitet.« Eine Trinkvase in der Hand, lehnte er sich an einen Tisch und sagte plötzlich: »Du solltest nicht nach Kzar gehen, Aina. Es steht nicht gut dort. Unruhen flammen auf . . .«

»Schweig!« fiel ihm der Alte ins Wort. »Wie kannst du der Tochter unseres göttlichen Chtol Vorschriften machen wollen?«

»Sprich weiter, Verwalter«, drängte Aina. »Was bedeutet das Unruhen?«

»Täglich verlangen die schmutzigen Bjaule mehr Kechu, Goro und Fleisch, als ihnen zusteht. Aber woher soll ich es nehmen? Die Speicher sind nahezu leer.«

»Ich sehe, daß hier Berge von Fleisch und Schischal liegen und Früchte zertreten werden.«

Der Offizier lächelte unbekümmert. »Auch wir Tau sehnen uns nach dem Goldenen Zeitalter. Wo steht in den Dogmen, daß ein Tau hungern soll?«

»Es heißt in den Dogmen, daß Bjaule und Tau gleich sind vor dem Araam. Ihr aber eßt Schischal, während die Bjaule nach Fleisch rufen! Weißt du nicht, daß das Goldene Zeitalter nur kommen kann, wenn jene, die Erz schürfen, und jene, die Provinzen und Städte verwalten, gleiche Opfer bringen?«

Der Offizier lachte spöttisch auf. »Das Goldene Zeitalter! Es kommt heute nicht und morgen nicht und nicht nach der ersten, zweiten und dritten Generation! Aber das Eis kommt. Und wir Tau in den Provinzen wollen leben wie die Tau in Taiwepl . . . Kechu und Schischal sind besser als uralte Dogmen!«

Aina starrte den Verwalter aus geweiteten Augen an, ihr Gesicht wurde fahl. Der Gong und der Lärm der Proximanen verstummten. Der Alte sprang auf, sein langer Hals bebte, seine fleischigen Ohren glühten. »Du wirst nicht länger Stadtverwalter sein, denn du bist kein Diener des Araam!«

»Verwalter oder nicht Verwalter, Taiwepl braucht uns Tau aus der Provinz«, sagte der Offizier ungerührt.

3

Helo wanderte unruhig auf und ab. Der schwere, süßliche Duft des mattenverhängten Zimmers kitzelte in seiner Nase und legte sich wie Sirup über jeden Gedanken. Was konnte man nur tun, um Ainas Vorhaben zu vereiteln? Nichts, überhaupt nichts! Sie wollte Kzar sehen, mit den Bjaule sprechen, sich an Ort und Stelle davon überzeugen, daß die heiligen Dogmen längst vergessen waren, die Gebote nicht eingehalten wurden und die Erzählungen von den leidenschaftslos-zufriedenen Gläubigen auf Lügen beruhten. Helo verwünschte den Augenblick, da er die Oberpriesterin bewogen hatte, den Kurs zu ändern.

Was sollte nun werden? Mit Zweifeln beladen, mißtrauisch gegen alle, selbst gegen den alten Priester-Lehrer, würde sie nach Taiwepl zurückkehren, würde sie sich in einem Gewölbe des Palastkellers vergraben und dem Kechu verfallen. Durch seine Schuld. Er hatte ihre Traumwelt zerstört.

Der schwere, süßliche Geruch lähmte ihn. Er fand gerade noch die Kraft, den Sprechfunk einzuschalten und die »Pension« zu rufen. Bis jetzt sei alles gut gegangen, er werde voraussichtlich noch ein paar Tage unterwegs sein und fahre morgen in eine große Industriestadt, erklärte er.

Dann zog er sich aus. Eine bleierne Müdigkeit befiel ihn, als er sich im Nebenraum ins Bad, eine dampfende Mulde, legte. Das Wasser prickelte, die Müdigkeit wich. Er fühlte sich federleicht.

Jemand rief seinen Namen. Er sprang auf. Selbst in den Zimmern, die eben noch hell erleuchtet gewesen, war plötzlich Nacht. Nein, keine Nacht – aber bläulich fahle Dämmerung. Die Rufe wiederholten sich, kamen vom Fenster her. Ein Luftzug bauschte die Gardinen.

Helo zog sich hastig an. Er wollte den Teilchenwerfer umschnallen, konnte ihn aber nicht finden. Hatte er überhaupt einen Werfer bei sich gehabt? Er wußte es nicht.

Er lief zum Fenster. Ein großer, blauweißer Stern strahlte am Himmel. Von ihm ging das fahle Leuchten aus, das die Ebene, den Teich, die Mauern und Türmchen überflutete. Helo hatte diesen Stern nie gesehen.

Oder?

Er dachte nach. In der ewigen Nacht zwischen Start und Landung, wenn er einsam durch das All geflogen war: das blaue Licht der Wega! Die Stimme der Unendlichkeit ... Sie war es, sie rief ihn wieder!

Noch im Zweifel, ob er wache oder träume, erblickte Helo den mächtigen, silbernen Leib der »Tolu«. Das Raumschiff lag kaum zweihundert Meter entfernt auf einer Wiese. Noch einmal überlegte er, ob das nicht alles ein dummer Spuk sein könne, dann sprang er kurz entschlossen aus dem Fenster. Er lief, die Augen auf den blauweißen Unbekannten gerichtet, verfing sich im Gras, stürzte, rannte weiter. Das Wispern vor den Bullaugen, die geheimnisvolle Stimme – jetzt endlich wußte er, woher sie kam. Von jenem Stern! Jetzt endlich hatte er ihn gefunden!

Die Steuerzentrale lag verwaist, aber die Kontrollampen brannten: rote und grüne magische Augen. Helo warf sich in einen Schaumgummisessel. Seine Hände flogen über Knöpfe und Schalter. Ein Zittern durchlief den Schiffskörper, er bäumte sich auf, erhob sich, senkte das Heck – und stürzte in die ewige Nacht.

Adieu Rho!

Schon sank der rote Planet zurück, war wenig später eine unbedeutende Kugel, wie es Tausende gab.

Helo lachte. Er hatte die Unendlichkeit gefunden. Sie stand vor ihm: blauweiß, scharf abgehoben, ein Saphir am Ende der Welt. Sie war um ihn: Kristallfäden tanzten über den Bildschirm. Sie war in ihm: ein lockender, verheißungsvoller Ruf.

Wochen vergingen, Monate, eine Ewigkeit. Helo raste der

Unendlichkeit nach, dem Ziel aller Raumkranken. Bis er in das östliche Land kam, wo die Weltuhr auf einem gläsernen Berg stand und verkündete, daß wieder dreihunderttausend Jahre vergangen waren. Da nahm die Unendlichkeit Gestalt an: Aina.

Hand in Hand gingen sie durch den lichtgrünen Hain Yo Raam. Dreihunderttausend Jahre. Helo wurde müde. »Laß uns im Schatten der Bäume ruhn.«

Aber sie sagte: »Wir gehen nach Osten, in das Tal der kristallklaren Vernunft.«

»Bleibe, Aina. Ich will dir von einem Land erzählen, das schöner ist als dieses, von einer Macht, die größer ist als das Araam.« Und da sie zögerte, setzte er sich und bat sie, ebenfalls Platz zu nehmen. Helo lehnte sich an einen geschuppten Stamm und atmete den Duft der bittersüßen Lutos. Er wollte sprechen, aber Aina legte ihm schnell beide Hände auf den Mund.

Durch den Schleier des Halbschlafes hörte er ihre Stimme.

»Ich weiß, welches Land du meinst, obwohl ich es nie kennengelernt habe. Und ich weiß, daß es schön ist, obwohl ich es nie betreten durfte. In verbotenen Büchern las ich von der ewigen Sehnsucht zwischen den Geschlechtern. Aber meine Lehrer sagten: ›Du mußt rein sein. Bleibe rein wie der Aja-See und der Morgentau auf den Gräsern, kristallklar und leidenschaftslos . . .‹ Und ich folgte ihren Geboten. Ich habe gedient und bin oberste Priesterin. Soll ich nun zweifeln? Willst du, daß mich Araam jetzt verstößt?«

Wie gelähmt lag Helo unter dem grünen Blätterdach. Sein Mund formte den Namen der Araam-Priesterin, aber es wurde nicht mehr als ein Hauch, den die Gräser schluckten. Und Aina lief in östlicher Richtung davon. Wie gelähmt, todmüde, berauscht vom Duft der bittersüßen Lutos, schlief er ein und spürte im Schlaf, daß sein Körper zu Staub zerfiel.

Helo erwachte vom Klang einer eigentümlich schnatternden Stimme. Er öffnete die Augen. Helles Sonnenlicht blendete ihn. Ein ziegelroter Proximane schlenkerte vor ihm auf und ab. Allmählich kehrte sein Bewußtsein zurück. Er hatte ein Bad nehmen wollen und war eingeschlafen. Das Bassin war leer. Es mußte schon leer gewesen sein, als er eingeschlafen war, sonst wäre er ertrunken. Wie lange hatte er wohl ... Er fragte den Diener.

»Früher Morgen, Chochitl. Aina wartet!«

4

Aina war schon ungeduldig. Sie hatte das Stirnband abgelegt und einen Mantel angezogen von der Art, wie ihn die Frauen des niederen Beamtenadels trugen, mit einem schlauchförmigen Halskragen, der in eine spitze Kapuze mündete.

Der alte Priester-Lehrer stand neben ihr. Er sah übernächtig aus, sein Gesicht war eingefallen und von kleinen Runzeln übersät. Er seufzte, als Aina befahl, einen Mantel für Helo und einen Wagen zu bringen.

Es war ein schöner Morgen. Die Luft flimmerte über den ockergelben Sandfeldern, und die roten Stachelgewächse zu beiden Seiten der Fahrbahn warfen lange Schatten. Der Palast des Stadtverwalters blieb zurück.

Helo war noch müde. Er versuchte, sich an seinen Traum zu erinnern, aber er fand keinen Zusammenhang mehr zwischen den einzelnen Bildern. Nur eines wußte er ganz genau: Aina hatte sich von ihm getrennt. Sie war ihren eigenen Weg gegangen, nach Osten, in das »Tal der kristallklaren Vernunft«. Die Erinnerung weckte ein zwiespältiges Gefühl in ihm. Einesteils hoffte er, all das, was geschehen war und noch geschehen konnte, werde Aina nur oberflächlich berühren, sie werde es vergessen, sobald sie wieder in der Gondel saß und nach Taiwepl flog. Andererseits – war er nicht selbst ein Stück dieses Geschehens? Spürte sie nicht, daß er ...

Aina saß schräg vor ihm. Schatten lagen auf dem Ansatz ihrer kleinen Nase. Ihre Lippen waren schmal und die Augen mit den langen Wimpern ein wenig zusammengekniffen. Sie hingen an jener schmutziggelben Wolke, die, ein giftiger, unheildrohender Pilz, aus der Bjaulestadt emporkroch.

Helo schalt sich einen Narren. Nicht einen einzigen Gedanken hatte die Oberpriesterin an ihn verschwendet, ihr Interesse war einzig und allein auf die Bjaule gerichtet. Sein zwiespältiges Gefühl beruhte auf einem Irrtum.

Der Rauchpilz stieg höher und höher und blähte sich auf. Jetzt war es kein Pilz mehr, sondern ein Polyp, die Sonne sein blutiges Auge, und seine schleimigen Fangarme legten sich um den Wagen, sogen sich fest und drohten, ihn zu ersticken.

Am Fuße eines riesigen Wasserbehälters befahl Aina zu halten. Sie stiegen aus und hüllten sich dichter in ihre Mäntel.

Kzar. Ein regelloses Durcheinander von grauen Wohnquadern, Schutthalden, schmutzigen Laufstegen und dampfenden Bassins. Wannenförmige Transportfahrzeuge krochen schwerfällig dahin, klobige Maschinen tosten unter freiem Himmel, glühendes Erz zischte. Der größte Teil der industriellen Produktion schien sich auf Plätzen und Terrassen und selbst in den engen Straßen abzuspielen. Hin und wieder tauchten Bjaule auf. Ihre ziegelroten Gesichter lugten unter Helmen hervor, sie schleppten Lasten, einzeln in Hukkekörben oder zu zweit an Tragstangen. Augenblicke später hatte sie der Nebel wieder verschlungen. Auf einer Terrasse loderten Holzfeuer unter Kesseln, die von rostigen Dreibeinen getragen wurden und schwelende Dämpfe verbreiteten.

Aina hustete. Sie schlenkerte hinter dem Priester-Lehrer her, der sich bemühte, Unrat, Wasserlachen und sperrige Metallteile zu umgehen. Sie waren schon eine gute Stunde unterwegs, als sich der Nebel endlich lockerte. Ein feuchtkalter Wind brachte den Geruch von Buruschfleisch, Feldfrüchten und fauligem Wasser. Sie hatten einen Kanal erreicht, fanden eine Brücke und gelangten an das andere Ufer.

Hier waren die Gehsteige weniger schmutzig, die Fassaden der Wohnquader heller, und manchmal, wenn der Wind die grauen Dunstschleier auseinanderjagte, tänzelten Sonnenstrahlen über die holprigen Steine in den Pfützen und warfen Kringel auf die rotbraunen Mauern einer zerfallenen Kanalisationsanlage. Es schien Helo, als zeige die Stadt ihr zweites Gesicht. Der Priester-Lehrer mußte es kennen. Wahrscheinlich führte er Aina absichtlich hierher. Verkrampft, die Arme eng an den Leib gepreßt, war sie ihm gefolgt. Nun lockerten sich ihre Bewegungen. Sie schob die Kapuze ein wenig zurück und lächelte.

Immer häufiger trafen sie Bjaule: Männer mit Helmen und Frauen in hochgeschlossenen Kitteln, die meisten von ihnen schwenkten kleine Folienbündel und hasteten vorbei, nur wenige von ihnen verschwanden in den Aufgängen der Wohnquader.

Vom entgegengesetzten Ende der Straße, in die der Alte eingebogen war, klang, durch den Nebel gedämpft, das Murmeln einer großen Menge herüber.

»Das wird der ›Goar Potl‹ sein.« Aina ging schneller, als erwarte sie eine freudige Überraschung auf dem Großen Platz der Bjaulestadt.

Schon von weitem sahen sie einen kuppelförmigen, von bunten Lichtern markierten Rundbau, ein monumentales Zelt.

»Das Amphitheater«, erklärte der Alte.

Die Bevölkerung schien sich hier ein Stelldichein zu geben. Dicht gedrängt standen die Bjaule vor halboffenen Kechubuden. Uniformierte verteilten Trinkvasen und nahmen dafür Folienbündel in Empfang. Jede Bude wurde von zwei oder drei Uniformierten bewacht. Allzu stürmisch Drängende ermahnten sie mit derben Stockhieben. Zufällig sah Helo, daß ein junger Bjaule zurückschlug und untertauchte, bevor ihn der Uniformierte ergreifen konnte. Die anderen brachen in ein schadenfrohes Gelächter aus.

Kechu, Kechu – hier schien er das Ziel aller Wünsche zu sein. Die Menge kam, um zu trinken. Sie kam von den klobigen Maschinen und den brodelnden Kesseln, kam in zerrissenen Kleidern, rußgeschwärzt und müde, um das berauschende Gift in sich hineinzusaugen. War das der richtige

Anblick für Aina? Helo flüsterte die Frage dem Alten zu. aber der Priester-Lehrer sagte: »Hier ist es immer noch besser als sonstwo in der Stadt, Erdenmensch.« Übrigens kamen die Bjaule nicht nur, um zu trinken. Hatten sie eine Kechuvase erstanden, schlenkerten sie scharenweise in den erleuchteten Rundbau.

Auch Aina wünschte, dorthin zu gehen. Plötzlich war sie verschwunden, die Menge hatte sie weggerissen. Helo wich dem ärgsten Gedränge aus und lief einen Bogen, um die Oberpriesterin noch vor dem Eingang zu erreichen. Jetzt sah er sie wieder. Ihre spitze Kapuze schaukelte zwischen flachen Bjaulehelmen. Sie war eingekeilt. Helo eilte noch ein Stück weiter, wartete. Neben dem Eingang stand ein Obelisk. Um besser beobachten zu können, kletterte Helo auf den schwarzen Steinsockel. Hier mußten Aina und der Alte vorbeikommen.

Da vernahm Helo eine Stimme schräg über sich, und als er den Blick hob, sah er auf dem Obelisken einen Mann mit nacktem Oberkörper, der wild gestikulierend auf die Köpfe der Bjaule hinabschrie. Helo fing ein paar Wortfetzen auf: »Yoma . . . das Goldene Zeitalter . . . Askul betrügt uns . . .« Ein heftiger Windstoß verschluckte jeden weiteren Laut und drohte, Helo von dem Sockel zu werfen. Helo klammerte sich an den Obelisken, sah noch, daß Helme und graue Tuchfetzen durch die Luft wirbelten, dann erblickte er Aina und den Priester, sprang ab und erreichte sie gerade, als sie von der Menge in den Eingang geschoben wurden.

Der Rundbau war bereits überfüllt, aber nahe der Arena, von Uniformierten bewacht, gab es Plätze für den Tau-Adel.

Die monotonen Tänze, das Wiegen und Gleiten halbnackter Frauenkörper und die artistischen Darbietungen eines jungen Athleten interessierten Helo nicht.

Gab es Yoma in der Stadt? Wiegelten sie die Bevölkerung auf? Helo blickte sich um. Drei- oder viertausend Bjaule saßen auf den primitiven Bänken, kauten, tranken und schwatzten. Wenn sie in Bewegung kamen, war das kleine Häufchen der Uniformierten machtlos.

Vom Eingang brandete Lärm auf. Helo sah, daß sich der Mann vom Obelisken hereindrängte. Uniformierte versuchten ihn zu packen, aber er tauchte in der Menge, die ihn schützend umgab, unter.

Auch der alte Priester-Lehrer hatte den Vorfall beobachtet. Er wurde unruhig. »Was für ärmliche und dumme Spiele dort unten«, flüsterte er Aina zu. »Sie sind nicht würdig, von deinen Augen gesehen zu werden. O diese schamlos nackten Glieder! Unrein, unrein ...«

Aina gab keine Antwort, aber als er drängte, man solle den Rundbau verlassen, es schicke sich nicht für eine Priesterin des Araam, dem schmutzigen Gebaren sündhaften Fleisches zuzuschauen, sagte sie lächelnd, sie sei nicht als Aina, sondern in der Verkleidung einer Beamtenfrau hier. Niemand werde sie erkennen.

In diesem Augenblick ertönte ein Gong. Die Kuppelbeleuchtung wurde ausgeschaltet. Die Arena begann in gelbem, gedämpftem Licht zu erglühen. Eine zarte Stimme rief: »DAS GOLDENE ZEITALTER.«

Männer und Frauen in kostbaren Gewändern ruhten auf weißen, flauschigen Buruschfellen. In ihrer Nähe waren Speisen und Getränke aufgehäuft: Fleisch und Schischal, Berge leuchtender Früchte, Goro in Kannen, Kechu in blauen Vasen. Aber die Ruhenden schienen längst gesättigt. Nur hin und wieder nahmen sie einen Gorokrug oder ein Trinkröhrchen. Einige spielten mit bunten Steinen und geschnitzten Hölzchen, andere lauschten den verhaltenen Klängen der Musik.

Wie fernes Gewittergrollen setzten Gongschläge ein. Jäh flammte ein rotes Lichtbündel auf und beleuchtete ein phantastisches Bild. In der Mitte der Arena kauerte auf einer schwarzen Steinplatte eine junge Frau. Ihre Schädeldecke phosphoreszierte, und ein silberner Streifen umwand den langen Hals abwärts bis zu den Schultern. Der Oberkörper war ein wenig vornübergebeugt, die Hände berührten den Stein. Sie schlief.

Die Platte aber ruhte auf den Schultern wilder Dämonen,

zottiger, maskierter Ungeheuer, die, aneinandergefesselt und kreisförmig angeordnet, auf Knien und Handflächen hockten. Ein Uniformierter rief unablässig: »Yoma, Yoma!« und schlug auf sie ein. Die Ungeheuer stöhnten, bliesen schwarze Rauchwolken in den Sand.

In den obersten Sitzreihen brach höhnisches Gelächter aus.

»Hältst du uns für dumme Burusch? Das sind keine Yoma. Die Yoma sind nicht anders als wir!«

»Dumme Burusch, er hält uns für dumme Burusch!« echote die Menge wütend. Aber sie verstummte, als ein neuer Gongschlag ertönte und die Frau erwachte. Ihre Glieder nahmen den Rhythmus dumpfer Trommeln auf. Das ovale Gesicht mit den verlängerten Brauen gegen die Zeltkuppel gerichtet, wuchs sie schlangengleich empor. Die Rundungen ihrer Hüften und vollen Brüste, der Arme und Schultern leuchteten ziegelrot unter einem hauchdünnen Schleier. Ihre Fußsohlen hafteten fest auf dem schwarzen Stein, doch ihr Körper wiegte und wand sich und fiel in krampfhafte Zuckungen, die sich über die erhobenen Arme bis in die Fingerspitzen fortsetzten.

Helo fuhr zusammen, als ein faustgroßer Gegenstand an seinem Kopf vorbeipfiff und die Maske eines »Dämonen« zertrümmerte. Die Tänzerin erstarrte. Ein Gongschlag rollte durch den Zirkus und verhallte. In das entsetzte Schweigen hinein fiel ein Ruf, den Helo nicht verstand, und plötzlich brach ein Tumult aus.

Im Handumdrehen verwandelte sich das Theater in einen Hexenkessel. Frauen und Kinder schrien, Bänke wurden umgeworfen, ein Hagel von leeren Kechuvasen, Schuhen und Speiseresten prasselte in die Arena und in die Reihen der Uniformierten. Auf dem Schädel des alten Priester-Lehrers zerplatzte eine Gorofrucht.

Helo sprang auf. Jeden Moment konnte Aina verletzt werden. Mit geweiteten Augen, fahl im Gesicht, starrte sie auf die Bjaule. Er nahm sie auf die Arme und trug sie in den Schutz einer Säule. Ob sie überhaupt verstand, was hier vorging? Aber er begriff es ja selbst nicht. Was hatte die Zuschauer nur so in Wut gebracht?

»Ein Bjaule ist getötet worden, er soll Kechu gestohlen haben«, flüsterte der Priester-Lehrer. »Wir müssen hier heraus. Erdenmensch, der Aufruhr wird noch größer werden.«

Ins Freie? Das war unmöglich. Der Eingang war verstopft, vom Goar Potl drängten Uniformierte in den Rundbau. Am besten, man blieb zwischen den Säulen, wartete ab.

»Es wird ein Blutbad geben«, jammerte der Alte. »Willst du, daß Aina verbrennt?«

Helo glaubte schon, der Priester-Lehrer habe den Verstand verloren, denn es brannte nirgends. Aber dann sah er, daß die Uniformierten eine kupferrote Apparatur aufgebaut hatten und glühende Metallkörner in die zusammengepferchten Massen zu schleudern begannen.

Jetzt wurde es kritisch. Früher oder später würde tatsächlich Feuer ausbrechen. Blieb man hier, konnte man bei lebendigem Leibe verbrennen oder im Rauch ersticken. Verließ man die Beamtenlogen und die schützenden Säulen, würde man von den schreienden, tobenden Bjaule umringt und zertrampelt werden.

Helo knöpfte die Pilotenjacke auf und zog den Teilchenwerfer hervor. Er war entschlossen, sich einen Weg zu bahnen. »Komm!« rief er dem Alten zu und umklammerte Ainas Handgelenk. Doch Aina wehrte sich, riß sich los. Er starrte sie verblüfft an. Als sie auf eine Sessellehne kletterte, erriet er ihre Absicht. Sie wollte sehen, mit eigenen Augen sehen, wie die Bjaule geschlagen, wie Gebote und Dogmen verhöhnt wurden. Sprach sie in diesen Minuten das Urteil über den Tau-Adel und die Araam-Priester, über Askul und Chtol?

Er spürte, daß er jetzt keinen Einfluß auf sie hatte, und er ahnte, daß sich in ihrem Inneren eine Wandlung vollzog, die er weder aufhalten noch beschleunigen konnte, die einzig und allein von den Ereignissen unter der Zeltkuppel bestimmt wurden. Ainas äußere Ruhe ging auf ihn über. Er blickte sich um. Noch drohte keine unmittelbare Gefahr.

Kam es schlimmer, würde er die Oberpriesterin – wenn nötig, mit Gewalt – auf die Arme nehmen, durch die Arena tragen, dorthin, wo sich weder Bjaule noch Uniformierte drängten, und mit dem Teilchenwerfer einen Durchschlupf in die Mauer des Rundbaues brennen.

Als er sich diesen Plan zurechtgelegt hatte, fiel ihm plötzlich der Auftrag der Gefährten ein. Er vergewisserte sich noch einmal, daß Aina keine Gefahr drohte, und richtete seine Aufmerksamkeit auf die Bjaule. Anscheinend war es ihnen gelungen, die kupferrote Apparatur außer Gefecht zu setzen. Mit demolierten Sitzbänken und Steinen rückten sie gegen jene Uniformierten vor, die, mit Haumessern bewaffnet, den Ausgang versperrten. Die Bjaule griffen nicht planlos an. Offenbar wurden sie von einem, der die ganze Situation überblicken konnte, kommandiert. Helo hatte diesen Jemand bald entdeckt. Es war der Redner vom Obelisken. Er saß auf einem Brett, das von jungen Burschen in die Höhe gestemmt wurde. Welchen Einfluß hatte er auf die Masse, daß sie ihm bedingungslos gehorchte? War er ein Yoma?

Helo wandte sich an den Alten, bekam aber keine Antwort. Seiner Herrin zu Füßen kauerte der Priester-Lehrer in einem Sessel, in tiefes Nachdenken versunken. Seine Finger blätterten mechanisch in einem abgegriffenen Folienbündel. Hatte er den Verstand verloren?

Vom Eingang dröhnte Motorengeräusch herüber. Neue uniformierte Abteilungen drangen in das Zelt, blanke Haumesser schwingend, und stießen keilförmig vor. Die Bjaule fluteten zurück, kamen wieder in die Nähe der Logen. Jetzt wurde es höchste Zeit! Helo steckte den Werfer griffbereit in die Rocktasche. »Wir müssen gehen, Aina.« Diesmal wehrte sie sich nicht, folgte ihm willenlos. Als er ihre Hand nahm, wußte er, daß sie fieberte. Er mußte sie stützen, als sie durch die Arena hasteten.

In ihrem unteren Drittel bestand die Wandung des Rundbaues aus kaum daumenstarken Metallplatten. Es nahm nur ein paar Minuten in Anspruch, ein ovales Flächenstück herauszuschneiden.

5

Sie kamen vom Regen in die Traufe. Der Tumult hatte sich auf den ganzen Platz ausgedehnt. Nur ein paar Dutzend Schritte entfernt drängten sich erneut Bjaule zusammen, zum Glück achteten sie nur auf die Uniformierten. In der Nähe des Obelisken waren gepanzerte Luftgondeln gelandet. Die Soldaten hatten einen kleinen Abschnitt des Goar Potl besetzt und gaben ihren Gefährten im Amphitheater Rückendeckung. Wie lange würden sie dem Druck der Bjaule noch standhalten?

Helos einzige Sorge galt im Augenblick Aina und dem alten Priester-Lehrer. Er mußte sie unter den Schutz der Uniformierten stellen.

Aber wie sollte er den Obelisken erreichen? Hier, auf dieser Seite des Platzes, kam er jedenfalls nicht durch. Vielleicht gab es eine Möglichkeit von der Rückseite des Theaters aus? Aina an der einen, den Alten an der anderen Hand, lief er los. Sie kamen an ausgeraubten und zerstörten Kechubuden vorbei und mußten über eine umgestürzte Mauer klettern, stolperten über Trinkvasen und verbeulte Bjaulehelme. Irgendwo hinter ihnen loderten plötzlich Flammen, ein dumpfer Knall rollte über den Goar Potl, dann brach ein tausendfacher Schrei aus. Es schien, als erbebe das Theater bis in seine Grundmauern.

Helo hatte den richtigen Weg gewählt. Nicht nur der schmale Streifen vor dem Eingang des Monumentalzeltes war in den Händen der Uniformierten, sondern auch der Platz auf der Rückseite, und aus den angrenzenden Straßen quollen neue Abteilungen hervor. In einem flachen, wannenförmigen Fahrzeug erblickte Helo den Stadtverwalter.

Der Offizier atmete erleichtert auf, als er die Oberpriesterin unverletzt sah. Sofort befahl er einem seiner Begleiter, eine Gondel herbeizuschaffen und Aina aus der Stadt zu bringen. »In meinen Palast«, fügte er hinzu. »Und nehmt die Verwundeten mit.« Es kamen so viele Verwundete zusammen, daß die Gondel überbesetzt war und gerade noch starten konnte. Helo und der Priester-Lehrer mußten zurückbleiben.

Das Theater brannte. Aus dem Eingang quoll dicker, gelber Rauch. In der Nähe des winzigen Durchschlupfs, den Helo angelegt hatte, klaffte jetzt ein Loch, hoch und breit wie ein Scheunentor. Eine Sprengladung mußte den eingeschlossenen Bjaule einen Weg ins Freie gebahnt haben. Helo stieg auf den schwarzen Sockel des Obelisken. Er achtete nicht auf den Priester-Lehrer, der sich neben ihn hockte und unentwegt Verse murmelte.

Mit wachsendem Erstaunen verfolgte er das Geschehen auf dem Goar Potl. Vor den anrückenden Truppen zogen sich die Bjaule zurück, aber nicht mehr tumultartig, sondern geordnet, und während junge, kräftige Burschen dafür sorgten, daß die Soldaten des Stadtverwalters nicht zu schnell nachdrängen konnten, jeden Fußbreit hartnäckig verteidigten, entstand in ihrem Rücken eine Barrikade aus zertrümmerten Kechubuden, schweren Transportfahrzeugen und Pflastersteinen. Hin und wieder brachte der Wind ein paar Wortfetzen herüber, und Helo vernahm wieder die Stimme jenes Mannes, der zuerst oben auf dem Obelisken gesessen und später die Bjaule im Theater kommandiert hatte. Wenn es ihm gelang, die Bewohner der Stadt zu organisieren, waren die Tau machtlos.

Flach über die Dächer der grauen Wohnquader ziehend, näherte sich ein schnelles Luftschiff, tauchte in die gelben Rauchschleier und landete ein paar Dutzend Schritte entfernt neben dem Wagen des Stadtverwalters. Als ein schmächtiger, in einen weiten Mantel gehüllter Greis ausstieg, warfen sich der Tau-Offizier und seine Begleiter platt auf den Boden. Mit einer Handbewegung befahl er ihnen aufzustehen, fragte sie etwas. Der Verwalter deutete auf Helo und den Priester-Lehrer.

Helo hatte den Greis sofort erkannt. Es war Askul. Also mußte Taiwepl bereits informiert sein. Oder kam er Ainas und seinetwegen? Jetzt zog er ein schmales Paket unter dem Umhang hervor, öffnete es, verteilte rote Stoffetzen an die Gefährten des Verwalters, sprach hastig auf sie ein.

»Komm, wollen sehen, was es da gibt.« Helo kletterte von

seinem Beobachtungsplatz herab, hob den Priester-Lehrer einfach auf und stellte ihn auf den Boden. Aber bevor er Askul, der mit einem dünnen Lächeln auf den Lippen wartete, erreicht hatte, stolperte er über das ausgestreckte Bein des Verwalters, rannte gegen einen Uniformierten, wurde zurückgestoßen und bekam einen Schlag in den Nacken. Dann wurden ihm rote Tuchfetzen vor Mund und Nase gepreßt. Es brannte plötzlich wie Feuer in seiner Lunge. Er versuchte sich zu wehren, aber ein stechender Schmerz lähmte ihn, er wurde gefühllos. Wenig später verlor er das Bewußtsein.

Araam-Diener

I

Nachdenklich wanderte Pawel Fock in der Steuerzentrale der »Tolu« auf und ab. Vor wenigen Minuten hatte er den ersten ausführlichen Bericht aus dem Goar Tetzl erhalten. Pearson, Foster und Jan Mayen waren vom westlichen Ausgang des Gebirges nach Osten marschiert und endlich auf die Yoma gestoßen. In einem »Tal der Dämpfe« befand sich, Pearsons Worten zu entnehmen, ein hochentwickelter, aber kaum hunderttausend Lebewesen zählender Zwergstaat.

Pearson schien von den Yoma geradezu begeistert zu sein. Sie legten nicht die Hände in den Schoß und warteten nicht auf einen »feierlichen Untergang« wie die Tau, sondern förderten Wissenschaft und Technik auf vielen Gebieten, besäßen phantastische Automaten und planten sogar neue atomare Experimente, um eines Tages den Kampf gegen das Eis aufnehmen zu können. Allerdings seien sie von der Umwelt abgeschnitten . . .

Wenn man, wie Pearson vorschlug, die ganze Expedition in das Goar Tetzl verlegte, würde man sich den Groll, vielleicht sogar die offene Feindschaft des Herrschers zuziehen. Und wenn das geschah, würde man weder die Provinzen noch die Polkappen betreten dürfen, es sei denn mit Gewalt. War dann überhaupt noch an eine sinnvolle Forschungsarbeit zu denken?

Andererseits, als hätte Chtol nie eine Zusage gegeben, wurde die Gebietsbeschränkung immer noch aufrechterhalten. Gepanzerte Luftgondeln hatten einen Helikopter, der mit Nyland, Venturelli und Sven Roger an Bord nach dem Südpol unterwegs gewesen war, zur Umkehr gezwungen. Also neue Verhandlungen – oder doch Abflug in das Goar Tetzl? Pawel Fock zuckte mit den Schultern. Wie sollte er diese Frage zur Diskussion stellen, wenn er sich selbst nicht entscheiden konnte? Übrigens mußte man ja sowieso warten, bis Helo Ryk zurückkam. Er war nun schon zweieinhalb Tage unterwegs, hatte sich zuletzt aus der Umgebung einer großen Industriestadt gemeldet.

Der Sprechfunk schnarrte. Holm Ferguson rief aus Taiwepl an. Dort kramte er seit den frühen Morgenstunden in den Palastarchiven.

»Im Moment war Pylon auf einen Sprung hier. Er will seinen versprochenen Besuch abstatten, bittet aber darum, einen Helikopter auf dem Goar Potl bereitzustellen, damit er ohne Aufsehen an Bord kommen kann.«

»Und wann?«

»Gegen Mittag. Pylon hofft, daß sich der Nebel so lange halten wird.«

Venturelli kam auf den Gedanken, die Ankunft des Offiziers mit Radar festzustellen. Er montierte ein entsprechendes Gerät in der Schleusenhalle. Hirano stellte den gewünschten Helikopter bereit.

Genau um Mittag löste sich ein winziger Punkt von der Halbkugel an der Ostseite und wanderte über den Platz.

»Sagten Sie nicht, er müsse sich heimlich an Bord stehlen, Pawel?«

»Ja. Warum?«

»Weil er einen Begleiter hat.« Venturelli deutete auf den Schirm.

Ganz am Rand war ein zweiter Punkt aufgetaucht. Er huschte zuerst an der rechten Quaderfront entlang und steuerte wenig später im spitzen Winkel auf Pylon zu, folgte ihm in einem Abstand von vielleicht dreißig Schritten.

Wurde Pylon beobachtet? Man mußte ihn warnen. Pawel Fock informierte Hirano, der unten im Helikopter wartete.

Inzwischen war der Offizier so nahe herangekommen, daß er auch auf dem Bildschirm zu erkennen war. Er hatte sich in einen weiten schwarzen Mantel gehüllt, schlenkerte anscheinend ahnungslos durch den Nebel. Der andere ging auf Zehenspitzen.

Nur noch fünfzig Meter trennten Pylon von seinem Ziel. Jetzt vierzig, zwanzig . . . Plötzlich schwenkte er um neunzig Grad ab, lief ein Stück auf die »Pension« zu, schlug einen Bogen und näherte sich dem Verfolger von der Seite. Der war unsicher stehengeblieben, schien zu lauschen. Es nützte ihm nichts. Mit zwei, drei langen Sprüngen war der Tau-Offizier neben ihm und rannte ihm die geballten Fäuste in den Unterleib. Dann packte er ihn an den Armen und schleifte ihn über das schimmernde Perlmutt zum Helikopter.

In demselben Moment, als der Helikopter auf der Landeplatte aufsetzte und in die Schleusenhalle rollte, meldete sich Holm Ferguson. Seine Stimme klang erregt. »Ist Pylon an Bord?«

»Eben angekommen.«

»Halten Sie ihn unter allen Umständen fest, bis ich da bin, Pawel. Ich bin einer neuen Gaunerei auf die Spur gekommen.«

»Was ist denn los?«

Der Arzt gab keine Antwort mehr, er hatte den Sender bereits ausgeschaltet.

Die Miene des Tau-Offiziers war finster. »Seitdem ihr dem Herrscher von eurem Fund in der Wüste Techtetl berichtet habt, Erdenmenschen, ist es in Taiwepl unerträglich geworden. Chtol fürchtet, auch die Uneingeweihten könnten von dem radioaktiven Erz erfahren. Er hat allen Tau verboten, mit euch zu sprechen. Er läßt uns beobachten. Seine Kreaturen folgen uns auf Schritt und Tritt.«

Schon nach wenigen Minuten spürte der Mechaniker, daß Pylon mit einem Anliegen gekommen war, aber nicht direkt auf sein Ziel lossteuern, sondern auf Umwegen vorgehen wollte. Als sie sich im Club gegenübersaßen, versuchte der Offizier zu beweisen, daß es immer dringlicher, aber zugleich schwieriger werde, ein Attentat auf Askul und den Herrscher auszuüben. Dringlicher, weil die Bjaule in den Provinzen nach Kechu und dem Goldenen Zeitalter schrien und bald überhaupt nicht mehr arbeiten würden; schwieriger, weil sich Chtol von den Tau-Offizieren zurückziehe und mit Araam-Priestern umgebe, die Palastwache von Tag zu Tag verstärke und nur noch mit Askul verkehre.

Ob er, Pawel Fock, nicht wisse, wie man Chtol und Askul am schnellsten beseitigen könne?

Pawel Fock wußte nicht, ob er lachen oder grob werden sollte. »In diese Angelegenheit mischen wir uns auf keinen Fall, Pylon. Wendet euch an die Bjaule, gebt ihnen Kamul, Fleisch, eigenes Land, eigene Herden, bewaffnet sie – und ich bin sicher, sie jagen nicht nur den Herrscher, sondern auch die Araam-Priester zum Teufel.«

»Ihr sollt euch nicht einmischen, Erdenmenschen. Wenn ihr es so wollt, werden wir uns gedulden und warten, bis ihr Rho verlassen habt.«

Pawel Fock stand auf. »Vorhin sagtest du, ihr müßt euch beeilen. Jetzt sagst du, ihr könntet euch gedulden. Worauf willst du eigentlich hinaus? Was verlangst du von uns? Sprich endlich!«

»Besäßen wir einen einzigen von jenen Apparaten, die ihr bei euch tragt, hätten wir Macht über Chtol, Askul, die Araam-Priester und die ganze Armee.«

Auf einen Teilchenwerfer hatte es der Silberbetreßte also abgesehen. Aber woher wußte er . . . »Ich verstehe dich immer noch nicht. Ein Apparat, der Macht über eine ganze Armee verleiht?«

Pylon lächelte. »Er setzt Kechubäume in Brand und sprengt Felsen in der Wüste Techtetl auseinander.«

Pawel Fock sah ein, daß er den Offizier unterschätzt hatte. Weder Pearsons rettender Einfall während des Kechufestes noch Venturellis und Fosters Handstreich in der Nähe des Erzberges war ihm entgangen. Pylon mußte seine Augen und Ohren überall haben.

Was sollte er ihm nun antworten? Sollte er Ausflüchte machen, erklären, er müsse sich erst mit den Gefährten beraten? Das war sinnlos. Pylon hatte ihm wiederholt Vertrauen geschenkt und verdiente Aufrichtigkeit. »Wir werden euch diesen Wunsch nicht erfüllen. Wir bezweifeln nicht, daß du die besten Absichten hast und den Herrscher töten willst, um den Planeten zu retten. Aber du kannst uns nicht garantieren, daß der Apparat in deinen Händen bleibt. Wenn er nun eines Tages auf die Bjaule gerichtet würde? Wir zweifeln auch nicht an deinem Mut und deiner Umsicht. Aber schon ein Zufall kann eure Verschwörung aufdecken. Dann würde sich Askul jenes Apparates bedienen . . .« Pawel Fock sah die Enttäuschung auf dem Gesicht des Offiziers. Aber was sollte er tun? Er war froh, als Holm Ferguson in den Club kam und das Gespräch beendete.

Der Arzt warf sich in einen Sessel, starrte Pylon unverwandt in die Augen und fragte plötzlich: »Wo werden sie aufgezogen, eure Araam-Diener?«

Pylon schrak zusammen. Seine Lippen wurden schmal. »Du weißt, daß . . .?«

»Ich weiß alles«, sagte Ferguson. »Aber ich möchte, daß *du* es mir erklärst.«

Pylon zögerte. Dann sprach er schnell, abgehackt, mit fahrigen Bewegungen und so, als sei er froh, sich von einer drükkenden Last zu befreien. »Es war vor dem Experiment der Kondo-wamak. Askul, damals ein junger Wissenschaftler, brütete über einem seltsamen Problem. Er wollte Leben zeugen außerhalb des Mutterleibes. Doch seine Versuche mißlangen – und später wurde sein Labor zerstört. Er war einer der wenigen Kondo-wamak, die das Experiment und die Kämpfe mit den Tau überstanden. Und es gelang ihm, Chtol für den Plan der widernatürlichen Zeugung zu interessieren. Askul hatte Erfolg. Aus Samenfäden und den Eizellen einer jungen, verunglückten Frau entwickelte er einen Embryo.

Von diesem Zeitpunkt ab wurde die Geburtenbeschränkung eingeführt, und es gab nun Bjaule, Tau – und Araam-Diener. Sobald sie außerhalb des Labors lebensfähig sind, werden sie in abgelegene Tempelschulen nach Hetl Ra und an die Küste des Westmeeres gebracht. Dort wachsen sie auf: ohne Vater, ohne Mutter, ohne Gefühl, ohne Bildung. Sie sind körperlich Athleten und geistig Krüppel und damit wertvoll für den Herrscher. Sie denken nicht, fragen nicht – sie warten auf Befehle und führen sie blindlings aus. Sie dienen im Palast, als Aufseher in den Städten, als Uniformierte, als Agenten Askuls: eine zuverlässige Armee.«

»Und die Eizellen? Wo nimmt Askul die Eizellen her?« rief Holm Ferguson ahnungsvoll.

»Aus den Leibern junger Frauen. Sie werden sterilisiert.«

»Und ihr, die Gebildeten, laßt dieses Verbrechen zu?« Der Arzt hatte Mühe, sich zu beherrschen.

»Nur die Araam-Priester kennen den wahren Sinn der ›Geburtenbeschränkung‹. Und die Masse glaubt, daß es notwendig ist, nicht gebären zu dürfen – weil das Eis naht und nicht Platz sein wird für viele auf dem Planeten.«

»Dieses ›Zeugungslabor‹ befindet sich in Taiwepl?«

Pylon nickte, drängte aber plötzlich zum Aufbruch. Er müsse sich noch um den Gefangenen kümmern, um jenen Spitzel, der ihm über den Goar Potl gefolgt sei. Er versprach einen weiteren Besuch. Holm Ferguson brachte den Offizier in die Schleusenhalle.

Als er zurückkam, stand Pawel Fock mit verschränkten Armen an einem Bullauge und blickte hinunter auf die Gläserne Stadt.

»Ich verstehe nicht, wie Sie so ruhig sein können, Pawel«, sagte der Arzt vorwurfsvoll. »Wir müssen sofort eingreifen. Ein abscheuliches Verbrechen läuft vor unseren Augen ab. Wir müssen das Zeugungslabor zerstören!«

Der Mathematiker schüttelte den Kopf. »Welchen Zweck sollte das haben? Askul wird ein neues Labor bauen, und wenn er, wie Pylon vorschlägt, getötet wird, werden neue Askuls auf der Bildfläche erscheinen . . .«

»So wollen Sie untätig zusehen?«

»Auch Pylon und seine Gefährten«, fuhr der Mathematiker ungerührt fort, »werden nichts Grundlegendes verändern, wenn es ihnen gelingen sollte, den Herrscher zu stürzen. Sie träumen davon, das Land und die Städte unter sich aufzuteilen und die Bjaule für sich arbeiten zu lassen. Sie möchten die Diktatur Chtols durch die Diktatur einer aristokratischen Oberschicht ersetzen. Möglich, daß sie den Bjaule einige Erleichterungen schaffen, aber nur für eine gewisse Zeit. Sobald sie die Macht fest in den Händen haben, werden sie alle Zugeständnisse zurücknehmen, und sie werden die Araam-Diener, die ihnen jetzt im Wege sind, in ihre Dienste stellen. Verändern, wirklich verändern, können nur die Bjaule.«

»Hm. Das hört sich alles ganz logisch an. Kann sein, daß Sie recht haben, Pawel. Aber was schlagen Sie für uns vor?«

Der Mathematiker berichtete von seinem Gespräch mit Ben Pearson und von der Aufforderung, die Expedition in das Goar Tetzl zu verlegen. »Vor einigen Stunden war ich mir noch nicht im klaren, ob wir Pearsons Ruf folgen oder hierbleiben sollen. Jetzt würde ich sagen: Fliegen wir ab! Pearsons Schilderung nach zu urteilen, können wir bei den Yoma mehr gegen das Zeugungslabor und für die Bjaule ausrichten als hier. Sobald Kommodore Ryk zurückgekehrt ist, können wir starten.«

2

Helo erwachte mit heftigen Kopfschmerzen. Er lag auf Stroh in einem von Öllämpchen schwach erleuchteten, muffigen Kellergewölbe. Wie war er hierhergekommen? Er wollte sich erheben, aber seine Arme waren steif, und es gelang ihm nicht, die Ellenbogen aufzustützen. Sein ganzer Körper war gefühllos, taub, wie in eine Form gepreßt.

Die Erkenntnis kam blitzartig: gefesselt! Nun stiegen Bilder in rascher Folge auf: der Palast des Stadtverwalters, das brennende Amphitheater, der Tumult auf dem Goar Potl. Helo sah das dünne Lächeln Askuls vor sich und die roten Stoffetzen in den Händen der Uniformierten. Warum hatte man ihn eigentlich überfallen?

Er wollte ruhig und klar nachdenken, aber plötzlich verschwammen die Mauerwände vor seinen Augen, die Öllämpchen flackerten, wurden zu Irrlichtern und verloschen. Brechreiz würgte ihn. Vergeblich versuchte er, einem Schwächeanfall zu entrinnen.

Helo wußte nicht, wie lange dieser Zustand angedauert hatte, als er von etwas Feuchtem, Kaltem berührt wurde, einer gallertartigen Masse, die sich auf seine Stirn legte und abwärts kroch, über Nase und Wangen, Mund und Kinn. Er vernahm ein scharrendes Geräusch, hastige Atemzüge, Schritte.

Er war immer noch wie gelähmt, aber er spürte, daß sich die Fesseln lockerten.

»Kannst du dich erheben, Erdenmensch?«

Aus dem Dunkel, das ihn umgab, tauchte ein Gesicht, erst nebelhaft, nun schon deutlicher. »Aina!« Eine Halluzination! Aina lag fiebernd im Palast des Stadtverwalters.

»Steh auf, wir müssen uns beeilen!

Schmale, heiße Hände stützten ihn. Er schwankte, taumelte, wurde fortgezogen, prallte gegen eine Kante.

Stufen. Eine Tür, Zugluft. Es schien ihm, als verwandele sich der schleimige Belag in Eis. Kälteschauer rüttelten ihn vollends wach. Er sah die Oberpriesterin neben sich. »Wie bist du hierhergekommen, Aina?« Sie schwieg, hastete schneller vorwärts, bog um eine Felsnase, führte ihn durch ein Labyrinth von Stollen, Schächten und Galerien. Wie hatte sie ihn überhaupt finden können? Sie war doch nie hier gewesen. Wer hatte ihr den Weg gezeigt? Askul sicher nicht. Auch nicht der Verwalter. Vielleicht der Priester-Lehrer? »Kämpfen die Bjaule noch, Aina?«

»Sie haben die gepanzerten Luftgondeln zerstört und die Soldaten verjagt. Nun verbrennen sie die Kechu-Speicher!«

Ein Lächeln huschte über das Gesicht der Araam-Priesterin. Dann sagte sie: »Die Bjaule werden dir danken, Erdenmensch.«

»Mir danken? Wieso?«

»Weil du dich geweigert hast, das Raumschiff gegen Kzar zu führen.«

Helo blieb stehen. »Ich begreife nicht, was du sagst.«

»So hat Askul noch nicht mit dir gesprochen? Hat er dich nicht selbst nach Taiwepl gebracht?«

Sprach sie im Fieber oder träumte er? Oder sollte ... »Wir sind nicht in Kzar?«

Jetzt starrte sie ihn verwundert an. Es schien, als dämmere

eine Ahnung in ihr auf. »Wo haben sie dich überwältigt, Erdenmensch?« Er berichtete, und schon nach den ersten Worten eilte sie weiter, noch schneller als vorher. »Länger als einen ganzen Tag warst du betäubt vom Saft der giftigen Quito ... Nun wird dich Askul bald aufsuchen wollen.«

Sie gelangten in einen sanft ansteigenden, aber engen Tunnel und mußten hintereinandergehen. In der Ferne leuchtete ein heller Punkt: Tageslicht. Ob der Ausgang bewacht war? Helo tastete nach dem Werfer, knöpfte die Jacke auf, erschrak. Das schwarze Futteral war verschwunden! Gestohlen?

Erst jetzt erkannte Helo den eigentlichen Sinn des Überfalls. Chtol spekulierte auf die Technik der Kosmonauten und hatte ihn, den »Führer der Erdenmenschen«, in die Provinzen geschickt, um ihn von den Gefährten zu trennen. Wahrscheinlich glaubte er, nur der »Führer« könne das Raumschiff steuern, mit ihm habe er auch die »Tolu« in der Hand. Chtols Gastfreundschaft war Lug und Trug gewesen. Wahrscheinlich hatte er seinen Plan von Anfang an verfolgt und nur auf einen günstigen Zeitpunkt gewartet.

Der Tunnelausgang war beinahe erreicht. Aina wandte sich um. »Kannst du die anderen Erdenmenschen rufen? Sie müssen dich abholen vom Ufer des Aja-Sees.«

Der Mikrosender! Noch einmal tastete Helo die Pilotenjacke ab. Alles verschwunden: Sender, Kamera, Mikromagnettonband, Notizbuch. Man hatte ihn vollständig ausgeraubt.

Was nun? Er mußte so durchkommen! Vom Aja-See bis zur Ringstraße waren es kaum zweihundert Schritt. Dann konnte er das »Fließband« benutzen. Aber – was wurde aus Aina? Der Gedanke, daß er sich bisher nur um sich selbst und nicht um die Oberpriesterin gekümmert hatte, trieb ihm das Blut in die Schläfen. Sie war ja ebenso gefährdet wie er! Chtol würde ihr niemals verzeihen, würde sie bestrafen, auf Lebenszeit in das dunkelste Palastgewölbe verbannen!

Er mußte Aina mit in die »Pension« nehmen. Und weiter? Helo war ratlos. Plötzlich stieg eine Vision vor ihm auf. Aina in der Steuerzentrale, Kristallfäden auf den langen, schwarzen Augenwimpern. Aina in einem Observatorium am Mittelmeer. ›Jene rote Sonne beleuchtet den kalten Planeten Rho.‹ Aina in einem Zypressenwald. ›Duftet er nicht wie der lichtgrüne Hain Yo Raam?‹

Der Tunnel mündete in eine gläserne Halbkugel. Eine überwältigende Lichtfülle blendete Helo. Er schloß die Augen. Als er sie wieder öffnete, sah er, daß es geschneit hatte. Nicht weit entfernt dehnte sich der spiegelglatte Aja. Seine Ufer waren vereist.

Ein Fries umgab die Halbkugel in Schulterhöhe. Die Hände der Oberpriesterin flogen über winzige geometrische Figuren, kaum wahrnehmbare Symbole, verharrten, eilten weiter. Jetzt lagen sie auf dem Kopf eines Burusch. Ein feines Summen ertönte. Die Kuppel öffnete sich.

»Geh, Erdenmensch!«

Helo schüttelte den Kopf. »Nicht ohne dich. Chtol wird . . .«

»Wohin willst du, daß ich mitkomme?«

»Auf die Erde«, sagte er entschlossen.

Über ihr Gesicht huschte ein Lächeln. Sie hüllte sich tiefer in ihren Mantel, schob die Kapuze in die Stirn, nahm seine Hand. »Komm!«

Vor der Öffnung deutete sie auf einen nahe gelegenen Komplex flacher Quader. »Dort müssen wir vorbei. Sieh nach, ob Uniformierte in der Nähe sind.«

Der Schnee knirschte unter seinen Füßen. Als er ein paar Schritte gelaufen war, vernahm er hinter sich ein helles Klikken. Er drehte sich um. Es gab keine Öffnung mehr. Aina hatte sie verschlossen. Durch eine gläserne Wand getrennt, standen sie sich gegenüber. »Du mußt dich beeilen, Erdenmensch!«

3

Venturelli lehnte an einem geöffneten Bullauge in der Steuerzentrale und wartete ungeduldig auf eine Nachricht aus Taiwepl. Der Herrscher hatte Pawel Fock, Sven Roger und Holm Ferguson in den Palast gerufen, um sie von einer »großen Schande und lasterhaften Tat« zu unterrichten, die Aina und dem »Führer der Erdenmenschen« widerfahren sei.

Endlich schnarrte der Sprechfunk. Venturelli schaltete das Mikrophon ein. »Was ist los, Pawel?«

Der Mathematiker sprach gedämpft. »Angeblich befindet sich Kommodore Ryk in Kzar, einer großen Industriestadt im Westen. Er soll in die Hände marodierender Bjaulehaufen gefallen sein, die von einem Ungläubigen, einem ehemaligen Grubensklaven mit dem Namen Bores, geführt werden.«

»Was heißt angeblich?«

»Ich habe den Eindruck, Chtol lügt. Fliegen Sie gleich in die ›Pension‹, Venturelli. Wir kommen auch dorthin, müssen uns beraten.«

Venturelli kletterte in die Schleusenhalle, setzte sich in einen Helikopter, startete. Als er den Goar Potl überquert hatte und das Dach der »Pension« ansteuerte, glaubte er plötzlich, ein Spuk narre ihn. Unten auf der Ringstraße lief Kommodore Ryk.

Er verständigte Pawel Fock und zog tiefer. Helo schien ihn nicht zu bemerken; mit bleichen, eingefallenen Wangen, den Oberkörper gebeugt, stapfte er durch den Schnee und blickte erst auf, als der Helikopter neben ihm landete.

Dreißig Minuten später nahm Venturelli seinen Platz in der Steuerzentrale wieder ein. Nur stichpunktartig hatte Helo von den Ereignissen in Kzar und von seiner Flucht aus Taiwepl berichtet, dann kam Pawel Fock. Er bat Venturelli, zur »Tolu« zurückzukehren und die Umgebung der »Pension« unter Kontrolle zu halten.

Wie würden sich die Gefährten entscheiden? Zuerst, als sie annehmen mußten, ein Teilchenwerfer sei in Askuls Händen geblieben, waren sie sich einig gewesen, dem Alten ein Ultimatum zu stellen. Aber als sich Helo ausgezogen und den Werfer doch noch gefunden hatte – offenbar war er ihm während des Überfalls durch den Hosenbund hinab in den Stiefelschaft gerutscht und so Askuls Zugriff entgangen –, waren die Meinungen auseinandergelaufen. Pawel Fock hatte vorgeschlagen, die »Pension« zu räumen und in das Goar Tetzl zu fliegen. Hirano dagegen hatte verlangt, man solle der »Tau-Clique« einen »richtigen Denkzettel« geben, man könne den Bjaule übrigens keinen besseren Dienst erweisen, als den ganzen Palast in Schutt und Asche zu verwandeln.

Es schien auch Venturelli unklug, einfach, als wäre nichts gewesen, in das Goar Tetzl zu fliegen. Chtol würde sich brüsten, er habe die ungläubigen Erdenmenschen verjagt, das Araam habe ihm Macht über die Himmelssöhne verliehen, und es gab sicher einfältige Köpfe genug, die ihm glauben würden.

Der Sprechfunk meldete sich. »Was gibt's, Pawel?« fragte Venturelli.

Der Mathematiker war erregt. »Legen Sie eine Teilchensperre quer über den Goar Potl und über die Ringstraße. Aber vorsichtig, möglichst niemand verletzen oder gar töten!«

Der Chefmechaniker beugte sich aus dem Fenster. Ein Strom von Uniformierten quoll plötzlich aus der weißen Halbkugel und aus den umliegenden Quadern, überschwemmte die Ostseite des Platzes und wälzte sich auf die beiden Helikopter zu, die unbewacht vor dem Eingang in die Ringstraße parkten.

Venturelli entsicherte den Teilchenwerfer. Hundert Schritt von den anstürmenden Truppen entfernt, trafen die Energiestrahlen auf und fraßen eine dunkle Rinne in den Schnee. Sie bohrten sich in das schimmernde Perlmutt, rissen es auseinander. Das ohrenbetäubende Krachen und ein Hagel glühender Splitter dämmten die Flut der Uniformierten ein. Venturelli lachte. Mit der freien Linken zog er ein Mikrophon zu sich heran und schaltete die Lautsprecheranlage ein. »Vorwärts, Kechuschlucker!« rollte seine Stimme, dutzendfach verstärkt, über den Goar Potl. Die Proximanen antworteten mit einem Wutgeheul.

»Kommt, ich will euch die Ohren ansengen!«

»Halten Sie den Mund, Venturelli!« rief Pawel Fock ärgerlich durch den Sprechfunk. Er stand auf dem Dach der »Pension«. »Was fällt Ihnen ein, die Proximanen noch zu reizen! Nehmen Sie die Sperre ein Stück zurück. Lassen Sie die Soldaten so nahe herankommen, daß sie uns sehen, wenn wir über den Platz laufen. Hören Sie, das ist wichtig, Sie müssen uns sehen!«

Venturelli fand keine Zeit mehr, über den Sinn dieses Befehls nachzudenken. Auch aus der Ringstraße quollen jetzt Proximanen, und vom Fuße der weißen Halbkugel stiegen gepanzerte Luftgondeln auf. Wenig später lag die erste schräg über der Steuerzentrale und warf glühende Metallkörner gegen die Bullaugen.

Der Chefmechaniker zuckte zurück. »Scher dich zum Teufel!« Energiebündel trafen das Heck der Gondel, setzten es in Brand. Venturelli konnte nicht umhin, die Kaltblütigkeit des Flugoffiziers zu bewundern. Der Tau drehte gemächlich ab, bevor er zur Landung auf den Goar Potl ansetzte.

Augenblicke später startete ein überladener Hubschrauber vom Dach der »Pension«. In den Motorenlärm mischte sich von neuem Wutgeheul. In der Ringstraße erschienen die letzten, noch zurückgebliebenen Kosmonauten. Ganz vorn, Teilchenwerfer in den Händen, liefen Nyland und Norris. Pawel Fock und Hirano trugen einen gefesselten Offizier. Holm Ferguson und Sven Roger sorgten für Rückendeckung.

Venturelli bahnte den Gefährten einen Weg, konnte aber nicht verhindern, daß die Uniformierten immer schneller nachdrängten. Dann durfte er endlich aufatmen. Die beiden Helikopter erhoben sich, mühelos ganze Trauben schwarzgekleideter Tau und behelmter Araam-Diener abschüttelnd.

Wenig später, als die Helikopter in der Schleusenhalle gelandet und die äußeren Schotten geschlossen waren, berichtete Pawel Fock: »Für Askul war der ganze Angriff ein

Schlag ins Wasser, weil er einen Gegenspieler hatte – Pylon. Der Offizier ist durch den gläsernen Korridor in die ›Pension‹ gekommen, um uns zu warnen. Aber als er zurück nach Taiwepl wollte, war der Korridor von Araam-Dienern verstopft. Um nicht in den Verdacht des Verrats zu fallen, mußte er zum Schein gefesselt und entführt werden. Er wird mit uns in den Goar Tetzl fliegen und später von dort . . .«

Ein Warnsignal ertönte. Aus dem Bordlautsprecher erscholl die Stimme des Wachhabenden. »Achtung, Raketen!«

Ein Geschwader goldgelber Pfeile jagte vom Aja-See herüber, schwärmte aus, raste über das Raumschiff hinweg, entfernte sich, wendete, verharrte.

»Achtung, Angriff!«

Eine einzelne »Rakete« hatte sich aus der Formation gelöst. Lautlos und mit ungeheurer Geschwindigkeit näherte sie sich. Auf dem Sichtschirm waren die gläsernen Aufbauten zu erkennen. Dreitausend . . . zweitausend Meter entfernt, tausend . . . Ein Araam-Diener steuerte sie. Sein ziegelrotes Gesicht war maskenhaft verzerrt, auf seiner Stirn perlten dicke Schweißtropfen.

»Er ist wahnsinnig, er rammt uns!«

Ein dumpfer Aufprall, Klirren, Knirschen, Brechen . . .

»Jetzt kommen die anderen. Das ganze Geschwader greift an!«

»Alles an die Plätze! Starten!« kommandierte Pawel Fock. Das Raumschiff war gegen stärkere Zusammenstöße gesichert, aber es hatte auch einen empfindlichen Punkt: die Hecktriebwerke. Ein Zittern lief durch den mächtigen Leib. Dann sackte er ein paar Dutzend Meter nach unten.

Die Todesflieger rasten über ihn hinweg.

Die Yoma

I

Es war später Nachmittag. Pawel Focks Befürchtung, die Todesflieger des Herrschers könnten einen neuen Angriff wagen, hatte sich nicht bestätigt. Aber sie hatten das Raumschiff verfolgt, bis die ersten Schneekämme des Goar Tetzl aufgetaucht waren.

Pawel Fock ging nachdenklich auf und ab. Im Verlaufe der Expedition hatte es hin und wieder Meinungsverschiedenheiten gegeben – sie waren immer beigelegt worden, wenn auch manchmal erst nach langen Auseinandersetzungen. Aber heute war er nahe daran gewesen, einen Beschluß einfach durchzusetzen.

»Sollen wir davonlaufen wie geprügelte Hunde?« hatte Hirano gerufen. »Soll der Herrscher ausposaunen können, ein paar geflügelte Araam-Diener hätten uns aus dem ›Gläubigen Land‹ gejagt? Bringen wir sie doch zum Absturz! Wir müssen demonstrieren, daß wir Taiwepl aus eigenem Ermessen verlassen!«

Pylon hatte diesen Vorschlag sofort unterstützt, und der Mathematiker wußte, daß es auch Venturelli und Nyland schwergefallen war, die Teilchenwerfer aus der Hand zu legen.

Eigentümlich, bedeutungsvolle Situationen im Raum hatten keine so grundlegenden Differenzen aufzuwerfen vermocht wie dieses gesellschaftliche Problem. Eigentümlich? Es mußte daran liegen, daß die Menschen des kosmischen Zeitalters nicht mehr gewohnt waren, solche Fragen zu lösen. Im Inneren Kreis gehörten sie der Vergangenheit an . . . Hirano fürchtete um das Prestige der Kosmonauten. Aber ging es darum, zu zeigen, daß sie überlegen waren? Nein, niemals! Darum konnte und durfte es nicht gehen.

Ein Ruf aus der Befehlskanzel unterbrach Pawel Focks Grübelei.

»Wir nähern uns einem kegelförmigen Berg – es könnte der ›Wächter‹ sein.«

»Es ist gut, Helo. Setzen Sie die Geschwindigkeit herab.«

Die durchschnittliche Höhe des Gebirgsmassivs, das sie jetzt überquerten, mochte zweitausend Meter betragen. Die zerklüfteten Felsen waren verschneit und von Eispanzern umgeben. Hin und wieder tauchte ein mächtiger Gletscher auf. Dann kam ein terrassenförmiger Gebäudekomplex in Sicht. Er ruhte auf vereisten Grundmauern, die in jäh abfallende Basaltwände einmündeten. Es mußte schwierig, wenn nicht unmöglich sein, diesen Komplex auf dem Landweg zu erreichen. Eine Festung?

»Auf der obersten Terrasse bewegt sich ein Yoma«, meldete Hirano aus dem Observatorium.

»Versuchen Sie, so nahe wie möglich heranzukommen, Kommodore, und schalten Sie die Bordsirene ein!«

Der Yoma nahm keine Notiz von der »Tolu«. Er hantierte an einem flachen, metallisch glänzenden Scheibenkörper, der zur Hälfte über die Plattform hinausragte.

»Entweder ist er taub, oder er will uns nicht hören«, sagte Pawel Fock kopfschüttelnd. »Drehen Sie ab, Helo, es ist zwecklos.«

Doch wenige Augenblicke später erhob sich der Scheibenkörper, neigte sich vornüber, sackte ein paar Meter nach unten, rollte, Schnee und Eis aufwirbelnd, über die tiefer liegende Terrasse und stand plötzlich, um seine Achse rotierend, frei in der Luft. Die Achse verlängerte sich nach beiden Seiten: zwei Tragflächen wurden sichtbar.

Die Kosmonauten eilten von den Sichtschirmen an die Bullaugen. Auf dem Gesicht des Tau-Offiziers spiegelte sich Verwunderung und gespanntes Interesse. Pawel Fock mußte unwillkürlich lächeln. Es war nicht schwer zu erraten, was Pylon in diesen Augenblicken denken mochte. Er hatte die Yoma für eine Art von Steinzeitwesen gehalten.

Lautlos näherte sich der Scheibenkörper. Von den Tragflächenenden gingen weiße Kondensstreifen aus. Nur der äußere Metallring rotierte, das Zentrum war starr. Schräg vorn über der Achse saß der Yoma. Obwohl der Fahrtwind an seinem Gewand zerrte, hatte er ein Fenster geöffnet. Er beschleunigte und lag wenig später neben der Steuerzentrale. Sein Gesicht war kalkweiß. Trug er eine Schutzmaske? Jetzt beugte er sich aus dem Fenster, rief etwas. Pawel Fock war zu weit entfernt, als daß er ihn hätte verstehen können, aber Sadko, am anderen Ende der Zentrale, lachte plötzlich laut auf. »Pearson! Das ist Pearsons Stimme!«

Der Biologe in der Verkleidung eines Yoma? Er lenkte den Scheibenkörper? Pawel Fock verließ seinen ungünstigen Beobachtungsplatz. Fast wäre er gegen den Tau-Offizier gerannt, der, die langen Arme über der Brust verschränkend, ein paar Schritte zurücktrat. Er lief weiter, drehte sich im Laufen um. Hatte Pylon eben nicht . . .

». . . Folgen Sie mir also in kurzem Abstand, Kommodore. Im ›Tal der Dämpfe‹ weise ich Sie ein.« Ja, das war Pearsons Stimme. Pawel Fock zwängte sich neben Sadko an das Bullauge. Gerade in diesem Moment zog der Scheibenkörper vorbei, beschleunigte, verschwand unter dem Bug der »Tolu«.

»Ben mit kalkweißem Gesicht! Die Überraschung ist ihm gelungen. Haben sie ihn gesehen, Pawel?«

Pawel Fock gab keine Antwort, er drehte sich nach Pylon um. Hatte der Offizier soeben nicht eine Mikrokamera in der Hand gehabt? Aber Pylon lehnte mit verschränkten Armen an seinem Bullauge.

Pawel Fock versuchte sich genau zu erinnern. Ja, er war fast mit ihm zusammengerannt. Er sah noch die schnelle Bewegung, mit der Pylon die Arme verschränkt hatte, und er sah die Mikrokamera in der Rechten. Der linke Ellenbogen konnte sie nicht ganz verdecken.

Als Helo in Taiwepl gefangensaß, wurden ihm Tonband, Notizbuch und Mikrokamera gestohlen. Sollte Pylon . . . Wir haben ihm viel zu verdanken. Schließlich hat er uns rechtzeitig gewarnt. Und wenn er nun im Auftrag des Herrschers ... Wenn alles nur kluges, geschicktes Spiel war, um unser Vertrauen zu erschleichen? Unmöglich! Pawel Fock schüttelte den jähen Verdacht ab. Er beschloß, sofort mit dem Tau-Offizier zu sprechen. Er würde ihn einfach fragen.

Pawel Fock zögerte. Und wenn er sich getäuscht hatte? Er würde den Offizier beleidigen. Pylon würde sich beobachtet fühlen. Es waren ja nur Sekunden gewesen. Was hatte er eigentlich gesehen? Ein graues Metallgehäuse. War es wirklich ein Gehäuse gewesen?

Der Mathematiker dachte nach. Plötzlich fiel ihm ein, daß sich Pylon eine Mikrokamera ausgeliehen haben konnte, von Hirano oder Venturelli oder einem anderen der Gefährten. Natürlich!

Erleichtert begab er sich an den großen Außenbildschirm. Unten, in den Bergen, dämmerte es bereits. Wie die Fangarme eines Polypen krochen blauschwarze Schatten aus den Schluchten, tasteten über die Nordhänge, legten sich auf die Schneehalden und Plateaus, leckten an den Gletschern und sprangen über Grate und Felsbuckel aufwärts, um die rotglühenden Bergspitzen auszulöschen.

Pawel Fock wandte sich ab. Venturelli, Sadko und Holm Ferguson lehnten noch an den Bullaugen. Er sprach ein paar Worte mit ihnen und sah, daß sie ihre Mikrokameras bei sich trugen. Sven Roger arbeitete neben Helo Ryk an der Steuerung. Unter seiner Pilotenjacke war der Abdruck des grauen Gehäuses zu erkennen. Pawel Fock stellte Sichtverbindung zur Schleusenhalle her. Nyland und Norris machten sich an den Helikoptern zu schaffen. Unter einem Vorwand rief er sie an den Bildschirm. Auch sie trugen ihre Kameras bei sich.

Blieb noch Hirano. Er war im Observatorium. Als der Mathematiker quer durch die Zentrale lief, fühlte er den Blick des Offiziers auf sich gerichtet. Das ziegelrote Gesicht schien ihm fremd und maskenhaft starr, das Lächeln wie eingefroren.

Er nahm den Aufzug. Hirano beobachtete den nördlichen Horizont. »Ungefähr dreißig Kilometer entfernt ein Nebelstreifen, Pawel. Vielleicht das ›Tal der Dämpfe‹? Sehen Sie selbst!« Er gab den Platz vor dem Okular frei. An seinem Handgelenk, an einer Doppelschnur, baumelte eine Mikrokamera.

»Es ist gut. Halten Sie uns auf dem laufenden.«

Was mußte jetzt geschehen?

Als Pawel Fock in die Zentrale zurückkehrte, verspürte er einen leichten Andruck. Die »Tolu« bremste.

»Pearson hat gerufen. Wir werden bald über dem ›Tal der Dämpfe‹ sein«, sagte Helo Ryk.

Das »Tal der Dämpfe« – Yoma. Es war diesen Wesen gelungen, einen Staat, einen Zwergenstaat, aufzubauen und trotz des mächtigen Taiwepls zu halten. Eis, Stürme und Nebel bildeten einen natürlichen Schutz gegen den Süden, aber die Yoma mußten auch Mittel besitzen, um die Luftflotte des Herrschers, seine Todesflieger und seine gepanzerten Gondeln abzuwehren. Anscheinend war es noch keinem Tau oder Araam-Diener gelungen, das »Tal der Dämpfe« zu erreichen.

Einem von ihnen öffneten sie jetzt die Tür – denn mit den Kosmonauten kam Pylon. Er würde sehen, hören – und nach Taiwepl zurückkehren. Er hatte eine Kamera!

Überhitzte Phantasie! Pawel Fock fuhr sich über die Stirn. Er mußte sich zusammennehmen. Er konnte Pylon nicht verdächtigen, einer Kamera wegen. Er mußte wachsam sein, aber er durfte sich nicht von Gefühlen hinreißen lassen. O ja, er würde wachsam sein!

Pawel Fock wandte sich den rötlich leuchtenden Nebelfeldern zu, die näher gekommen waren und allmählich den ganzen Horizont ausfüllten.

2

Der Scheibenkörper gab eine letzte Weisung an die Zentrale und tauchte in die brodelnden Schleier. Vorsichtig folgte die »Tolu«. Sie verlor an Höhe. Die Radargeräte registrierten ein weitgestrecktes, im Süden von Bergen umsäumtes Plateau.

Nach Norden, Osten und Westen war keine Begrenzung festzustellen. Wie Gischt schlug der Nebel an die Bullaugen, aber er war warm, das Thermometer stieg auf acht Grad über Null. Als er sich auflockerte, kamen verschwommene Lichter zum Vorschein.

Wie ein nachtschwarzer See, in dem sich blitzende Sterne spiegelten, lag das »Tal der Dämpfe« unter dem Raumschiff. Am Horizont mußte eine größere Siedlung liegen. Sie kam näher, wuchs, blähte sich auf und erfüllte die hereinbrechende Nacht mit Licht. Sie spie Scheibenkörper aus: drei, vier Dutzend wendiger Räder, die unter dem Raumschiff hinwegzogen und sich in seinem Gefolge tummelten.

Eine Siedlung? Ein monumentales Röhrensystem: Schächte, Trichter, Schläuche, Zylinder. Im Zentrum ein kreisförmiger Platz und ein mehrgeschossiger Quader. Auf dem Platz, militärisch formiert, Yoma.

Helo übernahm den ersten Borddienst. Die Gefährten begaben sich unverzüglich in die Schleusenhalle. Sie wußten, daß die nächsten Stunden über das weitere Schicksal der Expedition entschieden. Gab es auch hier keine Unterstützung, gab es auch hier Vorbehalte, Beschränkungen, Intrigen – dann adieu Rho!

Pawel Fock kletterte in den ersten Helikopter. Auch hier militärische Formationen? Was hatte das zu bedeuten? Er würde nachher sofort mit Pearson sprechen. Wo war der Biologe überhaupt? Warum landete er nicht?

»Ist Pearson etwa schon gelandet?«

Hirano, am Steuer des Helikopters, deutete auf das Geschwader der Scheibenkörper. »Er ist jetzt mitten unter ihnen.«

Pawel Fock schaltete den Sprechfunk ein, erhielt aber keine Antwort. »Starten Sie, Hirano.«

Die Yoma mußten an strenge Disziplin gewöhnt sein – an eine befremdend strenge Disziplin. Sie standen unbeweglich; auch als die Helikopter aufsetzten, blieben sie stumm und rührten sich nicht. Ihre Gesichter waren durch weiße Masken verhüllt.

»Was soll dieser gespenstische Empfang? Wo sind Jan Mayen und der Geologe?« flüsterte Hirano.

Pawel Fock räusperte sich. »Chochera tao, Yoma.«

Keine Antwort. Ein merkwürdiges Seufzen und Laute wie tiefe, regelmäßige Atemzüge kamen aus dem verschlungenen Röhrensystem. Nicht weit entfernt, von gläsernen Trichtern umgeben, blähte sich ein haushoher, gewulsteter Schlauch, der rhythmisch an Volumen zu- und abnahm. Doch auf dem kreisförmigen Platz war es totenstill.

Endlich löste sich ein Weißgesichtiger aus der Formation, trat ein paar Schritte vor, sagte: »Cho-cho-cho«, schwieg und fuhr plötzlich mit Pearsons Stimme fort: »Warum diese verdammten Strippen nur einfarbig sind, man *muß* sie ja verwechseln. So helfen Sie doch, Jan!« Dann sagte er mit Jan Mayens Stimme: »Sie sollten nicht immer Dinge in die Hände nehmen, von denen Sie keinen blassen Dunst haben, werter Kollege.«

Venturelli, einen Teilchenwerfer in der Hand, lachte auf. »Automaten!«

Mit einem Schlage brandete Lärm auf. Von allen Seiten, als speie sie der Boden aus, näherten sich hellgekleidete Männer, Frauen und Kinder. Die Türen des mehrstöckigen Quaders an der Peripherie des Platzes wurden aufgestoßen. Auch von dort strömten – an ihrer Spitze Jan Mayen und Foster – Yoma herbei. Sie umringten die Kosmonauten. Ihre ziegelroten Gesichter glänzten in freudiger Erregung.

Ein untersetzter junger Mann gebot mit einer Handbewegung Schweigen. Seine Begrüßungsrede war ohne Pathos und Zeremoniell. Er brachte die Freude der Yoma über den gelungenen Raumflug der Erdenmenschen zum Ausdruck . . .

Pawel Fock bemühte sich, aufmerksam zuzuhören. Doch er hatte einen kalten, abweisenden Blick aufgefangen. Er musterte die Gefährten des Sprechers. Da! Eine junge, uniformierte Frau starrte ihn feindselig an. Sie sah Jan Mayen, der zufrieden lächelte, über die Schulter.

»Wir warteten vom Tag eurer Ankunft auf Rho. Aber solange wir nicht wußten, wer ihr seid, Erdenmenschen, ob Freunde der Araam-Priester oder Freunde der Bjaule und Yoma, konnten wir euch nicht in das Goar Tetzl rufen . . .«, sagte der Sprecher.

Die Frau jedenfalls scheint uns für Chtols Spießgesellen zu halten, dachte Pawel Fock. Er beugte sich ein wenig zur Seite und bemerkte erst jetzt, daß sie gar nicht ihn selbst, sondern jemand hinter ihm anstarrte. Unauffällig blickte er sich um. Pylon!

Die letzten Worte des Sprechers gingen im Beifall der Yoma unter. Anscheinend erwarteten sie keine Gegenrede. Sie drängten sich näher heran, grüßten, verbeugten sich; ein paar Halbwüchsige versuchten, die Hände der Kosmonauten zu schütteln.

Unversehens tauchte auch Ben Pearson auf. Er lächelte verlegen. »Meine Galavorstellung ist verunglückt. Ich wollte Ihnen die Universalroboter vorführen. Leider haben sie versagt . . .«

»Macht nichts, Ben. Wann sind Sie überhaupt gelandet? Vor wenigen Minuten tummelten Sie sich doch noch im Geschwader der Scheibenkörper.«

Pearson nickte zufrieden. »Also hat wenigstens dieser Bluff Erfolg gehabt. Ich war nie dort oben. Ich lenkte den Automaten, der Sie zu uns führte, hier von diesem Platz aus. Das war Yoma-Technik«, sagte er stolz.

Von Halbwüchsigen und Uniformierten umgeben, schritten sie nun auf den Haupteingang des mehrstöckigen Quaders zu. »Als Ihre ersten Funkberichte ankamen, Ben, dachten wir, Sie übertreiben maßlos. Aber sagen Sie mir schnell, wer ist die junge Frau dort, und welche Rolle spielt sie?«

»Das ist Wangu, Mitglied des KADIR, das heißt – na, sagen wir – des ›Rates der Verdienstvollsten‹. Sie leitet den gesamten Grenzschutz.

»Gibt es etwa Einfälle der Tau in das Goar Tetzl?«

»Jedenfalls hat es welche gegeben. Moment bitte . . .«

Zwischen Wangu, dem Sprecher und einigen anderen

Yoma war es zu einem leisen, aber anscheinend heftigen Wortwechsel gekommen. Sie riefen Pearson.

Als er zurückkam, sagte er: »Wangu weigert sich, den Tau an unserer ersten gemeinsamen Besprechung teilnehmen zu lassen. Obwohl ich ihr erklärt habe, daß Pylon ein Gegner des Herrschers ist und daß wir ihm viel zu verdanken haben, mißtraut sie ihm.«

»Was soll auf der Besprechung geschehen?«

»Kari – das ist der Yoma, der Sie begrüßt hat – will in kurzen Zügen die Beschaffenheit des ›Tals der Dämpfe‹ und des Gemeinwesens überhaupt sowie einige Fragen des Schutzes gegen Taiwepl erläutern.«

»Richten Sie es so ein, daß Pylon mit einigen von uns in die Unterkünfte gebracht wird.«

Pearson sah überrascht auf. »Soll das heißen, daß Sie Pylon ebenfalls mißtrauen?«

»Das erkläre ich Ihnen später. Beeilen Sie sich!«

Nur einen Augenblick lang schwankte Pawel Fock, ob es richtig sei, den Verdacht – einen wenig begründeten Verdacht – an die Gefährten weiterzugeben. Nein, sie wären voreingenommen, und eine solche Haltung erschwerte die Zusammenarbeit. Andererseits – Leichtsinn bedeutete Verrat an den Yoma. Wenigstens Pearson sollte davon wissen. Er kannte sich hier besser aus und würde dafür sorgen, daß Pylon vorläufig nicht mit Dingen in Berührung kam, deren Kenntnis dem Herrscher und seiner Armee nützen konnte.

Es war zwecklos zu sagen: Uns interessiert nur das Expeditionsprogramm. Was sie auch taten – es konnte den Yoma nutzen oder den Tau. Schaden und nützlich sein. Wer die Tau waren, das wußten sie jetzt, und wer die Yoma waren, würde sich herausstellen. Von nun an und solange sie auf Rho blieben, gab es keine »reine« Forschung mehr. Jeder Schritt konnte Folgen haben, und sie mußten sich fragen: Von welcher Art und für wen . . .?

In einem hellen, großen Raum im ersten Stock des Quaders nahmen der KADIR und ein Teil der »Tolu«-Besatzung Platz. Dieser Raum mußte so etwas wie eine Zentrale darstellen. Seine Stirnwand, eine plastische Karte des Goar Tetzl, war mit braunen, roten und weißen Buckeln und Vertiefungen überzogen. Große Halbkugeln aus Mattglas bedeckten die anderen Wände.

»Welchen Zweck erfüllen diese Halbkugeln?« wandte sich Pawel Fock leise an den Kybernetiker. Ehe Jan Mayen antworten konnte, erklang eine helle, laute Stimme.

»Als wir euch erwarteten, Erdenmenschen, wußten wir nicht, daß ihr einen Tau mitbringen würdet. Was habt ihr euch dabei gedacht? Sollen wir Spione dulden?« sagte Wangu. Sie erntete beifälliges Gemurmel, aber auch einige Gegenstimmen. Pawel Fock erhob sich, erklärte, schilderte die Situation. »Pylon hat uns gewarnt. Wir mußten ihn ›entführen‹. Es gab keinen anderen Ausweg.«

»Weil ihr geflohen seid ... Ihr bändigt das Atom, bezwingt den Kosmos – und flieht vor Araam-Priestern?« Verachtung lag in der Stimme des Yomamädchens. »Ihr behauptet, Freunde der Bjaule zu sein, aber eure Flucht beweist das Gegenteil. Warum habt ihr Taiwepl nicht in Schutt und Asche gelegt.

Die Bjaule liegen im Kechurausch. Sie sind taub, blind, mutlos, schwach. Man muß sie aufrütteln. Man muß den Götzen Chtol stürzen! Taiwepl muß brennen!

Sie werden in die Flammen starren und rufen: ›Taiwepl brennt! Seht doch, seht, der Tempel ist entzwei. Seht doch, der göttliche Prophet liegt im Staub!‹ Und sie werden zittern und rufen: ›Das ist das Ende der sichtbaren Welt, fürchtet euch!‹ Aber nach und nach werden sie fragen: ›Kann der göttliche Chtol im Staub liegen, ohne daß etwas geschieht?‹ Und einige werden nachdenken und sagen: ›Er war ein gewöhnlicher Tau, nicht mehr. Er hat uns betrogen!‹ Und sie werden endlich begreifen, daß alle Tau Betrüger sind ... In eurer Hand lag es, Erdenmenschen, Taiwepl zu vernichten – doch ihr seid geflohen!«

Pawel Fock mußte eine Antwort geben. Aber er zögerte. Es war wichtig zu erfahren, wie die anderen dachten.

Kari sprach. »Deine Gedanken sind falsch, Wangu«, sagte

er ruhig. »Du glaubst, es genügt, den Herrscher zu töten, damit die Bjaule erwachen. Hast du vergessen, daß es ein Heer von Araam-Dienern gibt, ein Heer von Aufsehern und Beamten, ein Priesterheer? Willst du, daß Ströme von Blut fließen, wenn die unbewaffneten Bauern und Grubensklaven gegen die Tau-Armee ziehen? Willst du, daß sie verhungern, wenn Araam-Diener Feuer in die Speicher werfen und die Herden in das Eis treiben? Willst du allgemeine Zerstörung, Chaos, Tod?

Womit sollen die Überlebenden beginnen? Womit sollen sie gegen das Eis kämpfen, mit den bloßen Händen?

Du beschimpfst die Erdenmenschen, und ebenso hast du oft den KADIR beschimpft. Du willst handeln – handeln wir nicht? Wir brauchen eine künstliche Sonne, und Chtol verweigert uns das Erz. Wird er es noch verweigern können, wenn die Bjaule und der einfache Adel erfahren, daß wir bald in der Lage sein werden, eine künstliche Sonne zu bauen? Noch ahnen sie nichts von unseren Wissenschaftlern, Automaten und Anlagen. Die Berge schützen uns vor zudringlichen Blicken. Doch nun dürfen wir uns nicht länger isolieren. Wir müssen zunächst einige Tau rufen, damit sie sehen und verbreiten, was sie gesehen haben. Sie alle sollen wissen, daß es eine Rettung gibt, daß Rho nicht verloren ist. Sie werden den Herrscher zwingen, einen Vertrag mit uns abzuschließen. Erz und Bjaule aus Taiwepl, Wissenschaftler und Anlagen aus dem Goar Tetzl – und Rho wird eine künstliche Sonne haben. Das ist der erste Schritt ... Deshalb«, sagte Kari zum Schluß, »wäre es auch falsch, jenen Offizier Pylon zu verjagen. Er wird der erste Tau sein, der unser Angebot nach Taiwepl trägt.«

Schon erhob sich ein dritter Yoma. Er war alt und ungewöhnlich hager. Sein kleiner, eckiger Kopf pendelte beim Sprechen. Er wandte sich an Pawel Fock: »Das Experiment der Kondo-wamak schlug fehl, weil es schlecht vorbereitet war. In kurzer Zeit sollte erreicht werden, was noch jahrelanger Entwicklung bedurft hätte. Diesen Fehler dürfen wir nicht wiederholen. Wir bitten euch, Erdenmenschen, unsere

Anlagen zu prüfen und unsere Spezialisten zu beraten. Sagt uns, wie wir euch dafür helfen können.«

Nun war die Reihe an Pawel Fock. Während er die Aufgaben der Expedition erklärte, fiel ihm plötzlich eine Möglichkeit ein, die es gestatten würde, den Aufenthalt auf dem Planeten zu verlängern. Man mußte den Bildechoskop ausnutzen. Man mußte ihn auf die Centauren richten. Er würde einige ihrer Geheimnisse entschleiern, von hier, von Rho aus. Nur, dazu war Energie nötig.

Hotep, der hagere Yoma, versprach Hilfe.

3

Die Nacht lag auf dem taufeuchten Hochplateau, krallte sich in den rotbraunen Boden und hockte im Geäst der aufgedunsenen Bäume. Sie saß in den Trichtern und Schächten der Yoma-»Stadt« und auf den gewulsteten Schläuchen an der Peripherie. Doch ihr Atem war schon heiser, vermischt mit der Morgenkühle, den Ausdünstungen der erwachenden Berge am Horizont und dem herben Geruch faulender Gräser.

Pawel Fock stand auf dem Dach des Quaders und lehnte sich an eine Mauerbrüstung aus schwarzem Basalt. Pearsons Schnarchen hatte ihn aus dem Schlaf gerissen, seitdem bewegten ihn tausenderlei Gedanken. Er hatte sich aus der gemeinsamen Unterkunft gestohlen, um den heraufdämmernden Morgen zu genießen und in Ruhe zu überlegen.

Wie hatte sich doch plötzlich alles geändert. Vor Tagen noch schien zweifelhaft, ob es gelingen werde, ein erstes Band zwischen Rho und Erde zu flechten. Nun war das schon geschehen. Die Yoma baten um Hilfe und boten Hilfe an. Der Innere Kreis würde einen neuen Verbündeten haben.

Metallisch harte Schritte klangen an Pawel Focks Ohr. Ein Yoma, seltsam zusammengeschrumpft, lief dort unten über den Platz. Aber nein, das war ein Automat. Er verschwand im Gewirr der schwarzbraunen Anlagen. Er entfernte sich, das harte Tapp, Tapp seiner Krallenfüße wurde schwächer. Nun tauchte er an der Peripherie auf, im grauen Dämmerlicht gerade noch zu erkennen, und lief talabwärts in die Ebene hinein.

Der Morgen graute. Im Süden schwammen funkelnde Rubine auf einem Meer von Dunst und zartrosa Nebeln – die Bergspitzen des Goar Tetzl. Nebel kam auch vom unteren Ausgang des Plateaus, seine Vorboten legten sich auf die Geröllhalden und Grasflächen, stauten sich an der Peripherie, wirbelte in tänzerischer Anmut über Röhren und Trichter, leckten an den Fassaden des Quaders, krochen behende aufwärts, bis sie die schwarze Basaltbrüstung erreicht hatten und auf das morgenkühle Dach sanken.

Vor dem gemeinsamen Schlafraum der Kosmonauten traf Pawel Fock mit Hotep zusammen. Der Yoma war gekommen, um ihn, den Geologen Norris und Nyland zu wecken. Die Arbeit im »Tal der Dämpfe« begann.

Wenig später lag die »Stadt« – im Grunde war sie ein einziges, heiße Quellen ausnutzendes riesiges Kraftwerk – hinter ihnen. Sie fuhren nach Osten, folgten den Krallenspuren des Automaten. Der Kübelwagen, eines jener flachen, wannenförmigen Fahrzeuge, wie sie auch von den Tau benutzt wurden, war mit einem Autopiloten ausgerüstet, steuerte sein Ziel selbsttätig an.

Norris lächelte. »Mir scheint, die Geschichte der Wissenschaft und Technik verläuft hier anders als bei uns. Jahrzehnte, nachdem wir eine Kernphysik – und leider auch die Bombe – hatten, gab es noch schwere Muskel- und nervtötende schematische Kopfarbeit. Im ›Tal der Dämpfe‹ bahnt sich ein anderer Weg an. Überall kybernetische Roboter, aber noch kein Atomkraftwerk.«

»Ohne Automaten wären wir hilflos«, sagte der Yoma. »Sie sind unsere Hände. Wir stehen vor großen Aufgaben, aber an Zahl sind wir gering. Was sollen wir tun? Wir umgeben uns mit Automaten, schaffen uns künstliche Muskeln und Finger.«

»Habt ihr eigentlich je versucht, euer Wohngebiet über das Goar Tetzl hinaus auf die Ebenen auszudehnen?«

»Wir baten Taiwepl um Land. Aber Chtol schickte Araam-

Diener und gepanzerte Luftgondeln in jene Gebiete, die wir bewohnen wollten. Viele von uns riefen zum Kampf. Wangu forderte den Einsatz der Automaten. ›Und was wird danach sein?‹ fragte der KADIR. ›Wer wird die Ebenen besiedeln, die wir mit unserem Blut gedüngt haben? Es ist gut, Land zu besitzen, aber es ist nicht das Wichtigste.«‹

Inzwischen war es vollends Tag geworden. Das Plateau leuchtete in satten roten und braunen Farbtönen, aber in der Ferne drohten wie Gewitterwolken mächtige Gletscher. Der Wind hatte sich gedreht, er fegte die letzten warmen Nebelschwaden nach Osten, die Luft kühlte empfindlich ab.

In Abständen von vier bis fünf Kilometern erhoben sich zehn- und zwanzigstöckige Quader auf dem Plateau. Jeder von ihnen, erklärte Hotep, beherberge ungefähr tausend Yoma, gemeinsame Schlafräume, einen Speicher und einen »Saal der Wissenschaften«. Der Boden rings um den Quader werde sorgfältig bearbeitet, er liefere frische Pflanzenkost, die Buruschherden dagegen weideten in abgelegenen Gebirgstälern.

»Demnach ernährt ihr euch vornehmlich von Fleisch?« fragte Pawel Fock mit einem Blick auf den »Boden rings um jeden Quader«. Auf den einzelnen Yoma umgerechnet, konnte sich nur ein winziges Flächenstück ergeben. »Eure Herden müssen unvorstellbar groß sein.«

»Sie sind klein. Nur auf unsere Herden angewiesen, wären wir längst verhungert. Wir essen die blutrote Sakaya.«

»Sakaya? Was ist das?«

Hotep lächelte bedeutungsvoll. »Sie ist ein Geschenk der heißen Quellen, wie alles im ›Tal der Dämpfe‹. Wir werden bald dort sein, wo die Sakaya wächst.«

Das Landschaftsbild hatte sich inzwischen verändert. Von Norden und Süden rückten Gebirgszüge gegen das Plateau vor, irgendwo im Osten, von dickem Nebel verhüllt, mußten sie sich vereinigen. Der Pflanzenwuchs wurde dürftig, nackter schwarzer Basalt trat zutage, hin und wieder von armdikken Rissen zerfurcht, aus denen Dampfwölkchen aufstiegen. Schotter, kantige Felsen, erstarrte Lava, feuchtschwüle Luft, ein Geysir. Der Nebel wurde dichter, nun übernahm Hotep die Steuerung des Wagens.

Sie fuhren durch eine Schlucht. Rötliches Halbdunkel hüllte sie ein. Am Ende der Schlucht stand ein Roboter. Er glotzte sie aus starren Augen an und pendelte mit den Armen.

Ein Talkessel. Die Ausläufer der von Norden und Süden vordringenden Gebirgszüge. Ein blutroter See, dessen Ufer hinter dicken Nebelvorhängen lagen. Es wurde unerträglich schwül.

Die Kosmonauten erblickten Steilwände mit künstlich angelegten Terrassen. Die Steilwände dehnten sich ohne sichtbare Begrenzung nach Osten, waren aber mit der Zeit von Sturzbächen, Kaskaden und Rinnsalen in kleine Abschnitte zerlegt worden. Auf den Terrassen arbeiteten Roboter: hundert, fünfhundert, tausend?

»Ein Geschenk des Goar Tetzl. Heiße Quellen in den Schluchten. Ein kochender See. Oben im Gebirge nagt der aufsteigende Dampf an den Gletschern. Bevor das Schmelzwasser hier unten ankommt, hat es wertvolle Minerale aufgenommen. Sie sind der Nährboden für unsere Sakaya.«

Das schien eine Algenart zu sein. In dicken, blutroten Polstern überzog sie die Steilwände, unermüdlich wuchernd, geerntet von einem Roboterheer.

Nach einer langwierigen Fahrt über abschüssige Serpentinen, an Kraftwerken vorbei, die ebenfalls von heißen Quellen gespeist wurden, standen die Kosmonauten und der Yoma auf dem Kamm eines Gebirgszuges. Schräg unter ihnen lag ein verloschener Vulkan und nicht weit davon entfernt ein dampfender Kratersee. In kürzester Frist würde er Energie liefern, und hier oben, auf dem Kamm, würde der Bildechoskop montiert werden.

Das Wiedersehen

I

Die Arbeit am Kratersee begann. Während vierhundert Yoma und ebenso viele Roboter damit beschäftigt waren, die Energie des heißen Wassers zu bändigen, nahmen die Kosmonauten den Aufbau jener Station in Angriff, die einst ein Fenster zum All sein sollte, eine Brücke zum Sternsystem der Centauren, vielleicht später – die Yoma nahmen diesen Gedanken begeistert auf – die erste Brücke zwischen Rho und dem Inneren Kreis.

Pawel Fock war zufrieden. Die Expedition konnte jetzt schon als ein voller Erfolg angesehen werden, selbst dann, wenn sie die vorgeschriebenen Aufgaben nicht restlos erfüllen würde. Sie hatte eine Gemeinschaft vernunftbegabter Wesen entdeckt, die nicht im Nebel egoistischer Interessen zu ersticken drohte, die sich nicht, Gebete murmelnd, in den Schoß des Planeten verkroch, sondern Stürmen, Eis und Kälte trotzte und der Gegenwart ins Auge sah. Ihr würde die Zukunft gehören.

Es gab keinen Unterschied zwischen Yoma und Erdenmenschen. Eines Tages würden sie Seite an Seite stehen und gemeinsam in die Galaxis vordringen, Schritt für Schritt, von neuen Bedürfnissen getrieben, auf der Suche nach neuen Erkenntnissen.

Pawel Fock war zufrieden.

Doch nun, kaum acht Tage nach der Ankunft im Goar Tetzl, rief Pearson aus dem »Tal der Dämpfe« an. Sein Bericht war beunruhigend. Pearson sprach von einer seltsamen Übereinkunft zwischen Wangu und dem Tau-Offizier. Wangu, die mißtrauische Wangu, hatte es sich nicht nehmen lassen, Pylon auf Schritt und Tritt zu begleiten. Sie hatte ihn in Gegenden geführt, in denen es außer Agrikultur und Buruschherden nichts zu sehen gab. Aber sie hatte mit ihm gesprochen: über Verschwörungen, Palastrevolutionen und Attentate. Und es schien, daß sie einen gefährlichen Plan schmiedeten, das Yomamädchen und der Tau-Offizier.

»Ich kenne keine Einzelheiten dieses Plans, aber soviel ist sicher: Sie glauben, Chtol werde das Angebot des KADIR über eine Zusammenarbeit zwischen Taiwepl und dem ›Tal der Dämpfe‹, das Angebot über den gemeinsamen Bau einer künstlichen Sonne, verheimlichen. Er werde alle Araam-Diener und die ganze Armee aufbieten, um das Goar Tetzl zu isolieren, um zu verhindern, daß Nachrichten in die Provinzen dringen. Chtol müsse deshalb beseitigt und eine Regierung der Verschwörer gebildet werden, bevor das Angebot komme, das heißt so schnell wie möglich.

»Ich bin in einer schwierigen Situation«, sagte Pearson zum Schluß. »Wir sind nur zu dritt, und Wangu steuert gerade auf den westlichen Ausgang des Goar Tetzl zu. Ich habe den Verdacht, daß sie Pylon ohne Wissen des KADIR über die Grenze schmuggeln will. Ich könnte es nicht verhindern, und Kari ist nicht zu erreichen.«

Auf dem Weg in die Yoma-Stadt. Der Kübelwagen holperte viel zu langsam über die ausgefahrenen Geleise. Pawel Fock schaltete den Autopiloten ab und setzte sich selbst an das Steuer. Schneller!

Es gab zwei Möglichkeiten: Nehmen wir an, Pylons umstürzlerische Ideen waren Musik für Wangus Ohren. Sie haben sich gegenseitig an wohltönenden Phrasen aufgeputscht und sind ehrlich überzeugt, das Schicksal des Planeten läge in ihrer Hand. Sie wollen eine große Tat vollbringen.

Objektiv wäre diese Tat eine folgenschwere Dummheit. Wenn Chtol jenes Angebot abschlagen und verschweigen sollte, kommt es darauf an, ihn bloßzustellen, nicht aber, ihn zu töten.

Wie aber nun, wenn Pylon einen ganz anderen Zweck verfolgte? Wenn es ihm gelungen war, Wangu zu täuschen? Wenn es ihm darauf ankam, mit bestimmten Informationen nach Taiwepl zurückzukehren? Dann war er, Pawel Fock, mitschuldig. Er hatte einen Verdacht gehabt. Die Mikrokamera ... Im Trubel der letzten Tage hatte er es versäumt, diese Angelegenheit zu klären. Er hätte sich wenigstens Kari anvertrauen müssen!

Retten, was zu retten war! – Schneller!

Der KADIR hatte sich bereits versammelt, um zu beraten.

»Pearson sagte doch, daß er euch nicht erreichen kann. Woher wißt ihr . . .?«

Kari führte Pawel Fock an eine der wabenförmig angeordneten Halbkugeln. Sie war aufgeklappt. Auf dem Hintergrund der Zelle war eine verschneite Gebirgslandschaft abgebildet.

»Die Grenzen des Goar Tetzl werden von automatischen Sicherungsstationen überwacht. Sobald ein Lebewesen in den Bereich einer Station eindringt, leuchtet hier in der Zentrale die entsprechende Halbkugel auf, und wir sind informiert.«

»Pylon hat die Grenze überschritten?«

»Ja. Obwohl wir es wußten, konnten wir es nicht verhindern. Es hätte keinen Sinn gehabt, die Roboter der Station einzusetzen, denn sie führen Wangus Befehle ebenso aus wie unsere. Wir mußten zusehen, wie sie ihn sicher hinübergeleitete. Erst als es geschehen war, sprach sie von der Station aus mit uns. Pylon wird heute noch die Abteilungen der Tau-Armee vor dem westlichen Ausgang des Goar Tetzl erreichen und dann sofort nach Taiwepl fliegen, um eine Verschwörung anzuzetteln. Wangu glaubt, richtig gehandelt zu haben.

Aber das ist ein Irrtum. Wenn Chtol getötet wird, werden die Araam-Priester sagen: ›Pylon kommt aus dem Goar Tetzl, die Yoma haben ihn angestiftet, seht doch, seht, die Yoma rufen zum Mord!«

»Ich habe da einen Verdacht«, sagte Pawel Fock. Er erzählte von seiner Beobachtung an Bord des Raumschiffes. »Pearson weiß davon, deshalb hat er sich immer in Pylons Nähe aufgehalten.«

Karis ziegelrotes Gesicht blieb unbeweglich. »Wäre es so, müßten wir Wangu dankbar sein. Wie sollte er uns schaden? Was er bisher sah, kann jeder Tau sehen. Wir bereiten uns auf den anderen Fall vor.«

»Und wie?«

»Der KADIR hat beschlossen, sofort Verbindung mit Chtol aufzunehmen. Einige von uns fliegen nach Taiwepl.«

»Und wenn Chtol, statt euch anzuhören, Gewalt anwendet?«

»Eben über diese Möglichkeit berät der KADIR noch. Vielleicht schicken wir nur einen Automaten. Das hätte Vor- und Nachteile. Er könnte zwar eine Botschaft überbringen, aber nicht verhandeln.«

Pawel Fock nickte. »Die ›Tolu‹ wird euch Schutz bieten, Kari«, sagte er. »Ich spreche sofort mit Helo Ryk.«

Nach Taiwepl! Für Helo Ryk gab es nur dieses Wort. Taiwepl – das bedeutete: sie wiedersehen, Aina, die in einem Steinsarg lebte und von lichtgrünen Hainen träumte. Sie, die betrogen wurde und den Betrug auf sich nahm, sie, die Geduldige, Leidenschaftslose, Unendliche.

Aber das ist doch Phantasterei! Aina ist weder geduldig noch leidenschaftslos, sondern rebelliert gegen den Steinsarg. Sie sieht und hört und fühlt, sie ist ein Wesen aus Fleisch und Blut, und sie will ein denkendes Wesen sein.

Helo Ryk hatte viel über Aina nachgedacht. Aber je mehr er grübelte, um so verworrener wurde ihr Bild. Manchmal war sie ein zartes, ätherisches Wesen, Dogmen flüsternd, eine grazile Blume, von bittersüßem Duft umgeben. Dann wieder war sie eine Frau mit loderndem Blick, eine Frau, die sich auflehnte, zürnte und Widerstand leistete, die ihm zur Flucht verholfen hatte, eine Frau, dem Yoma-Mädchen Wangu ähnlich. Soviel er sich auch bemühte, eine Synthese gelang ihm nicht. Sie konnte doch nur so oder so sein, nicht eine Mischung von beiden!

Aber wurde er nicht selbst zwischen zwei Extremen hin- und hergerissen? War er nicht selbst gespalten? War er nicht selbst bald vollendete Konzentration, arbeitswütig, tatendurstig, bald aber wieder abschweifend, ziellos und leergebrannt?

Er bewunderte Venturelli, den nimmermüden Bastler, Pearson, dem die Grenzen seines Fachgebietes zu eng geworden waren, der sich um alles kümmerte und nun in Taiwepl vermitteln wollte, Pawel Fock, Jan Mayen ... Er bewunderte die Yoma: Das trockene, ungenutzte Land unter dem Raumschiff gehörte einem grausamen Herrscher, sie aber lehnten an den geöffneten Bullaugen und dachten darüber nach, ob sie den Boden mit dieser oder jener Frucht bebauen würden, wenn sie ihn dereinst bewässert hätten. Und Hotep, der wortkarge, nüchterne Greis, sprach mit Venturelli – sie studierten einen Plan der Hecktriebwerke – über die Möglichkeit der Ausnutzung des radioaktiven Erzes für Yoma-Raumschiffe. O ja, er bewunderte sie.

Aber warum war er anders? Auf diese Frage wußte er keine klare Antwort. Sie alle begeisterten sich, sie hatten einen Gegner und kämpften für irgend etwas. Seine Gegner waren Raum und Zeit. Deshalb war er hier zur Untätigkeit verdammt, im Grunde ein Tourist. Aber man konnte doch nicht monatelang Tourist sein. Er brauchte einen Gegner!

Er dachte wieder an Aina. Sie hatte es schwerer. Er würde fliegen, aber sie? Was sollte sie tun? Sie würde Oberpriesterin sein wie vordem, doch mit gespaltenem Herzen. Sie würde an Kzar denken, wenn sie in den uralten Dogmen las, und im Kechurausch würde sie Blut sehen, das Blut der geschlagenen Bjaule.

Die Yoma an den Bullaugen waren fest davon überzeugt, daß der Aja-See einen guten Nährboden für die blutrote Sakaye abgeben könne. »Dort, auf jenen Inseln«, sagte Kari und deutete in die Gegend von Hetl Ra, »wird die Sakaya trocknen.«

»Zuviel Sonne«, widersprach einer seiner Gefährten, »Taiwepl wäre ein besserer Sakaya-Speicher.«

Die Gläserne Stadt. Zum zweiten Male tauchte sie nun aus dem See, nicht mehr geheimnisumwoben, aber immer noch unberechenbar. Wie würde sie das Raumschiff heute empfangen? Helo sah, daß Pearson und Venturelli die Teilchenwerfer aus den Futteralen zogen. Waren Todesflieger unterwegs?

Nein, nur eine Vorsichtsmaßnahme.

Das Ufer, der Strand, die ersten Quader. Dort, jene unscheinbare Halbkugel . . . Ja, sie war es. Dort hatte er Aina zuletzt gesehen. Er konnte sich noch genau erinnern. Durch eine gläserne Wand getrennt, hatten sie sich gegenübergestanden. Sie hatte gelächelt, obwohl ihr Gesicht schmal und grau gewesen war. »Du mußt dich beeilen, Führer der Erdenmenschen.«

Die Ringstraße – die Terrasse mit den Blumen aus Metallfolie – die Pension – der Große Platz. Er lag verlassen, tot und kalt wie ehedem. Die Spuren des Überfalls waren beseitigt, die Wunden, die Venturellis Teilchenwerfer in das schimmernde Perlmutt gerissen hatte, vernarbt.

Sie warteten. Es geschah nichts. Sie warteten fünfzehn, zwanzig, dreißig Minuten. Kein Lebewesen war zu sehen, kein Würdenträger, kein Offizier näherte sich.

»Chtol schmollt!« Pearson lachte. »Versuchen Sie Funkverbindung aufzunehmen, Venturelli.«

Es gelang. Der Palast meldete sich. Askul sprach.

Pearson erklärte.

Askul bat – sehr freundlich, fast unterwürfig – um einen Moment Geduld, er wolle sofort mit dem Herrscher sprechen. Doch als dann die Antwort kam, runzelte Pearson die Brauen. »Nein, wir werden nicht im Palast verhandeln, sondern im Schutz unserer Teilchenwerfer auf dem Goar Potl!«

Askul zögerte.

»Auch die Bjaule in den Provinzen werden sich für das Angebot der Yoma interessieren. Wir könnten weiterfliegen, nach Kzar zum Beispiel«, sagte Pearson. Seine Berechnung ging auf. Askul beeilte sich zu sagen, der Herrscher sei einverstanden, werde aber zunächst einen Würdenträger an Bord der »Tolu« senden. Wollte er Zeit gewinnen?

Wenig später kam der Bote über den Großen Platz. Venturelli holte ihn mit dem Helikopter an Bord. Es war ein Offizier. Als er den Yoma und den Kosmonauten gegenüberstand, zog er eine Mikrokamera aus dem Uniformrock. »Von Pylon«, sagte er.

»Meine Mikrokamera!« rief Helo Ryk verwundert. »Sie wurde mir in Taiwepl gestohlen!«

Der Offizier wußte nicht, wie sie in Pylons Besitz gekommen war. Er sagte: »Wir fanden sie bei ihm, bevor er aus dem Zeugungslabor getragen wurde.«

»Getragen? Was heißt das?«

»Pylon ist tot, und es gibt kein Zeugungslabor mehr . . .«

Der Herrscher hatte einen schlechten Boten gewählt. Der Offizier gehörte zu den Verschwörern. Schnell, in kurzen Sätzen, berichtete er, was geschehen war.

Nach seiner Ankunft in Taiwepl sei Pylon von Araam-Dienern umringt und in ein Höhlengewölbe gebracht worden. Askul habe ihn des Verrats bezichtigt. Irgend jemand habe ihn aber entkommen lassen. Er sei im Palast untergetaucht und trotz aller Nachforschungen nicht aufzufinden gewesen. Dann sei es ihm gelungen, in das Zeugungslabor einzudringen. Er habe es zerstört, wahrscheinlich in der verzweifelten Hoffnung, das Signal für eine Aktion der Verschwörergruppe geben zu können, vielleicht auch nur, um Verwirrung zu stiften.

»Für uns«, sagte der Offizier, »kam es zu unerwartet. Wir waren nicht vorbereitet. Pylon selbst fand den Tod, als er das Labor sprengte. Rätselhaft bleibt, woher er den Sprengstoff nahm und wer ihm geholfen hat. Er konnte es unmöglich ohne Helfer tun. Nun sind Unruhen in Taiwepl. Das Zeugungslabor war ein Geheimnis der Araampriester. Jetzt wissen es alle. Sie fühlen sich betrogen . . . Die größte Sorge des Herrschers ist nun, daß die Provinzen erfahren könnten, was in Taiwepl geschah. Er traut weder den Würdenträgern noch dem Adel. Alle Ausgänge sind verschlossen.

»Jetzt kommt euer Angebot, Yoma«, sagte der Offizier und lächelte. »Chtol bittet euch, nicht auf dem Goar Potl verhandeln zu wollen. Die Gläubigen würden rufen: ›Seht doch, der göttliche Prophet erniedrigt sich vor den Feinden des Araam, seht doch, sie haben ihn aus dem Palast gerufen, und er folgt, und seine Sänfte steht im Schatten der To-lu!‹ Chtol bittet euch, Yoma, in jenen Quader zu kommen, den die Erdenmenschen ›Pension‹ nennen.«

Kari tauschte einen Blick mit Pearson. Beide waren einverstanden. Der Offizier verbeugte sich. Venturelli brachte ihn zurück.

»Ich werde euch mit dem Helikopter auf das Dach der ›Pension‹ fliegen und wachen«, sagte Pearson. »Von dort kann ich den gläsernen Gang kontrollieren, den Chtol benutzen muß. Heute ist kein Nebel wie damals, die Stadt ist gut zu übersehen. Hotep und Kari, ihr werdet Teilchenwerfer tragen . . .« Er erklärte ihnen die Handhabung der pistolenförmigen Waffen.

Venturelli kam zurück. »Irgend etwas gefällt mir nicht an Chtols Vorschlag. Wird er nicht versuchen, das Angebot einfach totzuschweigen?«

»Dann wenden wir uns an die Bjaule«, sagte Kari finster. »Wenn wir mit Chtol gesprochen haben, wird er wissen, daß es gefährlich ist, unser Angebot zu verschweigen.«

2

Helo Ryk war enttäuscht. Er hatte geglaubt, sie sehen zu können – was für eine törichte Illusion! Er schalt sich einen Narren und Träumer: Ich hätte mir denken können, daß wir nicht in Taiwepl verhandeln. Und wie sollte ich sie sonst sehen?

Das Gefühl, in ihrer Nähe und doch unendlich weit von ihr entfernt zu sein, deprimierte ihn. Wahrscheinlich ahnte sie gar nichts von der Ankunft der »Tolu«. Vielleicht lag sie im Kechurausch, vielleicht blätterte sie – in einem Gewölbe des Palastkellers liegend – in staubigen Folienbündeln.

Und wenn auch . . . War es nicht besser so? Was wollte er überhaupt von Aina? Ihr sagen, daß die Dogmen leeres Geschwätz seien? Sie mit neuer Unruhe erfüllen? Vielleicht hatte sie Kzar und das Amphitheater und die blutenden

Bjaule vergessen, um in ihre Vision von Yo Raam und dem östlichen Land hinabzusteigen, ihren einzigen Besitz zu erhalten.

Er verwarf diesen Gedanken, bevor er ihn zu Ende gedacht. So konnte es nicht sein. Es war zuviel geschehen. Kzar und der Überfall auf die »Tolu« waren keine Episoden, die sich in ein Nichts auflösten. Es mußte etwas zurückbleiben. Ainas Sinne, aus einem langen Schlaf erwacht, eben erst aus einer visionären Welt zurückgekehrt, mußten unverdorben, geschärft und empfänglich für die wirkliche Welt, für Kzar und Taiwepl sein.

Ein Zuruf des Mechanikers unterbrach Helos Gedanken. Venturelli hatte bisher an einem der geöffneten Bullaugen gesessen, um die »Pension« zu beobachten. Nun war er aufgesprungen. »Ein Fahrzeug auf der Ringstraße, Kommodore! Es nimmt Kurs auf den Goar Potl.«

Mit einigen Sätzen war Helo an den Bullaugen. »Wo?« Doch er sah schon selbst. Ein Amphibienfahrzeug der Tau-Armee. Es mußte aus dem Aja-See gekommen sein, denn es glänzte vor Nässe.

»Nur zwei Insassen«, stellte Venturelli erleichtert fest, »ein Araam-Diener und ein Würdenträger.«

Ein Araam-Diener? Ja. Aber ... nein, Helo irrte sich nicht. Der weite, schwarze Mantel und die unförmige Kapuze konnten ihn nicht täuschen. Er starrte ihr entgegen. Was wollte sie? Vielleicht – Flucht aus Taiwepl?

»Aina!« Auch Venturelli hatte es nun bemerkt.

Der Wagen kam quer über den Goar Potl, fuhr einen Bogen, bremste scharf. Die Oberpriesterin sprang auf das schimmernde Perlmutt, sah hinüber zu der weißen Halbkugel auf der Ostseite, hob den Blick zur »Tolu«, winkte.

Flucht? Dann konnten jeden Moment Verfolger auftauchen.

»Es kann eine Falle sein«, gab der Mechaniker zu bedenken. Helo achtete nicht darauf. Er lief in die Schleusenhalle, warf sich in einen Helikopter. Sie war geflohen, sie wollte an Bord!

Als er landete, wußte er schon, daß er irrte. Aina war ruhig, sehr ruhig, ihr Gesicht war schmal geworden, aber ohne jede Spur von Erregung.

»Aina!«

Sie standen sich gegenüber. Wo war nur der schwärmerische Ausdruck ihrer Augen geblieben? Wo waren die kindlich weichen Züge? Verflogen. Sie war gealtert. Selbst ihre Stimme, so meinte er wenige Sekunden später, war dunkler, voller und reifer geworden.

Sie gab ihm die Hand nach irdischer Sitte. Der feste, sichere Druck verwirrte ihn.

»Weißt du, was in Taiwepl geschehen ist, Führer der Erdenmenschen?«

Er nickte.

»Niemand darf Taiwepl verlassen. Jener dort« – sie deutete auf den Araam-Diener – »wird bestraft werden, weil er mich dennoch gefahren hat, aber das ist mir gleichgültig. Er weigerte sich zuerst . . .«

Sie zog eine handgroße Schachtel aus ihrem Mantel und öffnete sie.

Es war eine Spule mit einem aufgerollten, vierkantigen Draht.

»Bring diese Kassette in das ›Tal der Dämpfe‹, Führer der Erdenmenschen. Sie wird überall gesucht. Ich konnte sie bisher verbergen, aber in Taiwepl ist sie nicht sicher.«

»Was ist das, Aina?«

»Ein plastischer Film aus dem Zeugungslabor. Er beweist, was Chtol verschweigen möchte. Alle Yoma müssen ihn sehen und später alle Bjaule.«

»Und wer gab ihn dir?«

»Pylon. Ich war bei ihm, als er aus dem Goar Tetzl kam, und ich habe ihm zur Flucht verholfen.«

Er fühlte den Triumph in ihrer Stimme. Das also war Aina. Nein, sie war nicht gespalten, und sie träumte nicht mehr von lichtgrünen Hainen. Auch sie hatte einen Gegner gefunden, auch sie kämpfte. Fast spürte er so etwas wie Neid in sich aufsteigen. Er kam sich plötzlich überflüssig vor. Weder Wangu und Pylon noch Kari würden seine Jagd nach dem Unendlichen verstehen, auch Aina nicht. Sie alle hatten sehr greifbare Ziele. Was kümmerte sie die Unendlichkeit?

»Hast du Pylon auch den Sprengstoff gegeben, Aina?«

»Ja.«

Ihre einzige Sorge, das spürte er deutlich, hatte dem plastischen Film gegolten. Nun, da sie ihn in Sicherheit wußte, erzählte sie ausführlicher, und wieder war Triumph in ihrer Stimme.

Über wen triumphierte sie? Über Askul und Chtol oder über sich selbst? Es gab einen Triumph, der aus Haß geboren wurde – er war unbeständig. Aber auch jene, die ihre Schwächen abwarfen, triumphierten. Das war das erwachende Selbstbewußtsein, ein Triumph, der zu neuen Taten führte.

Ja, Aina hatte sich selbst entdeckt. Sie würde sich nicht länger in Visionen versenken. Sie würde nicht länger Oberpriesterin des Araam sein. Aber was wollte sie tun?

Noch während sie sprach, begann Helo um sie zu fürchten. Zusammen mit Pylon hatte sie Askuls Labor zerstört, und der Erfolg – die Unruhen in Taiwepl, die Ratlosigkeit des Herrschers, Askuls und seiner Araam-Diener Jagd nach dem plastischen Film – berauschte sie wohl. Nun würde sie neue Abenteuer suchen, immer neue Beweise dafür verlangen, daß sie, Aina, mehr konnte, als in verstaubten Folienbündeln zu blättern. Noch war sie die Tochter des Herrschers, noch trug sie die Tarnkappe der Oberpriesterin, aber wie lange würde es dauern, bis die Priester und Araam-Diener, Askul und Chtol ihr wahres Gesicht erkennen würden?

Eine jähe Angst würgte ihn. »Was wirst du nun tun, Aina?« fragte er heiser.

Sie sah verwundert auf. Du verstehst mich nicht, Führer der Erdenmenschen, du lauschst und verstehst den Sinn meiner Worte nicht, schien ihr Blick zu sagen. Dieser Blick verwirrte ihn noch mehr. Nein, er hatte sie nicht verstanden.

»Ich kann nicht länger in Taiwepl bleiben. Was sollte ich hier? In den Provinzen«, sagte sie mit weit ausholender Gebärde, »geschieht großes Unrecht. Dorthin muß ich gehen, zu den Bjaule, vielleicht nach Kzar.«

»Und was willst du dort?«

»Die Bjaule warten ...«

»Aber worauf, Aina?«

»Sie warten auf einen Lehrer. Sie wollen nicht länger unwissend sein. Und jemand, der Taiwepl kennt, muß sie schützen vor Taiwepl. Großes Unrecht verübt die Höhlenstadt an den Bjaule. Hast du Kzar vergessen, Führer der Erdenmenschen?«

Jetzt erst begriff er. Aber das war doch Wahnsinn! Sie, die ihr Leben im Palast mit Schischal, edlem Goro und zarten Gewändern verbracht hatte, umgeben von Lehrern und Dienerinnen, wollte in das schmutzstarrende, mit beißendem Qualm erfüllte, von Unruhen geschüttelte Kzar gehen?

Er versuchte sie davon abzubringen, suchte nach Argumenten. Als Venturelli meldete, die Yoma schickten sich an zurückzukehren, Pearson habe schon den Motor des Helikopters angestellt, sprach Helo hastiger, eindringlicher, sprach von vergeblicher Mühe, von Strapazen und Gefahren in der Bjaulestadt.

Aina lächelte. »Ein halbes Leben lang war ich eine nutzlose Priesterin, weil ich glaubte, ich gehörte nur mir selbst und dem Araam. Nun darf ich keinen Tag länger warten.

Warum verwunderst du dich? Geizt ihr nicht mit jeder Stunde, um neues Wissen von den Sternen und Planeten aufzuhäufen für die Menschen auf der Erde? Nutzt ihr nicht jede Stunde, und verabscheut ihr nicht den Rausch und die leere Versenkung und das uferlose Treiben? Auch ich will nichts anderes tun, als mein Wissen den Bjaule zu schenken. Auch ich will nicht länger untätig sein. Warum verwundert dich das?«

Von der »Pension« erscholl das Geräusch des startenden Helikopters herüber. Aina hüllte sich in ihren Mantel und wandte sich grußlos ab.

Er sah ihr nach, bis der Amphibienwagen in die Ringstraße einbog und wenig später zwischen den gläsernen Quadern und Halbkugeln verschwunden war.

3

Wie betäubt kehrte Helo in die Steuerzentrale zurück.

»Es ist nichts geschehen, was Sie beunruhigen könnte. Gedulden Sie sich, bis die anderen hier sind, ich möchte nicht zweimal erzählen«, antwortete er auf Venturellis Frage. Er wußte, nachher würden zuerst Kari oder Hotep berichten, dann würde er, Helo, mit dem Start beschäftigt sein. Er wollte Zeit gewinnen, um nachzudenken.

Er setzte sich auf seinen Kommodoreplatz. Die Steueraggregate, mit denen er sich für immer verwachsen geglaubt hatte, schienen ihm fremd und kalt. Er berührte den Befehlsblock für die Teilchenbeschleuniger. Sonst hatte schon der Anblick des grauen Gehäuses den Wunsch in ihm erweckt, gebändigte Energien in Geschwindigkeiten umzusetzen und durch unbekannte Räume zu jagen. Jetzt wußte er, daß er seine magnetische Gewalt über ihn verloren hatte.

Geschwindigkeiten, Räume, die Unendlichkeit ... sinnlose Begriffe auf Rho!

Draußen im Kosmos war er stets Sieger über die Zeit geblieben. Hier lief sie ihm davon. Hier war er hoffnungslos abgeschlagen, weit hinter Kari, Wangu, Pylon, den Gefährten – und Aina zurückgeblieben.

Die Yoma und Pearson kamen gut gelaunt an Bord zurück. Wenigstens einen Teilerfolg hätten sie errungen, hörte Helo Kari sagen. Offensichtlich unter dem Druck der Unruhen in Taiwepl habe Chtol der gemeinsamen Vorbereitung eines Sonnenexperimentes zugestimmt. Zu gegebener Zeit wolle er radioaktives Erz liefern.

Wie durch eine Nebelwand vernahm Helo den Bericht. »Zu gegebener Zeit?« Venturellis mißtrauische Stimme.

Lachen.

»Er muß die Bjaule erst an den Gedanken eines neuen Experimentes gewöhnen. Er darf ja nichts gegen den Willen seiner ach so geliebten Gläubigen tun. Eine Panik könnte ausbrechen. Das mißlungene Experiment der Kondo-wamak sei noch zu frisch in Erinnerung«, erklärte Pearson.

»Natürlich versucht er, uns an der Nase herumzuführen.

Aber wir haben sein Versprechen, sogar schriftlich. Wir schicken Beobachter in die Provinzen, sie werden die ›ideologische Vorbereitung‹ des Experiments kontrollieren. Und wenn sie ausbleibt, werden wir selbst ›vorbereiten‹. Es wird die Bjaule interessieren, worüber der ›große Prophet‹ mit den Yoma verhandelt hat.«

Sonnenfäden tanzten über die magischen Augen, die Schalter und Hebel, aber Helo sah sie nicht.

Er dachte darüber nach, warum Pylon nicht geflohen war. Mit Ainas Hilfe wäre er sicher entkommen, durch den Tunnel in den Aja-See und dann nach Norden. Aber wollte er überhaupt fliehen? Er wollte kämpfen, gegen Chtol und gegen das Eis. Gegen . . .

Gegen? Nein, nicht gegen, sondern für etwas. Das ist ein Unterschied. Pylon kämpfte gegen Chtol, um das Leben zu schützen – vor widernatürlicher Zeugung und dem Kältetod.

Aina geht nach Kzar. Auch sie will kämpfen: für mehr Fleisch, besseren Goro und Gerechtigkeit für die Bjaule. Pylon, Aina, Wangu, Kari, die Gefährten: sie alle kämpfen für etwas. Deshalb haben sie ein Ziel, sind tatendurstig konzentriert . . .

Und ich?

Es fiel Helo wie Schuppen von den Augen. Ich kämpfe nur gegen . . . Gegen den Raum, gegen die Zeit . . .

Aber vernunftbegabt, das heißt doch ein Ziel haben und dafür tätig sein? Ein Ziel, das irgendwie nützt . . . Wem nützt die Unendlichkeit?

Er starrte verwundert auf die Sonnenfäden. Ich, ich nicht vernunftbegabt?

Der Sender am Pol

1

»Schlafen, schlafen, schlafen. Es ist Nacht. Im Goar Tetzl ist Nacht . . .

Ich bin müde. Ich will schlafen.

Aus den Bergen, wo die blutrote Sakaya wächst, kommt die Nacht und legt sich auf das Tal der Dämpfe . . .

Die Nacht legt sich auf mich. Ich bin müde. Ich will schlafen. Ich schlafe schon, ich schlafe, schlafe, schlafe . . .«

Immer leiser flüsterte der alte Yoma. Seine Stimme, über eine elektroakustische Anlage in den »Saal der Wissenschaften« getragen, berührte die Schüler kaum noch. Sie lagen mit geschlossenen Augen, die langen Hälse seitlich eingebogen, die hageren Körper in weiße Tücher gehüllt.

Sie schliefen.

Es waren ausgesuchte Schüler. Der Yoma betrachtete sie mit Wohlgefallen. »Sie sind gut vorbereitet«, sagte er zu Holm Ferguson und Sven Roger, die den Vorgang des hypnotischen Einschlafens interessiert verfolgt hatten. »Sie werden gut lernen.«

Sven Roger zweifelte. »Bist du sicher, daß unser Experiment Erfolg hat? Die ersten Schritte in die theoretische Atomphysik ausgerechnet im Schlaf?«

Der Alte lächelte. »In allen Sälen der Wissenschaften wird im Schlaf gelehrt. Jeder Tag ist kostbar, und unsere Aufgaben sind groß. Wir müssen die Nacht nutzen.«

Seine suggestive Stimme klang bewegt, als er sagte: »Nun werden die Schüler mehr wissen als der Lehrer. Heute nacht werden sie den Pfad der irdischen Wissenschaften betreten.«

»Wann fangen wir an?« fragte Holm Ferguson.

»Wenn der Schlaf tief genug ist. Es wird bald soweit sein.«

»Du sprichst selbst, Sadev?«

»Der Erfolg hängt nicht nur von einer bestimmten Tonhöhe, sondern auch von einem bestimmten Tonfall ab«, erklärte der Alte. »Ich spreche selbst.«

»Und wie oft wirst du sprechen?«

Der Yoma blätterte in dem Manuskript, das er nach Sven Rogers Diktat geschrieben hatte. Es war ein programmierter Einführungskurs, zusammengestellt für die Ausbildung jener Schüler, die Spezialisten auf dem Gebiet der Atomphysik werden sollten.

»Vierzigmal.«

»Vierzig Nächte?«

»Vierzigmal eine halbe Stunde.«

»Nur zwanzig Stunden für die Grundlagen unserer Atomphysik? Das wäre grandios!« staunte Sven Roger. »Grandios und ungewöhnlich.«

Holm Ferguson schüttelte den Kopf. »Es ist gar nicht so ungewöhnlich, wie Sie glauben. Im Prinzip geht es um einen Vorgang, der auf der Erde unter dem Namen Hypnopädie bekannt war. Schon vor einigen tausend Jahren flüsterten buddhistische Mönche ihren schlafenden Novizen die Texte der heiligen Bücher ins Ohr. Viel später gab es sogar Akademien, an denen Studenten besonders Fremdsprachen im Schlaf erlernten. Aber im kosmischen Zeitalter gehört das Lernen zu den ersten Lebensbedürfnissen von einigen Milliarden Menschen. Es gibt keine Notwendigkeit mehr für eine Intensivierung der Wissensvermittlung auf diesem Weg. Deshalb ist der Begriff Hypnopädie nur noch in alten Lexika zu finden.«

Sadev bat um Ruhe.

Er räusperte sich und lehnte sich wieder über das Mikrophon. Das Manuskript auf den Knien, begann er zu sprechen, sorgsam artikuliert, in einem suggestiven Tonfall, Wort für Wort. Seine Stimme berührte die schlafenden Schüler, tastete sich an ihr Gehör, löste winzige Nervenströme aus.

Die Schüler lagen entspannt, atmeten gleichmäßig und tief. Vielleicht träumten sie von künstlichen Staudämmen und Buruschherden auf saftigen Weiden oder von Automaten und blitzenden Raumschiffen, während sie das Wissen der Erdenmenschen einsogen. Morgen früh würde es aus dem Nichts auftauchen und wie auf Fotopapier in ihrem Bewußtsein erscheinen.

2

Eis und Schnee, trockener Frost, Gletscher.

Sie hatten das »Tal der Dämpfe« kaum verlassen, und schon umgab sie eine typische Polarlandschaft. Auch südlich des Tals waren die Berge verschneit, aber zwischen den rubinrot leuchtenden Gipfeln und den vereisten Schluchten dehnten sich Geröllhalden und trockene Sandfelder. Da gab es noch Pflanzenwuchs, wenn auch sehr spärlich. Hier im Norden aber war tödliche Einöde, und es gab nur eine Farbe: weiß.

Helo Ryk steuerte den ersten Helikopter. Aus Taiwepl zurückgekehrt, hatte er das Raumschiff in die Sakaya-Berge geflogen. Die Bordwerkstätten, Laboratorien und Elektronenhirne waren für den Aufbau des Kraftwerkes am Kratersee und die Bildechoskop-Station unabkömmlich.

»Wenn die Helikopter nicht gebraucht werden, schlage ich eine Expedition in den Norden vor«, hatte Helo Ryk zu Pawel Fock gesagt. »Foster und ich, wir sind zur Zeit am wenigsten ausgelastet. Wir könnten das Problem der Vereisung unter die Lupe nehmen. Foster, ich und vielleicht ein paar Yoma für die Bedienung der Geräte . . .«

Foster steuerte den zweiten Helikopter, in geringem Abstand folgte Jan Mayen mit dem dritten.

Eis und Schnee, trockener Frost, Gletscher – Flugstunde um Flugstunde.

Wenn hier jemals Herden weiden und Gorofrüchte wachsen sollen, ist Hilfe nötig, schnelle und umfassende Hilfe – aus dem Inneren Kreis, dachte Helo. Die Yoma allein schaffen es nicht, auch nicht mit einer künstlichen Sonne. Und selbst die ist vorläufig nur eine schöne Vision.

Helo achtete nicht auf die Gespräche der Yoma neben

ihm. Erst als sie ihm durch den Lärm der Luftschrauben zuriefen, dort vorne ende das Goar Tetzl, erinnerte er sich an die nächstliegende Aufgabe. Irgendwo mußten die Helikopter hier zwischenlanden, um eine entstehende Grenzsicherungsstation mit Material zu versorgen. Wangu und Jan Mayen sollten dableiben, um die Anlagen zu prüfen. Die Station arbeitete nach einem neuen Prinzip, sie errichtete sich selbst.

Helo drosselte die Geschwindigkeit des Flugkörpers, um Wangu und Jan Mayen vorzulassen. Sie überholten ihn und setzten sich an die Spitze. Sie steuerten ein Hochplateau an, das den schroff abfallenden Steilwänden – der nördlichen Begrenzung des Goar Tetzl – halbkreisförmig vorgelagert war.

Die Station – ein schwarzer Tupfen in den Schneefeldern. Sie mochte noch vier bis fünf Kilometer entfernt sein, als sie ein Geschwader rotierender Scheiben ausspie, die sich schnell erhoben und zu einem Ring ordneten. Wenig später wurde Helo elektrisiert. Schwache, aber anwachsende Stromstöße jagten von den Handflächen abwärts durch seinen Körper. Er schaltete den Autopiloten ein und zog die Handflächen von der Steuerung zurück. Es knackte und wisperte in den Kopfhörern. Wie von weit her vernahm er Wangus Stimme. Sie befahl ihm, den Helikopter zu stoppen.

Er landete neben Foster auf einer Schneewehe und sprang aus der Kanzel.

Es war plötzlich totenstill. Die frostklare Polarluft flimmerte. Die Scheibenkörper standen unbeweglich über dem Horizont.

»Was ist los, Foster?«

Der Geologe zuckte mit den Schultern. Er hatte den Teilchenwerfer entsichert, als erwarte er eine Gefahr.

»Wo ist Jan?«

Der Geologe deutete nach vorn. »Dort, links in der zweiten Senke. Haben Sie ihn denn nicht gesehen?«

»Ich mußte mich auf den Autopiloten konzentrieren. Ich war . . .«

Eine Detonation schnitt Helo das Wort ab. Sekunden später tauchte Jan Mayen am Rand der Senke auf. Er rief etwas und gestikulierte mit den Armen, aber sie konnten ihn nicht verstehen. Er stolperte, brach bis zu den Hüften ein, kam wieder hoch, rollte über eine Wehe.

»Ich hole ihn ab!« Helo schwang sich auf den Helikopter, prallte aber mit einem Yoma zusammen, der gerade aus der Kanzel springen wollte.

In demselben Moment rief Foster: »Kommen Sie zurück! Explosionsgefahr! Weg, alles weg von den Helikoptern!«

Sie warfen sich in den Schnee und stoben nach allen Seiten auseinander. Helo holte den Geologen ein. Sie arbeiteten sich zu Jan Mayen durch. Der Kybernetiker taumelte.

»Sind Sie verletzt?«

Jan Mayen wehrte ab. »Nur eine Schramme am Unterschenkel . . . Rufen Sie die Yoma zusammen. Ich muß erst mal verschnaufen!« Er lachte plötzlich und wandte sich nach den Scheibenkörpern um. »Großartig, großartig! Ist das eine Automatik! Zum Glück waren wir schon weit genug entfernt, als die Treibstoffbehälter hochgingen . . .«

»Was ist denn überhaupt passiert? Wo ist Wangu geblieben?« Foster wurde ungeduldig.

»Unsere Station hat einen Selbstschutz ausgelöst. Sie konnte ja nicht wissen, ob wir Yoma oder Tau sind. Die Scheibenkörper sollten uns ins Jenseits befördern. Sie warfen Energiebündel gegen uns, bildeten eine Sperrzone. Ich war plötzlich gelähmt und verlor die Gewalt über die Steuerung. Es gab eine Notlandung mit ziemlich hartem Aufschlag. Wangu ahnte, was noch kommen würde. Sie schrie mir zu, die Helikopter seien gefährdet. Und kaum hatten wir uns in Sicherheit gebracht, da explodierte schon der Treibstoff! Sie sehen, unsere Station arbeitet schnell, präzise, einfach großartig . . .«

»Ihre Begeisterung in Ehren, aber sie ist wohl nicht am rechten Platz«, sagte der Geologe. »Hat denn Wangu nicht gewußt, daß wir eine Sperrzone anfliegen?«

»Das ist es ja eben!« Jan Mayen blieb unbeirrt fröhlich.

»Den Berechnungen zufolge durfte der Selbstschutz erst in etwa zehn Tagen einsatzfähig sein. Zehn Tage Vorsprung! Die Station übertrifft sich selbst. Und alles ohne Hilfe vernunftbegabter Wesen. Ich glaube, Sie wissen gar nicht, was das bedeutet.«

»Zunächst bedeutet es, daß wir hier herumsitzen müssen, bis Wangu Erfolg hat. Ich nehme an, sie versucht, den Selbstschutz auszuschalten?«

»Ja, mit Hilfe eines Senders und verschlüsselter Befehle.«

»Und inzwischen explodieren die anderen Helikopter.«

Jan Mayen schüttelte den Kopf. »Das wäre längst geschehen. Wahrscheinlich befinden sie sich außerhalb der Sperrzone.«

Helo Ryk beobachtete die Yoma. Auf ihren ziegelroten Gesichtern lag ein Hauch von Stolz. Sie hatten Grund, stolz zu sein. Und doch war die Station nur ein Anfang. Denn später würden sie viele komplexe Maschinen bauen, würden ihnen variable Programme geben und ein paar grundlegende Operationen vorschreiben.

Eine solche Maschine, dachte Helo, erledigt alles andere von selbst. Sie wird sich vervollständigen, wachsen, sie wird sich zu einem landwirtschaftlichen Kombinat entwickeln, das sät und erntet, oder zu einem Hochofenkomplex, der Erzlagerstätten auskundschaftet und abbaut, Transportkanäle gräbt und Förderbrücken konstruiert, um unermüdlich gießen zu können.

Phantasiegebilde? Ja, aber auf realem Boden gewachsen. Die Station war der erste Schritt. Wann folgte die nächste, morgen oder in zwanzig Jahren? Das Eis würde die Kräfte der Yoma aufsaugen. Gegen jeden Gletscher mußte ein Kraftwerk eingesetzt werden, und jedes Kraftwerk schluckte die geistige und körperliche Kraft von soundso vielen Yoma.

Sie waren intelligent, mutig und optimistisch. Aber allein schafften sie es nicht. Sie brauchten Hilfe, Energien, eine künstliche Sonne.

Wir müssen so schnell wie möglich Hilfe aus dem Inneren Kreis anfordern, dachte Helo.

Er wurde ungeduldig. Der Zwischenfall kostete Zeit. Noch keine Spur von Wangu?

Erst nach der Mittagsstunde zogen sich die Scheibenkörper zurück, und Wangu kam mit einem Dutzend Robotern, um das Material für die Station abzuholen.

Es war den Yoma anzusehen, daß sie ungern weiterflogen, ohne die Station besichtigt zu haben, aber Helo und Foster drängten zum Aufbruch. »Bevor es Nacht wird, müssen wir mindestens vierhundert Kilometer weiter nördlich sein und die Geräte aufgestellt haben«, sagte Foster. »Der Polarkreis ist launisch. Morgen schon könnte es Sturm geben, und wir wären gezwungen, ins ›Tal der Dämpfe‹ zurückzukehren.«

Wenig später erfüllte das eintönige Summen der Luftschrauben den frostklaren Himmel über der letzten Bastion des Goar Tetzl.

3

Nacht. Hin und wieder wurde die Polarwüste von Eisbarrieren, Kristallgebirgen und Basaltkegeln unterbrochen, von dunklen Flecken, die wie Inseln auf dem schimmernden Schneeozean schwammen – dann schaltete Helo die Scheinwerfer ein. Die Strahlenbündel tasteten sich hinab, liefen in einem Wellental entlang oder huschten durch das Labyrinth miteinander verwachsener Gletscher, krochen aufwärts, bis sie auf einem Grat verharrten: Dann wurde jede Schneeflocke sichtbar, die der Wind aufwirbelte. Träge und vereinzelt taumelten sie durch den Lichtkegel. Helo nickte zufrieden. Kein Gedanke an Sturm.

Gegen Abend hatte er die geologisch-meteorologische Expedition verlassen und nördlichen Kurs eingeschlagen. Sein Unternehmen war nicht ungefährlich. Foster hatte ihn gewarnt: »Nachts lösen sich über dem Eis Flauten und starke Böen in schneller Folge ab. Sie können in einen Wirbelsturm kommen, Helo . . . Müssen Sie denn gerade jetzt fliegen? Der Sender läuft doch nicht davon.«

Helo lehnte sich zurück, nachdem er den Autopiloten eingeschaltet hatte. Der Sender nicht, aber die Zeit lief davon. Schon war der Tag des Starts zur Erde nicht mehr fern. Wenn es inzwischen noch gelang, den Polarsender für einen Hilferuf an den Inneren Kreis einzusetzen, für einen Ruf nach Atomkraftwerken und Energien gegen das Eis, dann war den Yoma und allen Proximanen mehr gedient als mit dem Projekt in den Sakaya-Bergen.

Wenn es gelang ... Waren die Voraussetzungen überhaupt gegeben? Es hatte keinen Zweck, die Gefährten mit einer Idee zu belasten, die sich als undurchführbar erweisen konnte. Sie würde sowieso auf Widerstand stoßen, denn die Konzentration aller Kräfte auf ein neues Projekt bedeutete den Abbruch der Arbeiten am Bildechoskop, bedeutete eine endgültige Absage an das Forschungsprogramm der »Tolu«-Expedition.

Helo lächelte. Er würde Pawel Fock und die anderen schon überzeugen. Zunächst aber mußte er den Sender aufsuchen.

Stunde um Stunde trieb er über das Eis nach Norden. Einsamkeit? Sie störte ihn nicht. Es war eine andere Einsamkeit als jene, die er zwischen der Erde und den Nachbarplaneten ausgekostet hatte, und auch seine Gedanken waren anders als damals. Sie rührten nicht an die Unendlichkeit und ketteten sich nicht mehr an jene überwältigende Sehnsucht nach einer blauen Wega, die in unerreichbarer Ferne lockte. Rufe aus den Tiefen des Alls – waren sie verstummt?

Das Brausen der Werkhallen aus dem »Tal der Dämpfe« umgab ihn und der Lärm der Bjaule im Amphitheater von Kzar. In seinen Ohren klang die temperamentvoll-aggressive Stimme Wangus und die eintönig-fade des Herrschers, die energische Stimme Pawel Focks und die erregte, fragende Ainas.

Überall war Leben. Er vernahm es. Das Leben durchdrang ihn und berührte jede Fiber.

Doch es hatte einen Feind! Er hockte auf den Schneefeldern und grinste aus tausend Gletscherspalten. Er wälzte sich nach Süden und sprang über das Goar Tetzl. Die Yoma hatten gegen ihn eine Barriere errichtet. Aber er hatte es nicht eilig. Er überfiel sie unerwartet und zog sich zurück, kam von neuem hervor und nagte an ihrem Fundament, drängte sie ab, Zentimeter um Zentimeter. Von seinem Atem berührt, erstarrte das Leben, und er, der Grimmige, Weißgesichtige, gewann Fußbreit um Fußbreit, Jahr für Jahr.

Was nützten Barrieren? Er hatte Schwingen, sie zu überfliegen. Was nützte es, ihm einen Arm abzuhacken? Er hatte unzählige Arme. Ins Herz mußte man ihn treffen.

Rho brauchte Hilfe aus dem Inneren Kreis!

Selten waren die Sterne so strahlend und so groß wie in dieser Nacht. Helo gönnte sich einen Blick hinauf zu den schwimmenden Kristallen. Für Minuten nahm ihn die ungeheure Tiefe gefangen, und schon glaubte er, das Wispern und Locken zu hören, die Rufe der Wega und des Andromedanebels.

Er konzentrierte sich wieder auf die Geräte. Er las Skalen ab, verglich die gefundenen Werte mit den Angaben der Karte, die ausgebreitet auf seinen Knien lag, errechnete Koordinaten. Helo hob den Blick, spähte nach vorn. Er befand sich in unmittelbarer Polnähe.

Nur das Ziel nicht verfehlen! Die Schneeflocken tanzten schneller, körniges Eis fegte über die glattgeschliffenen Basaltkegel. Kam Sturm auf? Er durfte keine Zeit verlieren!

Helo legte eine armdicke Leuchtspurrakete auf die Gleitschiene der Abschußrampe. Während sie selbsttätig ausfuhr, verdoppelte er die Lichtstärke des Bugscheinwerfers. Fünftausend, sechstausend Meter weit fraß sich das Strahlenbündel, ein weißglühender Pfeil, in die Polarnacht, huschte über den Horizont und stöberte Schatten auf, die sich grollend duckten und tiefer in Spalten und Schluchten zurückzogen.

Noch einmal prüfte Helo die Koordinaten. Hier in der Nähe mußte es sein! Die Rakete erhob sich zischend gegen den sternenübersäten Himmel. Eine dumpfe Explosion –

faustgroße Kometen stoben nach allen Seiten auseinander, explodierten wiederum und breiteten einen Hagel blauweißer Irrlichter aus. Es wurde taghell. Helo suchte den Horizont ab.

Kein Hinweis, kein Anhaltspunkt!

Dann beschleunigte er. Dreißig bis vierzig Minuten würde die hohe Leuchtintensität der blauweißen Staubwolke anhalten, die in einer Höhe von einigen tausend Metern immer weiter auseinanderquoll. Der Helikopter zog im Halbkreis nach Osten, um nach wenigen Flugminuten erneut nach Norden einzuschwenken.

Da, ein Kegel! Der Scheinwerfer tastete ihn ab, suchte, verharrte, als er die glitzernde Nadel im Zentrum gefunden hatte. Der Polarsender! Helo Ryk war an den Ausgangspunkt der »Tolu«-Expedition zurückgekehrt.

Endlich!

Er überflog den vorderen Kraterrand und landete neben den gläsernen Halbkugeln. Der Sendeturm, ein Gerüst aus mannsdicken Metallschienen, ragte zwischen haushohen Schneewehen hundert bis hundertzwanzig Meter auf, in seinem oberen Drittel war er zwiebelförmig gewulstet. Wahrscheinlich befanden sich dort die Bedienungs- und Kontrollräume. Wie waren sie zu erreichen? Es gab weder eine Treppe noch eine Leiter, noch einen andersgearteten Eingang.

Helo zerbrach sich nicht lange den Kopf. Vorläufig interessierte ihn die Energieanlage mehr. Der Sender war intakt, warf noch heute Impulse in den Kosmos, obwohl er seit dem Untergang der Kondo-wamak verlassen war. Nach welchem Prinzip arbeitete er, woher nahm er die Energie?

Die Antwort mußte im Inneren der gläsernen Halbkugeln liegen. Sie schienen aus einem Guß zu sein, nirgends entdeckte er eine Tür, eine Öffnung oder auch nur eine Ritze. Und doch mußten sie einen Zugang haben.

Helo begann systematisch zu suchen. Er nahm sich jeden Quadratmeter vor, denn auf der Flucht aus Taiwepl hatte er erfahren, daß es in den gläsernen Gewölben Öffnungen geben konnte, die einem oberflächlichen Beobachter verborgen blieben.

Er suchte und suchte. Der leuchtende Teppich im Zenit verblaßte.

Alles vergeblich.

Sturm kam auf, wirbelte über die Basalthänge, fegte Wolken winziger Eisnadeln über die Kratersohle. Der Helikopter verschwand hinter milchigen Vorhängen.

Helo dachte nicht daran, aufzugeben. Gab es keine Öffnung im zugänglichen Teil der Halbkugeln, so mußte sie tiefer liegen, unter den Schneewehen. Aber wie tief mochte sie sein?

Er zog das schwarze Futteral aus der Brusttasche unter seiner Pilotenjacke und setzte den Werfer in Tätigkeit. Zunächst einen Kanal schmelzen, sehen, wie hoch der Schnee aufgetürmt ist! Das Ergebnis war entmutigend. Zwanzig bis fünfundzwanzig Meter ging es senkrecht nach unten. Halbkugeln? Nein, riesige Zylinder mit einem halbkugelförmigen Aufsatz. Erinnerten sie nicht an Planetarien?

Dort unten gab es sicher Öffnungen, eine Tür. Aber einen Schneeberg von zwanzig Meter Höhe einschmelzen? Das würde viel Zeit in Anspruch nehmen, und das Schmelzwasser würde sofort gefrieren.

Es gab eine andere Möglichkeit. Doch sie war nicht ganz ungefährlich.

In den plombierten Vorratsbehältern der Helikopter und Landeraketen war neben Lebensmitteln und Wasser je eine komplette Skaphander-Ausrüstung verstaut. Der Behälter durfte nur in besonders dringenden Fällen geöffnet werden. Nun, ein solcher Fall lag jetzt vor.

Schräg vor der Führungskanzel des Helikopters hatte der Sturm einen Wall aufgeworfen. Helo brach knietief ein, einige Schritte weiter saß er bis zu den Hüften fest. Er stapfte zurück und schlug einen Bogen, um von der anderen Seite an die Kanzel zu kommen. Mit der erhobenen Hand schützte er Augen und Gesicht vor den stechenden Eisnadeln. Der Wind heulte. Er hatte die Glutwolke auseinandergerissen, phosphoreszierende Fetzen trieben über die Kratersohle, vermengten sich mit den Schatten und milchigen Schleiern feinsten Pulverschnees.

Helo wischte sich den Schnee aus den Augen. Vor ihm, halb verweht, aber noch deutlich sichtbar, zeichneten sich Fußspuren ab. Fußspuren wenige Meter neben dem Heck des Hubschraubers?

Er erschrak. Er konnte sich noch genau erinnern, daß er aus der Kanzel heraus sofort zu den Halbkugeln gegangen war.

Jemand schleicht um den Helikopter! Er zog den Teilchenwerfer. Hastig verfolgte er die Spur. Sie verlor sich neben der äußersten Halbkugel. Ein Stück weiter kam sie wieder zum Vorschein, mündete in den Trampelpfad, den er selbst angelegt hatte.

Es ist meine eigene Spur, dachte Helo erleichtert. Ohne es zu wissen, war ich ganz in der Nähe des Helikopters. Kein Wunder, es ist ja fast Nacht. Der Sturm ... man kann sich verlaufen ...

Er legte den Skaphander an und prüfte die Sauerstoffpatronen. Dann knüpfte er ein Seil um die Kufen des Hubschraubers und schlang das andere Ende um seine Brust. Dicht an die spiegelglatte Wandung des äußersten Zylinderturmes geschmiegt, arbeitete er sich nach unten. In doppelter Mannestiefe wurde der Schnee fest.

Helo grätschte die Beine – die Fußspitzen fanden genügend Halt – und setzte den Werfer ein. Hatte er einen Meter Schnee unter sich weggeschmolzen, glitt er hinab und stemmte sich von neuem fest. So kam er gut voran. In weniger als einer Stunde traf er auf steinigen, eisenharten Frostboden.

Die Wandung des monumentalen Zylinders war auch hier spiegelglatt und wie aus einem Guß. Irgendwo mußte es einen Eingang geben, aber wo ihn suchen? Helo besann sich nicht lange. Noch einmal schaltete er den Teilchenwerfer ein.

Das ovale Flächenstück, das er ausgeschnitten hatte,

rutschte – und fiel. Es schlug gegen Metall, knirschte, polterte in eine unsichtbare Tiefe. Dann ertönte ein durchdringender, gräßlicher Schrei – und ein nasses Aufklatschen.

Warme, modrige Luft wehte Helo durch den geöffneten Helm ins Gesicht. Sekundenlang war er starr. Tief unter ihm klang es wie Röcheln.

Der Lichtkegel der Taschenlampe tastete vor. Der Zylinder war völlig leer. Eine freischwebende Plattform trennte das schlauchartige, kuppelförmige Gewölbe von den tiefer liegenden Abschnitten.

Helo rief. Rief, was ihm gerade einfiel, ein paar Worte in der Proximanersprache. Und lauschte.

Röcheln.

Aber keine Antwort. Natürlich keine Antwort! Wie sollte ein Lebewesen in einen Zylinder kommen, der seit Jahrzehnten verlassen war? Er fuhr sich über die Stirn. Nerven.

Helo knüpfte das Seil von seiner Brust, nahm den Helm ab und zog die schweren Bleischuhe aus. Die Plattform endete links von ihm. Rechts gähnte der Abgrund. Mit einem Sprung wäre er sicher hinübergekommen, doch er dachte an den Rückweg und erweiterte das Oval, bis er unmittelbar an die Plattform heranreichte. Sie bebte leicht und klang metallisch unter seinem Schritt.

Er leuchtete zuerst die Wände ab und fand auf der gegenüberliegenden Seite eine Tür. Hier waren die Kondo-wamak aus und ein gegangen. Die Tür war dicht verschlossen. Nicht einen Millimeter hatte sie dem Druck der Schnee- und Eismassen nachgegeben.

Eine Wendeltreppe führte nach unten. Auch der zweite und der dritte Zylinderabschnitt waren völlig leer. Im vierten entdeckte Helo einen schmalen Fries mit wasserhellen, geometrischen Zeichen. Er versuchte sie zu lesen, aber sie stimmten nur in einigen Details mit der Schriftsprache von Taiwepl überein.

Das Röcheln unter ihm brach ab, und erst jetzt erinnerte er sich, daß er ähnliche Geräusche schon einmal gehört hatte – am Tage der Landung in der Yomastadt: im Gewirr der

Röhren, Trichter und Kanäle ein riesiger, aufrecht stehender Schlauch, der sich rhythmisch aufblähte und zusammenzog.

Die Wendeltreppe war zu Ende. Helo befand sich jetzt vierzig bis fünfzig Meter unter der gläsernen Kuppel. Er legte sich flach auf die Plattform und leuchtete in den engen Schacht, der weiter nach unten führte. Wie tief noch? Fünfzig, sechzig Meter? Der Lichtkegel traf auf eine schwarze Wasserfläche.

Der Abstieg in die nächsten Zylinderabschnitte war nur über eine rostige Metalleiter möglich. Helo prüfte sie gründlich, bevor er sich den obersten Sprossen anvertraute. Wenige Augenblicke später starrte er in ein tellergroßes, grünlichgelbes Auge. – Ein Lebewesen?

Die erste Reaktion war der Griff nach dem Teilchenwerfer. Dabei entglitt ihm die Lampe, und er konnte von Glück sagen, daß sie sich zwischen einer Sprosse und der Schachtwandung verklemmte. Helo spürte, daß seine Hand zitterte, als er den gelben Kegel auf das Auge richtete.

Ein magisches Auge! Es lag im Zentrum eines mit Kippschaltern und winzigen Pyramiden übersäten Kontroll- oder Steuerpultes. Wie die Fangarme einer Krake gingen von diesem Pult nach allen Seiten dicke Kabel und wulstige Leitungen auseinander.

Wohin mochten sie führen? Einige zum Sender, einige zweifellos zu der geheimnisvollen Energiequelle.

In einem der nächsten Abschnitte war eine komplette Transformatorenanlage installiert. Sie lag unter Spannung. Nach Jahrzehnten noch unter Spannung!

Woher nahm sie die Energie? Helo war fest entschlossen, diese Frage zu lösen. Wenn es hier eine Energiequelle gab, konnte man den Sender in Betrieb nehmen. Man mußte die Impulse, die er sinnlos in den Raum streute, verstärken, in verständliche Signale umwandeln und auf den Inneren Kreis richten.

Sieben Jahre brauchte die »Tolu« für den Rückflug zur Erde. Zentimeterwellen schaffen es in gut vier Jahren. Das bedeutete drei Jahre Gewinn. Auf Rho zählte jeder Monat.

Wir müssen eine Botschaft an die Erde richten! dachte Helo.

Während er Sprosse um Sprosse abwärts kletterte, tauchte in seiner Phantasie der zentrale Flughafen von Rhodesien auf. Ein Geschwader metallisch schimmernder Raumschiffe lag startbereit. In den Laderäumen häufte sich kostbares Frachtgut: Bauteile für Kernzertrümmerungsanlagen, Beschleuniger, hochproduktive Kraftwerke, Fachliteratur, die von Elektronenhirnen in die Sprache der Proximanen übersetzt werden mußte, sobald die heimkehrende »Tolu« dem Geschwader im Raum zwischen Rho und Erde begegnet war und die Erfahrungen der Expedition übermittelt hatte. Der Innere Kreis kam dem Nachbarplaneten zu Hilfe.

Helo hatte die Schachtsohle erreicht. Hier, in annähernd hundert Meter Tiefe, erweiterte sich der Zylinder trichterförmig. Zu seinen Füßen gurgelte und dampfte Wasser. Er stand auf einem Rost, der unmittelbar neben der Leiter auseinandergerissen war. Die Stäbe waren glatt durchgeschlagen und nach unten gebogen. An dieser Stelle mußte das ovale Flächenstück aufgetroffen sein, das er oben aus der spiegelglatten Wandung geschnitten hatte. Helo stampfte auf, bis der Rost vibrierte und sich die verbogenen Stäbe aneinander scheuerten. Tatsächlich, sie gaben Laute ab, deren Echos sich in dem langen Schacht und den Zylinderabschnitten dutzendfach überlagert und jenen merkwürdigen »Schrei« hervorgebracht haben konnten.

Am Ende des Rostes, unter überhängenden Basaltbrocken, entdeckte Helo mehrere Stollen, die, sanft abfallend, tiefer in den Felsen hineinführten.

Er wählte den erstbesten und befand sich nach wenigen Metern vor einer Bleitür. Sie war auf Rollen gelagert, aber nur die erste einer ganzen Serie, die den Stollen in gleichmäßige Kammern unterteilte. Helo wußte bereits, was er am Ende des Stollens finden würde. Der winzige Geigerzähler auf der Brust des Skaphanders registrierte eine radioaktive Strahlung, die von Kammer zu Kammer zunahm. Ihre Intensität näherte sich bereits der für Menschen erträglichen Grenze.

Ein Reaktor speiste den Polarsender! Die Atomwissenschaft der Kondo-wamak war weit gediehen. Sie hatten es verstanden, die Kernspaltung so zu lenken, daß verhältnismäßig geringe Energien frei wurden. Auf diese Weise benötigten sie nur ein winziges Quantum spaltbaren Materials, und es würde trotzdem über Jahrzehnte, vielleicht Jahrhunderte ausreichen, um den Sender in Betrieb zu halten.

Andererseits hatten sie eine atomare Katastrophe ausgelöst, die nur auf mangelnde Erfahrung, mangelnde Sicherheitsmaßnahmen, übereiltes, überhetztes Arbeiten zurückgeführt werden konnte. Merkwürdig.

Wie war doch die Situation in jener Zeit? Die sozialen Kämpfe der Bjaule hatten einen Höhepunkt erreicht. Die Kondo-wamak fürchteten um ihre Macht und ihren Besitz. Hatten sie geglaubt, mit dem »großen Experiment« ihre Stellung zu festigen, ihren Führungsanspruch zu sichern?

Helo hielt es für besser, umzukehren. Er trug zwar einen Skaphander, aber Kopf, Hals und Nacken waren der radioaktiven Strahlung schutzlos ausgesetzt.

Wozu auch noch verweilen? Die wichtigste Frage war gelöst. Alles andere mußte eine Expertengruppe in die Hand nehmen, unterstützt von einigen hundert Yoma und den wendigen Universalrobotern.

Helo fertigte einige Aufnahmen von der Schaltzentrale und den wasserhellen Inschriften im vierten Zylinderabschnitt an. Dann kletterte er auf die oberste Plattform, stülpte den Helm auf und legte die Bleischuhe in die Ecke. Er konnte sie später abholen, für den Aufstieg durch den engen Schneeschacht waren sie nur hinderlich. Er knüpfte das Seil um Gesäß und Taille und legte das Ende in lockere Schlingen.

Als er, auf gestreckten Zehen, weit nach oben faßte, um den ersten Meter in Angriff zu nehmen, fand er keinen Widerstand. Beim zweiten Versuch rutschte ihm das Seil entgegen, und er konnte gerade noch zurückspringen, bevor es, in eine Schnee- und Eiswolke gehüllt, auf die Schachtsohle schlug. Das Seil war gerissen!

Ein Attentat? Helo fielen die Fußspuren neben dem Heck des Helikopters ein. Doch er schob diesen Gedanken beiseite. Wenn es einen geheimnisvollen Jemand gab, der ihm nach dem Leben trachtete, dann hätte er nur den Helikopter zu zerstören oder wenigstens zu beschädigen brauchen.

Das Seil war gerissen. Vielleicht hatte es sich an einer scharfen Kante des Hubschraubers durchgescheuert oder war durch den Frost brüchig geworden.

Was tun?

Helo prüfte die Wände des Schneeschachtes. Das Schmelzwasser hatte sie mit einer fingerdicken Eisschicht überzogen. Es würde sehr anstrengend sein und Stunden, vielleicht den ganzen folgenden Tag in Anspruch nehmen, Stützlöcher für Füße und Hände in den Schacht zu schmelzen. Zwanzig Meter Höhe, das bedeutete mindestens sechzig bis achtzig solcher Löcher. Er konnte in halber Höhe ausgleiten und abstürzen.

Gab es eine andere Möglichkeit?

Die Sauerstoffpatronen waren kaum gebraucht, der Skaphander bot Schutz vor hereinbrechenden Schneemassen. Helo begann einen schrägen, nur sanft ansteigenden Kanal zu schmelzen. Er würde sich durch den frostigen Kristallberg wühlen und ein paar Dutzend Meter abseits der gläsernen Halbkugeln ans Tageslicht kommen.

Die Bjaule

I

Der KADIR hatte sich versammelt. Aus den Nordprovinzen war ein Beobachter mit der Nachricht gekommen, Araam-Priester entfachten in verschiedenen Bjaulesiedlungen Panikstimmung gegen künftige Sonnenexperimente.

Die Atmosphäre war gereizt. Wangus Vorschlag, das Rohstofflager im Osten des Tau-Reiches gewaltsam zu besetzen, fand zwar geringe, aber doch zahlenmäßig stärkere Unterstützung als auf der ersten Beratung am Tage der Ankunft der »Tolu« im Goar Tetzl! Die Tatsache, daß sich irgendwelche Diener des Herrschers in der Nähe des Polarsenders umhertrieben und das Seil, das Kommodore Ryk um den Helikopter geschlungen hatte, mit einem scharfkantigen Basaltbrocken beschädigt hatten – wie nach der Untersuchung in den Labors der »Tolu« eindeutig feststand –, erhitzte die Gemüter.

Es war Kari und Hotep gelungen, sie zu beruhigen. Aber jetzt forderte Wangu Maßnahmen gegen das Intrigenspiel der Araam-Priester in den Nordprovinzen, und sie fand bedeutend mehr Anhänger.

Ben Pearson sollte sprechen. Kari hatte ihn gebeten, an der Beratung des KADIR teilzunehmen, da alle anderen Kosmonauten in den Sakaya-Bergen arbeiteten.

Pearson überlegte. Wie konnte man die verständliche Empörung in nützliche Bahnen lenken?

»Chtol versprach uns, zuerst die Priester und den Tau-Adel, dann die Bjaule selbst an den Gedanken eines neuen Experiments zu gewöhnen«, sagte er bedächtig. »Dagegen ist nichts einzuwenden. Wenn sich aber herausstellen sollte, daß er nur Zeit gewinnen will, um die Bjaule gegen uns aufzubringen, indem er behauptet, das Goar Tetzl bereite eine neue Katastrophe vor, müssen wir tatsächlich Gegenmaßnahmen ergreifen. Aber dieser Verdacht muß bewiesen werden. Ich schlage deshalb vor, eine Beobachtergruppe durch verschiedene Provinzen zu schicken, nicht mit euren Flugapparaten, sondern an Bord unserer Helikopter. Ich würde diese Gruppe führen – natürlich nur nach Rücksprache mit den Gefährten im Sakaya-Gebirge. Vielleicht«, Ben Pearson lächelte, »könnten wir bei dieser Gelegenheit Kzar besuchen, die erste Bjaulestadt, in der es weder Kechuspeicher noch Tau-Verwalter gibt.«

Wangus zorniges Gesicht hellte sich auf. Sie würde mitfliegen, um den Tau einen schändlichen Betrug und Kari und den Erdenmenschen Leichtgläubigkeit und falsches Handeln nachzuweisen. Pearson tauschte einen schnellen Blick mit Kari. Der kannte das Yomamädchen. Sie war impulsiv und tatendurstig, aber unerfahren in mancherlei Hinsicht. Sie glaubte alle Probleme mit einem bewaffneten Roboterheer lösen zu können. Kari war einverstanden. Vielleicht, dachte Pearson, ist er froh, Wangu ein paar Tage außerhalb des »Tals der Dämpfe« zu wissen. Sie macht es ihm mitunter schwer.

Sie flogen nachts mit einer Rakete aus dem Fahrzeugpark der »Tolu«: Wangu, einer ihrer jungen Anhänger, Pearson und Ica, ein Dozent aus einem »Saal der Wissenschaften«. Er kannte die Gebräuche und Gewohnheiten der Beamten und der Araam-Priester. Kari hatte ihn besonders empfohlen, doch Wangu runzelte die Brauen, als er in der Rakete Platz nahm.

Das erste Ziel sollte die Bjaulestadt Kzar sein. Pearson kannte diese Stadt nicht. Sie lag zu seinen Füßen wie ein rotglühendes Ungeheuer, diagonal zerschnitten durch einen teerschwarzen Flußlauf. Quader, Türme und flache Baracken bildeten ein regelloses Durcheinander, die Straßen waren eng und verstopft.

Wo landen?

Ein halbes Dutzend gepanzerter Luftgondeln kam ihm

entgegen. Sie umkreisten ihn, nahmen ihn in die Zange. Eine Gondel schob sich in geringem Abstand quer über den Bug der Rakete und begann von oben zu drücken. Wie sollte er den Besatzungen klarmachen, daß er nicht irgendwo landen konnte, sondern wenigstens dreißig, vierzig Meter Rollbahn brauche?

Doch sie schienen es zu wissen. Sie drückten und schoben ihn über den Fluß hinweg auf die andere Stadtseite, und in der Nähe eines bis auf die Grundmauern abgebrannten Rundbaues fand er einen idealen Landeplatz. Er brachte die Rakete vor einem zerstörten Obelisken zum Halten.

In wenigen Augenblicken war sie umringt. Die Mannschaften von den Decks der Luftgondeln bildeten einen Sperrkreis, wie um die Ankömmlinge vor den neugierigen Männern und Frauen, die von allen Seiten herbeiströmten, zu schützen. Aus dem Hintergrund flatterten Rufe auf, Fäuste drohten, eine Gorofrucht zerplatzte neben Ben Pearson.

Aus den Wortfetzen, die Pearson auffing, konnte er entnehmen, daß er und seine Begleiter zuerst für Tau gehalten worden waren. Nur zögernd pflanzte sich die Nachricht fort, daß ein fremder Chochitl, ein Erdenmensch, gekommen sei.

Wangus Augen leuchteten. Sie reckte sich auf die Zehenspitzen und begann zu reden. Sie sprach schnell und in einem Dialekt, den Pearson nicht verstand. Sie entfesselte einen Beifallssturm.

Ica zog sie zurück. »Kein Wort mehr, Wangu!« Sie wehrte sich, aber Ica hatte lange, sehnige Arme.

»Stark sind wir; oh, wir sind Bjaule und stark. Ziehen wir doch nach Taiwepl . . .« Die Menge tobte. Sie zerteilte sich, als ein offener Transporter, einem sehr flachen, breiten Lastwagen ähnlich, über den Platz kam. Wie auf Kommando rückten die Männer aus dem Sperrkreis enger zusammen, bildeten eine Gasse. Einer von ihnen geleitete Pearson und die Yoma bis an das Gefährt und bat sie einzusteigen.

Der Transporter bewegte sich durch verstopfte Straßen, an schlecht beleuchteten Terrassen und flackernden Lagerfeuern vorbei, hinunter zum Fluß. Die Stadt glich einem riesigen Versammlungsplatz. Überall standen Haufen gestikulierender Bjaule herum. Sie stritten mit irgendwelchen Rednern. Ein Araam-Priester, in der Linken eine Radspeiche, mit der er auf einen umgestülpten Topf hämmerte, verteilte kleine Folienbündel.

Pearson ahnte, was in Kzar vorging.

Es war Chtol nicht gelungen, die aufrührerische Stadt zu bestrafen – wahrscheinlich hatte er alle Hände voll in Taiwepl zu tun: das Zeugungslabor, Pylon, der entdeckte Erzberg, die Vorschläge aus dem Goar Tetzl –, und die Bjaule, im Siegestaumel, noch verwundert über ihre eigene Kraft, müde der Versprechungen auf ein Goldenes Zeitalter, dürsteten nach neuen Siegen.

Sie waren aus den Gruben und Werkhallen gekommen und hatten die Uniformierten davongejagt. Kzar war in ihrer Hand, und sie waren keine Sklaven mehr. Alles war einfach und schnell gegangen. Warum nun einhalten, warum nicht durch die Provinzen ziehen und Taiwepl, die Burg des falschen, schwächlichen Propheten, in Schutt und Asche legen?

Ein verlockender, aber gefährlicher Gedanke. Pearson beobachtete die Gefährten. Ica redete unaufhörlich auf Wangu ein, aber sie kehrte ihm den Rücken zu und schwieg hartnäkkig. Der dritte Yoma hockte neben ihr und verschlang die brodelnde, lärmende, wie mit Explosivstoff angefüllte Stadt förmlich mit seinen Blicken.

Er war unerfahren. Er spürte nicht, daß die Stadt einen Feind hatte, der weder mit glühenden Metallkörnern noch mit Haumessern und Kechu drohte und der sie doch ins Verderben stürzen konnte: Siegesrausch, Anarchie und Durst nach neuen, planlosen Kämpfen.

Aber je näher sie dem Fluß kamen, um so mehr gewann Pearson die Überzeugung, daß es hinter den Fassaden der lodernden Unruhe eine ordnende Hand gab. Gruppen uniformierter Bjaule schlenkerten durch die nebligen Gassen, auf einem rauchgeschwärzten Trümmerfeld wurde Buruschfleisch an die Bevölkerung verteilt; neben einem Wasserturm lag eine Batterie kupferroter Werfer, und auf den Dächern der Quader zeichneten sich die Silhouetten gepanzerter Luftgondeln ab.

Der Transporter bremste an der Freitreppe eines mehrstökkigen, rotbraunen Ziegelgebäudes. Ein junger Bjaule mit einem blutverkrusteten Tuchfetzen um den Kopf erhob sich von einer umgestürzten Statue des Herrschers und verneigte sich »Chochera tao.«

Ohne eine Spur der Verwunderung hefteten sich seine Augen auf Pearson. »Chochera tao in Kzar, wer ein Freund der Bjaule ist. Kommt ihr aber mit schlechten Gedanken, werdet ihr bald in das Araam- eingehen.«

Wangu zuckte zusammen. »Das ist der Erdenmensch Ben Pearson. Und wir sind Yoma«, sagte sie stolz.

Der Bjaule nickte gleichgültig. »Folgt mir!«

Wenig später saßen sie Bores gegenüber. Der breitschultrige ehemalige Grubensklave erzählte von den Ereignissen in Kzar, nachdem Pearson und Ica berichtet hatten, warum sie gekommen seien.

»Wir haben die Araam-Diener verjagt und den Kechu verbrannt. Die Stadt gehört uns. Aber wir können sie nur verteidigen, wenn wir wieder in die Gruben gehen, Erz brechen, Kanäle graben und den Burusch züchten. Unsere Bjaule aber sagen: ›In qualmenden Werkhallen haben wir gearbeitet und in kalten, dunklen Schächten. Schimmerndes Erz haben wir gebrochen, Quader und Speicher geformt mit unseren Händen. Wir haben immer gearbeitet – für schlechten Goro und wenig Fleisch. Seht doch, seht, wir tragen Lumpen, hohlwangig sind wir, unsere Kinder liegen im Schmutz. Nun sollen uns brennende Tempel wärmen und Taiwepls Speicher nähren. Tau und Priester sollen uns dienen, wenn wir in ihren Palästen wohnen!‹ So rufen unsere Bjaule. Sie wollen kämpfen.«

»Es ist gut zu kämpfen«, sagte Wangu.

Bores schüttelte den Kopf. »Wir sind mächtig in Kzar, wir sind hilflos in den Provinzen. Unsere Bjaule sind hohlwangig – sie müssen essen. Sie tragen Lumpen – wir müssen Kleider nähen aus Häuten und Buruschfellen . . .«

»Und Chtol wird seine Armee gegen Kzar schicken, während ihr Kleider näht!« rief Wangu spöttisch.

Bores lächelte. »Es gibt viele Provinzen, viele Städte, viele Siedlungen – und nur eine Armee. Kommt sie zu uns in den Westen, werden im Osten Unruhen aufflammen, zieht sie nach Osten, wird sie verhungern, denn die Bauern in der südlichen Ebene legen Feuer an die staatlichen Speicher, wenn sie ohne Aufsicht sind . . .«

2

Ein Morgen mit tiefhängenden Wolken, Regen und Schneegestöber. Der Kanal schäumte, seine schwarzen Wasser zerrten an den fauligen Bohlen der Uferbefestigung, leckten an rostigen Bootsstegen und alten Quadermauern, sprangen auf den Kai, wo sie in schmutzigen Lachen verebbten.

Dicht unter der Böschung, kaum sichtbar zwischen den Nebelfeldern, die von Süden heraufkamen, glitt ein Floß kanalabwärts. Es wurde gesteuert von einem jungen Proximanen in der eng anliegenden Uniform eines vornehmen Tau. Sein Körper war feingliedrig, sein Gesicht schmal, und der lange, biegsame Hals etwas zu dünn zwischen den handhohen, steifen Kragenspiegeln.

Aber kraftvoll führte der Offizier das Floß, geschickt wich er einem stachligen Baum aus, den der Wind von der Böschung geworfen hatte und der nun im Regen dahintrieb. Aufmerksam beobachtete er die Ufer. Als sie zurücktraten und allmählich ganz hinter grauen Nebelvorhängen verschwanden, zog er das Steuer ein, ein rohes, faseriges Brett, und ließ sich auf dem Floß nieder.

Spöttisch und ein wenig unwillig betrachtete er seine Gefährten. Es waren Araam-Priester. Sie hielten dicke Folienbündel in den Händen. Einer von ihnen, mit tief in das Gesicht gezogener Kapuze, schien zu schlafen, die beiden anderen, ohne Kopfbedeckung, aber in langen, schwarzen Umhängen wie jener, murmelten unablässig Verse aus den heiligen Texten.

So glitt das Floß kanalabwärts, verließ die Bjaulestadt Kzar und trieb eine Stunde später durch eine ausgedehnte Ebene. Es war kälter geworden, die Wolken hingen höher, der Regen hatte sich ganz in Schnee verwandelt. Aber nach einer weiteren Stunde kam die Sonne durch, der Nebel färbte sich blutrot, und nur noch vereinzelt fielen Schneeflocken. Am Horizont erschien ein schwarzer Landstrich, zuerst ebenmäßig glatt, dann aufgelockert, unterschiedlich getönt, gewulstet. Es war eine hügelige Waldlandschaft.

In gleicher Höhe mit den ersten Ausläufern – stachligen Hecken und Buschwerk –, griff der Offizier wieder zum Steuer. Auch die Araam-Priester sprangen auf, legten die Folienbündel beiseite. Mit Brettern und Knüppeln stakten sie das Floß dem linken Ufer zu. Dort angekommen, zogen sie es in ein Gebüsch.

Sie mußten in Eile sein. Ohne Aufenthalt setzten sie ihren Weg fort. Voran schlenkerten die beiden Priester ohne Kopfbedeckung, immer noch Verse murmelnd. Ihnen folgte mit seltsam zuckenden und rollenden Bewegungen der dritte. Er warf die Arme zur Seite, stampfte mit den Füßen auf, sein Kopf pendelte vor und zurück. Zuletzt ging der Offizier. Seine Brauen waren gerunzelt, seine Lippen aufeinandergepreßt, hin und wieder warf er einen verächtlichen Blick auf die Gefährten.

An blutroten Hügeln, blaßrosa Wäldern und kleinen Rinnsalen vorbei, schlenkerte der Trupp nach Osten. Die Sonne warf schräge Strahlen, draußen in der Ebene zauberte sie merkwürdige Lichtreflexe.

Der Offizier hatte eine handgroße Folie aus der Uniformjacke gezogen. Er verglich Geländepunkte – einen Berg, eine Baumgruppe, ein Rinnsal – mit den symbolischen Zeichen auf der Skizze, die in Kzar angefertigt worden war. Er zählte, prüfte, glaubte sich zu irren, prüfte wieder. Nun schnalzte er nervös mit den langen, dünnen Fingern, seine Halsadern schwollen, er blieb stehen.

»Dogmen, Dogmen, könnt ihr nicht aufhören, Dogmen zu murmeln!« schrie er die beiden Priester an. »Und du, was zuckst du und stampfst und wiegst du dich wie ein betrunkener Burusch?« wandte er sich an den dritten.

Der drehte sich um, schob die Kapuze aus der Stirn und lächelte verlegen. »Muß ich mich nicht bemühen, eure Bewegungen nachzuahmen, Wangu? Wie sollen mich Bjaule und Tau für einen Araam-Priester halten, wenn ich so gehe wie ein Erdenmensch? Und warum stört es dich, daß Ica und sein Gefährte Texte aus den ›heiligen‹ Dogmen lernen? Soll sie schon die erste Frage, die ein Bjaule stellen könnte, in Verlegenheit bringen? Aber wenn ich stampfe und zucke wie ein ›betrunkener Burusch‹, dann mußt du mich korrigieren, das ist richtig.«

»Du machst es dir einfach, Wangu«, sagte Ica, der zurückgekehrt war, vorwurfsvoll. »Du ziehst die Uniform eines Tau an – nicht lange wirst du mißtrauische Augen täuschen – und beschimpfst uns. Auch du solltest besser Priesterkleider tragen.«

Ekel spielte um Wangus Mund. Ihre Hände tasteten über die elegante Uniform. »Niemals werdet ihr mich in den Kleiderr des schwarzen Tempelungeziefers sehen! Ist es nicht genug, daß ich die Fetzen eines kechuverseuchten Tau auf dem Leib habe?«

Aufgebracht nahm sie ihre Folie und setzte sich in Bewegung. Die anderen folgten ihr. Es fing wieder an zu schneien.

Der Plan, eine Bjaulesiedlung ein paar Wegstunden von Kzar entfernt aufzusuchen, hatte Bores nicht gefallen. »Wenn man euch erkennt, werden die Araam-Priester, die Beamten und Uniformierten Taiwepls rufen: ›Seht, sie schleichen durch die Provinzen! Seht, das Goar Tetzl stiftet Unruhe in Kzar; seht, die dämonischen Yoma waren es, die eure Kechuspeicher in Brand gesetzt und eure Gedanken vergiftet haben! Hütet euch vor dem Aufruhr, helft uns, daß wir die Yoma ergreifen!‹ Einige Bjaule werden ihnen Glauben schenken, und der Unwille gegen Taiwepl wird sich in einen Unwillen gegen das Goar Tetzl verwandeln.«

Aber Bores hatte sich schließlich einverstanden erklärt,

hatte Uniformen und Priesterkleider besorgt und eine Tinktur, die Pearsons Haut ziegelrot färbte.

Immerhin waren seine Einwände berechtigt, und wir müssen uns hüten, etwas zu tun, was dem Ansehen der Bjaule von Kzar schaden könnte, dachte Ben Pearson jetzt. Wangus zorniger Ausbruch war ein Signal dafür, daß mancherlei Gefahren über unsere Reise schweben. Sie haßt die Tau, und in diesem Haß kann sie blind sein und alles verderben.

Er nahm sich vor, noch besser auf Wangu zu achten und keinen Augenblick von ihrer Seite zu weichen. Er begann wieder zu schlenkern, den eigenartigen Gang der Proximanen nachzuahmen. Er übertrieb absichtlich, damit es ihm später leichter falle. Im übrigen hatte er Hosen, Rock, Umhang, Halskrause und Kapuze so gewählt, daß sie seine Bewegungen verbargen und keinen Quadratzentimeter Körperfläche mehr sehen ließen, als unbedingt nötig war.

Die waldige Hügellandschaft mündete in eine freie, von sanften Wellen durchzogene Ebene. Hier und da fristete dorniges Buschwerk ein kümmerliches Dasein, sonst gab es nur Flechten und schmalblättriges, dürres Steppengras, das bei jedem Schritt raschelte und knisterte wie Pergamentpapier.

Pearson zweifelte schon an der Existenz einer größeren Bjaulesiedlung in dieser öden Gegend, als er, schlenkernd und nicht auf den Weg achtend, gegen Ica rannte.

Auch Wangu und der Junge waren stehengeblieben. Ica deutete mit dem ausgestreckten Arm nach Osten. Dort, vielleicht eine Stunde entfernt, zwischen Sanddünen, quoll ein schmutziggrauer, an den Rändern schwefelgelber Rauchpilz gegen den Himmel. Er wuchs unaufhörlich, er berührte die Wolken, aus seinem Innersten begann es zu glühen, Blitze zuckten, Ascheregen mischte sich in das Schneegestöber.

Pearson war zu Tode erschrocken. Das sah aus wie ein Atompilz. Doch er war an gefährliche Situationen und schnelle Entschlüsse gewöhnt. Seine Gedanken arbeiteten: Südwind . . . Wir sind nicht unmittelbar gefährdet . . . Die radioaktive Asche wird nach Norden treiben. Nach Norden?

Im Norden liegt die Bjaulestadt Kzar! Ein ungeheuerlicher Anschlag auf die Bjaulestadt?

Dann wurde ihm plötzlich klar: Ich höre ja gar nichts! Blitze, aber kein Donner, eine Explosion, aber kein Laut, auch keine Druckwellen. Neben mir atmet Ica – ich höre es. Der Wind pfeift – ich höre es. Eine Atomexplosion, höchstens eine Wegstunde entfernt – ich höre nichts. Logischer Schluß ...

»Verschwunden!« Ica starrte an seinem ausgestreckten Arm vorbei, sie alle starrten dahin, wo eben noch ein schmutziggrauer, an den Rändern schwefelgelber Rauchpilz aufquoll. Jetzt war nichts mehr zu sehen als rieselnder Schnee und Sanddünen.

Eine Fata Morgana?

Langsam löste sich die Spannung. Pearson hatte einen schalen Geschmack im Mund, er spie aus und faßte sich an die Stirn.

Sie alle hatten es gesehen, aber keiner wußte, was die Erscheinung bedeuten sollte.

Nach einer kurzen Pause schlenkerten sie weiter, nachdenklich, wie magnetisch angezogen von dem Ort des seltsamen Trugbildes. Sie hatten die Hälfte des Weges zurückgelegt, als es sich wiederholte, viel näher – und lautlos wie vorher.

3

Auf einer Anhöhe machten sie halt. Zu ihren Füßen erstreckte sich ein weites, rotbraunes Tal mit ockergelben Wegen und gleichmäßigen Feldern. Der Schnee schien zu schmelzen, wenn er den Boden berührte. Zwischen Baumgruppen und fettem Buschwerk blinkte ein See. An seinen Ufern lagen Katen, langgestreckte flache Ziegelgebäude, erhoben sich turmhohe Speicher.

Jenseits des Sees quoll der schmutziggraue Pilz auf. Seine Ausläufer berührten die Katen, verschlangen eine Buruschherde, wirbelten durch das Buschwerk. Wenn es ein Atompilz war, mußte er sengen, verbrennen, ausglühen, in Asche und Staub verwandeln. Nichts von alledem geschah. Er quoll, wuchs, blähte sich, sackte zusammen, quoll von neuem. Aber er tötete nicht.

Plötzlich begann er zu wandern. Drei, vier Kilometer im Durchmesser – ein Koloß, der die Wolken berührte –, glitt er schräg über den See, pendelte, neigte sich, stand wieder aufrecht, quoll – aber nun auf dem diesseitigen Ufer.

Ein Trugbild?

In Pearson dämmerte eine Ahnung. »Hatte Chtol nicht davon gesprochen, daß es nötig sei, die Gläubigen an den Gedanken eines neuen Experimentes zu gewöhnen?«

Die Gefährten nickten schweigend.

»Das hieße, die Tau säen Angst«, sagte Ica schließlich. »Eine Panik kann ausbrechen ...«

»Los, das werden wir verhindern!« rief Wangu ungeduldig.

Sie liefen vorwärts, stolperten über aufgeweichte Schollen, verfingen sich in kniehohen Schlinggewächsen. Ausgedehnte Feldkulturen lagen vor ihnen.

Plötzlich war Ica verschwunden. Er rief. Sie fanden ihn in einem Hohlweg. Er war abgerutscht, sein Umhang lehmbeschmiert.

»In der Bjaulesiedlung müssen wir als würdige Priester auftreten. So kann ich nicht weiter«, sagte er.

Wangu wurde ärgerlich, aber sie half ihm bei der Reinigung.

Der Hohlweg zog sich weit in das Tal hinab. Als sie an seinem unteren Ende angelangt waren, vernahmen sie Lärm: Schreie von Kindern, Frauen und Männern. Dazwischen eine Kommandostimme. Am jenseitigen Ufer brannte ein flaches Gebäude.

Ein Speicher, Buschwerk, die ersten Katen ...

»Die Siedlung beginnt. Wie verhalten wir uns?«

»Nach Bores' Beschreibung muß es im Zentrum einen Platz und ein Verwaltungsgebäude geben. Wahrscheinlich kommen die Schreie von dort. Gehen wir ihnen einfach nach«, schlug Pearson vor.

Sie schlenkerten hinaus auf die Dorfstraße. Es war unheimlich still und tot zwischen den Katen. Es schien, als habe der Atompilz alles Leben in diesem Viertel erwürgt. Und doch konnte es heimliche Beobachter geben.

Ica mahnte zur Vorsicht. »Langsam, Wangu!«

Sie war immer ein paar Schritte voraus, und sie lief noch schneller, als der Lärm am See zunahm.

»Langsam, Wangu!« Icas Stimme klang unwillig.

Das Yomamädchen blickte sich um, eine heftige Antwort auf den Lippen, und brach plötzlich zusammen.

»Achtung!«

Ica rannte vorwärts, warf sich neben Wangu, deckte sie. Ein Steinhagel prasselte auf die Dorfstraße. Die Steine kamen aus einem violetten Gebüsch am Fuß eines Speichers.

Pearson vergaß das Schlenkern. Im Laufen entsicherte er den Teilchenwerfer. Ein Geschoß streifte seinen Arm. Er kauerte sich nieder und zielte. Sekundenlang. Dann lief er weiter. Eine Rauchfahne stieg aus dem Buschwerk. Er lief geradewegs darauf zu. Doch es war undurchdringlich, eine Wand aus fingerlangen Dornen und Stacheln.

Pearson lief nach rechts, kletterte über eine Mauerruine, stolperte, als ein Stein dicht über seinen Kopf hinwegzischte. Als er sich, Deckung suchend, vorsichtig erhob, sah er die Angreifer. Es waren fünf oder sechs Bjaule in zerlumpten Kleidern. Mit großen, vogelartigen Sprüngen rannten sie über eine Wiese, blieben stehen, reckten die langen Hälse. Pearson senkte den Teilchenwerfer. Es waren Bjaule, und sie hatten ihn und die Gefährten natürlich für Araam-Priester gehalten. Er sah ihnen nach, bis sie am Ende der Wiese zwischen Nebel und Strauchwerk verschwanden.

Bjaule überfallen Araam-Priester?

Oben auf der Mauerruine saß der Junge und betastete seinen dünnen Oberschenkel. Der Stein, der Pearson zugedacht war, hatte ihn getroffen. Pearson hakte den Yoma unter. Sie schlenkerten zurück auf die Dorfstraße.

Wangu blutete an der Schläfe. Aber als sie vernahm, wer sie verletzt hatte, war sie sofort auf den Beinen. Ihre Augen funkelten. Sie herrschte den Jungen an, der mit schmerzverzerrter Miene über seinen Schenkel strich.

»Du jammerst«, sagte sie spöttisch, »und unten in der Siedlung kämpfen die Bjaule gegen das schwarze Ungeziefer. Willst du, daß wir untätig auf der Dorfstraße sitzen, bis sie unsere Hilfe nicht mehr brauchen?«

»Was auch geschehen mag, Wangu«, sagte Ica ernst, »wir dürfen uns nicht einmischen.«

»Auch Bores hat uns davor gewarnt«, bekräftige Pearson.

Sie verzog das Gesicht, gab aber keine Antwort. Der Junge stand auf. Er humpelte, lehnte jedoch Icas Unterstützung ab. Vorsichtig, nach allen Seiten Ausschau haltend, setzten sie ihren Weg fort.

Sie wurden nicht mehr behelligt. Nach einigen hundert Metern gabelte sich die Straße. Der Lärm war nun ganz nahe. Hinter jedem Gebäude konnte der Goar Potl der Siedlung beginnen. Es war nicht ratsam, ihn unvermittelt zu betreten.

Ica deutete auf einen Speicher. »Sicher ist er jetzt unbewacht. Oben, von seinem höchsten Stockwerk, könnten wir uns zunächst orientieren.«

Der Speicher war verschlossen, aber der Mechanismus gab nach, als Pearson den Teilchenwerfer ansetzte. Sie verrammelten die Tür hinter sich und kletterten über eine metallene Wendeltreppe nach oben. In den kühlen, sauberen Turmverschlägen lagerten Feldfrüchte, Häute und dickbauchige, mannshohe Goroflaschen. Der Fleiß eines Arbeitsheeres war hier zusammengetragen – bereit zum Abtransport nach Taiwepl oder in die Lager der Tau-Armee.

Eine Perlenschnur vergitterter Luftschächte unterbrach die Mauern im sechsten Stockwerk. Das waren ideale Beobachtungsplätze, doch sie lagen sehr hoch, waren kaum mit den Fingerspitzen zu erreichen.

Was tun?

»Ihr steigt auf meine Schultern«, schlug Ica vor. Pearson lächelte. Der feingliedrige Körper des Yoma war nicht geeignet, sein Gewicht zu tragen.

»Lieber auf meine.« Zuerst half er der ungeduldigen Wangu. Sie reckte sich, federte und schob sich liegend in den Schacht. »Jetzt du, Ica.«

Doch Wangu sprang wieder herunter, Sand und Staub von den Mauern kehrend. »Ich kann nichts sehen, es ist die falsche Turmseite«, sagte sie verlegen.

Pearson half ihr zum zweiten Male, dann Ica und dem Jungen.

»Uniformierte sperren den Platz ab ... Dort liegen tote Bjaule ... Der Rauchpilz, der Rauchpilz ...«

Pearson sah sich um. Er hatte keine Lust, sich mit dem zu begnügen, was ihm die Yoma zuriefen. Einen Augenblick lang dachte er daran, ein Loch in die Mauer zu brennen, aber er verwarf diesen Einfall. Das erhitzte Gestein würde nicht lautlos bersten. Aber dort, die Wendeltreppe ... Konnte man nicht ... Natürlich!

Der Werfer spie Kristallfäden. Er löste ein Stück aus der Wendeltreppe, die in das siebente Stockwerk führte, lang genug, um bis an die Luftschächte zu reichen. Pearson wunderte sich, daß er nicht sofort auf diesen Gedanken gekommen war. Dann lag er dicht vor einem rostigen Gitter neben Ica.

Der Goar Potl. Ein Oval mit einem mehrstöckigen Verwaltungsgebäude im Vordergrund. Eine Doppelreihe Uniformierter umgab das Gebäude, eine zweite Doppelreihe, mit langen Haumessern bewaffnet, stemmte sich gegen eine schreiende, schiebende, allem Anschein nach kechuberauschte Menge. Drei, vier, ein halbes Dutzend gepanzerte Luftgondeln über ihr, an Bord Behelmte und Araam-Diener. Vom See her züngelten, Meter um Meter näher kommend, die Ausläufer des schwefelgelben Rauchpilzes.

Ein Durcheinander von Eindrücken.

Pearson begann zu unterscheiden. Zuerst richtete er seine Aufmerksamkeit auf die Bjaule. Sie waren zusammengepfercht, aber wieso konnte die Doppelreihe der Uniformierten ihrem Druck widerstehen? Zweitausend, dreitausend Leiber: Männer, Frauen und Kinder, die schoben und drängten, fielen und neuen Anlauf nahmen. Die Doppelreihe hielt stand.

Unmöglich!

Pearson zog ein Prismenglas aus seinem Umhang. Da, war das nicht wie ein Spinnengewebe? Er verfolgte die hauchdünnen Fäden. Sie liefen schräg nach oben zu den Luftgondeln, sammelten sich rechts und links, mündeten in armdicke Schläuche. Keine Schläuche, das waren Seile. Seile? Ein Netz! Die Bjaule waren in einem riesigen Netz gefangen, das von den gepanzerten Luftgondeln gehalten wurde.

Warum gefangen?

Sie schrien, tobten, wichen zurück, starrten mit hervorquellenden Augen auf den züngelden Rauchpilz, der näher kam. Blitzartig durchfuhr Pearson der Gedanke: Ja, das ist »ideologische Vorbereitung« der Bjaule auf ein neues Atomexperiment. Gewöhnung, hatte Chtol behauptet.

Und der Pilz? Er blähte sich, fiel zusammen, wanderte, glitt über den See. Irgendein raffiniertes – zugegeben, ein äußerst geschicktes, wirkungsvolles, großartiges Manöver. Wie brachten sie es nur zustande? Es mußte eine Art plastischer Film sein, so etwas wie auf dem Kechufest im Palast von Taiwepl, nur wirkungsvoller, monumental.

Pearson sprach seine Vermutung aus. Der Lehrer der Weisheit nickte. »Dort drüben«, sagte er ruhig und deutete auf einen Speicher jenseits des Goar Potl, »stehen die Apparaturen.«

Ja, im Fernglas waren sie deutlich zu sehen: metallisch schimmernde Kästen auf Kugelpyramiden gelagert, ein gläserner Hyperboloid, rotglühende Prismen auf Schnüre gereiht, ein versilberter Hohlspiegel. Pearson schüttelte den Kopf. Er wußte mit diesen phantastischen Apparaturen, die von Araam-Priestern bedient wurden, nichts anzufangen.

»Die Luftschichten über dem See und einem Teil der Siedlung sind mit einem besonderen Staub, winzigen schwebenden Teilchen, angereichert worden«, erklärte Ica. »So ist ein Feld entstanden, das die Strahlen aus den Apparaten reflektiert und zu einem Bild vereinigt.«

»Ah, das Staubfeld ist also gewissermaßen eine schwebende Leinwand?«

Ica gab keine Antwort. Er starrte auf die Ausläufer des Atompilzes, und Pearson folgte seinem Blick.

Die züngelnden Rauchfahnen hatten das Dorfzentrum fast erreicht. Schon huschten sie über die Katen am Rande des Goar Potl, als in ihrem Gefolge, noch schemenhaft verzerrt, Araam-Priester auftauchten. In gebückter Haltung kamen sie näher, schlichen, in Nebel und Qualm kaum sichtbar, auf die Eingänge der vordersten Katen zu und verschwanden in ihrem Inneren. Nach wenigen Augenblicken kamen sie wieder zum Vorschein und hasteten zurück!

Feuer!

Flammen loderten aus den Fensteröffnungen, züngelten aufwärts und verbreiteten sich sekundenschnell über die Schilfdächer.

»Feuer!«

Der Lärm auf dem Goar Potl schwoll zu einem Orkan an. Die Menge schrie, schwankte, schlug verzweifelt gegen die Netze, starrte. Der Atompilz hatte die Katen ja nur berührt – und sie gingen schon in Flammen auf.

Pearson zwang die Erregung hinunter. Sie drohte, den Vernunftsatz ›Nicht einmischen!‹ über den Haufen zu werfen. Sein nächster Gedanke galt Wangu. Es fiel ihm plötzlich auf, daß sie noch keinen Laut geäußert hatte, seitdem sie in ihren Luftschacht gekrochen war. Und sie war doch sonst so impulsiv.

»Wangu!«

Keine Antwort. Er schob sich zurück, bis er die Wendeltreppe unter seinen Füßen spürte, und kletterte aus dem Schacht.

»Wangu!«

Umsonst. Pearson fühlte sich verantwortlich, dem KADIR und auch Bores gegenüber. Sollte sie . . .

Nein.

Er atmete auf. Auf der Seite liegend, den Kopf an das Gitter gepreßt, schien Wangu einen Vorgang zu beobachten, der sich außerhalb des Goar Potl abspielte.

Sie wandte sich erst um, als er sich zu ihr in den Schacht

zwängte. Auf ihrem Gesicht lag Triumph. »Es wird ein neues Kzar geben.«

Sie deutete nach Westen, an den Rand der Siedlung. Zuerst sah Pearson nur eine Buruschherde auf freiem Feld, doch dann wurde er auf ein Wäldchen aufmerksam, das sich keilförmig in die Siedlung hineinschob.

Im Schutze der Bäume und Hecken näherten sich Bjaule. Bjaule, mit Stöcken, Steinen und Haumessern bewaffnet. Es mochten sechzig, achtzig, vielleicht hundert sein.

»Einige sind von Süden über die Felder gekommen, eine Frau ist bei ihnen, die meisten kamen von dort unten, vom See.«

Es gab keinen Zweifel, die Bjaule näherten sich in der Absicht zu kämpfen. Sie nutzten jede Deckung, drückten sich an den Katen vorbei, überquerten einen ockergelben Weg auf Händen und Füßen, schwärmten aus und ballten sich hinter einem flachen Gebäudekomplex unmittelbar vor dem Goar Potl zusammen. Ihre langen Haumesser blitzten.

Pearson glaubte seinen Augen nicht trauen zu dürfen. Jene Frau, die mit einigen Bjaule von Süden über die Felder gekommen war – er hatte sie ganz deutlich im Fadenkreuz seines Prismenglases – war Aina, die Tochter des Herrschers von Taiwepl.

Sie trug einen schwarzen Umhang, ihr Gesicht war eingefallen. Sie stand etwas abseits, den Blick auf den schwefelgelben Rauchpilz gerichtet. In der Hand hatte sie ein Folienbündel.

Kommodore Ryk hat davon gesprochen, daß Aina nach Kzar gehen wollte, um die Bjaule »vor Unrecht zu schützen«, erinnerte sich Pearson. Nach Kzar? Bores erwähnte sie nicht, und sie ist von Süden, nicht von Norden gekommen.

Was will sie hier?

Jetzt gesellten sich zwei Bjaule zu Aina. Ein paar Minuten sprachen sie miteinander, dann schlenkerten sie zu dritt um den Gebäudekomplex herum, geradewegs auf den Goar Potl und die gefangenen Bjaule zu. Unbemerkt gelangten sie bis an den Kordon der Uniformierten, dann waren sie im Nu umringt.

Ein Soldat versuchte, Hand an Aina zu legen, doch ihre Gefährten stießen ihn zurück. Er stolperte über ein langes Haumesser, fiel – und warf sich, als er schon halb aufgestanden war, wieder platt auf den Boden. Die anderen verbeugten sich mit verschränkten Armen. Sie hatten Aina erkannt.

Aina sprach. Sie deutete auf die Bjaule. Vielleicht befahl sie den Uniformierten, das Netz zu entfernen. Der Schwarzbehoste, nun auf den Knien hockend, schüttelte den Kopf und bedeckte das Gesicht mit den Handflächen.

Sie schlenkerte an ihm vorbei, versuchte, sich durch den Kordon zu zwängen, gestikulierte, befahl. Umsonst. Die Uniformierten senkten demütig die behelmten Köpfe, aber sie wichen nicht von der Stelle.

Inzwischen waren Araam-Priester und Tau-Offiziere an Bord der nächsten Luftgondel aufmerksam geworden. Die Gondel senkte den Bug, glitt schräg nach unten, näherte sich. Zwanzig, dreißig Arme streckten sich nach Aina aus. Die Königin sprang zur Seite, floh.

In diesem Moment brach ein Orkan los. Keilförmig schwenkte der bewaffnete Haufe in den Goar Potl ein, und während eine Gruppe absplitterte, um sich der gepanzerten Luftgondel zu bemächtigen, stieß die Masse der Angreifer gegen den Kordon.

Es geschah, was Wangu vorausgesagt hatte. Als das Netz unter den Schlägen der langen Haumesser zerriß, flutete die Menge auseinander und stürzte sich auf die Uniformierten und Priester. Überrascht und zahlenmäßig unterlegen, vermochten sie nur wenige Augenblicke Widerstand zu leisten. Der Goar Potl färbte sich rot.

Auch Pearson und die Yoma trugen Priesterkleidung. Sie zogen es vor, die Bjaulesiedlung unbemerkt zu verlassen.

Sender oder Teleskop

I

»Ich weiß, daß es eine schwere Entscheidung ist, und ich bin mir darüber im klaren, daß wir, falls sie dem neuen Projekt zustimmen, gegen den Auftrag der Erde verstoßen. Aber die Untersuchungen der geologisch-meteorologischen Expedition beweisen, daß die Mächtigkeit der Gletscher konstant anwächst und daß sich die gesamte Polkappe ausdehnt. Sollte es deshalb nicht unser höchster und heiligster Auftrag sein, das Leben auf Rho zu schützen?«

Pawel Fock nahm Platz. Er hatte lange und eindringlich gesprochen, die Situation analysiert, das Für und Wider seines Vorschlags erwogen. Wenn sie den Polarsender umbauten, mußten sie die Arbeit am Bildechoskop abbrechen, und das bedeutete die endgültige Absage an das Forschungsprogramm der »Tolu«-Expedition.

Die Sonne berührte das Sakaya-Gebirge, ihre letzten Strahlen huschten durch die Bullaugen und zeichneten Kringel auf die Stirnwand des Clubs. Und mit den ersten nächtlichen Schatten senkte sich eisige Kälte vom wolkenlosen Himmel, versilberte Bergspitzen und Geröllhalden, rieb den Firn blank, kroch durch Schluchten und abschüssige Labyrinthe hinab ins Tal, legte sich auf die Feldkulturen und drohte selbst die Algengärten mit tödlichem Hauch zu erstikken. Zwei, drei Tage früher als im Vorjahr setzte der Frost ein, und während er im »Tal der Dämpfe« noch gegen den Nebel und die Ausdünstungen der heißen Quellen ankämpfte, rasten im Süden schon Schneestürme über die Ebene. Jahr für Jahr schmolz der Sommer, nahm die Wachstumsperiode für die Feldfrüchte und die Weidezeit für die Herden um zwei, drei Tage ab.

»Eine Botschaft an die Erde – das bedeutet drei Jahre

Zeitgewinn für Rho. Drei Jahre früher könnte ein Geschwader mit Ausrüstungsgegenständen und Wissenschaftlern an Bord aus dem Inneren Kreis starten«, sagte Helo Ryk. »Natürlich müssen wir uns auf den Sender konzentrieren. Das ist unsere Pflicht.«

»Was heißt hier überhaupt Pflicht?« gab Hirano zu bedenken. »Wenn Sie mit diesem Begriff operieren wollen, müßten wir die Centauren schon umkreist haben und langsam an den Rückflug denken. Unsere Pflicht – und da widerspreche ich Ihnen, Helo – ist die exakte Erfüllung des Expeditionsprogramms. Nun gut, die Umstände haben uns gezwungen, anders zu verfahren. Aber wir sollten uns nicht auf Halbheiten einlassen, sondern zunächst den Echoskop fertigstellen. Wir könnten damit wenigstens einen Punkt unseres Programms erfüllen. Danach kümmern wir uns um den Sender.«

»Dann ist es zu spät. Wieviel Zeit bleibt uns denn noch bis zum Start, der – das wissen Sie doch am besten, Hirano – nicht verschoben werden kann? Zuwenig für beide Projekte. Wir müssen wählen!«

2

Am nächsten Morgen brach ein Teil der Besatzung mit den Helikoptern zum Polarsender auf, während Helo Ryk in einen Kübelwagen kletterte, um in das »Tal der Dämpfe« zu fahren. Er sollte den KADIR über das neue Projekt unterrichten und über den Einsatz von Robotern verhandeln.

Spinnenwebfeine, aber eiskalte Nebelstreifen hingen über den Sakaya-Bergen, als der Wagen durch abschüssige Schluchten und verschneite Hohlwege talwärts rollte.

Helo war Pawel Fock dankbar für diesen Auftrag. Seit dem letzten Auftrag in Taiwepl hatte er wenig Zeit gehabt, an Aina zu denken. Die Arbeit am Echoskop und das Senderprojekt hatten ihn ganz in Anspruch genommen. Erst nach Pearsons Rückkehr aus Kzar beschäftigte er sich wieder mit ihr, und die Nachricht, daß sie an den blutigen Zwischenfällen in der Siedlung teilgenommen hatte, beunruhigte ihn.

Wiegelte sie die Bjaule auf? Tag für Tag meldeten Karis Beobachter Unruhen, überall in den Provinzen gärte es. Er zweifelte nicht daran, daß Chtol die eigene Tochter opfern würde, falls sie ihre Kenntnisse und ihren Einfluß als oberste Priesterin in den Dienst der Bjaule stellen sollte. Im »Tal der Dämpfe« hoffte Helo Neues über Aina zu erfahren. Vielleicht sandte sie einen Boten nach den Filmstreifen aus dem Zeugungslabor, die Kari aufbewahrte.

Schwarzer Basaltkies knirschte unter den Rädern des Wagens, als Helo in den dampfenden Talkessel am Fuße der Steilhänge einbog. Er konnte beschleunigen. Er warf noch einen Blick auf den blutroten See mit den Algenterrassen und konzentrierte sich auf die schmale Durchfahrt, die den Kessel mit der freien Ebene verband.

Zu seiner Verwunderung lag die Ebene glasklar und bereift vor ihm. Er hatte ein Nebelmeer erwartet, entstanden aus dem Zusammenprall der warmen Strömung von Osten mit den kalten Luftschichten, die vom nördlichen Gebirgsmassiv herabdrückten. War der Ostwind ausgeblieben?

Helo wußte, was das für die Yoma bedeuten konnte. Noch reifte die Ernte auf den Feldern.

Er kam nun schnell voran, näherte sich bald den ersten Quadern – und erschrak über die gleichmäßig violette Tönung der Agrikulturen. Frost! War schon alles vernichtet?

Er stoppte den Wagen, lief feldeinwärts . . ., bückte sich erstaunt. Die ausgedehnte Fläche lag unter einer dünnen, aber gut isolierenden künstlichen Haut. Sie verhinderte die Abstrahlung der Bodenwärme. Auf ihrer Unterseite perlte Kondenswasser. Die Pflanzen schwitzten.

Gab es überhaupt etwas, was dem Erfindergeist und dem raschen praktischen Handeln der Yoma widerstehen konnte?

Mit diesem Gedanken setzte er seinen Weg fort. Er versuchte, sich das Gesicht des Planeten unter der Voraussetzung vorzustellen, daß nicht nur die schöpferischen Potenzen der Yoma, sondern aller Proximanen voll entfaltet seien. Rho wäre ein blühender Garten.

Vor dem Gebäude des KADIR traf er auf Wangu. Sie war

in Eile. Sie grüßte flüchtig und rief ihm etwas zu – von einem schwarzen Tempelungeziefer, das sich ertränkt habe. Mit langen, vogelartigen Sprüngen rannte sie an ihm vorbei über den Platz.

In der Zentrale hatten sich Kari, Hotep, Ica und andere Mitglieder des KADIR versammelt. Kari sprach.

Helo glaubte seinen Ohren nicht trauen zu dürfen. Askul hatte sich von einem Felsen auf der Insel Hetl Ra in den Aja-See gestürzt?

Allmählich verstand er die Zusammenhänge. Wie Feuer in einem trockenen Lutoswald hatten sich die Bjauleunruhen während der letzten Tage in den Provinzen ausgebreitet, und bis in die Nähe Taiwepls waren sie gekommen.

In der Höhlenstadt selbst war ein versteckter Kampf zwischen Askul und hohen Beamten im Gange. Der Günstling des Herrschers hatte bald diesen, bald jenen Tau verdächtigt, ein Vertrauter Pylons gewesen und ein Gegner der Dogmen vom Goldenen Zeitalter zu sein. Die Tau wiederum warfen ihm vor, er sei schuld an den Unruhen, denn er habe die Bjaule durch übermäßig harte Strafen gereizt.

Askul, immer besorgt, Chtol könne sich von ihm abwenden, war schließlich an der Spitze seiner Araam-Diener gegen die nächste Bjaulestadt gezogen und hatte sie eingeäschert – mit dem Erfolg, daß die Arbeitssklaven in der südlichen Ebene drohten, sie würden die Ernte auf den Feldern verbrennen und die staatlichen Speicher vernichten, wenn sich der Herrscher weigere, Askul auszuliefern.

Chtol versprach es. Aber es gelang Askul, nach Hetl Ra zu fliehen. Kechuberauscht stürzte er sich in den See, als seine Verfolger nahten.

»Auf Befehl des Herrschers wurde die Leiche an den Bug einer Luftgondel gehängt und von Stadt zu Stadt geflogen«, sagte Kari. »Alle Kechuspeicher des Landes sind geöffnet, überall werden Nahrungsmittel verteilt und glänzende Spiele ausgetragen. Und während Araam-Priester durch die Provinzen ziehen und das Goldene Zeitalter verkünden, schlägt Chtol zurück. Vorsichtig und unauffällig – aber wirkungsvoll. Hier bricht eine Seuche aus. Dort fällt ein Stollen ein, in dem sich gerade Organisatoren der Unruhen aufhalten. In der südlichen Ebene verschwindet auf geheimnisvolle Weise ein Bote aus Kzar, und in der Mittelprovinz wird Aina von einem ›berauschten Bjaule‹ so schwer verletzt, daß sie verblutet . . .«

Mehr vernahm Helo nicht. Die plastische Karte an der Stirnwand und die wabenförmig angeordneten Halbkugeln begannen vor seinen Augen zu kreisen.

Aina tot?

» ›Lüge . . . das ist eine elende Lüge!‹ wollte er rufen, aber seine Kehle war zugeschnürt und seine Zunge schwer wie Blei.

Aina ermordet? In diesem Moment haßte er Karis sachlichen Tonfall. Warum geschah nichts? Warum blieben die Gesichter der Yoma so unbeweglich? War da niemand, der nach Vergeltung rief?

Er würde rufen. Rufen? Handeln! Es gab eine »Tolu«, es gab eine Kraft, die Taiwepl in Staub auflöste, wenn er es nur wollte.

». . . aus den Sakaya-Bergen gekommen. Mit welchen Neuigkeiten, Helo?« Die Stimme Karis. Eine Frage und ein Dutzend fragender Augenpaare.

Helo sah die Yoma verständnislos an. Sprachen sie mit ihm?

Hotep lächelte. »Übermüdet, Kommodore?«

Helo erinnerte sich an seinen Auftrag: Der Sender . . ., eine Botschaft an die Erde . . ., Roboter. »Ich war nur einen Augenblick abwesend.« Er versuchte das Bild der Oberpriesterin zurückzudrängen und berichtete von der Entscheidung der Kosmonauten.

Noch an demselben Tag brach er nach Norden auf. Zusammen mit Hotep, Ica und einem Geschwader rotierender Scheibenkörper, die von Robotern gelenkt wurden.

3

Es stürmte, stürmte, stürmte.

Tagelang jagte der Ostwind ganze Schneegebirge vor sich her und warf sie gegen die Basalthänge des Kraters. Dann schlug er plötzlich um und trieb den Schnee zurück in die glitzernde Ebene. Der Himmel war bewölkt. Von früh bis spät lag ein schmutziges Halbdunkel auf dem Kraterkessel und sah mit großen, drohenden Augen von den Verstrebungen des Senders herab auf das Zentrum, wo die Scheinwerfer regierten.

Helo Ryk erwachte aus einem kurzen, aber tiefen Schlaf. Er arbeitete vierzehn bis sechzehn Stunden täglich, und wenn er todmüde ins Bett fiel, hasteten seine Gedanken noch einmal zurück: auf rostigen Leitern kroch er hinunter in die Zylinderabschnitte, wanderte durch die Schaltzentralen und Bleikammern, lehnte sich an den Reaktor und verharrte. Die erste gründliche Untersuchung der Sendeanlagen war zufriedenstellend ausgefallen. Wie aber sah es mit dem Reaktor aus? Er arbeitete seit einigen Jahrzehnten. Mußten die Kernvorräte nicht bald erschöpft sein? Noch speisten sie den Sender; aber ob sie die große Zahl der Umformer und Verstärker, der Schaltanlagen und Hilfsgeräte, ganz zu schweigen von den notwendigen Wärmekraftmaschinen, versorgen konnten, war zumindest fraglich. Wie die Vorräte erneuern? Es gab den Rohstoff im Süden, bei den Tau, aber Chtol verweigerte die Freigabe. Die Erzgruben gewaltsam besetzen? Das bedeutete, eine blutige Auseinandersetzung heraufzubeschwören.

Sollte das Projekt daran scheitern?

Die quälende Frage verkürzte Helos Schlaf. Jetzt, während er erwachte, fiel ihm plötzlich die Lösung ein. Er sprang auf, kleidete sich an – und zögerte, als er Pearson, Venturelli und Holm Ferguson sah, die im Hintergrund der Baracke in ihren Betten lagen.

Es war eine Lösung mit Risiko. Würden sie zustimmen? Venturelli sicher, Pearson auch. Holm Ferguson? Er überlegte, ob er die Gefährten wecken und gleich informieren sollte, schüttelte den Kopf. Nein, sollten sie schlafen. Er mußte zuerst mit Pawel Fock sprechen.

Für sich selbst hatte Helo die Frage, um die es jetzt ging, schon entschieden. Er wußte, daß er nur wenige Wochen früher ein ähnliches Ansinnen mit der Begründung abgelehnt hätte, als Kommodore sei er verantwortlich für den Rückflug. Ein paar Wochen früher . . . Und jetzt? Ich habe mich verändert, dachte er, während er die Barackentür öffnete und hinaus in das dämmrige Halbdunkel trat. Er schob den Jakkenkragen höher und setzte eine Schutzbrille auf. Auch hier, im Windschatten der Kraterhänge, war die Luft voll stechender Eisnadeln.

Was hat mich verändert? Er wußte keine Antwort. Er ahnte nur, daß Pylon, vor allem aber Aina damit zu tun hatten. Seit der Nachricht von Ainas Tod war eine mahnende Stimme in ihm, sie drängte ihn, all das nachzuholen, was er in den Monaten zuvor versäumt hatte. Seine frühere Gleichgültigkeit kam ihm manchmal wie ein Verbrechen vor. Er, vernunftbegabt, konnte doch nicht von Spiralnebel und blauen Sternen träumen, wenn jedes Hirn gebraucht wurde.

Ja, er wurde gebraucht. Nicht nur als Kommodore im All, sondern auch hier auf dem Planeten. Es gab Aufgaben für ihn als Techniker und Mathematiker. Diese Gewißheit erfüllte ihn mit Freude und Genugtuung.

Er beschleunigte seine Schritte. Je näher er dem gleißenden, von Scheinwerfern umgebenen Zentrum kam, um so mehr gewann er die Überzeugung, daß seine Idee nicht an den Bedenken der Gefährten scheitern würde. Wir haben die Arbeiten am Echoskop abgebrochen, das Programm verlassen. Aber alles war umsonst, wenn wir jetzt vor dem letzten Opfer zurückschrecken, dachte er.

Helo hatte plötzlich das unbestimmte Gefühl, als sei er im Halbdunkel achtlos an einem Lebewesen vorbeigegangen. Er schob die verklebte Brille aus den Augen und sah sich um, lauschte. Der Sturm orgelte in einem Labyrinth mannshoher Eisschollen, sonst nichts.

Dort, dort drüben ... Eine schwarze Gestalt auf dem Rükken einer Schneewehe, sekundenlang deutlich abgehoben.

»Hallooo ...«

Keine Antwort. Es mußte ein Roboter sein. War er ausgebrochen?

Wie alle am Sender beschäftigten Yoma und Kosmonauten besaß Helo einen Steuerblock für den Umgang mit den Automaten. Er schaltete die übliche Befehlsfrequenz ein. Ohne Erfolg. Dann ist er mit einem Auftrag von Ica unterwegs, beruhigte sich Helo. Ica leitete die Roboter. Seine Steuerbefehle löschten jeden anderen.

Hin und wieder, wenn auch sehr selten, brach ein Roboter aus, tappte planlos umher, als wolle er sich die Umgebung ansehen, und kam erst zurück, wenn er die Antriebsenergie bis auf einen Reservevorrat verbraucht hatte. Das konnte allerdings mehrere Tage dauern.

Als Helo das gleißende Zentrum der Kratersohle erreicht hatte, dachte er schon nicht mehr an den Automaten. Über ein Gewirr von Eistreppen, Kanzeln und Galerien aus gepreßtem Schnee lief er abwärts bis an den Eingang des äußersten Zylinderturmes. Von hier führte ein Kanal- und Stollensystem zu den unterirdischen Gewölben.

Eine Meldetafel mit magischen Augen, ähnlich konstruiert wie jene in der Steuerzentrale der »Tolu«, gab Helo Auskunft über den Aufenthalt der Kosmonauten und der Yoma. Sie hatten sich um den Reaktor versammelt.

Er kletterte hinunter und zog einen Skaphander an. Doch schon in der zweiten Bleikammer vernahm er Stimmen und Schritte. Die Gefährten kamen ihm entgegen, voran Pawel Fock. Er sah müde aus. Er nahm den Helm ab und fuhr sich über die Stirn. »Nichts zu machen, die Kernvorräte sind erschöpft.«

Wenig später, als sie auf der Plattform des zweiten Zylinderabschnittes saßen und Tee tranken, versuchten die Yoma zu trösten. »Ihr habt getan, was ihr tun konntet, Erdenmenschen«, sagte Hotep. »Wir werden das Projekt verwirklichen, auch wenn ihr längst unterwegs seid zur Erde. Wir werden ein Kraftwerk bauen und Energie im Überfluß haben.«

»Dann werden wir senden«, bestätigte Ica.

»Wir haben noch nicht alles getan!« sagte Helo Ryk laut und bestimmt.

Die Gefährten sahen überrascht auf.

»Es gibt eine Möglichkeit, die Kernvorräte zu erneuern«, erklärte Helo. »Ich denke an den Reservetreibstoff im Heck der ›Tolu‹. Er ist für besondere Zwischenfälle im Raum, für Notlandungen, Havarien und dergleichen vorgesehen. Wir haben ihn während des Herflugs nicht gebraucht, und wir werden ihn für den Rückflug nicht benötigen. Wir nehmen den gleichen Kurs, unbekannte Schwerefelder sind nicht zu erwarten.«

Keine Bedenken, keine Vorbehalte, nur Zustimmung. In diesem Moment spürten sie wohl alle, daß sie längst mehr als Gäste der Yoma, daß sie selbst mit dem Planeten verwachsen waren. Auch in ihren Händen lag seine Zukunft.

»Nehmen Sie einen Helikopter und fliegen Sie in die Sakaya-Berge. Holen Sie uns den Treibstoff!« rief Professor Hirano. »Oder bringen Sie die ›Tolu‹ gleich mit.«

»Das wäre Energieverschwendung. Lassen Sie das Raumschiff ruhig dort unten.« Pawel Fock lächelte. »Aber wenn Pearson, Venturelli und Holm Ferguson ebenfalls einverstanden sind, ist Ihr Vorschlag genehmigt, Helo!«

Der Kommodore schaltete den Sprechfunk ein. »Hallo, Holm Ferguson, hier spricht Ryk. Hören Sie mich?«

Hotep und Ica hatten bisher geschwiegen. »Ihr bringt große Opfer, Erdenmenschen, und wir . . .?« sagte Hotep verlegen. »Was können wir für euch tun?«

»Baut meinetwegen ein Radioteleskop und fangt uns ein paar Zentimeterwellen aus dem Inneren Kreis, eine Botschaft von der Erde, eine ganz kleine Botschaft nur . . .«, scherzte Hirano.

»Von der Erde? Ist das überhaupt möglich?« Ica war mißtrauisch.

Hirano lachte. »Ihr braucht dazu nur einen Sechzig-Meter-Superspiegel.« Und als ihn die Yoma ungläubig anstarrten, wandte er sich an Helo: »Was meinen Sie, Kommodore, würde ein Spiegeldurchmesser von sechzig Metern ausreichen?«

»Seien Sie bitte etwas leiser«, sagte Helo. »Ich verstehe sonst nichts. Hallo, Ferguson, wiederholen Sie bitte! – Moment, Holm, ich gehe erst mal eine Etage höher. Hier ist zuviel Lärm«, sagte Helo.

»Wenn es möglich ist, Funksprüche von eurem Planeten einzufangen, warum habt ihr dann kein Radioteleskop gebaut?« wollte Ica wissen.

Hirano zuckte mit den Schultern. »Woher das Material nehmen? Und die Arbeitskräfte? Und wozu schließlich den ganzen Aufwand? Natürlich, unter den zahllosen Wellen, die jetzt, in diesem Augenblick, im vorigen und im nächsten hier auf Rho eintreffen, sind auch Wellen aus dem Inneren Kreis, ist vielleicht ein Funkspruch der Erde an eine interplanetare Station, an ein Raumschiff oder dergleichen. Theoretisch können wir irgendwelche Wortfetzen auffangen, aber wozu? Ein Funkspruch, der uns heute erreichen soll, muß vor über vier Jahren gesendet worden sein – eine zu große Zeitspanne für einen nützlichen Informationsaustausch zwischen der Erde und der ›Tolu‹-Expedition. Außerdem unterliegt eine Botschaft über solche Entfernungen mancherlei Störungseinflüssen, auf ihrer langen Reise wird sie verstümmelt, wäre vielleicht gar nicht mehr zu entziffern.

Nun, diese Schwierigkeit ließe sich mit geeigneten Sendern und einer speziellen Sendetechnik beheben. Die Hauptsache bleibt der Empfänger. Eine Raumexpedition kann eben nicht einen Sechzig-Meter-Superspiegel mit sich herumschleppen und erst recht nicht aus dem Boden stampfen, wenn sie irgendwo landet.«

»Müßte ich jahrelang fern von Rho leben – ein Funkspruch, eine Botschaft, schon ein Wortfetzen wäre ein Geschenk für mich«, sagte Ica grübelnd. »Geht es euch nicht ebenso?«

»Natürlich.« Hirano nickte. »Aber . . .«

»Pearson, Venturelli und Ferguson haben zugestimmt«, rief Kommodore Ryk. »Ich fliege ab, um den Treibstoff zu holen . . . Und ihr solltet mit dem Unfug aufhören. Deine Automaten verirren sich im Eis, Ica, während du in Gedanken Superspiegel baust.«

»Die Roboter haben dienstfrei.« Der Yoma lächelte. »Sie stehen eng aneinandergedrängt und vollzählig in den Kammern der Zylindertürme fünf und sechs.«

»Irrtum. Einem von ihnen bin ich draußen im Schnee begegnet, als ich von der Wohnbaracke kam. Ich dachte, du steuerst ihn, denn er reagierte nicht auf meinen Befehl.«

Die Yoma sprangen auf. Im Nebenraum, der durch eine gläserne Wand abgetrennt war, hatten sie die Befehlszentrale für das Roboterheer untergebracht. Bald leuchteten mehrere quadratische Felder auf. Ica schaltete einmal, zweimal, dreimal. Die Felder blieben lückenlos. »Alle Automaten stehen in den vorgeschriebenen Kammern«, sagte er, als er zurückkam. »Du mußt dich geirrt haben, Kommodore.«

Zwanzig Minuten später begann eine großangelegte Suchaktion, an der neben Kosmonauten und Yoma auch die Roboter teilnahmen. Gesucht wurde das geheimnisvolle Wesen, dessen Bekanntschaft Helo schon einmal gemacht hatte und dem er nun wieder im Schneesturm begegnet war.

Die Aktion blieb ohne Erfolg.

4

In Venturelli, dem jungen Chefmechaniker, reifte, er wußte selbst nicht warum, die Überzeugung, er werde das geheimnisvolle Wesen eines Tages entdecken und stellen. Er mußte nur die Augen offenhalten, auf jeden Schatten, jede Bewegung, jedes verdächtige Geräusch achten, besonders im Sturm. Vielleicht war es ein Kondo-wamak, ein letzter Nachfahre der einst so mächtigen Herrscherkaste?

Als dieser Gedanke zum ersten Male in seinem Hirn auftauchte, lachte er. Seit Jahrzehnten im Schnee, ohne Feuer, ohne Nahrung! Dann wurde er nachdenklich. Es konnten auch mehrere sein, und wer wußte denn, ob es nicht irgendwo unter dem Eis ein riesiges Depot gab, das die Kondo-wamak für das Personal des Senders angelegt hatten. Oder angelegt, als nach dem atomaren Experiment die blutige Auseinandersetzung in den Provinzen des heutigen Tau-Staates begann? Vielleicht waren einige Überlebende hierher geflohen, um vor den Verfolgungen sicher zu sein?

Unsinn! Du träumst, du phantasierst, mein Lieber, sagte er sich.

Aber der Gedanke ließ ihn nicht mehr los. Hatte es in alten Zeiten nicht Robinsonaden in Urwäldern und Wüsten, auf einsamen Inseln und selbst auf driftenden Eisbergen gegeben? Fest steht: Es gibt ein Wesen, es nährt und kleidet sich, es muß Vorräte besitzen, denn es war schon da, als der Kommodore zum ersten Male landete. Es hat das Seil beschädigt, um ihn zu töten, es belauert uns.

Venturelli hatte eine neue Suchaktion vorgeschlagen, aber die Gefährten waren nicht darauf eingegangen. Und er mußte zugeben, daß es aussichtslos schien, das riesige, von Gletscherspalten, Eisblöcken und Schneewehen übersäte Terrain mit Erfolg zu kontrollieren. Er bedauerte, dem Wesen nicht selbst begegnet zu sein. Er hätte es gestellt.

Aber in solchen Dingen war er eben ein Pechvogel. Überall, wo etwas geschah, kam er zu spät. Wer hatte den Tumult im Amphitheater von Kzar miterlebt? Helo Ryk.Wer war mit den Yoma in der Bjaulesiedlung? Pearson. Und er? Selbst auf die scharfäugigen Roboter, die nun in der Nähe des Senders wachten, war Venturelli neidisch. Er hätte gerne mit einem von ihnen getauscht.

Er achtete streng darauf, daß seine Arbeit auf dem Sendeturm nicht beeinträchtigt wurde. Aber er nutzte den täglichen Weg zwischen den Halbkugeln und der Baracke zu Abstechern, die ihn bis an die Basalthänge im Osten und Westen führten, und nachts erhob er sich ein paarmal, lief hinaus, kletterte auf das flache Barackendach und starrte in die Dunkelheit.

Das ging nicht lange gut. Wie er es auch anstellen mochte,

Pearson ertappte ihn, wenn er an seinem Bett vorbeischlich, und erkundigte sich am nächsten Morgen scheinheilig, ob er etwa an einem Darmkatarrh leide. Nach einer Woche wurde Pearson grob und drohte, er werde ihn zwingen, ein Schlafmittel zu nehmen.

Nach weiteren drei Wochen bot sich Venturelli unerwartet eine Gelegenheit. Gegen Mittag war er mit dem Kommodore auf den Sendeturm geklettert, am Abend hatten sie Verstärkung durch Sadko und Hirano bekommen. Sie arbeiteten bis Mitternacht. Dann mußten er und Helo die vorgeschriebene Ruhezeit antreten. Kurz vor der Baracke trafen sie Pawel Fock, Pearson und die anderen auf dem Weg zur ersten Schicht. Venturelli jubelte innerlich. Er kannte den tiefen Schlaf des Kommodore. Jetzt hatte er freie Hand, mindestens für vier Stunden.

Er aß, legte eine Taschenlampe, den Werfer, eine Mikrokamera mit Blitzgerät und einen Eispickel zurecht. Er wartete, bis Helo eingeschlafen war, zog sich warm an und tastete sich auf Zehenspitzen aus der gemeinsamen Unterkunft.

Er nahm sich die Basalthänge vor.

Unzählige Sterne funkelten am Himmel, ihr Widerschein lag auf Graten und gezackten Gipfeln, die Gletscher phosphoreszierten blaßblau, aber in den Spalten, Löchern und Felshöhlen hockten schwarze Schatten. Es war, als kämpften die silbernen Lichtschauer aus dem All mit den dunklen Mächten des Planeten; lautlos, aber zäh.

Venturelli begann gleich neben der Baracke und arbeitete sich nach Westen vor. Manchmal konnte er ein paar Dutzend Meter überspringen, an anderen Stellen reihte sich Spalt an Spalt, und jeden einzelnen durchsuchte er gründlich. Es kam auf Systematik an. Irgendwo mußte das Wesen – ob nun Kondo-wamak oder nicht – hausen. Vielleicht hatte es ihn schon beobachtet und lief weg, dann würde er eine Spur finden. Vielleicht stand es plötzlich vor ihm. Vielleicht duckte es sich hinter einen der nächsten Eisblöcke, um katzenhaft vorzuschnellen.

Venturelli kostete den Reiz des Ungewissen aus. Jetzt war er in seinem Element. Ihm hatte immer etwas gefehlt. Der Flug durch den Kosmos, die Landung, Taiwepl, die Yoma und der Sender – alles war so glatt und einfach und selbstverständlich gewesen, so ganz ohne . . ., nein, Risiko durfte er es nicht nennen, auch nicht Gefahr. Er war kein Abenteurer, der Gefahr suchte. Aber ein klein bißchen . . . Na, was eigentlich? Doch Gefahr? Unsinn, warum sich darüber den Kopf zerbrechen!

Nach zwei Stunden hatte Venturelli den vierten Teil des Ringgebirges durchsucht. Er wurde ungeduldig. Zwei Stunden und noch kein Anhaltspunkt, keine Spur. Er hastete vorwärts, in Schweiß gebadet. Sollte auch diese Nacht ohne Erfolg bleiben?

Als die dritte Stunde abgelaufen war, dachte er: Noch zehn Minuten. Dann laufe ich quer durch den Kessel und bin rechtzeitig an der Baracke. Wenn jemand erfährt, daß ich meinen Schlaf opfere, gibt es ein Disziplinarverfahren und einen Beschluß, der es mir endgültig verbietet, weiterzusuchen.

Venturelli kletterte auf eine Felsnase, um die nächste Umgebung zu überschauen. Dabei fiel sein Blick auf einen rubinroten Lichtschein am unteren Ausgang einer Gletscherspalte, ganz in der Nähe der Baracke.

Zuerst glaubte er an eine Sinnestäuschung. Dort war er doch gewesen!

Keine Täuschung! Das Licht kam unter dem Eis hervor, flackerte, erlosch und tauchte wieder auf, strahlte nun ganz ruhig.

Der Kondo-wamak!

Venturelli lief. Am Fuße der Kraterhänge fand er einen schmalen Schneestreifen mit verharschter Oberfläche, auf dem er kaum einbrach. Trotzdem versuchte er ein paarmal, Kurven und Windungen zu schneiden, gab es jedoch auf, nachdem er in den lockeren Wehen steckengeblieben war. Auch die eisige Luft war ihm hinderlich, in der Lunge brannte sie wie Feuer, sie zwang ihn zu flachen, kurzen

Atemzügen. Er legte ein gleichmäßiges, kräftesparendes Tempo vor, bemühte sich um Ausdauer.

Dreißig Minuten später war er am Ziel. Jetzt kam es auf Überlegung an. Er mußte den Kondo-wamak überraschen. Aber wie? Vielleicht mit dem Blitzgerät der Kamera? Eine Salve greller Blitze auslösen, den Gegner blenden, zu Boden werfen, fesseln. Und wenn es mehrere sind?

Ach was, im schlimmsten Falle habe ich den Teilchenwerfer. Also los!

Er pirschte sich vorsichtig bis an den unteren Ausgang der Spalte. Sie war ungefähr einen Meter breit, führte ein paar Dutzend Meter in den Gletscher hinein und machte einen Knick nach rechts. Von dort kam der rote Lichtschimmer. Venturelli legte sich auf den Bauch und kroch vorwärts, die Kamera in der einen, den Werfer in der anderen Hand. Er war ganz ruhig. Er wußte, daß er im richtigen Moment automatisch reagieren würde.

Plötzlich vernahm er eine höfliche Stimme. »Wenn ich Sie mal stören dürfte . . .«

Venturelli blieb liegen, wie er lag. Eine Welt brach über ihm zusammen.

». . . Ich klappere nämlich vor Kälte und fürchte, ich bin erfroren, bevor Sie meine Taschenlampe aus dem Eis geangelt haben.«

»Pearson, ich könnte Sie erwürgen«, knirschte Venturelli.

»Tut mir leid, aber diese Enttäuschung war notwendig. Ich habe mich hier postiert, weil ich wußte, daß Sie kommen. Oder meinen Sie, ich laufe Ihnen in der Dunkelheit nach und renne mir irgendwo den Kopf ein?

Ich habe Sie über Sprechfunk zu erreichen versucht, und als Sie sich nicht meldeten, ahnte ich, daß Sie nicht in der Baracke sind. Los, wir müssen gehen, schlafen können Sie nachher im Helikopter.«

5

Kurz nach Mitternacht war eine Funknachricht aus dem »Tal der Dämpfe« gekommen. Die Kosmonauten sollten sich vor dem zentralen Bildempfänger im zweiten Abschnitt des äußeren Zylinderturms versammeln.

Die Arbeit unterbrechen? So wichtig würde es nicht sein. Vielleicht eine Meldung über neue Unruhen in den Provinzen.

»Sehen Sie mal nach, Hirano?«

Der Astronom blieb über eine halbe Stunde, und als er zurückkam, war er erregt. »Hotep bittet uns um einen Fachmann der Zentimeterwellentechnik«, sagte er, schwer atmend.

»Wie bitte?«

»Die Yoma bauen ein Radioteleskop, einen Sechzig-Meter-Superspiegel für den Empfang von Zentimeterwellen aus dem Inneren Kreis. Sie müssen einige tausend Roboter und Spezialisten in Bewegung gesetzt haben. In der unwahrscheinlich kurzen Zeit von knapp fünf Wochen ist im Südosten des Goar Tetzl ein Gebilde entstanden, das tatsächlich schon wie ein Radioteleskop aussicht. Aber jetzt kommen sie nicht weiter.«

»Ich verstehe die Yoma nicht«, sagte Pawel Fock stirnrunzelnd. »Was soll ein Radioteleskop? Irgendwelche Wortfetzen einfangen, die für den Mars oder die Venus oder eine interplanetare Station bestimmt sind? Das ist doch sinnlos! Gezielte Informationen kann die Erde erst senden, nachdem sie unsere Botschaft erhalten hat, das heißt nach vier Jahren. Und von diesem Zeitpunkt an vergehen abermals vier Jahre, bis eine Antwort hier eintrifft. Wozu diese überstürzte, kräfteverschwendende Aktion?«

»Wir dürfen nicht in erster Linie an den Nutzeffekt denken, Pawel. Die Yoma jedenfalls denken nicht daran. Als wir unseren Reservetreibstoff zur Verfügung stellten, waren Hotep und Ica tief ergriffen. Sie suchten nach einer Gegenleistung, und ich sagte im Scherz: ›Baut uns einen Sechzig-Meter-Spiegel.‹ Das haben sie ernst genommen.«

»Ein solcher Aufwand – nur um für uns ein paar ›Wortfetzen‹ von der Erde aufzufangen, bevor wir starten?«

»Die Wirkung eines solchen ›Wortfetzens‹ auf uns könnte gar nicht hoch genug eingeschätzt werden«, gab Holm Ferguson zu bedenken. »Er würde Erinnerungen wachrufen, unsere inneren Beziehungen zur Erde neu beleben. Vergessen Sie nicht, daß wir ein Jahrzehnt der Trennung überschreiten, wenn wir noch auf der Rückreise sind. Gleichgültigkeit – der gefährlichste Feind eines Kosmonauten – wird uns überfallen, wir werden abstumpfen. Wenn uns die Yoma davor behüten wollen, sind sie erfahrene Psychologen.«

»Aber Sadko, unseren Fachmann für Zentimeterwellentechnik, können wir jetzt nicht entbehren.«

»Dann schlage ich den Chefmechaniker Venturelli vor.«

Wenig später lag Venturelli in einer Hängematte im Transportraum des Helikopters, der ihn in das Goar Tetzl bringen sollte. Er sehnte sich nach Schlaf, aber seine Gedanken ließen ihn nicht zur Ruhe kommen.

Etwas erfahren, auch nur einen winzigen Bruchteil von dem erfahren, was vor vier Jahren im Inneren Kreis geschehen war! Angenommen, wir erwischen einen Funkspruch aus Rhodesien an eine Kursmaschine zum Mars. Oder eine Anfrage der Venussiedler an den Weltkonvent für Hygiene. Oder einen Aufruf zur Teilnahme an der nächsten mathematischen Olympiade. Oder eine Reportage aus den schönsten Badeorten an der Küste des Mittelmeers. Oder . . .

Da waren die Erinnerungen schon: ein blühendes Weizenfeld. Der Duft von frischgebackenem Brot. Eine schneeweiße Segeljacht. Frauen . . ., schnell weiter! Die Niagarafälle. Und Grün, viel Grün – grüne Bäume, grüne Sträucher, grüne Wiesen, grünes Farnkraut. Zeitung lesen. Gebratene Pilze . . .

Als Venturelli erwachte, war es längst Tag. Unten ragten die Ausläufer der Sakaya-Berge auf. Zwanzig Minuten später die östlichen Ausläufer des Goar Tetzl. Über einem Hochplateau setzte der Roboter zur Landung an.

Hotep begrüßte den Chefmechaniker. Er war zur Zeit der einzige Yoma auf der Baustelle. Aber er dirigierte annähernd dreitausend Automaten. Sie förderten Erz aus einer nahe gelegenen Grube, bereiteten es auf, standen an einer Walzstraße, an Stanzen, Bohrmaschinen, Drehbänken, Fräsen. Sie erledigten gröbste und feinste Arbeiten, unermüdlich, ohne Pause, Tag und Nacht. Der Superspiegel, ein konkaves Geflecht aus Metall und Isolierstoffen, sechzig Meter im Durchmesser, ruhte auf einem quadratischen Basaltfundament.

Venturelli benötigte achtundvierzig Stunden, um die wichtigsten Werkstätten, Laboratorien und Instrumentenbunker kennenzulernen, und er fragte sich unzählige Male, ob das nun alles Wirklichkeit sei oder ob er immer noch träume.

Durch Raum und Zeit

I

Im ersten Morgengrauen war Venturelli aufgestanden, um Hotep abzulösen. Der Yoma hatte in den letzten Tagen geradezu Übermenschliches geleistet. Er kontrollierte die Arbeit der Roboter in den Gruben und die Qualität des geförderten Erzes, er sprach mit dem KADIR im »Tal der Dämpfe« und den Kosmonauten am Polarsender, er sorgte für Material und Transportmittel, steuerte die Automaten, rechnete. Die letzten Nachtstunden hatte er schließlich benutzt, um einen Fehler in der Verstärkeranlage zu korrigieren. Er nahm alles auf sich, was Venturelli von der Leitung der zweiten Baustufe des Superspiegels abgehalten hätte.

Hotep mußte ausspannen.

Venturelli öffnete die Tür der Wohnbaracke und trat hinaus in den Schneesturm. Zwischen den Bergen hingen graue Wolken. Der Wind trieb sie in der Ebene zusammen und warf sie gegen die Steilwände des Goar Tetzl.

Venturelli setzte eine Schutzbrille auf und stapfte hinüber zu den Instrumentenbunkern im Windschatten des 60-Meter-Radioteleskops. Auf halbem Wege traf er Roboter aus der Metallschmelze. Sie hatten ihren Arbeitsplatz verlassen! Ein Defekt in der Steuerung? Er zog einen Sendeblock aus der Tasche, suchte die Frequenz der Roboter und befahl ihnen umzukehren. Sie wandten sich um, liefen zurück, doch nach wenigen Schritten versuchten sie auszubrechen. Seine Befehle wurden durch stärkere aufgehoben, prallten ab. Nur Hotep besaß einen stärkeren Sender. Was war geschehen?

Der Yoma lehnte am Steuerpult vor dem Zentralschirm der Grenzsicherung. »Aus dem zweiten Abschnitt nähert sich ein Tau, ich schicke ihm die Roboter entgegen«, antwortet er auf Venturellis Frage. »Er muß aus der Ebene gekommen und über die Steilwände geklettert sein.«

»Nachts und im Schneesturm über die Steilwände?«

»Sieh selber!«

Ein Tau in schwarzer Uniform mit silbernen Kragenspiegeln. Ein hoher Offizier zweifellos. Er taumelte, stolperte, sank bis zu den Hüften ein. Jetzt verschwand er hinter einem Gewirr von Felsblöcken, tauchte wenig später am unteren Eingang der Schlucht auf, die zu den Erzgruben führte.

»Hat er vielleicht Begleiter in den anderen Abschnitten?«

Hotep meinte. »Ich hätte sie längst bemerkt. Die Kontrollgeräte arbeiten einwandfrei.«

»Hm, ausgerechnet in der Nähe des Superspiegels. Da, jetzt fällt er. Muß völlig erschöpft sein.«

Der Tau lag auf dem Gesicht, bewegungslos. Erst als die Roboter vor ihm standen, begann er sich zu regen. Er stieß einen Schrei aus, versuchte zu fliehen. Doch sie hatten ihn schon gepackt.

»Du brauchst dich nicht zu ängstigen. Iß und trink ruhig, wärm dich auf. Nachher erzählst du uns, was du hier suchst.«

Der Offizier lag auf Venturellis Bett. Die magischen Augen der Roboter hatten ihn sichtlich erschreckt. Er zitterte immer noch. Er trank einige Schlucke Goro und fragte unvermittelt. »Kannst du in das ›Tal der Dämpfe‹ fliegen, Erdenmensch?«

Venturelli nickte. »Ja, warum?«

»Araam-Diener sind im Goar Tetzl. Bevor es Nacht wird, werden sie deine Gefährten töten und Kari, den Herrscher der Yoma.«

Venturelli sprang auf. »Was sagst du . . .«

»Um die gleiche Stunde werden Araam-Diener am Pol sein, um den Sender zu vernichten.«

Venturelli bemühte sich, überlegen zu lächeln. Am Sender und in der Nähe der Baracke wachten die Roboter. Kein Araam-Diener würde sich unbemerkt dem gleißenden Zentrum nähern können.

»Und welchen Auftrag hat man dir gegeben?«

»Du glaubst mir nicht, Erdenmensch?« Die Stimme des Offiziers war heiser. »Chtol wurde ermordet, und im Palast von Taiwepl herrschen die Vertrauten Pylons. Aber zwei Tage bevor der falsche Prophet in das Araam einging, sandte er seine Diener aus. Ich bin gekommen, um euch zu warnen.«

Venturelli versuchte seine Überraschung zu verbergen. Das konnte alles Lüge, der Offizier ein Spion sein. »Zweierlei mußt du mir erklären«, sagte er ruhig. »Ich nehme an, du gehörst selbst zu den ›Vertrauten‹. Seid ihr Freunde der Yoma geworden, daß ihr uns warnt? Und wenn es so ist, warum befehlt ihr den Araam-Dienern nicht, umzukehren?«

»Wir haben keine Macht über sie«, sagte der Tau leise. »Sie folgen unbeirrbar dem Wort des Herrschers, denn es ist in ihren Köpfen eingebrannt, und kein zweiter Befehl kann es auslöschen. Sie werden im Eis erfrieren oder im Goar Tetzl verhungern, doch sie werden nicht umkehren. Wir aber wollen einen Vertrag schließen mit den Yoma über ein neues Experiment, damit Rho gerettet werde vor dem Kältetod.«

Venturelli tauschte einen schnellen Blick mit Hotep. Es klang verlockend und beinahe überzeugend, was der Offizier sagte. Aber sie mußten vorsichtig sein.

»Ich habe Sprechverbindung mit dem ›Tal der Dämpfe‹. In wenigen Sekunden kann ich die anderen Erdenmenschen und Kari informieren. Weißt du Einzelheiten über den Anschlag auf den Sender?«

»Du kannst ihn nicht retten, sprich lieber mit dem Tal«, sagte der Offizier hastig. Er zog eine mehrfach gefaltete Folie aus dem Uniformrock, breitete sie aus.

Eine Luftbildaufnahme des Polarsenders und seiner Umgebung!

»Schon wenige Tage nach eurer Ankunft auf Rho«, erklärte er, »beschloß Askul, euch nicht mehr abfliegen zu lassen. Er fürchtete aber, ihr könntet den Sender benutzen, um noch mehr Erdenmenschen auf den Planeten zu rufen. Deshalb schickte er gepanzerte Luftgondeln nach Norden. Niemand außer Chtol und den Araam-Dienern an Bord wußte davon. Askul befahl, einen Stollen von hier« – der Tau deutete auf einen Punkt, der gut zweieinhalb bis dreitausend Meter außerhalb der Kraterwand liegen mochte – »durch das Eis und den Felsen bis in die Nähe des Senders zu treiben. Ein einziger Schneesturm genügte, um die Spuren zu verwehen. In diesem Stollen wartet ein Araam-Diener . . .«

Die Fußspuren . . ., das abgeschnittene Seil . . ., der ›Kondo-wamak!‹ Jetzt war alles klar.

»Er wartet neben einer Pyramide daumengroßer Quader auf einen Boten des Herrschers.«

»Du meinst Sprengstoff?«

»Quader dieser Art«, sagte der Offizier und zog eine flache Metallschachtel aus der Brusttasche. Sie enthielt Eisstückchen, Schmelzwasser und einen durchsichtigen Würfel, in dem eine Gasblase eingeschlossen war.

»Was ist das?«

Der Tau zuckte mit den Schultern. »Wir fanden es zusammen mit der Skizze bei einem Priester auf Hetl Ra, der uns gestand, was ich euch gerade erzähle. Er war der Vertraute des Herrschers nach Askuls Tod. Diese Quader sind ungefährlich, solange sie kühl aufbewahrt werden, erhitzt aber bergen sie Vernichtung.«

Venturelli legte den Würfel auf die Eissplitter zurück und wandte sich an Hotep. »Ein Roboter soll die Schachtel so schnell wie möglich in die Steilwand bringen, auf einen Gipfel stellen, der von hier gut zu sehen ist, und mit einem roten Tuch bedecken.«

Venturelli hatte eine Vermutung. Er mußte sie prüfen, bevor er mit den Gefährten im Norden sprach. Traf sie zu, dann durfte der Stollen auf keinen Fall mit Werfern betreten werden.

»Ist es möglich, daß die Araam-Diener ebenfalls Quader mit sich führen?« fragte er. Der Offizier wußte es nicht.

»Aber du weißt, wie viele unterwegs sind zum Pol?«

»Acht. Sie werden einzeln und aus verschiedenen Richtungen ankommen.«

Als der Roboter im Laufschritt zurückkehrte, öffnete Venturelli die Barackenfenster und schob ein Zielfernrohr auf den Teilchenwerfer. Annähernd zwei Kilometer mochte die Entfernung bis zu jenem roten Viereck auf dem Gipfel in den Steilwänden betragen. Mit aufgestützten Ellenbogen visierte er es an, entsicherte. Er sah, wie der Schnee schmolz und der nackte Basalt zum Vorschein kam. Schließlich flammte das Tuch auf.

Eine ungeheure Explosion erschütterte das Gebirge.

Der Gipfel wurde auseinandergerissen, tonnenschwere Felsbrocken flogen weit nach allen Seiten. Die Baracke schaukelte, von den Verstrebungen des Radioteleskops lösten sich Schneeklumpen, oben in den Bergen donnerten Lawinen.

Venturellis Vermutung hatte sich bestätigt. Er lief zu den Instrumentenbunkern, sandte einen dringenden Ruf nach Norden, berichtete von den Geschehnissen in Taiwepl, dem Vorhaben der Araam-Diener und erklärte die Lage des Stollens. »Ich habe soeben einen Würfel gezündet. Die Sprengkraft der eingeschlossenen Gasblase ist enorm. Es könnte sich zum Beispiel um Xenontrioxyd handeln.«

»Der Stollen dürfte uns weniger Kopfschmerzen bereiten als die Araam-Diener auf dem Weg zu uns«, sagte Pawel Fock nachdenklich. »Sie können sich in jeder Schneewehe, hinter jedem Eisblock verbergen. Wir müssen die Polkappe systematisch absuchen, haben aber nur zwei Helikopter zur Verfügung . . .

Brechen Sie sofort mit dem dritten auf, Venturelli. Mittags könnten Sie hier sein, dann bleiben uns noch einige Stunden bis zur Dämmerung – falls die Angaben des Offiziers stimmen. Aber« – Pawel Fock betonte jedes Wort – »die Suchaktion wird zentral geleitet und verlangt besondere Schutzmaßnahmen. Handeln Sie unterwegs nicht eigenmächtig, greifen Sie auf keinen Fall an!«

Venturelli versprach es und schaltete den Bildschirm zum »Tal der Dämpfe« ein. Er verlangte Wangu, doch der diensthabende Yoma berichtete, sie sei nach Süden geflogen. Im Morgengrauen seien Diener des Herrschers in fünf verschiedenen Abschnitten über die Grenze gekommen. Von Robotern umzingelt, hätten sie sich selbst getötet. Einer sei von einem hohen Felsen gesprungen, ein zweiter mit vorgestrecktem Kopf gegen eine scharfe Basaltkante gerannt, die anderen hätten sich in blitzende Haumesser geworfen.

»Und – Roboter wurden nicht zerstört? Gab es keine Explosionen?«

»Nein, wieso?« Auf dem Gesicht der Yoma spiegelte sich Verwunderung.

Venturelli erklärte es ihm und bat, die Araam-Diener gründlich nach jenen daumengroßen Quadern zu durchsuchen.

Über endlose Schneefelder stapfte ein Araam-Diener. Seine Füße waren geschwollen, und seine langen, dünnen Beine zitterten. Seine Wangen waren eingefallen und seine Arme steifgefroren. Aber er lief mit der Beharrlichkeit eines Automaten. Als die Sonne über den Horizont kam, zog er ein schmutziges Folienbündel aus den Fellstiefeln und begann mit monotoner Stimme zu lesen. Die blutroten Schriftzeichen verschwammen bald vor seinen entzündeten Augen, doch er murmelte weiter, denn er kannte die Verse auswendig. Das Folienbündel wurde zu einem blutroten Fetzen, den er anstarrte und der ihn hypnotisierte. Er schlenkerte nach Norden, Stunde um Stunde.

Gegen Mittag kam er an ein ausgedehntes Schollenfeld. Er stolperte über einen Eisblock, und nachdem er ihm in einem Anfall von rasender Wut ein paar Fußtritte versetzt hatte, rollte er die Folien zusammen und richtete sein Augenmerk auf den Weg.

Er war noch keine zwei Dutzend Schritte gegangen, als er von neuem stehenblieb. Ein seltsam schnarrendes Geräusch lag plötzlich über der Eiswüste. Er kletterte auf einen Gletscherkegel – und fuhr erschrocken zusammen. Vom Süden näherte sich ein Flugapparat der Erdenmenschen. Zäh tropften die Gedanken des Boten. Wurde ... er ... verfolgt? Was ... sollte er tun? Bevor er zu einem Entschluß gekommen war, kreiste der Flugapparat schon über ihm. Von jähem Entsetzen gepackt, duckte sich der Bote in eine Nische. Doch nur wenige Augenblicke lang. Sein Gesicht hellte sich plötzlich auf. Hastig zog er einen Fellbeutel aus dem Umhang hervor und durchwühlte ihn. Als er endlich gefunden hatte, was er suchte – eine flache, graue Schachtel mit daumengroßen Würfeln – verschwand der Flugapparat gerade hinter einer langgezogenen Wehe.

Der Bote stutzte. Hatten ihn die Erdenmenschen gar nicht entdeckt? Oder flohen sie vor ihm? Nach einer Weile richtete er sich wieder auf, rutschte von seinem Gletscherkegel herab und setzte dem Flugapparat mit schnellen, vogelartigen Sprüngen nach. Als er das Ende der Wehe erreicht hatte, warf er sich in den Schnee, kroch auf Händen und Füßen weiter und lugte vorsichtig um eine Eisscholle.

Er lachte rauh auf. Hatten die Erdenmenschen Goro getrunken? Der Flugapparat kreiste dicht über dem Schnee. Er schwankte, torkelte, fiel, stieß nach oben, senkte sich von neuem, immer tiefer . . . Gar nicht weit entfernt war er, kaum fünfzig Schritt. Und gleich würde er zerbersten. Denn Araam selbst hatte seinen Dienern eine furchtbare Waffe gegeben, damit sie die Ungläubigen vernichten.

Bedächtig öffnete der Bote die graue Schachtel, rollte einen silberglänzenden Faden auf und zündete ihn an. So schnell er konnte, ging er dann quer durch das Schollenfeld, weiter nach Norden.

Schnee, Eis, Eis und Schnee. Am Tage unserer Ankunft auf dem Planeten flogen wir in diesen Breiten über eine schwarzbraune Tundra, dachte Venturelli, als er das Goar Tetzl in nördlicher Richtung verlassen hatte. Damals gab es hier noch Flechten, Moose und kleine Seen, jetzt liegt alles unter einer meterhohen Schneedecke. Eine Perlenschnur von Atomkraftwerken muß entlang der Polkappe gebaut werden, es wird höchste Zeit.

Er war optimistisch. Die Veränderungen in Taiwepl waren im rechten Augenblick gekommen. Die Tau würden radioaktives Erz liefern und Arbeitskräfte zur Verfügung stellen. Die Sendung an den Inneren Kreis stand unmittelbar bevor. Rho würde leben.

Zuerst, er erinnerte sich, sah alles düster und hoffnungslos aus. Eine übersättigte, degenerierte Adels- und Priesterkaste predigt den »feierlichen Untergang« alles Lebendigen, bereitet ein orgiastisches Zeitalter vor, in dem Kechurausch und Sinnentaumel regieren sollen. Man hätte an der kosmischen Vernunft zweifeln können.

Aber damit ist es jetzt vorbei, schneller als wir glaubten. Im Grunde ist doch alles ganz einfach. Versuch, dem Leben eine Schranke zu setzen. Es schiebt sie beiseite oder überspringt sie, es läßt sich nicht aufhalten. Manchmal droht irgendwo eine Gefahr. Unternimm etwas dagegen, und sie ist keine Gefahr mehr. Araam-Diener kommen in das Goar Tetzl – sie sind tot. Araam-Diener sind unterwegs zum Sender – wir werden sie überwältigen. Alles ist ganz einfach. Man muß nur etwas tun, man darf nur die Hände nicht in den Schoß legen.

Venturelli hatte Lust zu singen, aber der Lärm der Motoren nahm ihm die Worte vom Mund. Der Sturm warf sich in schnellen, harten Stößen gegen den Bug der Metallspinne. Rinnsale von Schmelzwasser trübten die angewärmten Sichtscheiben und zauberten seltsame, rasch ineinanderfließende und wieder neu entstehende Muster: Fischgräten, Ringe, ein Netz und eine ganze Kraterlandschaft.

Unten kamen die Ausläufer der festen Polkappe in Sicht, die ersten Gletscher, ein schmutziggrauer, zerklüfteter Eisberg und langgezogene, haushohe Schneewehen. Venturelli gab eine Positionsmeldung an den Sender durch. Eine Stunde später hatte er das Sturmfeld durchflogen. Der Motorenlärm wurde gleichmäßiger, die Geschwindigkeit nahm zu.

Kristallklare Luft, rote Farbtöne und dünne Schatten unten in der glitzernden Wüste. Ideale Sicht – fünfundzwanzig bis dreißig Kilometer entfernt waren die Eiskuppeln und Basaltkegel noch genau zu erkennen.

Venturelli schaltete den Autopiloten ein, aß etwas und

trank heißen Tee aus einer Thermosflasche. Er bedauerte, in einem Helikopter und nicht in einer schnellen Rakete zu sitzen. Irgend etwas in ihm rebellierte gegen die nicht mehr zu erhöhende Geschwindigkeit und den genau festgelegten Kurs.

In Gedanken eilte er voraus. Es würde nicht einfach sein, den Stollen zu entschärfen. Mit Gewalt konnte man nicht vorgehen, der Wächter brachte es fertig und opferte sich, wie es die anderen Diener im Goar Tetzl getan hatten. Er würde sich seelenruhig neben die Sprengstoffpyramide setzen und ein Feuer entzünden, ein paar Worte aus den heiligen Dogmen murmeln und mit einfältigem Lächeln auf die Katastrophe warten. Nein, mit Gewalt durfte man nicht vorgehen, man mußte ihn irgendwie aus dem Stollen herauslocken.

Aber vielleicht war das alles schon erledigt. Vielleicht hatten die Gefährten längst zugeschlagen, während er, Venturelli, im Schneckentempo nach Norden flog. Ging es denn nicht schneller? Nein, die Motoren waren ausgelastet. Immer wenn etwas geschah, kam er zu spät!

Unsinn. Wieso komme ich zu spät? Ich glaube, ich suche wieder mal Abenteuer, dachte er kopfschüttelnd.

Da beugte er sich zur Seite, schräg vor ihm – ein dunkler Punkt im Eis, ein zweiter!

Proximanen, die Boten des Herrschers!

Er griff in die Steuerung, drosselte die Motoren.

Sie haben ihn bemerkt, schlenkerten eilig auf ein nahes Gewirr glänzender Eisblöcke zu, erreichten es, tauchten unter. Jetzt mußten sie schon hinter ihm sein. Venturelli wendete, flog eine Schleife. Sekundenlang kämpfte er mit sich. Da war ein Befehl: ›Handeln Sie nicht eigenmächtig! Greifen Sie auf keinen Fall an!‹ Doch hier kam eine Gelegenheit, ein überaus günstiger Zufall: zwei Boten. Später würde man stundenlang nach ihnen suchen, hier brauchte er nur zuzupacken. Was konnte denn schon geschehen?

Er wurde ganz ruhig. Er schaltete den Sichtschirm ein und öffnete den Verschluß des schwarzen Futterals, in dem der Teilchenwerfer steckte. In weiten Spiralen ging er tiefer, auf sechzig, vierzig Meter, beobachtete sorgfältig jede Eisscholle, suchte jeden Spalt ab.

Da, eine Bewegung, ein Schatten! Jetzt hatte er sie auf dem Sichtschirm, beide. Sie hockten unter einem überhängenden Block. Er sah ihre tierisch rohen Gesichter, die grobschlächtigen Hände, die langen Haumesser.

Dreißig ... zwanzig ... fünfzehn Meter. Sie erwarteten ihn ohne eine Spur von Angst. Plötzlich kamen ihm Bedenken. Was wollte er überhaupt? Er konnte sie doch nicht einfach umbringen! Er mußte sie lebendig fangen.

Aber wie?

Venturelli zog Kreise, dachte nach. Man müßte ein Netz, ein großes Netz haben oder wenigstens eine Plane oder ein betäubendes Gas.

Nichts von alledem ...

Doch! Er langte nach hinten in den Transportraum, tastete über ein viereckiges Paket. Der Fallschirm, dreißig Quadratmeter Spezialseide!

Er vertraute die Steuerung wieder dem Autopiloten an und kletterte von seinem Sitz. Der Schirm lag wohlverschnürt auf der geschlossenen Bodenluke. Er war noch nicht benutzt worden, diente ja auch nur für den Abwurf von Ladegut bei extrem schlechter Sicht oder im Falle einer Havarie.

Venturelli zog ihn aus der Verpackung und breitete ihn aus, nachdem er die Fangleinen abgeschnitten hatte. An zwei Ecken befestigte er schwere Werkzeuge: eine Rohrzange, einen Hammer, Schraubenschlüssel. Die beiden anderen Ecken knüpfte er nahe der Luke an die Verstrebungen des Transportraumes.

Jetzt mußte er eine Havarie vortäuschen. Er gab Gas, nahm es weg, stoppte die Motoren, ließ sie mit voller Kraft anlaufen, stoppte wieder. Der Helikopter sackte ein paar Meter nach unten, taumelte, fing sich, wirbelte Schnee und Eis auf.

Fünf ..., vier ..., drei Meter Höhe.

Venturelli sah, wie sich die Araam-Diener vorbeugten und

ihre Haumesser umklammerten. Ein paar Dutzend Schritte nur trennte sie von der Metallspinne. Sie warteten gespannt.

Drei Meter . . ., zwei . . .

Er öffnete die Bodenluke. Die Werkzeuge fielen, zogen die Seide nach, strafften sie.

Der Helikopter setzte auf.

Im gleichen Moment, als die Araam-Diener unter dem überhängenden Block vorschnellten, flammte im Gewirr der Spalten und Eisschollen schräg hinter dem Hubschrauber ein heller Schein auf. Venturelli hatte keine Zeit, darauf zu achten.

Da kamen die Boten. Er hörte ihren keuchenden Atem. Sie näherten sich mit langen, vogelartigen Sprüngen, die knochigen Hälse gestreckt, Triumph auf den Gesichtern. Noch zehn Schritte, acht, fünf . . . Venturelli drückte den Starter. Die Metallspinne schoß empor, warf sich über die Araam-Diener hinweg, verharrte, bis sie in vollem Lauf gegen die gespannte Seide rannten, schnellte zurück. Die Seide legte sich auf die Angreifer, behinderte sie in ihren Bewegungen. Bevor sie sich frei machen konnten, preßte sie der Helikopter in den weichen Schnee.

Venturelli stoppte den Motor. Er nahm ein paar Fangleinen in die Hand und rutschte auf den Knien bis dicht an die Bodenluke. Zuerst fand er sich nicht in dem Knäuel von strampelnden Gliedmaßen zurecht. Dort, das mußte ein Kopf sein. Natürlich. Und da war der zweite. Die Araam-Diener lagen auf den Rücken, die Beine unter den Landekufen des Hubschraubers eingeklemmt.

Ich muß sie wie Bündel in das glatte Tuch einschnüren, dachte Venturelli.

Gerade wollte er beginnen, als ihn ein wuchtiger Schlag rückwärts in die Pilotenkanzel schleuderte. Grellblaues Licht blendete ihn. Er vernahm ein ohrenbetäubendes Krachen, das Splittern von Glas, dann hatte er das Gefühl, als breche der Helikopter auseinander. Ein beißender Geschmack auf der Zunge und ein stechender Schmerz im Genick waren das letzte, was er vernahm.

Als ein greller Blitz hinter ihm aufzuckte, stolperte der Araam-Diener. Die Explosionswelle schleuderte ihn ein Stück durch die Luft. Er fiel und schlug irgendwo auf, fiel weiter und empfand nichts mehr.

Lange Zeit lag der Bote des Herrschers besinnungslos auf der Sohle einer breiten Gletscherspalte. Blut tropfte von seiner Stirn und gefror zu kleinen rubinroten Kügelchen. Erst als sich ein paar Strahlen der Nachmittagssonne in die Schlucht verirrten und über seine halbgeöffneten Augen tasteten, richtete er sich träge auf, starrte verwundert in den blutigen Schnee. Er wußte nicht, was geschehen war. Er schleppte sich an den Ausgang der Gletscherspalte und taumelte in die weiße Ebene hinaus. Auf dem Kamm einer Wehe fiel er von neuem in eine kurze, aber tiefe Ohnmacht.

Als er wieder erwacht war, kramte er getrocknetes Buruschfleisch aus seinem Fellbeutel und aß mechanisch. Mit stumpfen Augen überflog er die glitzernde Wüste. Bei den Trümmern des Helikopters verharrte er, dachte lange und angestrengt nach. Dann lief ein breites Lächeln über seine rohen Gesichtszüge.

Er stolperte vorwärts, trampelte in kindischer Freude auf den verbogenen Metallfetzen herum und näherte sich behutsam dem toten Erdenmenschen.

Lange drehte er den starren Leichnam, bis er ihn in sitzende Haltung, mit dem Blick nach Süden, nach Taiwepl, gebracht hatte. Dabei rutschte ihm aus einem geöffneten Lederfutteral ein glänzender Gegenstand entgegen, mit winzigen farbigen Knöpfen und Buckeln besetzt. Er steckte ihn in den Fellbeutel und sah sich nach den Leichen der anderen Erdenmenschen um. Zu seiner Verwunderung fand er aber nur die verstümmelten Körper zweier Araam-Diener.

Er ließ sich auf die Knie nieder und starrte sie verständnislos an, knöpfte schließlich ihre zerfetzten Umhänge auf. Ein furchtbarer Gedanke regte sich in seinem Kopf. Als er feststellte, daß sie ebensolche Fellbeutel bei sich trugen wie er selbst und ebensolche daumengroße Würfel, spie er in ihre Gesichter.

Er zweifelte nicht mehr daran, die beiden Araam-Diener hatten den Plan des göttlichen Herrschers verraten. Zusammen mit dem Erdenmenschen waren sie aus dem Goar Tetzl heraufgekommen, um ihm den Stollen zu zeigen.

Dumpf brütete der Bote vor sich hin. Wenn der Erdenmensch von jenem Stollen am Pol gewußt hatte ..., dann wußten auch die anderen und die verfluchten Yoma davon.

Was sollte er jetzt tun? Der Abend dämmerte herauf, als er einen neuen Entschluß gefaßt hatte. Er hängte sich die beiden Fellbeutel der Araam-Diener über die Schulter und stapfte nach Westen.

2

In der Umgebung des Senders wimmelte es von Yoma. Männer, Frauen und Kinder, Uniformierte und Nichtuniformierte, Schüler aus den Sälen der Wissenschaften, Spezialisten für Agrikultur, für Atomphysik, Beobachter aus den Provinzen, Hirten von den Hochplateaus, Algenzüchter – sie alle wollten dabeisein, wenn die Erdenmenschen mit dem fernen Planeten sprachen. Die Sendung stand unmittelbar bevor.

Im zweiten Abschnitt des äußeren Zylinderturmes hatten sich die Kosmonauten und der KADIR versammelt: Wangu, Kari, Ica, Hotep ... Sie warteten auf Kommodore Helo Ryk, der die Arbeiten des Chefmechanikers am Radioteleskop in den Bergen des Goar Tetzl weiterführte.

Knapp vier Wochen waren seit Venturellis tragischem Tod vergangen.

Der Stollen unter dem Kraterkessel war zugeschüttet, sieben Boten des Herrschers waren ohne weitere Opfer unschädlich gemacht worden. Nur der achte blieb verschollen; allem Anschein nach hatte er sich in den endlosen Schneefeldern verlaufen, war verhungert oder erfroren.

Helo kam buchstäblich in letzter Minute.

Er quittierte die vorwurfsvollen Blicke der Gefährten mit einem Lächeln und nahm Hotep gegenüber an der mit schallschluckenden Folien ausgekleideten Stirnwand Platz. Jetzt war es zu spät, aber nachher würde er sich rechtfertigen, und sie würden ihn mit anderen Augen ansehen. Nur Hotep gab er ein Zeichen. Der Alte, wenige Stunden früher aus dem Goar Tetzl abgeflogen, ahnte, was geschehen war. Seine Fingerkuppen trommelten nervös.

Auf dem schmalen Gesims über den Instrumententafeln leuchteten nacheinander grüne Signalkegel auf. Ein anschwellender Akkord mahnte. Tonbandspulen setzten sich in Bewegung.

Pawel Fock trat an den Sendetisch, beugte sich über das Aufnahmemikrophon. »EXPEDITION TOLU AN DEN INNEREN KREIS! EXPEDITION TOLU IM GRAVITATIONSFELD PROXIMA CENTAURI RUFT DIE VEREINIGTEN ERDE-, MARS- UND VENUSSTAATEN SOWIE ALLE INTERPLANETAREN STATIONEN. EXPEDITION TOLU BEFINDET SICH AUF DEM PLANETEN RHO, GALAKTISCHE KOORDINATEN . . .«

Ein leises Summen begleitete die ersten Worte des Mathematikers.

Es war der durch Isoliermatten und Folien gedämpfte Jubel der Yoma draußen auf den Schneefeldern. Ein mächtiger Bildschirm und eine Lautsprecheranlage informierten sie über die Vorgänge im Inneren des Zylinderturmes.

Pawel Fock gab zuerst einen kurzen, sachlichen Bericht vom Verlauf der Expedition seit dem Abschuß der letzten Raumsonde, erklärte, warum das Programm abgeändert worden war, und schilderte die geologisch-meteorologischen Besonderheiten des Planeten, das Problem der Vereisung, den Kampf der Proximanen um ihre physische Existenz.

»Es ist notwendig, daß die Menschheit in diesen Kampf eingreift«, sagte Pawel Fock. »Benötigt werden komplette Kernreaktoren, Kraftwerke, die das Temperaturgefälle zwischen den oberen, kältesten Eisschichten und den tieferen Zonen für die Umwandlung in Wärmeenergie umsetzen, hochqualifizierte Spezialisten, Fachliteratur, Übersetzungsautomaten . . .«

Als Pawel Fock auf die Möglichkeit des Empfangs von Zentimeterwellen durch einen 60-Meter-Superspiegel hinwies, der in absehbarer Zeit in den Dienst des zweiseitigen Informationsaustausches gestellt werden könne, rutschte Hotep unruhig in seinem Sessel hin und her.

Helo Ryk lauschte mit geschlossenen Augen. Er lauschte mehr dem Klang als dem Inhalt der Worte. Es waren Worte, die den Schlußpunkt hinter einen kurzen, aber ereignisreichen Aufenthalt auf dem Planeten Rho setzten.

Den Schlußpunkt. Es mußte so sein, aber es war schade. Es gab noch so viel zu tun. In wenigen Tagen werde ich die »Tolu« starten, und wir werden die Sakaya-Berge zurücklassen, das Goar Tetzl, die Provinzen, Rho. Zurückbleiben werden der KADIR, die Yoma, die Bjaule und Tau. Zurückbleiben wird eine Fülle ungelöster Probleme. Die Bildechoskop-Station am Kratersee ist nur halbfertig, und das »kosmische Ohr« bedarf wichtiger Ergänzungen. In den »Sälen der Wissenschaften« ist ein Stamm junger Atomphysiker herangebildet worden. Ob er hält, was er verspricht? Die Bewährungsprobe kann sehr bald auf der Tagesordnung stehen, denn die »Vertrauten« in Taiwepl scheinen zu Verhandlungen über die Auslieferung des radioaktiven Erzes bereit. Die Propaganda gegen ein neues Experiment ist schon beendet worden. Überhaupt, wie wird sich der Tau-Staat entwickeln? Werden die Bjaule besser leben, so, wie es sich Aina erträumt hat?

Auch die Erinnerung an Aina wird zurückbleiben, in der Steuerzentrale der »Tolu«, im siebenjährigen Kampf um Raum und Zeit wird sie verlorengehen. Aber das ist nicht das Entscheidende. Entscheidend sind die ungelösten Probleme.

Im Grunde ist das Unsinn: Die Probleme sind da, und wir starten. Millionen schöpferischer Hirne gibt es im Inneren Kreis, aber hier wird jedes Hirn gebraucht.

Habe ich denn gar kein Verlangen mehr zurückzukehren? fragte sich Helo verwundert. Er hatte nie mit solchen Gedanken gespielt, sie waren ihm neu, kamen ganz plötzlich. Kein

Verlangen mehr? War die Bindung zur Erde, der grünen, sonnigen, fruchtbaren, gerissen?

Pawel Fock hatte gesprochen und nach ihm Kari. Die Sendung war beendet, für heute beendet. Auf Tonbänder fixiert, würde sie noch oft ausgestrahlt werden. Ein ganzes Jahr lang.

Helo gab sich einen Ruck. Jetzt nicht grübeln, dachte er. Es ist noch einiges zu tun, bevor wir abfliegen.

»Sie sprachen von der Möglichkeit des Empfangs von Zentimeterwellen, Pawel«, sagte er laut und gedehnt. »Ich muß Sie verbessern. Die Möglichkeit ist bereits Wirklichkeit geworden.«

»Bitte?« Pawel Fock starrte ihn ungläubig an, die Gefährten sprangen auf.

Hotep trommelte nervös mit den Fingerkuppen. »Weiter!« rief er ungeduldig.

»Deshalb bin ich ja erst in letzter Minute gekommen. Ich wollte gerade starten, als die automatischen Schreiber die ersten Impulse registrierten. Verstärkt und umgeformt ergaben sie – eine Positionsangabe in der Nähe des äußeren Trabanten der Sonne, des Pluto.«

»Unsere Arbeit hier ist beendet, machen wir einen Abstecher in das Goar Tetzl«, sagte Pawel Fock.

»Aber wir haben nur drei schnelle Raketen, Platz für neun Personen. Die anderen müßten mit den Helikoptern nachkommen.«

»Ich zum Beispiel«, sagte Helo. Und mit einem Seitenblick auf den ungeduldigen Yoma: »Aber Hotep muß unter den ersten sein. Er kennt sich am besten aus, und – niemand wird die Instrumentenbunker im Windschatten des Superspiegels betreten können, wenn Hotep die Roboter nicht im Zaume hält.«

Pawel Fock verstand. »Natürlich muß Hotep unter den ersten sein . . . Ich nehme den zweiten Helikopter.«

»Und ich den dritten«, rief Ben Pearson.

Die Raketen starteten, und nach ihnen erhoben sich die Scheibenkörper der Yoma. Weniger schnell als die ersteren, aber schneller als die Hubschrauber, würden sie gegen Mittag im »Tal der Dämpfe« oder auf dem Plateau im Südosten landen.

Eben noch vom Lärm der Frauen und Kinder, der Hirten und Uniformierten, der Piloten und Schaulustigen erfüllt, lag der Kraterkessel nun beinahe vereinsamt. Ein paar Automaten stapften müßig durch den Schnee, ein Wachtrupp richtete sich auf dem Sendeturm ein, unten, in den Bleikammern, sprach Ica mit jungen Spezialisten – den zukünftigen Herren des Reaktors, der Energie- und Sendeanlagen.

Ben Pearson, Pawel Fock und Helo Ryk nahmen Abschied. Kristallstaub war in der Luft, die Eisblöcke leuchteten, der Schnee knirschte wie trockenes Kochsalz, als sie zum letzten Male jenen Weg gingen, den sie mit verbundenen Augen gefunden hätten: vom Zentrum hinüber zur Baracke.

Aber kurz vor der Baracke bogen sie in einen schmalen Pfad, durchquerten ein Labyrinth ineinander verschobener, verschachtelter und jäh abbrechender Gletscherarme und stiegen aufwärts, an Basaltfelsen und firnüberzogenen Säulen vorbei, bis an den Fuß einer Pyramide aus behauenen und sorgsam geglätteten Eisquadern.

Hier lag Venturelli.

3

Sie flogen in breiter Front, ohne Hast und lange Zeit schweigsam, obwohl sie den Sprechfunk eingeschaltet hatten. Erst in der Nähe der Unglücksstelle – die meisten Trümmer des Helikopters waren ein Opfer der wandernden Schneedünen geworden – sagte Helo: »Damals haben wir nur flüchtig nach dem Teilchenwerfer gesucht. Informieren wir Kari, seine Automaten werden ihn finden.«

»Lieber nicht«, brummte der Biologe. »Stellen Sie sich vor, er fällt in Wangus Hände. Ich wette, sie richtet ihn gegen jeden beliebigen Tau.«

»Lassen wir den Teilchenwerfer, wo er ist«, sagte Pawel Fock. »Aber Sie erinnern mich an etwas anderes. Die Beschleuniger im Heck der ›Tolu‹ müßten nachgesehen werden. Das ist zwar nur eine Arbeit von wenigen Stunden, doch wenn Sie es mir nicht verübeln, erledige ich das noch heute.«

»Sie wollen nicht mit zum Radioteleskop kommen?«

»Ehrlich gesagt, ich habe keine Lust. Dort wird ein großes Gedränge sein, einige hundert Yoma werden vor den Empfängern sitzen – und ich bin ein bißchen abgespannt. Die Aufregung der letzten Tage und Wochen . . .«

»Ich schließe mich an, Pawel. Ich werde mir die blutrote Sakaya vornehmen. Wissen Sie, man müßte diese hochwertige Alge in den heißen Venussümpfen ansiedeln . . . Hoppla, was ist denn das?« Pearson verstummte, und als er sich wieder meldete, sagte er: »Die Magnetnadel spielt verrückt. Sie pendelt über das halbe Zifferblatt. Bei Ihnen auch?«

»Das dürfte bei uns nicht gut möglich sein. Wir haben Kreiselkompasse. Dauert die Erscheinung an?« wollte Pawel Fock wissen.

»Nein, jetzt ist sie vorbei.«

»Sicher ein mechanischer Defekt«, vermutete Helo.

»Also, was ich sagen wollte«, fuhr Pearson unbekümmert fort, »ich werde diesen Nachmittag für botanische Studien verwenden, die Sakaya untersuchen, außerdem den Nährboden analysieren, auf dem sie gedeiht. Und Sie, Kommodore, sollten ebenfalls bei uns bleiben. Das ›kosmische Ohr‹ läuft nicht weg, und was es dem Inneren Kreis abgelauscht hat, wird Ihnen Hirano . . . Jetzt fängt es wieder an! Die Nadel pendelt . . .«

Mehr konnte Helo, der jetzt dicht neben Pearson lag, nicht verstehen.

Es jaulte und krachte in der Funkanlage, ein hoher, anschwellender Ton bohrte sich schmerzhaft in sein Gehirn, zwang ihn, die Kopfhörer herunterzureißen.

Was war geschehen?

Von rechts näherte sich Pawel Fock, ebenfalls ohne Kopfhörer, öffnete ein Bullauge, versuchte den Lärm der Luftschrauben zu überschreien: »Schwere Störung ... Radioteleskop ... Volle Kraft!«

Helo nickte zum Zeichen, daß er verstanden habe, und beschleunigte. Pearson blieb neben ihm.

Eine Störung, durch den Superspiegel verursacht? Kaum möglich. Was hatten Radiowellen mit Magnetismus zu tun? Oder handelte es sich um zwei verschiedene Erscheinungen, die zufällig aufeinandergetroffen waren?

In diesem Moment erreichten sie die nördlichen Ausläufer der Sakaya-Berge und starrten wie gebannt auf den Horizont. Dort, einen Fingerbreit über den eisbedeckten Gipfeln, lag die »Tolu«. Die »Tolu«? Sie war nicht mehr das makellose, metallisch schimmernde Raumschiff. Ihr Leib war zernarbt, gerunzelt, aufgedunsen.

Pawel Fock, Pearson, Berge und Himmel waren plötzlich aus Helos Bewußtsein gelöscht. Er spürte das gefährliche Flattern der Luftschraube nicht, und er hörte nicht den Aufschrei der gequälten Motoren. Es gab nur noch die »Tolu«, sie war bedroht, und er mußte sie schützen. Aber was bedrohte sie, die gefeit war gegen Meteoriten und kosmischen Staub, gegen hohe Temperaturen und tiefste Kältegrade?

Als er den optischen Sucher auf das Heck richtete, konnte er faustgroße Blasen, Furchen und Ätzflecken unterscheiden. An manchen Stellen hatte sich die Außenhaut des Raumschiffes in einen gallertartigen Brei verwandelt. Da waren doch – gebündelte Energiestrahlen am Werk! Teilchenwerfer in Aktion?

Eine unsinnige Erklärung, doch die einzig mögliche. Helo erschauerte. Eine Katastrophe bahnte sich an. Wenn die Außenhaut zerstört war, wenn die Strahlenbündel in das Innere vorstießen, wenn sie den Treibstoff berührten! Das Goar Tetzl würde zu einem Haufen glühender Asche werden.

Sekundenlang war Helo wie betäubt. Seine Hände krampften sich um das Steuer, warfen es herum, drosselten die Motoren. Nachdenken! Keine Panik! Klar denken! Unwichtig, wer es war, der den Teilchenwerfer auf die »Tolu« gerichtet hatte. Nur diesen Jemand finden! Wo konnte er sein?

Helo wurde ganz ruhig. Meterdick war die Außenhaut und diamanthart unter der verletzten Oberfläche. Gut fünf Stunden würde sie den Energiestrahlen trotzen. Vor Ablauf dieser Frist mußte etwas geschehen.

Helo landete neben den Gebäuden des Bildechoskops. Kurz nach ihm setzten Pawel Fock und Ben Pearson auf.

»Teilchenwerfer, Kommodore!« Pearson war kalkweiß. »Los, wir müssen ihn suchen!«

»Aber wo? Das ganze Gebirge kommt in Frage.«

Achselzucken.

»Wir brauchen Hilfe.«

Trotz der schweren Funkstörungen erreichten sie den KADIR. Wangu meldete sich, versprach, die Yoma zu mobilisieren.

Hirano, auf dem Hochplateau im Südosten, lachte. »Teilchenwerfer greifen das Raumschiff an? Ihre Scherze sind nicht gerade originell, Pawel. Unsere Werfer stecken wohlbehütet in den schwarzen Futteralen und Ihre sicher auch. Sie sollten . . .«

»Venturellis Futteral zum Beispiel war leer«, sagte Pawel Fock ungeduldig. »Wann können Sie hier sein?«

Und Hirano ernüchtert: »In zehn Minuten mit den Raketen. Die Scheibenkörper brauchen etwas länger.«

Pawel Fock wandte sich an Pearson: »Sie fliegen dort hinüber« – er deutete auf die südlichen Ausläufer der Sakaya-Berge – »und nehmen die Yoma vom Radioteleskop in Empfang. Helo, Sie erwarten die Yoma aus dem ›Tal der Dämpfe‹ – unten in der Ebene, vor der Schlucht, die zum Algensee führt. Kein Quadratmeter darf unkontrolliert bleiben. Die Yoma sollen in Linie vorgehen, jeden Spalt, jede Nische, jeden Hügel absuchen.«

Nachdem Helo an der Schlucht eingetroffen war, tauchten wenige Minuten später die ersten Scheibenkörper am westlichen Horizont auf. Sie näherten sich schnell, setzten am Fuße des Gebirgssockels zur Landung an: fünfzig, hundert . . . Geschwader um Geschwader folgte. Wangu führte sie und verteilte die Yoma nach Norden und Süden auf eine

Front von ungefähr zehn Kilometern. Als sie meldete, es sei alles vorbereitet, rief auch Pearson von den südlichen Ausläufern:

»Fertig, es kann losgehen!«

4

»Hirano, tausend Meter nach rechts! – Pearson, mehr Sorgfalt den kleineren Schluchten! – Der linke Flügel bleibt zurück, Kommodore! Achten Sie auf den lin-ken Flü-gel!«

Seit beinahe zwei Stunden prasselte Anweisung auf Anweisung aus dem Bordempfänger.

»Links, Kommodore, links!«

Helo streifte die Kopfhörer ab. Er konnte Pawel Focks Stimme nicht mehr ertragen. Zuerst war sie betont ruhig gewesen, dann hart und unduldsam geworden. Jetzt aber klang sie fahrig, nervös. Wozu das? Die Yoma holten das Beste aus sich heraus, sie kamen gut voran, und in spätestens einer Stunde würden sie den Kratersee erreicht haben. Das Raumschiff war sowieso . . . Nein, nicht daran denken!

Helo wendete und flog hinter den Linien zum linken Flügel hinüber. Er hatte längst bemerkt, daß sich der Motorenlärm ungünstig auf die Konzentration der Yoma auswirkte. Deshalb hielt er immer einen gewissen Abstand ein und kümmerte sich nicht um die Kritik des Mathematikers. Vielleicht war es auf der anderen Seite des Gebirges nötig, die Proximanen anzutreiben, hier jedenfalls nicht.

Er sah, warum der linke Flügel zurückgeblieben war. Eine ausgedehnte, vereiste Geröllhalde lag vor den Yoma. Auf Fußspitzen und Händen arbeiteten sie sich Meter um Meter vor, nahmen einen besonders glatten Streifen kriechend in Angriff, rutschten, strauchelten, hasteten weiter. Obwohl sie nun schon annähernd fünfzehn Kilometer zurückgelegt, Schluchten und Steilhänge bezwungen hatten, waren sie noch obenso frisch und energiegeladen, wie am Anfang der Suchaktion.

Helo wünschte, mitten unter ihnen zu sein. Seine eigene

Aufgabe kam ihm nichtig und beinahe lächerlich vor. Er saß bequem in der Pilotenkanzel des Hubschraubers und sollte *sie* kontrollieren! Sie brauchten keine Kontrolle. Mit dem gleichen Eifer, mit dem sie Automaten bauten und dereinst gegen das Eis kämpfen würden, suchten sie jetzt Spalten, Nischen und Hügel ab. Wenn der Angreifer gefunden und überwältigt war, würden sie in das »Tal der Dämpfe« zurückkehren und nach einer kurzen Pause wieder an ihren Maschinen stehen oder in den »Sälen der Wissenschaften« lernen. Alles, was sie unternahmen, war auf die Zukunft des Planeten gerichtet. Jede Stunde ihres Lebens hatte einen zukunftsträchtigen Sinn . . .

Helo schrak zusammen. Einen Moment nur hatte er die Yoma aus den Augen verloren. Jetzt standen sie plötzlich wie angewurzelt und schrien ihm etwas zu, deuteten mit ausgestreckten Armen über den Helikopter hinweg.

Das Raumschiff!

Der Transportraum versperrte ihm den Blick, und als er wendete, sah er gerade noch, daß etwas Riesenhaftes, Silbergraues vom Himmel stürzte und mit ohrenbetäubendem Krachen in der Nähe des Kratersees aufschlug.

Sekunden später starrte Helo wie gebannt auf das Heck der »Tolu«. Er war verstümmelt, an Stelle der Triebwerke gähnte eine schwarze Öffnung, aus der zerfetzte Metallplatten, Brennkammerwände und mannsdicke Rohre ragten.

»Auf Nimmerwiedersehen, Erde! Wir sind Gefangene des Planeten Rho.« Helo sprach es ohne jede Erregung aus und wunderte sich darüber. Er betrachtete seine Hände – sie lagen ruhig auf dem Steuer. Auch sein Atem ging tief und gleichmäßig. Fühlte er gar nichts?

»Gefangene des Planeten Rho!« wiederholte er. Keine Reaktion. Er hatte weder tanzende Kreise vor den Augen noch ein beklemmendes Gefühl in der Brust oder wenigstens einen faden Geschmack in der Mundhöhle. Nichts von alledem. Aber warum nicht? Er wandte sich achselzuckend ab.

Die Yoma setzten sich wieder in Bewegung. Als sie die vereiste Geröllhalde passiert hatten und endlich schneller vorankamen, flog er hinter den Linien zurück zum rechten Flügel. Der Kratersee war kaum noch tausend Meter entfernt. An seinem jenseitigen Ufer tauchten die hellen Mauern des Energiekraftwerkes auf. Oben, auf dem Bergrücken, spiegelte sich die Sonne in den Fensterscheiben der Echoskop-Station.

Echoskop! Er hatte das Antlitz des Planeten zum ersten Male heraufbeschworen, hatte es der kosmischen Nacht entrissen und auf den Bildschirm in der Steuerzentrale projiziert. Ohne ihn befände sich die Expedition irgendwo draußen im Raum, bereitete sich vielleicht auf den Rückflug zur Erde vor. Ihm hatten sie es zu verdanken ...

Er blickte verwundert auf. Die Kette der Yoma war ins Wanken geraten, schwenkte plötzlich nach rechts ab und schlang sich – einem riesigen Wurm gleich – um ein Labyrinth aufeinandergetürmter, zerklüfteter Felsen. Auch vom Kratersee, sie mußten eben über den Scheitel des Berges gekommen sein, hasteten Proximanen mit langen, vogelartigen Sprüngen heran.

Was hatte das zu bedeuten? Helo beschleunigte. Der Helikopter stürzte vorwärts. Das Labyrinth kam näher, blähte sich auf: schwarzbraune Kegel, vereiste Grate, Nischen, Firn. Da, die Silhouette einer sitzenden Gestalt! Nur einen Augenblick lang war sie gut zu erkennen, dann schon von bizarren Eisgebilden verdeckt.

Helo wendete, zog tiefer. Unter ihm arbeiteten sich die Yoma durch Schründe und Spalten in das Labyrinth vor. Bald würden sie im Aktionsradius des feindlichen Teilchenwerfers sein. Nur keine sinnlosen Opfer! Helo rief Pawel Fock und die Gefährten über Sprechfunk, landete ein paar Dutzend Meter vor den Proximanen und sprang aus der Pilotenkanzel. Schob sich vorsichtig auf einen Basaltkegel. Der Angreifer saß nun schräg unter ihm, regungslos, wie im Frost erstarrt. Aber in der ausgestreckten Hand blitzte der Werfer.

Helo zögerte nicht lange. Er entsicherte, zielte – und sah, daß der Werfer in eine Schneewehe fiel.

Er erreichte den Araam-Diener ein paar Minuten früher

als die Yoma. Er starrte in ein schwäriges, von Strapazen gekennzeichnetes, aber triumphierendes Gesicht, auf einem halbnackten, von Frostbeulen übersäten, abgemagerten Körper. Der Tote lächelte einfältig.

Helo wandte sich ab. Er mußte jetzt an die Gefährten denken, an Hirano, Pawel Fock und die anderen. Sie würden niedergeschlagen sein. Aber sie mußten begreifen, daß es eine Zukunft gab, auch ohne »Tolu«. Die Menschheit konnte ein paar Wissenschaftler entbehren, Rho nicht. Hier gab es Aufgaben, die dringender waren, als die Erforschung von Magnetfeldern, kosmischen Strahlen und Gravitationsverhältnissen. Lag der Sinn des Kosmonautenlebens nicht überhaupt darin, daß man das Wissen der bewohnten Welteninseln austauschte, alle vernunftbegabten Wesen bereicherte?

Helo wußte plötzlich, warum er dem Ende der »Tolu« gleichmütig zusehen konnte. Es war kein tragisches Ende, sondern ein neuer Anfang. Das Raumschiff war eine tote Apparatur, eine vergängliche Hülle aus Metall. Aber jenes Wissen, das es auf den Planeten gebracht hatte, würde unvergänglich sein, von Generation zu Gencration weiterleben und Hirne befruchten, die es eines Tages weiter in den Kosmos hinaustragen würden – in neue, unbekannte Welten.

Helo lächelte. Die Stimme der Unendlichkeit klang in seinem Ohr. Jetzt erst verstand er ihre Sprache.

In der kurzen Zeit ihres Bestehens hat SF-Utopia viele Freunde gefunden. Und wir wissen, daß wir trotz hoher Auflage die Nachfrage nicht voll befriedigen können.
Dem Wunsch vieler Leser folgend, veröffentlichen wir heute eine Aufstellung der bislang erschienenen Titel. Leider müssen wir alle Sammler von SF-Utopia aufmerksam machen, daß sämtliche Titel vergriffen sind. Nachfragen beim Verlag nach einzelnen Bänden sind daher zwecklos.

SF-Utopia

1980
Ekkehard Redlin (Herausgeber), Der Mann vom Anti

1981
Werner Steinberg, Die Augen der Blinden
Arkadi und Boris Strugazki, Der ferne Regenbogen
Alexej Tolstoi, Aëlita
Herbert Ziergiebel, Zeit der Sternschnuppen

1982
Gerhard Branstner, Vom Himmel hoch
Günther Krupkat, Nabou
Kurd Laßwitz, Traumkristalle
Ilja Warschawski, Der Traumladen

1983
Richard Funk, Gerichtstag auf Epsi
Hubert Horstmann, Das Rätsel des Silbermonds
Günther Krupkat, Als die Götter starben
Arkadi und Boris Strugazki, Picknick am Wegesrand

1984
Johanna Braun/Günter Braun, Unheimliche Erscheinungsformen auf Omega XI
Rainer Fuhrmann, Planet der Sirenen

Heiner Rank, Die Ohnmacht der Allmächtigen
Erik Simon (Herausgeber), Kontaktversuche

1985
Eberhardt del'Antonio, Titanus
Rainer Fuhrmann, Medusa
Viktor Kolupajew, Die Schaukel des Eremiten
Oswald Levett, Verirrt in den Zeiten

1986
Erzählungen: Lichtspruch nach Tau
Thomas K. Reich, Sinobara
Carlos Rasch, Der blaue Planet
Wolfram Kober, Exoschiff

1987
Mary Wollstonecraft Shelley, Frankenstein oder Der neue Prometheus
Anthologie: Wege zur Unmöglichkeit
Horst Ansorge, Raumkundschafter Katman
Bernd Ulbrich, Der unsichtbare Kreis
Anthologie: Das Molekularcafé
Eberhardt del'Antonio, Heimkehr der Vorfahren

1988
Rainer Fuhrmann, Die Untersuchung
Wolfram Kober, Nova
Anthologie: Das elektronische Glück
Janusz A. Zajdel, In Sonnennähe
Jerzy Żuławski, Auf dem silbernen Globus

1989
Anthologie: Die Rekonstruktion des Menschen
Klaus Möckel, Die gläserne Stadt

ISBN 3-360-00255-5

1. Auflage dieser Ausgabe

Lizenz-Nr.: 409-160/246/89 · LSV 7004
Printed in the German Democratic Republic
Umschlagentwurf: Schulz/Labowski
Lichtsatz: Karl-Marx-Werk Pößneck V 15/30
Druck und buchbinderische Weiterverarbeitung:
Grafischer Großbetrieb Völkerfreundschaft Dresden
622 892 4

00650